anagramma

803

Della stessa autrice:

Tutto per gioco
Un cattivo ragazzo come te

La serie *Love* comprende:

Un nuovo destino
Un incredibile incontro
Un pensiero infinito
Fidati di me
Non smettere di amarmi mai
Amanti per sempre

Titolo originale: *Her Lifeline*

Traduzione dall'inglese di Serena Tardioli
Prima edizione: gennaio 2020

ISBN 978-88-227-3573-7

www.newtoncompton.com

Realizzazione a cura di Librofficina
Stampato nel gennaio 2020 presso Puntoweb s.r.l., Ariccia

L.A. Casey

Il destino del nostro amore

Newton Compton editori

Dai valore a ogni attimo che passi con le persone che ami,
perché non sappiamo mai davvero quanto tempo ci riserverà la vita

Prologo
Erin

Undici anni prima…

«Felice San Valentino, mamma!».

Amelia Saunders, la mia bellissima madre, mi sorrise con i suoi brillanti occhi verde scuro e le braccia spalancate. Senza doverci pensare, feci cadere lo zaino della scuola accanto all'ingresso principale, mi affrettai lungo il corridoio e avvolsi forte le braccia intorno alla sua vita appoggiandole la testa sul petto.

«Grazie, tesorino».

Mi accarezzò la schiena mentre riprendevo fiato. Avevo corso per tutto il tragitto dalla scuola a casa, proprio come facevo il più delle volte. Non l'avevo detto a nessuno all'infuori di mio fratello, ma il motivo per cui correvo era per evitare le prese in giro e le risate delle mie compagne di classe. Le ragazze che mia madre pensava fossero mie amiche erano bulle crudeli che mi facevano rivoltare lo stomaco dal momento in cui mettevo piede nella scuola fino al momento in cui me ne uscivo.

Inclinai la testa all'indietro e sfoderai un sorriso a trentadue denti. Mia madre ridacchiò e fece scorrere la punta delle dita sul mio viso, e bastò quello per liberarmi dal peso della mia giornata scolastica. In quell'istante, ero al sicuro.

«Sei il ritratto di tuo padre, Erin».

Se avessi avuto una sterlina per ogni volta che l'ha detto, a quest'ora sarei miliardaria.

Arricciai il naso. «Non sembro un maschio».

Di solito non mi importava quando le persone facevano commenti su quanto assomigliassi a mio padre, ma negli ultimi tempi stava iniziando a darmi fastidio. Avevo undici anni, ero alle medie, e se dovevo assomigliare a uno dei miei genitori, volevo che fosse mia madre. Era la donna più carina sulla faccia della Terra. Così diceva mio padre, ecco come sapevo che era la verità.

«Scusa». Mia madre sorrise.

«Cosa ti ha preso papà?», chiesi, riportando l'argomento al giorno di San Valentino.

Mia madre guardò il tavolo della cucina. Fissai il suo viso e quasi sprizzai d'orgoglio quando vidi un altro bellissimo sorriso illuminarle il volto. Mia madre doveva uscire presto per andare al lavoro ogni giorno – lavorava alla torre di non so cosa dell'aeroporto – così dopo che se n'era andata quella mattina, mio padre mi aveva fatto alzare super presto prima di scuola e mi aveva lasciato prendere l'iniziativa su come sistemare i regali che le aveva comprato.

Avevo suggerito il tavolo da pranzo perché mia madre andava *sempre* dritta in cucina per mettere su la teiera e prepararsi una tazza di tè quando tornava a casa dal lavoro. Volevo che fossero in un punto dove li avrebbe notati subito, e come immaginavo, avevo *ragionissima*. Non mi ero fermata neanche una volta durante la mia corsa dalla scuola solo per vedere l'espressione sul suo viso.

«Non lo so», replicò mia madre, ridacchiando tra sé e sé. «Ma ti va di aiutarmi a scoprirlo?».

Esitai. «Ma sono per *te*».

«Sei sicura?», disse con tono assorto. «Penso di aver notato il soprannome di qualcun altro su quel sacchetto viola».

Impossibile, è una balla.

Con occhi spiritati, frugai tra la pila di regali finché il mio sguardo non finì sul sacchetto che mia madre aveva descritto. Quel sacchetto *non* c'era quella mattina. Avevo controllato la pila da cima a fondo prima che mio padre mi accompagnasse a scuola, e sapevo che non poteva essere stato lui a infilarlo lì perché avevo lasciato la casa per ultima. Non poteva essere neanche ritornato, perché doveva trovarsi al lavoro alle nove. Non ne avrebbe avuto il tempo. Per niente.

Controllai il cartellino col nome, tanto per essere sicura che non fosse per mia madre.

Bambolina.

Strillai. «È da parte di *Ward*!».

Mia madre scoppiò a ridere, mentre io saltavo su e giù per l'emozione. Ward Buckley era il migliore amico di mio fratello maggiore ed era la persona più mitica, oltre mio fratello, che avessi mai conosciuto. Mi aveva sempre chiamato "bambolina" perché diceva che sembravo una bambolina di porcellana. Mi aveva detto che mi avrebbe preso un regalo di San Valentino perché avevo compiuto undici anni, ormai ero una donnina, ma non gli avevo creduto. Fino a quel momento.

«Cosa dice il biglietto?», chiese mia madre, ancora sorridente. Comunque andavano le cose, aveva sempre un sorriso stampato in volto, ed era ciò che amavo di più di lei.

«Non ne sono sicura», dissi aprendo con cautela la busta, attenta a non strappare nulla di importante.

Sentii il mio sorriso diventare più ampio quando tirai fuori il biglietto. Diceva *Sei dolce*, con una grossa tortina che aveva dei cuoricini rosa cosparsi sulla glassa. Persi il mio sorriso e cercai di mantenere un'espressione il più distaccata possibile perché ero molto consapevole degli occhi d'intesa di mia madre puntati addosso.

Felice San Valentino alla mia tipetta preferita!
Divertiti oggi, bambolina.
Tanti abbracci

Ward J

Mi bruciava il viso per il calore, e lo spettacolo fece ridacchiare mia madre. Quando non lessi il biglietto ad alta voce – non ci riuscivo in tutti i sensi, tutt'a un tratto avevo perso la facoltà di parlare – venne al mio fianco, sbirciò e lo lesse piano tra sé e sé. Quando finì, mi diede un colpetto con il gomito, il che non fece altro che mettermi ancora di più in imbarazzo.

«A quanto pare, non sono l'unica con un Valentino oggi».

Perché continua a pungolarmi?

«Mamma!». La guardai torva.

«Che c'è?», chiese, sforzandosi di non ridere. «Ti dico solo la verità. Ward ti ha mandato un biglietto di San Valentino, quindi vuole *essere* il tuo Valentino».

Mi sforzai di riportare il mio viso alla sua tonalità normale.

«Ha diciannove anni, come Tommy», dissi con un'espressione artefatta di esasperazione. «E sono *sicura* che abbia una ragazza».

Ero certa di quel fatto… aveva sempre segni di rossetto di colori diversi sul collo *e* sui vestiti. Odorava anche di diversi profumi fruttati.

«E allora?», disse mia madre con un sopracciglio perfettamente inarcato. «Puoi avere più di un Valentino. Io ne ho quattro: papà, Tommy, Ward e te».

Ci pensai su per un momento, e la cosa mi rallegrò lo spirito.

«È vero».

«C'è qualcos'altro nel sacchetto?», mi domandò.

Sapevo che tutto il mio viso era condannato a rimanere del colore di un pomodoro quando tirai fuori un orsetto di peluche marrone chiaro che teneva un cuore rosso con scritto sopra TI VOGLIO BENE. Volevo che il suolo si aprisse e mi inghiottisse tutta quando mia madre esclamò: «Oooh!».

«Dio mio», sbottai. «La *smetti*?»

«Scusa». Ridacchiò. «Me lo rimangio, non è per niente adorabile».

Rimisi l'orsetto adorabile e il biglietto adorabile nel sacchetto adorabile, e lo strinsi al petto. Gli occhi di mia madre luccicavano divertiti quando si girò verso la sua pila di regali e mise le mani sui fianchi.

«Ma dove li ha nascosti tuo padre tutti questi?», si domandò ad alta voce. «Pulisco sempre io tutta casa e non mi ci sono mai incappata».

Non hai pulito la mansarda.

«Non me lo estorcerai mai, donna», l'avvertii. «Mi porterò il segreto fino alla tomba!».

Le spalle le tremavano a forza di risate silenziose.

«Valeva la pena provare», disse.

«Dài, apri i tuoi regali», insistetti. «Finiranno col prendere polvere altrimenti».

«Non pensi che dovrei aspettare che tuo padre torni a casa? Così possiamo aprire i nostri regali insieme».

Feci marcia indietro e la fissai. «Hai preso dei regali per papà?»

«Certo che sì», replicò lei, la testa inclinata di lato. «Non sarei una brava moglie o mamma se ricevessi regali senza mai farli».

Ci pensai per un momento.

«Immagino di sì… Ma cosa gli hai preso?».

Alla domanda, mia madre fece una risata nasale.

«Qualche calzino nuovo, mutande e i biglietti per vedere la partita dell'Hibernian il prossimo week-end».

Trasalii. «Gli piacerà *un sacco*!».

Forse non tanto i calzini e le mutande, ma i biglietti della partita gli piaceranno senz'altro. Ogni santa volta che l'Hibernian aveva una partita in diretta TV, dovevo sentire mio padre annunciare la squadra come il "magnifico Hibernian Football Club". Ogni. Santa. Volta.

«Tommy e Ward possono andare con lui alla partita dato che ho preso i biglietti anche per loro, quindi mi sono occupata di tre dei miei Valentini con un unico regalo».

La adocchiai con sospetto.

«Significa che *mi* hai preso qualcosa dato che sono il tuo altro Valentino?»

«Io *e* papà», chiarì.

«Be', dov'è?», chiesi, sperando di non sembrare troppo assillante.

Mia madre fece un sorrisetto diabolico. «Mi stai dicendo che non hai controllato sotto il cuscino stamattina?».

Aveva appena pronunciato quelle parole quando scattai lungo il corridoio e salii gli scalini due per volta fino a raggiungere la cima. La risata di mia madre riecheggiava dietro di me quando mi avvertì di rallentare. Le diedi retta solo quando entrai in camera e ficcai la mano sotto il cuscino. Tirai fuori una scatolina avvolta con della carta rosa che strappai. Trasalii quando sollevai il coperchio e trovai il ciondolo d'argento di un cuore.

Gridai. «Lo adoro, grazie!».

Il «prego» urlato di mia madre viaggiò su per le scale. Alla svelta mi sfilai la giacca dell'uniforme scolastica e mi concentrai sul braccialetto quando aggiunsi il mio nuovo ciondolo a una maglia. I miei genitori me l'avevano regalato quando avevo cinque anni, e ogni pendente aveva un significato o un ricordo speciale. Li sfiorai con la punta delle dita.

Il trifoglio d'argento dell'Irlanda era stato aggiunto alla mia collezione quando ero andata lì con mio padre qualche anno prima per fare visita ai nostri cugini di Dublino. Era stato un viaggio divertente con solo noi due, e ci pensavo sempre ogni volta che guardavo quel particolare gioiello. Anche se l'adoravo, il mio preferito era la rosa d'argento che Tommy mi aveva regalato per il mio decimo compleanno. L'adoravo tanto quando adoravo lui.

Mi pietrificai al suono della porta d'ingresso che si apriva e si chiudeva, ma quando sentii un colpo di tosse familiare, sorrisi.

«Sono a casa!», disse mio padre.

Corsi lungo le scale e mi precipitai tra le sue braccia. Lui rise mentre ricambiava l'abbraccio, ma finse alla svelta di rimproverarmi quando mia madre mi urlò con rabbia di non correre su e giù per le scale.

«Come ha reagito?», sussurrò, togliendomi dal viso i capelli biondo platino, identici ai suoi.

«Tutti occhi sgranati e grandi sorrisi», mormorai in risposta. «Ha cercato di ingannarmi nel rivelare il tuo nascondiglio, ma io sono rimasta super impassibile e mi sono rifiutata di cedere».

Mio padre fece l'occhiolino. «Sono contento di averti nel mio plotone, soldato».

Gli feci il saluto militare e anche se il gesto gli strappò un risolino, ciò che lo fece sorridere in maniera raggiante fu quando il mio polso attirò la sua attenzione. Mi afferrò la mano e sfiorò il mio nuovo ciondolo con il pollice. I suoi occhi grigi scattarono nei miei e mi chiese: «Ti piace?»

«Direi che lo *adoro*».

Mi scompigliò i capelli. «Presto non ci sarà più spazio».

Feci spallucce. «Posso sempre cambiare i ciondoli e indossarne diversi ogni giorno. Così non metterò lo stesso bracciale due volte».

«Da dove viene tutta questa intelligenza?».

Feci di nuovo spallucce. «Mamma dice che ho preso dalla sua famiglia».

Alla risposta, esplose in una risata. Scherzavamo e ci spingevamo giocosamente mentre attraversavamo il corridoio per raggiungere la cucina. Non appena mio padre incrociò lo sguardo di mia madre, feci un verso di conato, il che strappò loro un sorriso. Lui riempì lo spazio tra di loro e le catturò le labbra in un bacio a sorpresa. Ogni volta che i miei genitori si baciavano, fingevo di esserne nauseata, ma in segreto non lo ero. Adoravo il fatto che non avessero paura di mostrare il loro amore l'uno per l'altra; mi sarebbe sembrato strano se si fossero comportati in maniera diversa.

Quando all'improvviso mio padre tirò mia madre sul suo petto, le mise il braccio intorno alla vita e le afferrò la mano libera, strillai e applaudii felice prima di tirare fuori il cellulare dalla tasca, selezionare la modalità di registrazione e puntare la telecamera su di loro. *Adoravo* quando mio padre afferrava di punto in bianco mia madre e la faceva ballare. Non gli interessava dove fosse o chi ci fosse, quando voleva ballare con lei, lo faceva e basta.

«*If you ever*», iniziò a cantare mio padre, «*change your mind, about leavin'... leavin' me behind. Baby, bring it to me... bring your sweet lovin', bring it on home to me*».

Mia madre rise quando, insieme a mio padre, intonai il "*yeah*" della canzone *Bring it on home* di Sam Cooke. Sapevo le parole e potevo cantarle con perfetta intonazione anche senza musica. Era la canzone che mio padre cantava sempre a mia madre ed ero cresciuta ascoltandola.

Dopo aver cantato e ballato, condivisero un altro bacio che mi indusse a esultare, il che attirò la loro attenzione. Quando capirono che li stavo registrando, mi fecero delle smorfie. Salvai il video prima di rimettere il cellulare in tasca.

«Sono stato bravo quest'anno, eh?». Mio padre fece un sorriso compiaciuto a mia madre, facendo cenno ai regali.

Lei alzò gli occhi al cielo con fare giocoso. «Te la sei cavata, immagino».

Le diede uno schiaffo sul didietro, il che la spinse a colpirlo con un canovaccio che agguantò dal bancone. Si baciarono ancora una volta, poi ebbero la loro solita chiacchierata su come avevano passato la giornata prima di aprire i loro regali.

Mia madre stava aprendo un profumo che papà le aveva comprato quando la porta d'ingresso si aprì e le risate di mio fratello riempirono la casa. Anche una fredda brezza soffiò dentro, spingendo la mamma a gridare: «Thomas, chiudi la porta!».

«Ci penso io, Amelia», gridò Ward.

Mi pietrificai. «Oddio».

«Che c'è?», chiese papà, la fronte corrugata per lo stupore. «Cosa c'è che non va, Erin?».

Guardai mia madre e la trovai a sorridere alla sua scatola di profumo, e il cuore mi martellava nel petto.

«Non dire una parola», l'implorai. «Mamma, *per favore*».

Fece un gesto per indicare di avere le labbra sigillate.

Papà ci guardò. «*Una* di voi due può dirmi cosa sta succedendo?»

«Neanche per sogno», rispondemmo io e mia madre all'unisono.

Mio padre scosse la testa e bisbigliando disse: «Femmine».

Il commento provocò un sorriso da parte di mia madre, ma non da parte mia. A un tratto ero consapevole di tutto, così rimasi seduta perfettamente immobile al tavolo da pranzo e mi concentrai sulla pila di regali di mia madre. Quando Ward e Tommy entrarono in cucina, non guardai verso di loro.

«Porca miseria, Kenny», fischiò Ward. «Hai innalzato il livello fin troppo per noialtri».

Mio padre rise, ma non disse nulla. In effetti, avvertii il suo sguardo su di me e mi fece sentire ancor *più* a disagio.
«Felice San Valentino, Erin».
Girai la testa e sorrisi a mio fratello. «Altrettanto».
Tommy mi scrutò. «Perché hai la faccia tutta rossa?».
Oh, mio Dio.
«Non è rossa», dissi, voltandomi alla svelta dall'altra parte.
Prima non avevo avvertito il calore in viso, ma in quel momento lo sentivo senza alcun'ombra di dubbio.
«Posso vederla ed è ro... *Ahi!*». Tommy si interruppe, sibilando. «Perché diavolo l'hai fatto?»
«Perché sei un po' scemo», mormorò Ward in risposta.
«Ma cosa ho...».
«Chiudi il becco».
Le cose si tranquillizzarono per un secondo dopo che Ward mise a tacere mio fratello, e con la coda dell'occhio mi sembrò di vedere mia madre che mi faceva gesti con la mano, ma ero troppo imbarazzata per guardare e controllare se avevo ragione. Rimasi seduta immobile e dopo un paio di schiarimenti di gola, mio fratello parlò.
«Allora», iniziò a dire. «Ho bisogno di parlare con te, Erin».
Sbattei le palpebre. «Di che cosa?».
Tommy si avvicinò e si rannicchiò davanti a me.
«Ti ricordi quando ti ho parlato qualche mese fa su quando andrò all'università?».
Incurvai le spalle mentre annuivo.
Tommy mi sorrise con affetto. «Be', sono stato accettato nella mia università di prima scelta».
Mi sentii come se all'improvviso qualcosa mi premesse in petto. Sia Tommy che Ward erano molto appassionati di computer, ma quello che facevano mi annoiava. Erano interessati alla programmazione. Non ero del tutto sicura di cosa significasse, ma sapevo che era quello che volevano

studiare all'università. Volevano essere programmatori di computer... o qualcosa del genere, comunque.

«Quale università?», chiesi, sentendo gli occhi di tutti su di me.

Sapevo che dovevo congratularmi con Tommy ed essere felice per lui, ma non ero felice. Il fatto che sarebbe andato all'università significava che mi avrebbe lasciato, e mi turbava pensarci. Tommy non era solo mio fratello, era il mio migliore amico. Io ero quella che lui definiva un lupo solitario. Non ero brava a farmi degli amici, così quando avevo smesso di provarci, Tommy era lì per essere l'amico che sapeva che mi serviva. Era sempre stato a portata di mano e sapere che non mi sarebbe più stato accanto mi faceva venire il mal di pancia.

Tommy borbottò: «Metropolitan University».

Aggrottai la fronte. «È qui vicino a Edimburgo?».

Tommy esitò. «È un po' lontano», disse alla fine.

Giocherellai con le dita. «Quant'è un po' lontano?».

Sospirò. «È a Londra».

«Londra?». Sussultai. «In *Inghilterra*? Il *Paese* Inghilterra?».

Al cenno con la testa di Tommy, i miei occhi cominciarono a riempirsi di lacrime.

«No», esclamò, e mi tirò subito in un abbraccio stretto. «Per favore, Erin, non piangere. Sarò a casa a week-end alterni».

Era quello il problema.

«Ehi, suvvia». La voce di nostro padre interruppe i miei singhiozzi. «Non sei felice che Tommy e Ward siano entrati nell'università che volevano?».

Anche Ward sarebbe andato? In pratica era considerato come un membro della nostra famiglia. Passavo il tempo in sua compagnia tanto quanto ne passavo con mio fratello. Nel corso degli anni, non c'era stata una notte in cui Ward non domandava ai miei genitori se poteva dormire a casa nostra; era successo così spesso che i miei genitori avevano comprato letti a castello per la camera di Tommy. Era a ogni festa di compleanno ed evento familiare, e veniva persino in vacanza con noi. I miei genitori lo consideravano come figlio loro e anche se io non lo consideravo come un fratello, gli volevo bene tanto quanto volevo bene a mio fratello. E ora li avrei persi entrambi.

«No». Alzai la testa e guardai sopra la spalla di mio fratello. «Non lo sono».

Non mi aspettavo che mio padre ridesse, ma lo fece e disse: «Almeno è sincera».

Mamma schioccò la lingua. «Su, forza, basta lacrime. Non vuoi mica intristire Tommy, no?»

«Lo farebbe restare? Allora, sì».

Tutti risero, anche mio fratello.

«Parleremo sempre al telefono e sarai con me quando torno a trovarvi con Aiden», disse, ritraendosi dal nostro abbraccio. «Te lo prometto».

Ero infastidita dal fatto che usasse il mio nipote di tre anni per calmarmi. Tommy sapeva quanto volessi bene a Aiden e nominarlo quando ero turbata era un colpo basso.

Tirai su col naso e fui mortificata nel sentire le lacrime che scorrevano lungo le mie guance come ruscelli. Alla svelta usai le mani per asciugarmi il viso dalle lacrime… e dal muco. Mia madre mi passò un fazzoletto per soffiarmi il naso e pulirmi la faccia meglio che potevo.

«Non sarà lo stesso», dissi, singhiozzando. «Lo so».

Tommy sospirò. «Ma non sarà nemmeno terribile, okay?».

Avevo la sensazione che *sarebbe stato* terribile, la cosa più terribile di sempre, ma mi ricordai ciò che aveva detto mio padre. Non volevo intristire Tommy, volevo che fosse felice, e se ciò significava dover essere felice per lui, anche se non mi sentivo così, allora ci avrei provato. Sarei stata felice anche per Ward.

«Okay», dissi, facendo un sorriso forzato. «Congratulazioni».

Tommy mi fece l'occhiolino prima di pizzicarmi la guancia con fare giocoso. Per un momento calò il silenzio, finché nostro padre non parlò.

«Qual è la parola del giorno, principessa?».

Lo guardai e feci spallucce, non volendo rispondere.

«Hai una parola del giorno?», mi chiese Ward, le sopracciglia inarcate.

Annuii con ritrosia. «La mia insegnante mi ha chiesto di scegliere una parola difficile al giorno per ampliare il mio vocabolario, dato che conosco tutte le parole facili che tutti gli altri in classe stanno imparando. Devo usarla cinque volte al giorno in una frase ed essere capace di definirla su richiesta. Non posso imbrogliare, perché tiene una lista di parole e mi mette alla prova durante l'anno».

Tommy tornò accanto a Ward e gli diede una gomitata. «È una tipetta sveglia che ci copre di vergogna».

Mi inorgoglii alla lode. Tommy mi inondava sempre di complimenti su quanto pensasse fossi intelligente.

Ward incrociò le braccia sul petto. «Forza, allora, sorprendimi».

Risi. «La mia parola del giorno è "mefitico"».

Tommy mi fissò con sguardo assente, così anche Ward. Mia madre aggrottò la fronte come se fosse sovrappensiero, ma mio padre stava facendo un gran sorriso. Sapeva sempre il significato delle mie parole del giorno.

«Dacci un indizio», chiese Tommy.

«Usala in una frase allora, per aiutarci a capire il significato», suggerì Ward al mio silenzio.

«Mamma conosce il vero significato di "mefitico", dato

che lava spesso l'uniforme di calcio sudaticcia che Tommy infila sempre sotto il letto».

Mamma iniziò a ridere. «Penso di sapere cosa significa».

«Cosa *significa*?», sbuffò Tommy.

Mia madre mi guardò e tirò a indovinare: «Qualcosa che ha un odore *davvero* orrendo?».

La guardai raggiante. «Esatto».

«Ehi!». Mio fratello aggrottò la fronte. «La mia roba di calcio non puzza così tanto».

Gli demmo tutti un'occhiata imperturbabile, il che spinse mio fratello a gettare la testa all'indietro e ridere.

«Okay», ridacchiò, le spalle tremanti, «forse *può* essere un po' maleodorante».

«Un *po'*?», esclamammo io e mia madre all'unisono.

Ciò indusse gli altri a ridere.

«Tutte le parole che impari sono difficili?», mi chiese Ward. «Perché quella era tosta».

Feci spallucce, senza guardarlo negli occhi. «A volte, ma le imparo comunque».

«Vedi?». Tommy sorrise, dando una gomitata al suo amico. «Ha un capoccione».

«Be', signorina so-tutto-io...». Ward sorrise. «Ti ho preso una cosa».

Oh, mio Dio.

«Mi hai già preso una co-cosa», balbettai. Al colpo di tosse e sguardo pungente di mia madre, aggiunsi: «Grazie comunque».

Ward fece l'occhiolino. «Prego, ma ti ho preso anche qualcos'altro».

«Cosa le ha già preso?». Papà aggrottò la fronte e a mamma disse: «Di che sta parlando?»

«Le ha regalato un orsetto di peluche per San Valentino», rispose sottovoce.

Il sorriso di mio padre era la cosa più imbarazzante che

avessi mai visto in tutta la mia vita. Mi guardò con aria d'intesa e lo odiavo. Sentii il calore colorarmi le guance per la milionesima volta, e l'impulso di scappare e nascondermi in camera mia era forte, ma non riuscivo a muovermi. Osservai Ward mettere la mano dietro la schiena e, come se fosse al rallentatore, tirare fuori una rosa gialla dal gambo lungo.

Dove teneva quel fiore?

«Non vorrai mica rifiutare la mia rosa, spezzandomi il cuore il giorno di San Valentino?», chiese Ward; i suoi occhi azzurri come il cielo mi fissavano, le sue labbra si sollevarono in un bel sorriso.

Ero mortificata.

«Grazie», sussurrai, accettando la rosa.

Mamma rise quando Ward tirò fuori un'altra rosa gialla da dietro la schiena e gliela porse.

«Le produci?», chiese lei, ridendo con fragore.

Non prestai attenzione a nessuno di loro. Ero troppo concentrata sul mio fiore. Ero cauta a non toccare le spine, ma dopo una scorsa rapida allo stelo, mi accorsi che erano state tutte rimosse. Pensai che fosse premuroso da parte di Ward, e mi fece adorare il regalo ancora di più. Fissai il fiore del colore del sole e con la punta delle dita sfiorai con delicatezza i petali, notando quanto fossero morbidi al tocco. Le mie labbra si sollevarono in un piccolo sorriso, ma mi assicurai di tenere la testa abbassata per non farlo vedere a nessuno.

«L'hai messa in imbarazzo». Tommy sbuffò e diede una forte spinta a Ward, il quale lo spinse subito a sua volta.

«Ragazzi», disse mio padre con fermezza, bloccando i loro movimenti.

«Erin», disse mia madre, attirando la mia attenzione. «Vuoi mettere la tua rosa in un po' d'acqua?».

Teneva il vaso di cristallo che riempiva sempre con i suoi

nontiscordardimé sbocciati e, per darle soddisfazione, annuii. Infilai la mia rosa al centro del vaso colmo di fiori. Più tardi, però, l'avrei tirata fuori, l'avrei fatta seccare con attenzione, poi l'avrei messa tra le pagine di un libro per preservarla. Mia nonna l'aveva fatto per anni e prima di morire mi aveva mostrato come.

«Vado di sopra a fare i compiti», dissi e me ne andai prima che qualcuno aprisse bocca.

Raggiunsi la mia camera e chiusi la porta dietro di me prima di tirare un sospiro di sollievo. Guardai il braccialetto, poi il sacchetto regalo sul mio letto che Ward mi aveva preso, e lanciai un gridolino tra me e me. Non ero una sciocca, sapevo che Ward era molto più grande e aveva una ragazza – almeno ero sicura che ne avesse una – ma mi piaceva il fatto che mi avesse preso dei regali per San Valentino. Mi faceva sentire speciale.

Presi l'orsetto di peluche dal sacchetto e lo posai sulla cassettiera, poi sgattaiolai senza far rumore al piano di sotto per recuperare lo zaino. Quando tornai in camera mia e notai ancora una volta l'orsetto, emisi un altro gridolino stupido e mi domandai se avrei reagito allo stesso modo ogni volta che lo guardavo. Speravo di no, perché era imbarazzante.

Misi da parte il pensiero, salii sul letto, aprii lo zaino e iniziai a fare i compiti.

«Erin», urlò papà dal piano di sotto poco dopo. «Sto per andare da McDonald's, cosa vuoi?»

«Un Big Mac Meal large con una Coca-Cola senza ghiaccio, grazie», gridai in risposta, mettendo giù la matita. «Dammi un secondo che vengo con te».

Fece una pausa. «Stai facendo i compiti?».

Pensai di mentire, il che mi fece esitare nel rispondere, e ciò strappò una risata a mio padre.

«Tu rimani a fare i compiti. Ritorno tra venti minuti».

«Ti prego, papà, ho quasi fin...».
«No, Erin», disse con fermezza. «Finisci i compiti».
«Va bene!», sbottai.
«Non ci metterò molto, tesoro», disse, ma io non risposi. «Ti porterò anche un gelato».
Sentii la porta d'ingresso aprirsi e chiudersi e non fece altro che irritarmi ancora di più. Non sarei stata una scocciatura, sarei rimasta seduta in auto ad aspettare come facevo di solito. Scuotendo la testa, mi riconcentrai sui compiti e poco dopo finii sia quelli di inglese che di matematica. Lanciai un'occhiata alla finestra e notai che fuori era già buio.
«Mamma!», urlai.
«Che c'è?», replicò dal piano di sotto.
La immaginai in fondo alle scale con le mani sui fianchi.
«Da quanto tempo papà è uscito?»
«Da un'oretta, perché?».
Aggrottai la fronte. «Ha detto che ci avrebbe messo solo venti minuti».
«Conosci tuo padre, amore. Sarà andato a prendere anche qualche snack per dopo».
Mi rilassai. «Okay, devi andare in bagno? Voglio fare una doccia».
«No, ma chiedi se serve a tuo fratello e a Ward, per sicurezza».
Erano ancora in casa?
Ward e Tommy condividevano un appartamento a mezz'ora di distanza. Quando venivano a trovarci, non restavano mai a lungo; Tommy si tratteneva quando era da solo. Mi diressi verso la vecchia camera di Tommy, che era anche la stanza di Aiden quando veniva a stare da noi. Sentivo Tommy e Ward urlare e ridere, e i loro schiamazzi si amplificarono più mi avvicinavo. Esitai per alcuni istanti prima di sollevare la mano e bussare con fermezza alla porta.

«Entra», gridò Tommy.

Indugiai alla soglia. Ward e Tommy erano seduti sul letto e avevano entrambi i controller della Xbox in mano e le cuffie in testa. Nessuno di loro mi rivolse lo sguardo. In effetti, non staccarono gli occhi dallo schermo piatto sulla parete per un secondo. Non ero neanche sicura che stessero sbattendo le palpebre.

«Che c'è?», mi chiese Tommy, poi disse alla svelta al microfono delle cuffie: «Non sto parlando con te. Sto parlando alla mia sorellina».

Sobbalzai quando si riferì a me.

«Come facevi a sapere che ero io? Non mi hai manco guardata».

Tommy sbuffò, ancora concentrato sul gioco a cui lui e Ward stavano giocando.

«Sei l'*unica* persona che bussa alla mia porta. Mamma e papà entrano e basta».

Aggrottai la fronte. «Il mese scorso hai detto che mi avresti ficcato la testa nel water se non avessi iniziato a bussare».

Ward rise, Tommy sogghignò.

«Ebbene l'ho detto… porca puttana!», sbottò Tommy di colpo. «Stai sparando a me, cretino».

«Scusa», disse Ward, mordendosi il labbro inferiore mentre muoveva le dita con grande rapidità.

«Hai detto una parolaccia!», dichiarai, puntando un dito accusatorio verso mio fratello.

Mi degnò di uno sguardo. «Ah, sì?»

«Sì!».

«*Ops*», fece, ridendo sotto i baffi. «Mi è sfuggita».

Non gli era *affatto* sfuggita. Sia lui che Ward urlavano ogni parolaccia immaginabile quando giocavano sulla Xbox, e più di una volta mamma li aveva spediti al loro appartamento a causa della loro sboccataggine. Rimasi sorpresa dal fatto che non stesse già urlando a Tommy dalle scale di farla finita, perché la porta era spalancata quando mio fratello aveva imprecato.

«Dovete andare in bagno? Vorrei fare una doccia».

«Sono a posto», disse Ward, i suoi occhi non lasciarono il televisore neanche un momento.

«Anch'io», aggiunse Tommy, fissando lo schermo.

Sono come robot.

Alzai gli occhi al cielo e senza dire una parola, lasciai la stanza e chiusi la porta dietro di me. Passarono solamente due secondi prima che ricominciassero a urlare e imprecare, il che mi fece scuotere la testa. Distolsi il pensiero dai due ragazzi e mi preparai per la doccia.

Dopodiché, indossai il mio pigiama di flanella preferito. Mi asciugai i capelli e li legai in una coda di cavallo alta. Dopo aver messo via il phon, notai che la mia roba per la scuola era ancora sul letto. Ci salii, mi misi a sedere sui talloni e stavo mettendo i libri di testo nello zaino quando sentii un suono che mi gelò fino al midollo.

Sussultai per lo spavento quando il lamento straziante si diffuse dal piano di sotto. Balzai dal letto il più velocemente possibile, ma nella fretta inciampai e caddi sul pavimento, sbattendo così la testa. Singhiozzai un sospiro stupito, mi misi a sedere e premetti le mani alla testa. Le controllai e anche se sentivo un forte dolore ero felicissima di vedere che non ci fosse sangue.

Rimisi la mano sulla testa, sforzandomi di non piangere anche se mi faceva male da morire. Mi mossi rapida quando lasciai la camera, ma indugiai abbastanza a lungo da vedere che la porta della camera di Tommy era spalancata e che né Tommy né Ward erano dentro. I controller della Xbox e le cuffie erano stati gettati sul pavimento.

Mi strofinai il punto pulsante sulla fronte mentre scendevo le scale. Sentii un trambusto nella cucina che mi fece rallentare.

«Siete *certi* che sia lui?», chiese Tommy, la sua voce quasi implorante.

«Sì, siamo certi, il portafoglio conteneva la patente di guida. Ecco come siamo riusciti a trovare questo indirizzo al fine di informare il parente più prossimo quando abbiamo inserito i suoi dati nel sistema».

Il lamento iniziò di nuovo, e mi distrasse dall'elaborazione delle parole dello sconosciuto.

«Non posso crederci», replicò Tommy, la voce non sembrava nemmeno la sua. «Cristo santo».

Credere a cosa? Che succede?

Mi affrettai lungo il corridoio, fermandomi di colpo alla vista di due poliziotti nella nostra cucina. Entrambi avevano i cappelli sotto un braccia, li tenevano stretti ai lati del corpo con il gomito. Li fissai per qualche secondo, prima di afferrare il battente quando vidi mia madre aggrapparsi a Tommy, il quale sembrava che stesse per vomitare con violenza. Ward era dietro i due, con la testa tra le mani, e aveva l'aspetto di qualcuno che aveva ricevuto una notizia terribile.

«Mamma!», urlai quando vidi il suo viso rigato dalle lacrime. «Che è successo?».

Mi rivolse di scatto lo sguardo, e in quell'istante seppi che non avrei mai e poi mai dimenticato il terrore, il dolore e l'incredulità nei suoi grandi occhi verdi. C'era qualcosa di terribilmente sbagliato, e quella consapevolezza mi fece venire le palpitazioni al cuore. Martellava nel mio petto con una tale rapidità che riuscivo a percepire e sentire ogni battito. Non sentivo più il dolore alla testa, solo lo stomaco che mi si rivoltava.

«Signora Saunders», l'alto poliziotto riguadagnò la sua attenzione, «è necessario che un parente stretto, preferibilmente lei o suo figlio, venga all'obitorio per identificare suo marito».

Mi si fermò il cuore.
«*Cosa* significa?», chiesi stupidamente. «Perché papà è lì?».
Il poliziotto che aveva parlato girò la testa e mi guardò. Nei suo occhi c'era una grande tristezza... e pietà. Non sapevo, però, perché avesse pietà per me; non mi conosceva nemmeno.
«Andrò io...».
«No, Thomas». Mamma interruppe Tommy. «Vado io, devo vederlo».
«Ma mamma...».
«Rimani qui con tua sorella». Gli parlò di nuovo sopra, poi ai poliziotti disse: «Sono pronta ad andare... in quel posto».
Non riusciva nemmeno a dire la parola.
«Mamma», dissi quando mi passò accanto.
Non mi rispose, non mi guardò neanche. Mi ferì, ma nascosi quello che provavo quando i poliziotti mi lanciarono sguardi ancor più colmi di pietà mentre la seguivano. Guardai mio fratello quando la porta d'ingresso si chiuse.
«Che succede?», pretesi di sapere. «Perché mamma è andata via con quei poliziotti? Perché erano qua? È nei guai? Papà è nei guai? Parlavano di lui».
Tommy si portò le mani alla testa e le fece scorrere attraverso i suoi folti capelli marrone scuro. Assomigliava molto a nostra madre e in quel momento sembrava anche terrorizzato tanto quanto lei.
«Ehi, bambolina», disse Ward con un sorrisino, attirando la mia attenzione. «Perché non ti siedi così possiamo...».
«No». Lo interruppi e mi riconcentrai su Tommy. «Rispondi alle mie domande».
«Piccolina...».
«*Non* sono piccolina!», urlai all'improvviso. «Dimmi cosa c'è che non va!».

Mio fratello mi fissò e mi sentii come se fossi stata colpita a tradimento dalla tristezza che irradiava da lui a ondate.

«Vieni qui».

Mi avvicinai e rimasi immobile davanti a lui quando si inginocchiò davanti a me e mise le mani sulle mie spalle.

«Andrà tutto bene», disse con fermezza. «Voglio che tu lo sappia».

Mi tremava il labbro inferiore. «Dimmelo».

Tommy inspirò, espirò, poi disse: «Non c'è più, Erin».

«Chi non c'è più?»

«Papà», sussurrò. «Papà non c'è più».

Ero pietrificata quando Tommy avvolse le braccia intorno a me e mi tirò verso il suo corpo. Mi abbracciò così forte che lo sentii fino alle ossa. Le mie braccia rimasero inerti lungo i fianchi e, senza battere ciglio, tenni lo sguardo fisso sopra la sua spalla in direzione di Ward, il quale non riusciva a guardarmi negli occhi. Riapparse quella sensazione di nausea che avevo percepito in fondo allo stomaco quando mamma e papà mi avevano detto due anni prima che nonna era morta, ma stavolta era molto peggio.

«Che vuol dire che *non c'è più*?», chiesi a mio fratello, girando la testa per guardarlo quando si ritrasse per incrociare il mio sguardo. «E dov'è?».

Tommy continuò a stringermi e anche se i suoi occhi erano fissi sui miei, mi accorsi che faceva una gran fatica a mantenere il contatto.

«Papà… papà è morto in un incidente stradale, piccolina».

Trasalii e, senza rendermene conto, le mie gambe cedettero. Tommy incespicò quando si raddrizzò, e mi tenne contro di lui fino a sollevarmi; mi ritrovai con le gambe intorno alla sua vita e le mani sulle sue spalle. Mi ritrassi e fissai mio fratello. Fino a quel momento, non mi ero accorta che i suoi occhi verdi erano rossi e gonfi, e le sue guance erano macchiate… perché aveva pianto.

«Smettila», dissi, con la voce che mi si incrinava. «Basta».

«Erin...».

«No!». Gli diedi uno schiaffo in viso, scioccando me stessa e mio fratello. «No!».

Il dolore mi vibrava su per il braccio e una fitta permase sul mio palmo.

Tommy non mosse un muscolo. «Mi dispiace, piccolina».

Sta' zitto.

«Voglio vedere papà», dissi, la gola all'improvviso stretta e dolorante. «Adesso. Voglio vedere papà!».

Gli occhi di Tommy si offuscarono per le lacrime e per un istante mi domandai se fosse perché l'avevo colpito. C'era una brutta impronta rosso scuro che andava comparendo sulla sua guancia, e sapevo di avergli fatto male, perché il palmo mi pulsava da morire.

«Non possiamo adesso», disse Tommy con dolcezza. «Possiamo vederlo quando lo porteranno a casa».

Chi lo porterà a casa?

Premetti le mani alle orecchie come se ci fosse un forte rumore. La mia testa iniziò a martellarmi di nuovo per il dolore, e sentivo come se avessi un peso sul petto. Non mi accorsi che il suono acuto che mi faceva male alle orecchie proveniva da me; solo quando sentii i polmoni bruciarmi per il bisogno di respirare, mi resi conto che stavo urlando.

No, non era un urlo. Era un lamento.

«Erin!», supplicò Tommy, ma lo sentivo nella sua voce: stava piangendo. «Ti prego, smettila».

Urlai finché non mi si irritò la gola, piansi finché la vista non si appannò per le lacrime, e lottai contro Tommy solo perché stava cercando di trattenermi.

«Papà!», singhiozzai. «Voglio papà! Lo voglio *adesso*!».

«Lo so», pianse Tommy, stringendomi. «Lo so, piccolina».

Non riuscivo a rendermi conto di quanto tempo avessi pianto, o di quanto Tommy mi aveva tenuto a sé, ma ciò che sapevo era che la testa mi stava uccidendo. Non ero sicura se fosse perché l'avevo sbattuta, o perché stavo piangendo così tanto. Mi ritrassi dall'abbraccio di Tommy, ancora tirando su col naso.

«No-non sembra re-reale», gemetti, balbettando le parole. «Voglio papà».

Tommy aveva smesso di piangere, ma i suoi occhi erano ancora rossi e gonfi, e le lacrime ancora gli bagnavano le guance. Mi mise a terra e usò entrambi le mani per togliermi le ciocche sciolte di capelli che si erano sfilate dalla mia coda. I capelli si attaccarono ai punti bagnati sulla mia pelle, ma Tommy si assicurò di toglierli tutti prima di rispondere. Era come se l'azione gli desse qualcosa da fare per trattenerlo dal parlarmi.

«Devo fare qualche telefonata, piccolina», disse Tommy con tono gentile. «Devo chiamare zia Jennifer e zia Emma, e gli amici di papà. Mamma… avrà bisogno di zia Jennifer».

Zia Jennifer era l'unica sorella di mio padre ed erano molto intime.

«Erin», mi spronò Tommy, inginocchiandosi davanti a me ancora una volta.

Lo guardai. «Sì?».

Sembrava preoccupato. «Stai bene, piccolina?»

«Non lo so», risposi con sincerità. «Mi fa tanto male il pe-petto, ho la nausea e ho un forte dolore alla testa… ma forse è perché l'ho sba-sbattuta…».

«Hai sbattuto la testa?». Tommy si corrucciò, parlandomi sopra. Spostò lo sguardo alla mia fronte e sussultò. «Hai un bernoccolo, ma starai bene. Come hai fatto?»

«Quando ho sentito la mamma urlare», risposi, la mia voce a malapena un sussurro. «So-sono inciampata e caduta».

Senza dire una parola, Tommy baciò il punto dolorante sulla mia fronte.

«Starai bene».

Non ebbi la forza di sorridergli e invece dissi: «Questo è molto peggio di quando hai detto che saresti pa-partito per l'università».

Al pensiero, sussultai.

«Ci lascerai comunque?», chiesi a mio fratello, spalancando gli occhi così tanto da farmi male.

La paura che mi pervase in quel momento quasi mi mozzò il fiato.

«No», disse Tommy con fermezza, afferrandomi le spalle. «Non lascerò né te né mamma, piccolina».

«Ma... ma sei entrato nell'università che vo-volevi», dissi, con il labbro inferiore tremolante. «Andrai a scuola a Londra e scri-scriverai quella roba di codici per il sito che state cre-creando».

Li avevo sentiti parlare della loro progetto di realizzare un social network... o era un sito d'incontri? Non ricordavo, non ci avevo mai fatto molto caso perché mio padre diceva che ero troppo giovane per iscrivermi a un social network, quindi non mi interessava comunque.

«Thomas».

Guardai Ward quando disse il nome di mio fratello. Non avevo mai sentito Ward dire il nome completo di mio fratello in tutta la mia vita. Neanche una volta.

«Smettila», disse Tommy, il tono smozzicato. «So cosa stai per dire e non voglio sentirlo».

Al tono della voce di Tommy, rimasi immobile.

«Amico», disse Ward con dolcezza. «Abbiamo pagato la retta, abbiamo un progetto».

Tommy si irrigidì, le braccia intorno a me si strinsero.

«Mio padre è morto, *amico*», sbottò. «I miei progetti sono cambiati».

«Thomas...».

«Ti aspetti *sul serio* che abbandoni mia madre e mia sorella quando mio padre è appena *morto*?», esplose Tommy. «Ma ti *ascolti* quando parli, Ward? Mio padre è morto e vuoi che me ne vada? Che lasci la mia famiglia? Hanno *bisogno* di me!».

Ward non disse nulla, si limitò a fissare la schiena di mio fratello con uno sguardo smarrito quanto il mio. Il silenzio si prolungò per ciò che sembrò un'eternità, finché Ward non fece un lungo sospiro.

«Mi dispiace per tuo padre, amico», disse, e sembrava essere sincero. «Mi dispiace davvero, gli volevo bene come se fosse stato mio padre, ma i miei progetti non sono cambiati. Non posso stare vicino a lei… lo sai».

Non può stare vicino a chi?

Sussultai. «Ward!».

Mi guardò con le spalle incurvate. «Mi dispiace, bambolina».

«Mio padre è appena *morto*!», dissi con un nodo alla gola. «Non parlare di certe cose adesso».

Tommy rise con sarcasmo. «Il fatto che mia sorella di undici anni abbia dovuto dirtelo è scioccante».

«Tom…».

«Vattene. Torna a casa. Dirò ai traslocatori di portare la mia roba qui invece che al nostro appartamento a Londra».

«Tom…».

«Buckley», grugnì Tommy. «Vattene».

Mio fratello aveva ancora la schiena rivolta verso Ward, ma io avevo una perfetta visuale di lui, e anche se sembrava sconvolto, era anche determinato.

«Mi dispiace tantissimo», disse a mio fratello. «Cazzo, mi dispiace così tanto».

Tommy non rispose; invece mi abbracciò quando all'improvviso iniziai a piangere. Non ero sicura del perché stessi piangendo, ma non riuscivo a fermare le lacrime. Con la vista offuscata, vidi Ward fare qualche passo esitante prima di passare accanto a me e Tommy, poi lasciò la cucina.

«Mi serve il bagno», sussurrai a mio fratello.

Mi lasciò andare e rimase inginocchiato sul pavimento quando uscii alla svelta dalla stanza. Raggiunsi Ward proprio nel momento in cui lui era giunto alla porta d'ingresso.

«Ward», dissi, pronunciando il suo nome in maniera soffocata. «Ti prego, non lasciarci».

Prima che si voltasse per affrontarmi, vidi la sua mano sulla maniglia della porta irrigidirsi. Continuai ad avanzare verso di lui finché non fui a pochi centimetri di distanza, e lo fissai.

«Non lasciarci», ripetei. «Abbiamo bisogno di te».

«Bambolina...». Si corrucciò. «Mi dispiace tantissimo, ma non posso restare. Vorrei, ma non posso. Devo andarmene».

D'istinto schiaffeggiai la mano di Ward quando la allungò verso di me.

«Tommy c'è stato sempre per te... anche mamma e papà», dissi, le lacrime che mi riempivano gli occhi. «Abbiamo. Bisogno. Di. Te. Ti prego, non lasciarci da soli. Siamo una famiglia, non possiamo farcela senza di te. *Ti prego*».

Ward non parlò, invece mi guardò con sofferenza negli occhi, ma vidi in essi la stessa determinazione che avevo visto in cucina e sapevo che aveva preso la sua decisione. Sarebbe andato a Londra con o senza Tommy, e non c'era niente che avrei potuto dire, niente di ciò che era successo gli avrebbe fatto cambiare idea. Ci avrebbe lasciato.

«Vai, allora», gli dissi, sollevando il mento. «E non tornare. Non... non abbiamo bisogno di te».

Le labbra di Ward si dischiusero e gli occhi si allargarono. «Non dire così, Erin. Per favore».

«Mi prenderò cura di mia madre e di Tommy», gli dissi con aria di sfida. «Sarò io la sua migliore amica se tu non vuoi più esserlo».

Un'emozione che non avevo mai visto nuotò negli occhi di Ward e per qualche istante sembrava che stesse cercando disperatamente di spiegarsi, ma non sapeva come.

«Mi dispiace tanto, bambolina», ripeté, quasi tra sé e sé, aprendo la porta e uscendo di casa.

«Già», dissi, facendo un passo avanti e afferrando la maniglia della porta, il labbro inferiore che mi tremava. «Anche a noi».

Quando chiusi la porta, le lacrime mi caddero dagli occhi e quasi all'istante gettai lo sguardo sul pavimento. Grazie alla luce esterna del nostro portico anteriore, vidi l'ombra dei piedi di Ward attraverso il vetro smerigliato della porta. Era ancora là fuori e indugiò per qualche minuto, ma alla fine l'ombra si mosse e all'improvviso non riuscii più a vederla. Contai fino a cento prima di abbassare la maniglia e aprire leggermente la porta. Quando ebbi il coraggio di aprirla del tutto, rimasi sorpresa nello scoprire che l'ingresso e il giardino erano vuoti.

«Se n'è andato», sussurrai a nessuno.

Le lacrime smisero di scendere in quel momento e cominciarono ad asciugarsi lentamente sulle guance. Non ero sicura di quanto a lungo rimasi sulla porta, fissando il vuoto della notte con il vento freddo che mi lambiva la pelle, ma ci rimasi abbastanza perché mi rendessi conto di qualcosa. Ward… ci aveva davvero lasciati. Aveva davvero lasciato mio fratello quando lui – *noi* – aveva più bisogno della sua presenza. Cominciai a tremare e non ero sicura se fosse perché avevo freddo o perché mi faceva male il petto, ma non mi importava.

Chiusi con forza la porta d'ingresso di casa, e ad alta voce a Ward dissi: «Spero che tu non torni mai più».

Capitolo uno
Erin

Presente…

Vomito.

La sua puzza rivoltante mi destò dal mio sonno privo di sogni, e il suono dei conati che seguirono mi tirarono giù dal letto caldo. Mi strofinai gli occhi stanchi e trascinai i piedi attraverso il pavimento della camera. Cercai tastando l'interruttore della luce sul muro e l'accesi. Sobbalzai nel sentire un forte tonfo alla mia porta, ma mi rilassai quando riconobbi il biascichio familiare di mia madre.

«Erin». Ruttò. «Ho vo-vomitato».

Contai fino a dieci prima di aprire la porta e spalancarla. Mia madre, che era sul pavimento fuori dalla mia camera, girò la testa e mi guardò quando misi piede nel corridoio. Mi presi un momento per contemplare lei e la mia situazione. Dal suo abbigliamento da notte, immaginai che avesse vomitato nel sonno. Feci qualche passo lungo il corridoio, lanciai un'occhiata alla sua camera e poi al suo letto, e sospirai quando i miei sospetti vennero confermati. Era la terza notte di seguito che rimetteva nel sonno.

Come sempre, non potei fare a meno di domandarmi se la volta successiva sarebbe stata l'ultima. Avevo sentito di persone che soffocavano e morivano, ma per mia madre era diventata la normalità ed era ancora viva e vegeta.

Non odiavo mia madre, ma provavo una grande avversione per lei… per questa versione di lei.

«Forza, mamma», dissi in tono cupo quando la aiutai a tirarsi su nonostante le sue gambe malferme. «Vediamo di darti una ripulita».

Resistetti all'impulso di vomitare quando quell'odore putrido salì fino alle mie narici. Tenere a freno il contenuto del mio stomaco diventò un'impresa ancor più ardua quando toccai la sua camicia da notte bagnata.

Non ci pensare.

«S-sci…». *Hic.* «Una brava…». *Hic.* «Ragazza».

«Grazie, mamma», dissi, e la guidai verso il bagno.

Girai la testa e respirai con la bocca, un ultimo tentativo per evitare di rimettere. In qualche modo e con fatica, mi concentrai su mia madre e non sulla puzza che emanava. La feci entrare nella doccia e iniziai il processo di sfilarle dal suo fragile corpo la camicia da notte.

Quando fu nuda come mamma l'aveva fatta, presi il soffione della doccia e aprii l'acqua. Stavolta gliela spruzzai a pieno gettito sugli indumenti. Dopo che l'acqua raggiunse una temperatura più calda, diressi la mia attenzione su mia madre e la lavai. Di tanto in tanto, quando il calore dell'acqua la induceva a chiudere gli occhi, abbassavo la temperatura fino a farla diventare gelida per spronarla a rimanere sveglia. Quel passaggio lo ripetei quattro volte finché alla fine non fu tutta pulita.

Vestirla non fu così arduo come lo era di solito. Era più vigile stavolta, quindi fece ciò che le dicevo, anche se dovetti ripeterglielo quattro o cinque volte. Ci misi un paio di minuti per spazzolarle e asciugarle i capelli. Il suo nuovo taglio corto me lo permetteva. Con indosso biancheria intima e pigiama puliti, si mise a sedere sul pavimento della camera con le gambe incrociate come se fosse una bambina, mentre mi osservava togliere le lenzuola sporche dal letto e rifarlo.

Grazie a Dio per i coprimaterassi.

Quando finii, la guardai e odiai il fatto che per un solo istante non sembrasse malata. Sembrava la vecchia sé, ma non ero così sciocca da crederlo. Nel corso degli anni, avevo imparato a mie spese che l'apparenza inganna. Mia madre era clinicamente depressa e la sua medicina preferita era l'alcol. Era, come si dice in questi casi, un'alcolizzata. Non le importava che alcol beveva; le andava bene uno qualunque. Se c'era una cosa di cui potevo essere certa nella vita, era che voleva bere fino a morire, lentamente ma inesorabilmente, e non potevo fare altro se non starmene a guardare.

Scuotendo la testa, la rimisi a letto e le rimboccai il piumone. Mi sarebbe piaciuto dire che quel suo comportamento si verificava una volta ogni tanto, ma non era così. Bere fino a perdere i sensi e vomitare era praticamente tutto quello che c'era nella sua lista quotidiana delle cose da fare, e la sua quota veniva raggiunta immancabilmente ogni santo giorno. L'unica cosa che cambiava nella sua routine era i posti per la casa dove la trovavo quando sveniva. Spaziavano dal sofà del salotto, alle scale, nella vasca da bagno, sul tavolo della cucina. Qualsiasi cosa dove mia madre potesse svenirci sopra, sotto o dentro; l'elenco era lungo.

Accesi la lampada del comodino nel caso si svegliasse. Mia madre non dormiva al buio dalla sera della morte di mio padre undici anni prima. Lo trovavo ironico che la sera in cui divenne timorosa del buio fu quella in cui si smarrì in esso. Quando mio padre morì, un'enorme parte di mia madre morì con lui. La sua scomparsa l'aveva devastata fino al punto che si era smarrita del tutto e aveva perso la forza di affrontare la nuova realtà senza di lui, così aveva trovato conforto nel fondo di una bottiglia. La sua dipendenza si sviluppò così velocemente che nessuno di noi era riuscito a rendersene conto e a prevenirla. Prima che ce ne accorgessimo, l'alcol non era solo qualcosa in cui mia madre voleva affogare il dolore, era diventato qualcosa di cui aveva disperatamente bisogno per andare avanti.

Chiusi gli occhi ripensando alla sera della morte di mio padre, e vidi la prima volta in cui mia madre aveva messo una bottiglia davanti ai suoi figli.

Fissai le scale e ascoltai i pianti di mia madre diventare più forti, più disperati. Ascoltai il suo cuore spezzarsi. Non aveva smesso di piangere da quando era tornata dall'obitorio. Ingoiai il groppo in gola, lentamente misi un piede davanti all'altro e salii per le scale. Strinsi le mani a pugno quando mi avvicinai alla camera dei miei genitori. Mi fermai alla porta aperta e fissai la camera buia. Riuscii a distinguere un corpo sul materasso… sul lato di mio padre. Mi diressi verso il letto senza dire una parola e ci salii sopra. Mi distesi accanto a mia madre, giacendo sul suo lato del letto mentre lei piangeva nel cuscino di mio padre.

«Mamma», dissi con dolcezza.

A quella parola, si girò sulla schiena dopo qualche secondo. Sbatteva le palpebre mentre fissava il soffitto, ma sembrava fosse a milioni di miglia di distanza. Sentii il mio corpo iniziare a tremare, e una paura che amplificava il dolore nel mio petto che ci fosse qualcosa che non andava con lei mi consumò. Il bisogno di averla vicino a me mi invase, così allungai il braccio e lo avvolsi intorno alla sua vita. Il mio viso era a pochi centimetri dal suo e osservai le lacrime sfuggire dall'angolo dei suoi occhi, scivolare lungo le tempie e fondersi nei suoi capelli.

«Sono qui per te, mamma», sussurrai, stringendola forte. «Ti voglio tanto bene».

Mi sentii come se il mio mondo mi venisse strappato per la seconda volta quando tolse il mio braccio dalla sua vita, si alzò dal letto e andò alla finestra della camera. Prese un sacchetto rosa con sopra cuoricini rosa – era il sacchetto che conteneva altri regali che mio padre le aveva comprato per San Valentino – e ci infilò dentro la mano. Quando tirò fuori una grande bottiglia scura, la osservai mentre faceva fatica ad aprirla, e stavo per offrirle il mio aiuto quando un forte e improvviso botto mi fece saltare per la paura. Mi misi a sedere e avvolsi le braccia intorno alla vita, abbracciandomi mentre lei beveva direttamente dalla bottiglia.

«Mamma?», sussurrai quando si fermò per respirare.

«Ha detto che sarebbe andato a prendere il vino che mi piaceva dopo essere passato da McDonald's, perché non mi piace molto questo», disse, fissando la bottiglia.

Non capivo.

«Mamma?», ripetei.

«Tommy», chiamò all'improvviso, cogliendomi di sorpresa.

Aveva la voce rauca, ma non era quello che mi preoccupava. Ciò che mi preoccupava era poter sentire nelle sue parole il dolore che provava, e non fece altro che amplificare la crescente sensazione lancinante che irradiava lentamente dal mio petto.

«Arrivo», urlò Tommy, i suoi piedi che pestavano sulle scale.

Guardai mio fratello sulla soglia quando apparve, leggermente senza fiato. Accese la luce ed entrambi aggrottammo la fronte quando nostra madre sussultò come se le facesse male. Un'espressione che non potevo decifrare attraversò il viso di Tommy quando vide la bottiglia scura in mano a nostra madre. Si addentrò nella stanza quando lei fece un altro grande sorso dalla bottiglia. Rimase immobile quando lei abbassò la mano e iniziò a uscire dalla camera, senza degnare di uno sguardo mio fratello o me.

«Vado a parlare con le zie così possiamo fare i… preparativi. Prenditi cura di tua sorella», la sentii dire a Tommy quando si avvicinò alle scale.

Mio fratello mi dava le spalle mentre osservava la mamma allontanarsi da noi, e gli servì un intero minuto prima di gi-

rarsi verso di me. Quando lo fece, il suo viso era più severo e all'improvviso sembrava molto più grande di diciannove anni.

«Stai bene?».

Annuì e mi sfoderò un sorriso che non gli arrivava agli occhi... occhi verdi che erano identici a quelli di nostra madre.

«Sì», rispose. «Certo».

Aggrottai la fronte. «Non mentirmi, Tommy».

Perse il sorriso e incurvò le spalle quando si avvicinò al letto, occupando il posto vuoto accanto a me.

«Non ti sfugge nulla», borbottò. «Vero?».

Scossi la testa. «No».

Sbuffò una piccola risata.

«Sei troppo sveglia perché io ti inganni», stuzzicò.

«Non cercare di ingannarmi quando ti chiedo se stai bene. Non posso aiutarti se menti».

Mio fratello mi rivolse il suo sguardo triste. «Hai undici anni, piccolina. Non dovresti aiutarmi».

«Sei mio fratello», dissi con fermezza. «Ti aiuterò sempre quando hai bisogno di me».

Tommy mi avvolse le spalle e mi strinse.

«Ho detto a Ward che non abbiamo bisogno di lui», ammisi. «Gli ho detto di non tornare... penso che mi abbia dato retta».

Tommy rimase in silenzio per un lungo momento.

«Va tutto bene», disse poi. «Gli ho detto la stessa cosa quando mi ha telefonato poco fa».

Lo guardai. «Davvero?».

Annuì, il che mi rese perplessa.

«Non ci credo che ci abbia dato retta»,

«Già», disse Tommy, la voce calma. «Neanch'io».

«Perché ci ha dato retta? Ward ci vuole bene, e noi ne vogliamo a lui. Anche lui è a pezzi per papà, lo vedevo nei suoi occhi. Perché ha voluto lasciarci quando abbiamo più bisogno di lui?»

«Ha i suoi motivi», rispose Tommy in tono scontroso. «Ma sono troppo arrabbiato con lui per pensarci».

Sentii delle voci provenire dal piano di sotto, ma non sapevo distinguerle; si mischiavano tutte insieme. Le persone erano spuntate come funghi non molto tempo dopo il ritorno di mia madre dall'obitorio. Anche se la sera si trascinava e l'ora si faceva tardi, gli amici di papà e le mie zie erano rimasti per stare con noi.

«Cos'ha che non va la mamma?», sussurrai a Tommy, sollevando le ginocchia al petto e appoggiandoci sopra il mento. «Si comporta in modo davvero strano».

Mio fratello mi tirò più vicino al suo fianco quando si sistemò con la schiena sulla testiera del letto. Il suo abbraccio mi era di grande conforto, ma mi fece anche scoppiare in lacrime. Tommy mi tirò subito sul suo grembo, posò la testa sulla mia e con dolcezza cantò You are my sunshine. *Mi cantava sempre quella canzone quando ero triste o mi facevo male, ma per qualche ragione non fermò come al solito il dolore che pulsava nel mio petto.*

«Mamma», disse dolcemente dopo aver smesso di cantare. «Mamma è molto triste per papà».

Sapevo che lo era, ma ciò non spiegava perché non era… lei.

Tirai su col naso. «Anch'io».

«Lo so», disse Tommy e mi baciò la testa. «Anch'io sono triste».

Sapevo che lo era. Voleva così tanto bene a papà che non gli importava nemmeno quando faceva stupide battute davanti ai suoi amici e lo imbarazzava. Sorrideva sempre, dava inizio a una lite giocosa, poi assicurava mio padre che gliel'avrebbe fatta pagare. Papà accoglieva sempre il contraccolpo con un sorriso scherzoso.

Qualcosa che non avrebbe mai più potuto fare.

«Mamma non voleva guardarmi», dissi, la gola mi faceva male. «Perché, Tommy?».

Mi strinse.

«È che...».

«Ti guardava e ti parlava», lo interruppi, la voce roca, «ma con me no. La osservo da quando è tornata dall'obitorio. Si assicura di non guardarmi... anche quando le sto davanti, si assicura di guardare dall'altra parte». Ricominciai a piangere. «Cosa ho fatto?»

«Nulla», disse Tommy con fermezza, ritraendosi per rivolgermi lo sguardo. «Non hai fatto nulla di male, Erin».

«Allora perché?», incalzai. «Perché sento che è cambiata?».

Tommy si irrigidì, ma fu solo per un momento, quindi non ero sicura se me lo fossi immaginato o no. Sbadigliai e mio fratello mi suggerì di andare a dormire, ma non volevo chiudere gli occhi. Non volevo essere lasciata da sola. Ignorai le parole di mio fratello e ripetei la domanda.

«Penso che abbia paura», rispose alla fine quando mi accoccolai sul suo petto.

«Paura di cosa?», chiesi, sbadigliando di nuovo nonostante non volessi andare a dormire.

Tommy non parlò a lungo. Sentii del trambusto, gemiti sommessi, voci e persino qualche risata provenire dal piano di sotto. Mi domandai se tutti stessero cercando di far sorridere mia madre. Mi domandai se ci fossero riusciti.

Cominciai a sentire le palpebre pesanti e quando non riuscii più a tenerle aperte, le lasciai chiudere. Ma prima di cadere nell'abisso dell'oscurità, sentii mio fratello parlare.

«Ha paura di guardarti perché tutto ciò che vede in te è papà. Hai i suoi occhi, i suoi capelli, il suo sorriso», disse Tommy, la voce gentile, «e ho il terrore che quando alla fine ti guarderà... lui sarà tutto ciò che riuscirà a vedere».

Aprii gli occhi per fissare mia madre nel presente, e il petto mi faceva male tanto quanto la sera della morte di mio padre. Quella sera aveva cambiato – e rovinato – ogni cosa.

«'Notte, mamma».
«No-non dirlo a To-Tommy, Erin».
Guardai da sopra la spalla e vidi che era già sul punto di sprofondare in un sonno indotto da qualche medicina.
«Non dirò una parola», mentii, anche se sapevo che non poteva sentirmi.
Lasciai la porta della camera aperta nel caso avesse bisogno di me, e portai tutte le lenzuola sporche al piano di sotto, dove le misi nella lavatrice. Ritornai al piano di sopra in camera mia, ancora trascinando i piedi. Come mia abitudine, chiusi la porta a chiave dietro di me. Preferivo svegliarmi con mia madre che picchiava alla mia porta piuttosto che averla sul mio letto coperta dal vomito.
Con un sospiro, staccai il cellulare dal caricatore e salii nel mio rifugio ormai tiepido ma confortevole. Erano appena passate le due del mattino, e sapendo che mio fratello aveva il suo turno di sorveglianza notturna, gli mandai un resoconto di ciò che avevo dovuto sopportare, anche se avevo detto a mia madre che non l'avrei fatto. Tommy sapeva com'era fatta… ma solo entro un certo limite. Sapeva che beveva ogni giorno fino a quasi finire in coma, ma non sapeva del veleno che a volte mi sputava addosso, e non gliel'avevo mai detto.
Tommy era già fin troppo preoccupato per me e per mia madre, quindi nascondergli certe cose era una benedizione. Se avesse saputo come lei mi trattava quando era ubriaca, avrebbe tentato di sistemare la situazione, e non era qualcosa che poteva risolvere con facilità, quindi non lo disturbavo. Nessuno di noi aveva molto nella vita, Aiden era la nostra unica salvezza. Senza di lui, tutto quello che rimaneva a me e a Tommy erano lunghe ore di lavoro e nostra madre a cui badare. Nessuno di noi aveva tempo di frequentare qualcuno, e anche se l'avessimo avuto, non ero sicura che saremmo stati capaci di affrontare una rela-

zione. Tommy era sempre stato il mio protettore e adesso che ero abbastanza grande anch'io volevo esserlo per lui. Se avessi potuto evitare che mio fratello soffrisse, anche se solo per un pochino, avrei spostato montagne per farlo accadere.

Trasalii quando il cellulare iniziò a vibrarmi nelle mani. Tommy mi stava chiamando in risposta al mio SMS, e per un momento desiderai non avergli detto della situazione con mamma.

«Ciao, Tom», dissi con tono gentile rispondendo alla chiamata.

«Ehi», replicò mio fratello. «Sta dormendo?»

«Sì», sospirai. «Spero solo che stia buona per la notte. Mi devo alzare presto per andare al lavoro».

Il mio primo lavoro, al supermercato locale, iniziava alle otto e finiva alle due. Il mio secondo lavoro, come cameriera, iniziava alle quattro e finiva alle dieci. Non facevo sempre entrambi i lavori in un giorno, ma quando accadeva, pregavo che al ritorno a casa mia madre già dormisse, così non dovevo avere a che fare con lei. Non avevo bisogno di due lavori, ma mi tenevano fuori di casa, quindi facevo tutti i turni che mi offrivano.

Mia madre non lavorava, ma aveva i soldi che riceveva dai sussidi pubblici. Aveva richiesto il riconoscimento dell'invalidità a causa di un infortunio all'anca che aveva subito qualche anno prima, quando era caduta durante una delle sue numerose nebbie alcoliche. Era proprietaria della casa in cui vivevamo, così, dopo aver pagato le bollette, le assicurazioni e aver messo il cibo sul tavolo – dividevamo ogni bolletta con lei – le restavano dei soldi da spendere come voleva. E voleva sempre l'alcol.

Mettevo ogni centesimo di cui non avevo bisogno in un libretto di risparmio. Nel corso degli anni, ero riuscita a risparmiare più di undicimila sterline. Avevo iniziato a mettere da parte i soldi quando mi ero resa conto per la prima volta che l'ambiente in cui vivevo non era sano, era tossico, e mi spaventava pensare che le abitudini di mia madre potessero contagiarmi. Avevo solo sedici anni quando giunsi a quella conclusione ed ero intenzionata a buttarla fuori di casa e dalla mia vita, ma sei anni dopo ancora vivevo con lei.

C'erano giorni in cui passavo ore a elencare i motivi per cui avrei dovuto abbandonare mia madre senza voltarmi mai indietro, ma l'unica cosa che mi tratteneva era mio padre. Mi aveva insegnato a non arrendersi mai con le persone che ami, anche se ti spingono a volerlo fare. Viveva e respirava per la sua famiglia e non c'era nulla che non avrebbe fatto per tenerci uniti. Sapevo che mi avrebbe suggerito che la situazione che stavo affrontando era diversa, che non dovevo stare con una madre a cui interessava soltanto dove poteva trovare l'ennesima bottiglia da svuotare, ma arrendermi con mia madre mi faceva sentire come se mi stessi arrendendo anche con mio padre, e non ero pronta a farlo, quindi avevo pianificato un futuro che la includeva.

Gli anni si fecero più ardui mentre la dipendenza di mia madre diventava più forte, ma mi ero rimboccata le maniche e mi ero mantenuta da sola al college facendo due lavori part-time, e fui ripagata dato che mi ero laureata di recente come insegnante. Ero stata appena assunta per insegnare in una scuola elementare a mezz'ora di distanza e avrei iniziato dopo le vacanze estive.

Tutto quello per cui avevo lavorato stava finalmente accadendo… ma non provavo un briciolo di entusiasmo, il che mi sconcertava. Diventare un'insegnante era stato il mio sogno fin da piccola. L'idea di aiutare i bambini a imparare e a crescere mi riempiva con un immenso desiderio di far emergere il potenziale che c'era in loro. Crescendo, molti dei miei insegnanti a scuola mi avevano trascurato perché imparavo più velocemente degli altri studenti: mi avevano classificato come una saputella e mi ero sempre sentita come se non mi fosse stata data la possibilità di fare del mio meglio, a causa dello scarso sostegno che mi veniva dato.

Volevo essere una persona migliore, un'insegnante migliore, per quel motivo.

Ma mia madre, e la mia relazione con lei, mi rendeva difficile essere emozionata per quel nuovo capitolo della mia vita. Quella donna aveva toccato il fondo ed era come se fosse un segnalibro permanente su un capitolo ormai marcio della mia vita da cui non potevo scappare. Volevo bene a mia madre, le volevo bene anche se era un guscio di ciò che era prima, e per quel motivo vivevo alla giornata. Non pensavo mai al domani, rimanevo sempre nel presente. Dovevo farlo per la mia sanità mentale.

«Com'è andata oggi?», mi chiese mio fratello, distogliendomi dai miei pensieri.

Sbuffai. «Come ogni altro giorno. Lungo e difficile».

«Ti capisco», borbottò Tommy prima di sbadigliare.

Inclinai la testa. «Hai visto Aiden oggi?».

Fece un sospiro profondo. «No, sua madre pensava fosse meglio per lui concentrarsi sullo studio per gli esami estivi».

«Passi sempre i venerdì con lui dopo scuola». Mi accigliai. «Non può farlo, Tommy».

«Può invece», ribatté, avvilito. «Ha l'affidamento esclusivo, può fare quel che le pare».

Provavo sia rabbia che sconcerto per conto di mio fratello. Quando pensavo che la mia vita fosse dura, mi bastava pensare a quella di Tommy per ridimensionare tutto. A quindici anni aveva messo incinta la sua ragazza diciassettenne ed era diventato padre a sedici. Lucy Hayes era sempre stata prepotente e manipolatrice, e quei tratti si erano solo intensificati quando lei e Tommy si erano lasciati poco dopo essere diventati genitori. Avevo solo otto anni quando era nato mio nipote, e da che avevo memoria, i miei ricordi di Lucy e Tommy erano di loro che litigavano e di lei che gli portava via Aiden solo perché poteva.

Dal momento della nascita di mio nipote, era stato usato come un'arma contro mio fratello. Per anni l'accordo era stato semplice – Tommy e Lucy si erano accordati tra di loro – ma dopo la morte di mio padre e dopo che l'alcolismo di mia madre era diventato un vero problema, Lucy non era troppo sicura che Aiden sarebbe stato al sicuro con noi… e aveva ragione. Quando Aiden era soltanto un bambino, aveva trovato una bottiglia aperta di vodka che apparteneva a mia madre e ne aveva bevuto un po'. L'avevo trovato sul pavimento privo di sensi mentre vomitava, e Tommy e io l'avevamo portato subito in ospedale. Quel giorno aveva cambiato la vita di mio fratello.

Lucy aveva portato Tommy in tribunale e aveva vinto l'affidamento esclusivo sulla base che la nostra casa fosse un ambiente pericoloso. Tommy non si era nemmeno opposto, perché mio fratello era un padre incredibile e voleva il meglio per il figlio, anche se significava non avere nulla a che fare con lui. Non poteva evitare di avere una madre alcolizzata con la quale conviveva.

Aiden, che adesso aveva quattordici anni, mi aveva detto che quando ne avrebbe compiuti sedici, sarebbe andato a vivere in modo permanente con Tommy, che di recente si era trasferito in un bellissimo appartamento con due camere da letto non molto lontano dalla casa di Aiden. Gli anni dell'astiosità di Lucy e del suo voler impedirgli di vedere il padre le si erano ritorti contro, e Aiden riusciva finalmente a vedere quanto era stata terribile con mio fratello.

«Le cose cambieranno, Tommy», dissi, sperando che mi credesse. «Vedrai».

Mio fratello rise sommessamente. «Spero proprio di sì, ragazzina».

Alzai gli occhi al cielo. «Ho venti anni, sono una donna adulta, *non* una ragazzina».

«Ma certo… ragazzina».

Brontolai e Tommy rise.

«Potrei fare di peggio», commentò pensieroso. «Potrei ancora chiamarti piccolina».

Indugiai. «Okay, hai vinto tu».

Rise di nuovo e il suono mi fece spuntare un sorriso sincero sul volto. Era un suono che non gli sentivo spesso, quindi quando accadeva, mi assicuravo di memorizzarlo per le giornate in cui il silenzio era così forte da essere opprimente.

«Vado a dormire un po'. Ci sentiamo domani, va bene?»

«Okay», disse, ridacchiando ancora. «'Notte, Erin».

«'Notte, Tom», sbadigliai. «Ti voglio bene».

«Ti voglio bene anch'io, ragazzina».

Quando riattaccammo, rimisi in carica il cellulare e mi sdraiai sul letto a fissare il soffitto. Sobbalzai quando sentii un botto da qualche parte della casa. Rimasi immobile per qualche momento, poi sentii dei gemiti.

«Erin», chiamò mia madre, poi urlò dopo un altro botto.

Chiusi gli occhi e contai fino a dieci.

«Sto arrivando, mamma».

Mi tirai fuori dal letto e andai a vedere perché aveva bisogno di me stavolta, e per tutto il tempo una vocina nei meandri della mia testa mi diceva che quella situazione non sarebbe durata per sempre. Alla fine avrebbe bevuto fino a morire. Era solo una questione di tempo, e dato che Tommy non viveva più con noi, sarei stata io quella che l'avrebbe trovata quando il suo corpo alla fine avrebbe deciso di cedere.

A volte pensavo a come sarebbero state le cose se fosse

morta. Non per rabbia o per odio, ma più che altro per sollievo nei suoi confronti. Soffriva atrocemente e provava quella sofferenza ogni singolo giorno dalla morte di mio padre. Una parte di me sapeva egoisticamente che se fosse morta, mi avrebbe reso la vita più facile e mi avrebbe dato molte meno seccature, e odiavo pensarlo. Odiavo pensare che lei fosse un peso, perché, comunque sia, era mia madre, la stessa donna il cui sorriso una volta rendeva felice il mio cuore. La stessa donna le cui braccia mi avevano fatto sentire così al sicuro e al caldo.

Era smarrita nell'oscurità, ma le cose smarrite potevano essere ritrovate e riportate alla luce ancora una volta. Dovevo aggrapparmi alla speranza che un giorno sarebbe tornata da noi, perché avevo già sepolto un genitore e mi aveva quasi ucciso.

Non potevo farlo di nuovo.

Capitolo due
Ward

«Ward?».

Cazzo.

Guardai da sopra la spalla, incrociai lo sguardo con lo schianto dai capelli rossi della sera prima e le diedi il mio migliore, o ciò che speravo fosse il mio migliore, sorriso innocente.

Come diavolo si chiamava?

«Tesoro», cinguettai, sembrando molto più allegrotto di quanto avrei dovuto essere alle sei del mattino.

Stavo ancora sorridendo e avevo ancora una presa mortale sulla maniglia della porta. La fuga era vicinissima, così vicina che potevo quasi assaporarla. Dovevo essere furbo riguardo alla mia partenza, altrimenti le cose si sarebbero complicate, e non mi piacevano le cose complicate fuori dalla camera da letto.

«Che fai?», chiese la rossa, incrociando le braccia sul suo petto abbondante e molto nudo.

Jennifer. Si chiama Jennifer. Mi soffermai. *O era Jessica?*

La mia concentrazione venne deviata alla svelta da quelle domande stupide in merito alla donna davanti a me. Incrociando le braccia sul petto, aveva spinto il seno in su, e ciò lo faceva apparire più grande, più rotondo… più gustoso.

Non ci pensare nemmeno, amico. Scossi la testa per schiarire i pensieri e mi concentrai sugli occhi della donna per tirarmi fuori da quel territorio pericoloso. Gli occhi erano sempre una scelta sicura. Potevo vedere cosa una donna voleva da me attraverso i suoi occhi, e stavolta non rimasi deluso nel vedere la lussuria e l'avidità che dimorava in quelle iridi marroni che mi fissavano.

«Devo andare al lavoro, tesoro».

Johanna, è Johanna… o aveva detto Jessie?

La rossa mise il broncio. «Ma è sabato».

«Non v'è pace per gli empi». Feci l'occhiolino.

Mi sorrise in maniera diabolica e sapevo quanto empio pensava che fossi.

«Posso vederti dopo?», chiese dolcemente.

Il suo invito era una pretesa mascherata da domanda innocente.

«Certo», mentii con un altro sorriso. «Il tuo numero è nel mio cellulare, no?».

Mi assicuravo sempre che le donne con cui dormivo mettessero i loro numeri nel mio cellulare e la data in cui me le ero portate a letto quando volevano rivedermi. Di solito, quasi tutte si rifiutavano di farlo – se avevano buone intenzioni nei miei riguardi – ma una donna che voleva status e soldi avrebbe fatto qualsiasi cosa le avessi chiesto.

Le donne con cui mi vedevo erano di solito professioniste e non si sarebbero sognate di insistere a contattarmi al di fuori del lavoro, ma c'erano alcune donne, come la rossa sul letto, che osavano un po' di più. Prendevo solo i loro numeri; non davo mai il mio, se potevo evitarlo. Il mio numero era facile da ottenere e l'ultima cosa di cui aveva bisogno era rispondere a una chiamata da una donna e non sapere se me l'ero già portata a letto. I numeri erano la mia specialità e le date ancora di più. Una volta che sapevo la data, mi ricordavo il giorno o la donna di quel giorno. Una volta che mi ricordavo la data, decidevo se valesse la pena chiamare quella donna quando mi girava bene.

Ciò mi rendeva una testa di cazzo priva di tatto? Più che probabile.

«Sì». Annuì. «L'ho salvato sotto Jacey e la data di ieri, come mi ha detto di fare».

Jacey!

«*Sapevo* che iniziava con una J», dissi sottovoce tra me e me.

«Come?», chiese Jacey, sforzandosi per sentirmi.

«Ho detto», le feci un gran sorriso, «non vedo l'ora di chiamarti».

Sollevò una mano sui suoi bellissimi capelli selvaggi che le arrivavano alle spalle, e intrecciò le ciocche intorno alla punta delle dita. L'azione espose uno dei suoi seni, e il capezzolo roseo mi chiamava come una stupida campanella della cena. Strinsi la mia presa sulla maniglia e con riluttanza distolsi lo sguardo dal seno di Jacey. Aprii la porta e uscii nel corridoio inaspettatamente freddo, poi mi girai e feci l'occhiolino a Jacey prima di chiudere la porta dietro di me.

Emisi un sospiro profondo, ma invece di indugiare e aspettare che lei aprisse la porta per guardarmi andare via, come sapevo che avrebbe fatto, mi abbottonai il cappotto, mi affrettai lungo il corridoio e presi le scale. Sollevai il cellulare all'orecchio quando squillò.

«Buckley», risposi.

«Buongiorno, signore», disse Hope, la mia assistente, nel suo tono fin troppo vispo per le sei del mattino.

«Buongiorno, Hope», replicai mentre scendevo le scale dell'hotel. «Che programmi ho oggi?»

«Quattro riunioni e la prima è alle undici», rispose. «Era alle nove, ma l'ho spostata dato che è sabato».

Aprii con una spinta la porta dell'atrio, alla reception diedi il numero della mia camera e aspettai che il parcheggiatore recuperasse la mia auto. Mi misi a sedere su uno di quei grandi divani ad aspettare.

«A proposito di sabato», dissi a Hope, «perché mi chiami così presto quando non inizi fino alle dieci?»

«Queste riunioni sono importanti, altrimenti non le avrei fissate di sabato. Ma la nostra prima riunione è una riunione *di consiglio*», disse Hope, come se fossi uno stupido per averlo chiesto. «La sto preparando da cinque giorni».

«È una riunione con il consiglio direttivo», risi sommessamente. «Sono il fondatore, il proprietario e il principale azionista. Sono rappresentanti, nient'altro. Lo sai che non gli cederei mai vero potere. Questa riunione è solo un riepilogo dei primi sei mesi dell'anno per la compagnia, tutto qua».

«Voglio solo che tu sia pronto a tutto, coccolo».

«Ed *ecco* perché sei la mia ragazza numero uno».

Hope ridacchiò. «Ho sessantuno anni, sono felicemente sposata da trent'anni, ho cinque figli e sei nipoti, e sono *io* la tua ragazza numero uno?»

«E lo sarai sempre», dissi con un sorriso sincero.

Hope era qualcuno di cui mi fidavo ciecamente. Aveva a cuore gli interessi miei e della compagnia.

Sollevai la testa quando un uomo mi fece cenno dall'ingresso dell'hotel. Aveva indosso l'uniforme da parcheggiatore, così mi alzai e mi diressi verso di lui. Uscimmo dall'hotel e trovai la mia nuova Bentley parcheggiata lì davanti. Ringraziai l'uomo, gli lasciai una mancia di cinquanta sterline e scivolai nel lato del conducente.

«Dobbiamo trovarti una brava ragazza, figliolo».

Il commento mi strappò una risata mentre mi sistemavo nell'auto, mi mettevo la cintura e avviavo il motore, spostando la mia conversazione dal palmare al Bluetooth.

«*Ho* una fidanzata, Hope».

Potevo praticamente vedere il suo sguardo torvo. «Quella donna è veleno».

La sincerità sfacciata di Hope era un altro motivo per cui l'adoravo. Era una mia dipendente, ma non mi trattava come il suo capo. Mi trattava come se fossi suo figlio, e lo adoravo troppo per metterle un freno.

«Non devi venirmelo a dire», sospirai quando mi allontanai dal cordolo.

«Dove sei adesso?», chiese Hope, un significato sottinteso alla sua domanda. «Non con lei, devo supporre?».

Toccò a me assumere un'espressione torva. «Non preoccuparti».

Rise in modo gioioso. «Hai preso una firma dalla ragazza?».

La firma a cui si stava riferendo era quella sull'accordo di riservatezza. Quando volevo il piacere della compagnia di una donna, usavo un servizio esclusivo di escort che prometteva completa e totale privacy. Tuttavia, richiedevo a qualsiasi donna con cui andavo a letto di firmare un accordo di riservatezza per assicurarmi che non avrebbe cercato di estorcermi del denaro con la minaccia di andare alla stampa. Era di dominio pubblico che ero fidanzato, e la bufera che avrebbe imperversato sulla stampa se avessero scoperto che ero infedele sarebbe stata dannosa per il mio marchio.

«La donna ha pre-firmato l'accordo. Viene dall'agenzia e loro conoscono la prassi».

Jacey era una nuova escort e si era appena unita all'agenzia – me l'aveva detto durante il nostro tempo insieme – e sapevo già che non l'avrei richiesta di nuovo quando sarebbe arrivato il momento di prendere un altro appuntamento. La sua sfrontatezza durante il sesso era stata accolta calorosamente, ma quella pagliacciata giocosa di volere di più da me quella mattina non mi interessava.

«Sei certo che non ti hanno registrato o fatto una foto con lei?», chiese Hope, un accenno di preoccupazione nel suo tono.

Mi rilassai quando mi immersi nel traffico londinese mattutino.

«Ne sono certo», la rassicurai. «Ci siamo incontrati in una stanza d'albergo come sempre».

Hope mormorò in segno di assenso. «Mandami il suo nome, così posso ottenere i suoi dati dagli archivi dell'agenzia. Voglio tenerla d'occhio, per esserne sicura».

Scossi la testa. «Okay, 007».

Hope rise e mi strappò un altro sorriso.

«Sto tornando a casa per fare la doccia e vestirmi. Ci vediamo nel mio ufficio alle dieci, non prima, per esaminare i tuoi appunti sulla riunione di consiglio...».

«Aspetta», gridò Hope all'improvviso. «Dato che sei qui e ho l'agenda aperta, quand'è che vai in vacanza?».

Sospirai. «Non mi serve...».

«Sì che ti serve», mi interruppe Hope. «Non ne hai avuto una per tutto l'anno, e hai accettato di fartene una. Ce l'ho per iscritto se vuoi un promemoria. Hai promesso che ti saresti preso ventotto giorni per stare *fuori* dall'ufficio. Non mi interessa se te li prendi tutti insieme o a scaglioni, ma, Ward, tu *farai* questa vacanza, fosse il mio ultimo incarico, o giuro su Dio che ti renderò la vita impossibile».

L'impulso di sbattere la testa sul volante era allettante. Il mio lavoro era la mia vita, e senza lavoro, avevo tempo per pensare, e quando pensavo troppo, i brutti mostri del mio passato facevano capolino.

«Non lascerò perdere e basta, Ward», continuò Hope. «Non ti fai una vacanza da... un'eternità».

Feci un sorrisetto. «Stai cercando di liberarti di me?»

«Sempre», replicò all'istante. «La tu assenza in ufficio migliora la produttività».

Sbuffai. «Ti richiamo dopo... okay?»

«Va bene», sospirò. «Ci vediamo alle dieci».

Quando il telefono si ammutolì, rimase solo per qualche secondo prima che squillasse di nuovo.

«Buckley», risposi.

«Buongiorno, signore».

Mi rilassai. «'Giorno, Keller».

John Keller era il capo del mio team della sicurezza e, a parte Hope, era la cosa più vicina che avevo a un amico.

«Vuole che mi occupi della donna con cui ha passato la notte?», chiese. «Ho solo l'indirizzo dell'hotel che ho preso dal navigatore satellitare della Bentley, ma avrò il resto dei suoi dati in tre minuti. Due se la velocità di download aumenta».

Contrassi le labbra. «No, ma puoi inoltrare i dati a Hope. Vuole tenerla d'occhio».

Sbuffò in una risata. «Molto bene, signore».

«Qualcos'altro?»

«No. La vedrò dopo la riunione di consiglio per discutere sull'evento di stasera».

Al ricordo del mio evento di beneficenza, mi corrucciai. Non per l'evento in sé – amavo più di ogni altra cosa portare consapevolezza e attenzione sulla mia organizzazione benefica – mi irritava solo che *lei* sarebbe stata la mia accompagnatrice.

Al termine della chiamata, accesi la radio e ascoltai la trasmissione mattutina. Il tragitto fino alla mia residenza fu rapido e tranquillo. Entrai nel parcheggio sotterraneo, poi mi diressi in casa mia. Regnava un silenzio mortale quando misi piede nel corridoio, e mi fece emettere un sospiro di sollievo.

Non è qui.

Andai in cucina per prendere una tazza di caffè e un po' di cibo prima di fare una doccia. Stavo versando il caffè quando sentii un rumore dietro di me. Prima di girarmi per vedere cosa l'avesse causato, una voce mi fece irrigidire i muscoli.

«Com'è stata la tua serata, carissimo futuro *marito*?», chiese, e senza neanche guardarla, sapevo che aveva un sorrisetto compiaciuto stampato in volto. Potevo praticamente percepirlo.

Mi incupii mentre versavo il latte nella mia tazza, mescolandoci poi un cucchiaino di zucchero.

«Perché sei qui?», chiesi, cercando di celare la mia irritazione. «Abbiamo concordato che non saremmo stati in compagnia l'uno dell'altro, a meno che non sia assolutamente necessario».

Non dover vedere Tara ogni minuto della giornata mi dava un po' di pace mentale considerando la situazione incasinata in cui ero bloccato con lei.

«*È* assolutamente necessario», insistette Tara. «Volevo controllare se devo venire con te alla raccolta fondi stasera».

«Certo che devi venire», dichiarai, scuotendo incredulo la testa. «Se non ti presenti con me, la stampa avrà una giornata campale».

Mi girai per affrontarla quando non replicò, e quando la vidi in lingerie molto succinta, rimasi impassibile. Quasi ogni parte della sua pelle color cioccolato era in mostra.

«Hai dormito *in quel modo*?»

«Dormito? Certo», disse pensierosa. «Se si può chiamare così».

Adocchiai il succhiotto scuro sul collo di Tara e alzai gli occhi al cielo, sapendo benissimo di non averglielo dato io. Non eravamo intimi da più di un anno. Diavolo, non ci tenevamo nemmeno per mano da quando mi aveva minacciato di sganciare la bomba che, se fosse stata resa nota, avrebbe rovinato la mia immagine attentamente costruita.

«Chi era la povera anima così sfortunata da finire con l'uccello seppellito dentro di te?», chiesi, scuotendo la testa. «Il tuo insegnante di yoga o il tuo personal trainer? O tutti e due?».

Tara ridacchiò, per niente offesa.

«Nessuno dei due», replicò quando portai la tazza alle labbra. «Ho deciso di spiegare le ali e concedermi un tuffo nelle acque del *tuo* team».

Mi pietrificai. «Il mio team della *sicurezza*?»
«Forse». Tara sogghignò.
Mi sforzai di bere un sorso di caffè e la fissai in modo torvo.
«Chi è che devo licenziare?», chiesi con nonchalance. «Dài, dimmelo».
Rise con allegria. «Non è divertente se non indovini».
Il fatto che pensasse che il mio tirare a indovinare con chi mi avesse tradito fosse un gioco mi fece incazzare. Non la parte del tradimento... ma il fatto che pensasse che il nostro fidanzamento fosse un gioco, invece di un accordo, mi faceva girare gli zebedei.
«Oggi non ho tempo per te o per i tuoi stupidi giochetti», la informai, il mio tono smozzicato. «Stamattina ho una riunione con il consiglio e tre altre riunioni durante la giornata prima di dover andare alla raccolta fondi alle sette».
Tara alzò al soffitto i suoi occhi con le lenti a contatto azzurre. «Va bene, era Calum Jefferson».
Passai rapido in rassegna i nomi del mio team nella testa, e mi si accese una lampadina quando un ventitreenne con capelli biondo dorato e un neo sulla guancia sinistra mi saltò in mente.
Ridacchiai. «Non potevi lasciare che il ragazzo arrivasse a sei mesi di lavoro prima che lo perdesse?»
«Era troppo facile». Fece spallucce.
Considerando il suo abbigliamento, ne dubitavo altamente.
«*Lui* era facile?». Risi di gusto. «Penso che scoprirai che sei *tu* quella facile, tesoro».
Tara mi guardò storto. «Disse il puttaniere».
Feci un gran sorriso, sapendo di aver toccato un nervo scoperto.
«Scopo io le donne, non scopano me. Quando uso il ser-

vizio di escort, le donne litigano per essere quella che passerà la notte con me. Tu sei quella che dà la caccia agli uomini e non riesci a mantenere il loro interesse abbastanza a lungo perché gli importi di qualcos'altro oltre a quello che c'è tra le tue cosce. Mi hai messo in trappola con un matrimonio... Ormai saprai senz'altro di non essere un buon partito. Sei una cacciatrice di dote, uno spreco di spazio. Scegli quello che ti si addice, *tesoro*».

Mi abbassai quando Tara prese un sottobicchiere dal tavolo e me lo scagliò addosso prima di uscire dalla cucina, imprecando come un'ossessa. La mia risata la seguì, e non fece altro che indispettirla ancora di più.

«Forse sono una cacciatrice di dote», urlò con disprezzo, «ma non sono io quella che fa finta di aver dato inizio a Friendzone. Tu l'hai *co*-creato e hai piantato in asso quell'uomo, il tuo cosiddetto *migliore amico*, nella tua città natale mentre tu facevi la bella vita. Sei un *vigliacco* del cazzo. Continua a prendermi per il culo, Ward. *Ti sfido!*».

La mia risata si esaurì e il sorriso venne cancellato a tempo indeterminato dal mio volto.

«Stronza del cazzo», ringhiai mentre se ne andava pestando i piedi finché non era più in vista.

Da una settimana mi girava bene e non pensavo più alla mia città natale e a chi avevo lasciato lì, ma ormai era andato tutto all'aria. Gettai il resto del mio caffè nel lavandino della cucina prima di posare la mia tazza con rabbia. Mi aggrappai forte al bordo del bancone, abbassando la testa quando un senso familiare di colpa e nausea mi pervase dal basso ventre.

Tommy Saunders.

Se ci fosse mai stata una persona sulla faccia della Terra che non era Hope o Keller a cui avrei affidato la mia vita, sarebbe stato Tommy. Sin dalla scuola materna eravamo diventati migliori amici, e la nostra amicizia era durata finché non me l'ero squagliata dalla nostra città natale con la mente concentrata sulla crescita di quello che avevamo creato entrambi, non molto tempo dopo che suo padre era rimasto ucciso in un incidente d'auto quando avevamo diciannove anni.

Con le spalle incurvate, lasciai la cucina e mi diressi lungo il corridoio verso la mia tana, dove mi sedetti a fissare la stanza. La tana da sola era più grande dell'intero appartamento con due camere da letto in cui ero cresciuto a Edimburgo. Per gli standard di chiunque altro, avevo toccato la vetta e oltre. Ero diventato miliardario tre giorni dopo il mio ventiquattresimo compleanno, e ora, un mese dopo i miei trent'anni, mi ero guadagnato i miei ventidue miliardi.

Friendzone era nato come un'idea ubriaca, poi si era sviluppato in linee di codice per un sito web e da lì era cresciuto creando un impero di cui ero veramente orgoglioso. Era qualcosa che il mondo non aveva mai visto prima, e divenne *il* social network a cui sarebbero stati paragonati tutti i network futuri. Era rivoluzionario.

Dal punto di vista di un estraneo, avevo tutto, ma in realtà stavo annegando in un successo che in fondo sapevo non era solo mio. L'avevo rivendicato, però: avevo scritto un'autobiografia sulla mia giovinezza e su come avevo iniziato Friendzone, e neanche una volta avevo accennato a Tommy. Avevo fatto centinaia di interviste dove avrei potuto nominarlo, dove avrei potuto dire la verità, ma non l'avevo fatto. La mia rabbia, il dolore e l'amarezza verso di lui per avermi tagliato fuori dalla sua vita, e per aver voluto che abbandonassi il mio sogno tutti quegli anni prima, aveva dato inizio a una menzogna che era cresciuta negli anni e che ora non poteva essere ritrattata, perché la mia immagine sarebbe stata rovinata.

Nonostante i miei possedimenti, non ero una persona

vanesia o materialistica... ma prima che Friendzone diventasse un successo mondiale, la mia immagine era tutto quello che avevo. Avevo passato anni a dipingere una vita perfetta, solo perché nessuno venisse a sapere come fosse stata la mia infanzia, e ora che ero adulto, qualcosa dentro di me non poteva permettere che si formassero delle crepe su quella facciata. Se il mio successo si fosse di punto e in bianco interrotto e la mia vita fosse cambiata, quell'immagine creata di me, così come il mondo mi percepiva, sarebbe rimasta il mio bene più prezioso, perciò facevo *di tutto* per proteggerla.

Era l'unica cosa che era veramente mia... anche se era tutta una menzogna. Non potevo immaginare cosa sarebbe successo se il mondo avesse saputo la verità su Friendzone, su Tommy, su... come ero cresciuto.

Non pensarci.

Stavo vivendo una vera favola, del tipo "dalle stalle alle stelle", e se si fosse sparsa la voce che non ero il solo ad avere il merito della creazione di Friendzone, la conseguente frenesia mediatica avrebbe consumato il mio nome e il mio marchio. Non potevo immaginare *neanche lontanamente* come sarei stato visto e trattato se avessero reso pubblica la mia infanzia. La mia immagine era tutto, e la paura non mi avrebbe permesso di essere meno che perfetto, per cui quell'immagine *doveva* essere mantenuta, a qualunque costo. Che si trattasse di menzogne, inganno o addirittura di un finto matrimonio, avrei fatto quello che dovevo fare per assicurarmi che rimanesse intatta.

Ciò non significava che non mi sentivo un pezzo di merda quando pensavo a Tommy, perché era così. Per anni, avevo cercato di compensarlo per assicurarmi che lui e la sua piccola famiglia facessero una bella vita, ma ogni assegno che compilavo e gli mandavo mi veniva rispedito non incassato. Avevo perso il conto di quante volte avevo preso il telefono per chiamarlo, o quante e-mail e lettere avevo cominciato o scritto solo per essere abbandonate, cancellate o strappate.

Tommy non voleva avere niente a che fare con Friendzone, non voleva avere niente a che fare con me. E l'avevo accettato a malincuore quando non avrei dovuto farlo. Non avevo mai lottato per la nostra amicizia, per la famiglia che mi aveva accolto e mi aveva fatto sentire parte di loro. L'avevo buttato via, li avevo buttati via.

«Tara ha ragione», borbottai a nessuno. «Sono un vigliacco del cazzo».

Capitolo tre
Erin

«Zia Erin?».

Al suono della voce familiare, sollevai lo sguardo dal libro che avevo scelto di leggere quel giorno.

Leggere era la mia unica fuga in mondi diversi dove non dovevo pensare a mia madre, a mio padre o a qualsiasi cosa fosse per me reale. Potevo fare finta di essere una damigella in pericolo, un'eroina con il peso del mondo sulle spalle, la tosta amministratrice delegata di una compagnia miliardaria o anche un vampiro che aveva un debole per gli umani. Era un momento in cui ero spensierata e felice, e lo adoravo.

«Aiden!». Ero raggiante quando vidi mio nipote nella sala relax del supermercato. «Non sapevo che saresti passato oggi».

Non avrei dovuto rimanere sorpresa: veniva a trovarmi durante la pausa ogni volta che poteva, dato che era l'unico modo per trascorrere del tempo insieme a causa del calendario che la madre aveva fissato anni prima.

Attraversò la stanza e mi diede un abbraccio. Appoggiò il mento sulla mia testa e, come sempre, rimasi colpita da quanto fosse cresciuto. Aveva solo quattordici anni, ma con il suo metro e ottanta torreggiava sul mio metro e cinquantotto. La sua altezza era solo una delle tante cose che Aiden aveva ereditato dal padre.

«Mi fai sentire una bambina quando mi sei accanto», dissi, pizzicandogli i fianchi.

Sobbalzò via da me, sorridendo a trentadue denti. «Non è colpa *mia* se sei una tappetta».

Gli puntai il dito contro. «Qui volano parole forti, giovanotto».

Sollevò le mani e le scosse.

«Ho *così tanta* paura», disse in tono derisorio.

Gli lanciai un'occhiataccia. «Continua così e ti faccio abbassare la cresta alla svelta».

Aiden rise con allegria e rese il mio cuore felice. Posò lo zaino della scuola sul tavolo, poi si mise a sedere accanto a me. Tirò fuori il pranzo e iniziò a mangiarlo quando infilai il mio libro in borsa e ripresi a masticare il mio panino.

«Com'è la scuola finora?», chiesi dopo aver preso un sorso della mia Diet Coke.

«Noiosa», disse Aiden, alzando gli occhi al cielo. «Dalla sesta all'ottava ora sarà un *inferno*. Ho matematica per due ore consecutive. Il doppio turno a scuola è una fesseria».

Sussultai, sapendo quanta fatica facesse con la matematica.

«Posso aiutarti a studiare qualcosa?», domandai.

Lui scosse la testa, le spalle incurvate. «Non servirà. Non sono intelligente come te, zia Erin».

«Ehi!». Aggrottai la fronte. «Sei più che intelligente».

Aiden rimaneva scettico. «Non lo sono… la matematica mi entra da un orecchio e mi esce dall'altro. Non mi importa cosa sia *x* o *y*… quello che dovrebbero insegnarmi sono le tasse, i mutui, i tassi di interesse, le varie spese. Dovrebbero insegnarmi cose che userò nella vita *reale*, non puttanate come la radice quadrata di pi greco».

Trasalii all'utilizzo casuale di una parola così volgare, e parte del mio cibo mi rimase incastrato in gola per un momento.

«Aiden Saunders!», lo sgridai quando ripresi fiato.

Aiden evitò il mio sguardo. «Scusa, non avrei dovuto dire quella parola davanti a te».

«Non avresti dovuto dirla *per niente*». Mi incupii.

Lui fece spallucce in risposta, ma ancora non mi guardava.

«Ehi», dissi, e aspettai che incrociasse il mio sguardo. «Sono stata nei tuoi panni, Aiden. So quanto possa essere dura la scuola».

«Ma tu *capivi* quello che ti veniva insegnato», ribatté Aiden con uno sbuffo. «Sei la persona più intelligente che conosco, zia Erin».

Il fatto che ci credesse mi commosse.

Gli feci un lieve sorriso. «Sarò anche stata brava nei compiti, ma non mi sono mai integrata. I miei compagni mi prendevano in giro e gli insegnanti mi trascuravano perché a volte li correggevo quando si sbagliavano. La scuola è stata dura per me. Ho perso il conto delle volte in cui ho fatto finta di essere malata così non avrei dovuto varcare quel cancello. Non avevo amici come te».

Aiden, che mi stava guardando con i suoi grandi occhi verdi che erano la copia esatta di quelli del padre, aggrottò la fronte. «Papà mi ha detto che i bulli ti perseguitavano. Speravo che avesse mentito».

Magari.

«Non era una bugia. Mi perseguitavano». Annuii con solennità. «Ma non ho lasciato che la cosa prendesse il sopravvento su di me, anche se è stata molto dura. Mi sono fatta forza e ho superato la scuola, e lo farai anche tu. Matematica e inglese sono i tuoi unici problemi, ma ancora credo che alla resa dei conti passerai ogni esame che ti troverai davanti. Lo so».

Mi restituì un sorriso soddisfatto. «Grazie, zia Erin».

Feci l'occhiolino. «Sarò sempre la tua più grande cheerleader».

Aiden mi fissò, un pizzico di orrore nei suoi occhi luccicanti. «Non davanti ai miei amici, però. Giusto?».

Inclinai la testa all'indietro e risi. «E farti rischiare l'umiliazione pubblica? Mai».

Si chinò sul tavolo, sollevò in aria la mano e sorrise quando alzai la mia e gli diedi il cinque.

«Qual è la tua parola del giorno?», lo imbeccai quando mi rilassai sulla mia sedia.

Da quando aveva dieci anni e avevo scoperto quanto faticasse a scuola, presi a fare le parole del giorno con lui. Non aveva svantaggi mentali ed era un ragazzo sveglio, trovava solo la scuola un po' opprimente a volte.

Contrasse le labbra. «Ardimentoso».

La parola *perfetta* per descrivere Tommy prima che Aiden arrivasse nelle nostre vite.

«In una frase», dissi, facendogli cenno di parlare.

«Saltare le due ore di matematica sarebbe ardimentoso e imprudente da parte mia».

Risi. «Già, proprio così».

«Non vuol dire che non le voglia saltare, però».

Inarcai un sopracciglio. «Sei venuto qua nella speranza che ti lasciassi marinare la scuola?»

«Forse?», disse, la risata intrecciata nella parola.

Schioccai la lingua. «Tuo padre *ci* farebbe le chiappe a strisce se lo permettessi».

Aiden contrasse le labbra. «Sì, l'avevo intuito».

«Se devi studiare nuove formule o rivedere una vecchia, ti aiuterò», lo rassicurai. «Ti piace come spiego la matematica meglio della tua professoressa».

«Perché spieghi tutto in maniera semplice e diretta», disse, incurvando le spalle. «I professori usano tutti quei paroloni, come nelle parole del giorno, quando spiegano qualcosa e mi fa sentire stupido quando non capisco».

«Non sei stupido, Aiden. Ti aiuterò con qualunque cosa sei rimasto bloccato. Ti copro le spalle, amico».

Aiden infilò la mano nello zaino e tirò fuori altro cibo.

Scartò un altro panino e iniziò a mangiarlo mentre chiacchieravamo. Tenni d'occhio l'ora così non avrei sforato la mia pausa, ma anche perché così Aiden avrebbe avuto abbastanza tempo per tornare a scuola. Alcuni dei miei colleghi maschi, abituati a Aiden che passava durante il mio turno, batterono il pugno con lui per salutarlo. Jensen, il direttore del supermercato, gli diede un colpetto col pollice sulla spalla quando entrò nella sala relax.

«Hai un altro visitatore, Erin». Sorrise, le rughe intorno agli occhi divennero più marcate.

Jensen aveva quasi sessanta anni e di rado lo vedevo senza un sorriso in volto.

«Grazie, Jen».

Non mi alzai per vedere chi fosse il mio visitatore. Avevo solo tre visitatori, dato che mia madre non sapeva in quale supermercato lavorassi. Uno era seduto di fronte a me, Jesse Buckley faceva i turni diurni alla compagnia edile, ma a volte mi veniva a trovare durante le sue pause pranzo, e l'altro aveva appena varcato la soglia della porta.

Aiden saltò in piedi quando Tommy entrò nella stanza, e puntò dritto al padre, avvolgendo le braccia intorno a lui. Tommy rise, strinse il figlio e gli piantò un bacio sulla testa. Afferrai il cellulare e alla svelta scattai una foto del loro abbraccio prima che uno dei due potesse protestare.

«Papà!». Aiden si accigliò quando si ritrasse, le guance tinte di un accenno di rosso. «*Che* ti ho detto sul baciarmi?».

Tommy si scusò con un gran sorriso e io sbuffai.

«Che c'è?», dissi in tono derisorio. «Sei troppo figo per ricevere un bacio da tuo padre?»

«Ovvio che sì», controbatté, sfoderandomi un sorriso a trentadue denti, identico a quello del padre.

Assunsi una giocosa espressione esasperata. «Non ci sarà mai una fine ai miei baci, devi conviverci».

Aiden sospirò in maniera drammatica. «Lo so».

Sorrisi, Tommy rise e Jensen scosse la testa, ancora sorridente mentre lasciava la stanza con una tazza di caffè in mano. Mio fratello si unì a noi al tavolo e tirò un profondo sospiro.

«Nottata lunga?», chiesi.

Lui annuì. «Ho fatto gli straordinari, il che è fantastico, ma mi fanno male le chiappe a forza di stare seduto. Ho fatto almeno un centinaio di giri di perlustrazione stanotte, tanto per muovermi un po'. Ho corso parecchio avanti e indietro per mantenermi attivo».

Tommy era la guardia notturna al Museo nazionale scozzese e aveva rassicurato Aiden parecchie volte che niente prendeva vita di notte, così da rendere il lavoro emozionante.

Aiden guardò il padre. «Lavori stanotte?».

Tommy annuì. «Solo quattro ore per coprire un po' del turno di un mio amico, grazie a Dio».

«Domani andiamo comunque al parco a giocare a calcio, dopo che ho finito di studiare?».

Dato che Aiden studiava per gli esami estivi durante il week-end, ciò significava che non passava quasi mai del tempo con il padre. Lo faceva soffrire tanto quanto faceva soffrire Tommy quando erano costretti a stare separati.

«Come se dovessi chiederlo». Tommy sorrise. «Vivo per passare le mie giornate con te, lo sai».

Per quanto ne sapeva Lucy, Tommy vedeva Aiden solo il venerdì, ma stavano assieme il più possibile. Quando diceva alla madre che andava a giocare con gli amici o ad allenarsi a calcio, sgattaiolava da Tommy e passava un po' di tempo con noi. All'inizio, Tommy era contrario per paura che Lucy lo scoprisse e gli togliesse il venerdì con Aiden, ma il ragazzo giurò che non l'avrebbe mai detto, e fu sufficiente per Tommy… e per me.

«Non capisco la vostra ossessione per il calcio», dissi

dopo aver bevuto un sorso della mia bevanda. «È così noioso».

«Ti fermo subito, zia Erin», disse Aiden, lanciandomi uno sguardo tagliente. «Il calcio è lo sport di Dio e l'Hibernian Football Club è la sua squadra eletta, e non dovremmo sparlare di tutte le cose sante, non è così?».

Tommy smorzò le sue risate con la mano, ma potevo ancora sentire il suo divertimento nel vedermi venire rimproverata da un quattordicenne.

«Immagino di sì», dissi con un sorriso velato.

«Sono contento che ci siamo chiariti», disse Aiden con un cenno della testa.

«Già», dissi pensierosa. «Anch'io».

Diedi a Tommy il mio secondo panino, insistendo che il primo mi aveva saziato, e mentre i ragazzi mangiavano, parlammo e, come al solito, ci divertimmo un sacco insieme. Erano momenti semplici come quello che compensavano tutte le difficoltà con mia madre. Il tempo con Tommy e Aiden non andava mai sprecato… ma a volte poteva essere una spina nel fianco quando lo sport era l'argomento costante di conversazione.

Dopo aver salutato Aiden con baci e abbracci e averlo spedito sulla via del ritorno a scuola, mi rimisi a sedere al tavolo. Con la coda dell'occhio, vidi Tommy picchiettare sullo schermo del suo cellulare. Chinai di lato per vedere cosa stava facendo, e quando vidi quale applicazione aveva aperto, sussultai e gli strappai il cellulare dalla mano.

«*Non* hai scaricato quell'app di merda!».

Tommy si grattò la testa. «Non è una merda, è il social network numero uno in tutto il mondo».

Strinsi più forte il cellulare e mi incupii. «Sai benissimo perché penso che sia una merda».

Tommy tese la mano per riavere il cellulare e aspettò in silenzio. Con il labbro arricciato in disgusto, lo lasciai cadere nel suo palmo aperto prima di incrociare le braccia sul petto, irritata.

«Capisco il tuo disprezzo… davvero, Erin… ma ho contribuito a crearlo».

«Una ragione in più per evitare di usarlo, visto che l'*altro* co-creatore non ti ha mai dato neanche un centesimo. Ora è un miliardario che vive a Londra con una fidanzata modella e non si è mai voltato indietro da quando è partito undici anni fa da Edimburgo».

«Ward… non è…».

«Non voglio starti a sentire», interruppi mio fratello. «Non posso sopportare di pensare a lui, e sentire il suo nome mi fa solo venire la nausea».

Mio fratello emise un sospiro profondo, ma soddisfò la mia richiesta mantenendo le labbra sigillate. Da quel momento in poi, fui di pessimo umore e Tommy se ne accorse. Mi disse che ci saremmo visti dopo e mi salutò con un bacio e un abbraccio. Mi rimanevano ancora dieci minuti di pausa, ma tornai comunque a lavorare tanto per tenermi impegnata. Di solito il lavoro mi teneva la mente occupata, ma non quando Ward Buckley veniva menzionato.

Lo disprezzavo.

A un certo punto, era stato il migliore amico di mio fratello, un altro membro della nostra famiglia e qualcuno per cui avevo una cotta segreta. Era così figo, sempre gentile, e mi faceva sentire inclusa quando scherzava. L'amavo da piccola, ed ecco perché mi aveva così fatto male quando ci aveva lasciato nel momento in cui avevamo più bisogno di lui. Nel corso degli anni, quel dolore si era trasformato in odio. Quando Ward aveva cominciato a riscuotere successo con Friendzone, mi aspettavo proprio che desse il merito a Tommy, perché l'avevano ideato insieme, codificato insieme e progettato insieme.

Ma non successe.

La prima intervista che avevo visto con Ward era di quando aveva ventuno anni. All'epoca io ne avevo tredici; ero così stupida da credere che il Ward che conoscevo e a cui volevo bene fosse ancora da qualche parte dentro quel Ward dall'immagine perfetta, con indosso completo e cravatta, che veniva intervistato in un programma mattutino. Avevo guardato quell'intervista dall'inizio alla fine sette volte prima di rinunciare del tutto a Ward e cominciare a odiarlo. La sua voce era diversa – parlava più lentamente, più chiaramente – e non solo aveva omesso di menzionare Tommy, ma aveva detto che Friendzone era qualcosa che aveva in mente da anni e che si era assunto un rischio quando aveva iniziato a svilupparla dopo essersi trasferito a Londra per frequentare l'università. Aveva detto: «Ho lavorato molto sodo per costruirlo da zero da solo, ma ne è valsa la pena».

La mia amarezza verso Ward e Friendzone crebbe a pari passo con l'aumento del successo suo e dell'azienda, perché sapevo quanto sarebbe stata diversa la vita di mio fratello se ne avesse fatto parte. Ward non aveva mai dato a Tommy il riconoscimento che meritava, perché era un vigliacco senza spina dorsale che si preoccupava solo di sé stesso. Quando avevo incoraggiato Tommy a parlarne pubblicamente, mi aveva zittito e mi aveva detto di non tirare mai più fuori l'argomento.

Sapevo che parte della mia rabbia nei confronti di Ward proveniva dal fatto che Tommy e io fossimo bloccati nelle nostre vite mentre lui aveva ottenuto grandi cose. Non potevo parlare per conto di mio fratello, ma ero terribilmente gelosa del fatto che Ward avesse tutto quello di cui lui e mio fratello avevano parlato una volta, mentre noi eravamo intrappolati in un ciclo infinito di oscurità con nostra madre.

Finii il mio turno al supermercato di cattivo umore e mi

soffermai in città per un po' di tempo fino all'inizio del mio turno al ristorante. La mia serata non migliorò tra clienti fastidiosi, drammi del personale e brutto tempo che imperversava in cielo. Quando servii il mio ultimo cliente, sparecchiai il mio ultimo tavolo e timbrai il cartellino, ero più che pronta a piombare a letto. Il pensiero di mia madre e delle sue buffonate non mi turbò neanche un po', avevo solo bisogno di tornare a casa e lasciarmi la giornata alle spalle.

Uscii dal ristorante, per poi dovermi fermare subito all'esterno sotto il riparo del tendone.

«Merda», mi lamentai quando vidi quanto pioveva ancora.

La pioggia era una cosa comune in Scozia, ma l'attuale acquazzone aveva il potenziale di diventare una brutta tempesta. Presi il cellulare, controllai l'orario del mio autobus e gemetti quando vidi che il percorso dell'autobus era stato segnalato in rosso a causa del traffico. Mi ricordai che Tommy aveva detto all'inizio della giornata che non aveva un turno completo al lavoro quella notte e che avrebbe finito intorno a quell'ora, così feci il suo numero.

«Ehi», rispose Tommy al terzo squillo.

«Ehi», dissi. «C'è qualche possibilità che tu possa venire a prendermi al ristorante? Sta diluviando…».

«Sì, certo. Ho appena finito il mio turno», rispose. «Sarò lì tra venti minuti… forse trenta a causa del traffico».

«Grazie, Tom», gli dissi. «Sono in debito con te».

Mio fratello sbuffò. «Lo aggiungerò alla lista».

Ma dopo quarantacinque minuti di attesa, le mie gambe cominciavano a farmi male a forza di stare ferma in piedi. Mi stancai e mandai a Tommy un SMS comunicandogli che la pioggia si era alleviata abbastanza da poter andare a piedi, perché lui ci stava mettendo troppo tempo. Misi il cellulare in tasca, mi abbottonai il cappotto, tirai su il cappuccio e mi sistemai la cinghia della borsa sulla spalla, poi lasciai il riparo del tendone. Tenni la testa abbassata mentre camminavo, per evitare che il vento forte mi schiaffeggiasse in faccia. Si dimostrò inutile, perché il vento arrivava da ogni direzione.

«Hawaii», dissi ad alta voce mentre camminavo. «Un giorno potrai stare su una spiaggia nelle Hawaii e *non* avrai freddo».

Ero cosciente che quel tipo di vacanza non sarebbe mai arrivata, ma pensare alla sabbia bollente, al mare caldo e al sole cocente mi aiutava a tenere la mente lontana dalla pioggia che affondava nei miei vestiti e cominciava a penetrare nelle mie ossa. Tirai il cappuccio più in basso possibile, cercando di proteggermi il viso.

Trascinai i piedi fino a raggiungere il primo passaggio pedonale del mio tragitto, e aspettai il semaforo verde per poter attraversare la strada. Alzai lo sguardo, scrutando diverse auto nella speranza di vedere quella di mio fratello, ma non la trovai. Tuttavia, notai che il traffico era molto più intenso del normale. Non era l'ora di punta, neanche lontanamente, ma le auto si accumulavano come se tutti fossero usciti dal lavoro.

Attraversai la strada, ignorai i molteplici clacson e continuai sulla strada di casa. Pensai alle Hawaii ancora un po' di più e a ogni deserto che avevo imparato a scuola. Cercai di concentrarmi su come le alte temperature potevano aiutare ad accelerare la disidratazione. Delle informazioni casuali mi attraversarono la mente, così come diverse parole del giorno. Ero distratta quando iniziai a scorgere delle luci blu lampeggianti sulla strada di fronte a me.

«Oddio».

C'era stato un incidente, e da quello che potevo vedere delle due auto, era stato orrendo. C'era un camion dei pompieri, due ambulanze e tanta polizia. Avevo intenzione di continuare a camminare verso casa, ma qualcosa mi disse di fermarmi e restare a guardare come gli altri pedoni. La pioggia non mi dava così tanto fastidio quando vidi i primi rottami. Chiunque fosse stato coinvolto nell'incidente sarebbe stato fortunato a sopravvivere, perché sembrava brutto.

«Com'è potuto accadere un incidente così grave con tutto questo traffico?», chiesi a un uomo più anziano che mi si era fermato accanto a osservare la scena con interesse.

«Non c'era molto traffico quando è successo», rispose senza guardarmi.

Trasalii. «L'ha *visto*?»

«Certo che l'ho visto». Annuì. «Il conducente di quell'auto rossa è passato col rosso. Avevo a malapena attraversato la strada quando ha passato l'incrocio a tutta velocità. Il conducente di quell'auto nera era sulla sua strada, e l'auto rossa andava troppo veloce per evitare una collisione».

Ebbi un tuffo al cuore alla menzione di un'auto nera, ma mi dissi che ero una sciocca: migliaia di persone avevano auto nere, non solo Tommy.

Volsi lo sguardo sull'auto nera che l'uomo aveva indicato, e la osservai, scrutando ogni centimetro per cercare di individuare un po' di familiarità, ma non ci riuscii. Non solo era buio, ma l'auto era gravemente danneggiata. Mi ritrovai a chiedermi come i servizi di emergenza fossero riusciti a far uscire la persona dall'auto… finché non vidi che parti del veicolo erano state tagliate via.

Saltai quando sentii un forte gemito a cui seguì subito un urlo stridulo. D'istinto afferrai l'avambraccio dell'uomo accanto a me, e a lui non sembrava importargliene; infatti, usò la sua mano per coprire la mia. Le diede persino un buffetto rassicurante. Altre persone si erano fermate a guardare la scena e sussultammo tutti quanti quando il conducente della macchina rossa venne liberato. Le sue urla mi fecero rizzare i peli sulla nuca.

«Scommetto che quel figlio di puttana la farà franca», disse l'uomo accanto a me. «I conducenti distratti come lui fanno i danni e poi la fanno franca. Quell'altro uomo non ha fatto un verso da quando l'hanno liberato».

Ora che l'imprudente conducente della macchina rossa era fuori, i paramedici lo spostarono direttamente su una barella, e mi ritrovai a guardare un altro gruppo di paramedici e vigili del fuoco che si erano riuniti intorno all'altro uomo coinvolto nell'incidente. C'erano un sacco di persone che facevano cose importanti, era buio fuori e la pioggia stava scrosciando, quindi non avrei potuto vedere molto... ma quando notai le scarpe da ginnastica arancioni ai piedi dell'uomo ferito dell'auto nera, mi si fermò il cuore.

Tommy aveva delle scarpe così brutte. Aiden gliel'aveva comprate per la festa del papà, e Tommy le adorava, non gli importava che fossero fluorescenti. I fari di qualcuno illuminarono la scena, e avevo voglia di urlare. Aiden aveva scritto una citazione stupida per i corridori sulla suola della scarpa destra del padre.

L'uomo che era nell'auto distrutta... era mio fratello.

«Tommy?», sussurrai.

«Scusa, tesoro?». L'uomo accanto mi diede un colpetto col gomito. «Hai detto qualcosa?»

«Lo conosco», dissi, fissando le gambe immobili di mio fratello.

È così fermo.

«Oddio», disse l'uomo, e mi strinse il braccio. «Chi è?»

«Mio fratello», risposi. «È mio fratello».

«Cristo santo!».

Senza dire un'altra parola, mi liberai dalla sua presa, feci cadere la borsa a terra e scattai in avanti. Il poliziotto mi vide arrivare, si raddrizzò e mi fissò quando capì che non avevo alcuna intenzione di rallentare.

«Ehi, non puoi...».

«È mio *fratello*!», strillai, superando con forza l'agente; non mi importava che l'avessi spinto, mi affrettai verso la squadra di persone intorno a mio fratello che applicavano la respirazione cardiopolmonare sul suo corpo malridotto.

«Thomas!», urlai. «Oddio. *Thomas!*».

Delle braccia mi avvolsero da dietro e venni sollevata in aria per un momento.

«Signorina», disse la voce dell'agente con fermezza. «Li lasci lavorare. Li lasci salvarlo».

Mi ribellai alla sua presa, ma mi fermai subito e mi concentrai del tutto su mio fratello.

«Non lasciatelo morire», implorai le persone che lavoravano su di lui. «È tutto ciò che ho. *Vi prego*».

Nessuno mi rispose, nessuno mi guardò e, a parte il poliziotto che mi tratteneva, nessuno mi toccò. Vidi labbra che si muovevano e macchine in movimento, ma non sentivo altro che la pioggia che cadeva dal cielo e si batteva contro i rottami ripiegati dell'auto di mio fratello. Ogni gocciolina era come un fragore all'interno della mia testa. Afferrai le braccia ancora ben strette intorno a me, poi fissai senza battere ciglio i piedi di mio fratello, come se fossero tutto ciò che potevo vedere. Cercai di costringerli con la forza del pensiero, con ogni grammo di energia che avevo, a muoversi, a contrarsi... *qualunque cosa*.

Ma non lo fecero.

Capitolo quattro
Ward

S*ono il più grande ciarlatano del mondo.*

Quel pensiero risuonò dentro di me mentre stringevo la mano di un'altra persona che aveva contribuito enormemente alla mia organizzazione benefica. Dovevo essere educato e accogliente, perché ogni persona che veniva a una delle mie raccolte fondi aiutava la mia organizzazione a crescere, e facevo di tutto per dimostrare la mia gratitudine. Da quando era iniziato il gala, avevo perso il conto di quante persone avevo salutato, a cui avevo sorriso e con cui avevo riso quando raccontavano una barzelletta orribile. E ciò mi lasciava perplesso, perché i numeri erano la mia specialità, i numeri mi aiutavano a concentrarmi, ma non quella sera. Non con *lei* al mio fianco.

«Stai lanciando certe occhiate ai nostri ospiti, amore mio».

Resistetti all'impulso di schiacciarle le dita che erano intrecciate con le mie, e deglutii il sapore amaro che avevo in bocca. «Sto solo pensando».

«A cosa?».

Come se te ne fregasse qualcosa.

«A quanto profumo hai addosso», dissi con un sogghigno discreto, quando girai la testa per guardare la mia fidanzata. «Potevo sentire il tuo odore dall'altra parte della sala».

Era evidente che Tara stesse digrignando i denti; i muscoli della mascella si contrassero quando lei si irrigidì.

«Stronzo», borbottò.

Contrassi le labbra e sollevai la testa per scrutare la sala. Trattenni un sospiro che volevo disperatamente rilasciare. Odiavo che lei dovesse venire a quel genere di eventi con me. Se quelle raccolte fondi non avessero dato beneficio alla mia organizzazione, PREVENIRE I SEGRETI, o di un'altra organizzazione a cui tenevo, non ci sarei andato.

Se fossi stato da solo, avrei potuto sorridere felice, ridere e parlare con persone il cui unico scopo era quello di leccarmi il culo in modo che potessero realizzare qualsiasi cosa gli facesse comodo. Tutti volevano qualcosa da me in un modo o nell'altro, e se avessi potuto ottenere qualcosa da loro a beneficio di PREVENIRE I SEGRETI, allora l'avrei fatto con un sorriso in volto.

«Smettila con quelle occhiatacce», borbottò Tara, la sua presa sulla mia mano che diventava sempre più stretta. «Qualcuno scatterà una foto e l'ultima cosa di cui abbiamo bisogno è un altro titolo che dice che il nostro rapporto è in difficoltà».

«È più che in difficoltà, tesoro», dissi, sorridendo a trentadue denti per precauzione.

Tara sbuffò e si appoggiò al mio corpo. «Il mondo non ha bisogno di saperlo, però».

Trattenni uno sguardo truce e tenni gli occhi sulla folla.

«Già», accettai a malincuore.

Tara tolse la mano dalla mia e fece scivolare il braccio intorno alla mia vita. Come un orologio svizzero, scambiai la mano che teneva il bicchiere di champagne e le misi il braccio libero intorno, trascinandola il più vicino possibile a me. Una parte di me voleva strangolarla, mentre un'altra parte apprezzava il fatto che quella donna non rendesse quel tipo di eventi più difficili del necessario. Tara conosceva bene il suo ruolo nel nostro accordo e interpretava molto bene la parte della fidanzata. Per un solo istante credetti alla sua recita, ma poi mi ricordai come mi aveva intrappolato, e tutti i pensieri civili scomparvero.

Ero così preso da me stesso che non mi resi conto che Tara stava parlando finché non mi costrinsi a concentrarmi su di lei.

«Cosa ne pensi?».

La guardai perplesso, facendole assottigliare le labbra.

«Non hai ascoltato una parola di quello che ho detto, vero?», chiese, gli occhi due fessure pieni di accusa.

Feci un sorrisetto. «Scusa».

Non ero dispiaciuto.

Tara sbuffò. «Ho detto che siamo fidanzati da più di un anno. Il nostro matrimonio è tra due mesi, e voglio essere incinta prima di andare all'altare».

Ci risiamo.

«Sei l'unica donna che conosco che vorrebbe essere incinta il giorno del suo matrimonio».

Tara mi guardò raggiante. «Prima avremo un bambino, prima il nostro accordo sarà rispettato e prima potremo divorziare».

Non sarà mai troppo presto.

Non solo Tara voleva l'assegno di mantenimento e una grossa fetta dei miei soldi dopo il divorzio, ma voleva anche gli alimenti per il figlio. Sapeva che avevo la migliore squadra di avvocati che i soldi potevano comprare, e quando alla fine avremmo divorziato, avrebbero contribuito a mantenere il maggior numero possibile dei miei beni, così voleva un bambino per intrappolarmi per tutta la vita. Non avrei mai voltato le spalle a un bambino e la stronza vendicativa lo sapeva. Avevo accettato le sue richieste; era l'unico modo in cui avrebbe firmato un contratto di riservatezza. Avrebbe avuto soldi, case e sostegno per tutta la vita una volta accettato legalmente di non rivelare mai il segreto che avevo tenuto nascosto per anni.

Uno dei segreti – quello di cui era a conoscenza – comunque.

«Darò un'occhiata alla fecondazione in vitro…».

«*Non* faremo la fecondazione in vitro quando possiamo fare sesso», bisbigliò Tara, riuscendo nel frattempo a mantenere un sorriso in volto. «Abbiamo fatto sesso un sacco di volte».

A chi si scomodava di guardarci, sembrava che ci stessimo guardando negli occhi e sorridendo mentre parlavamo. Sembrava che fossimo la coppia perfetta, ma era una bugia, una farsa. Qualcosa di completamente fittizio.

«Era *prima* che mi ripugnassi, tesoro».

Le unghie di Tara affondarono nella mia vita. «Concepiremo questo bambino in modo *naturale*. Non verrò punzecchiata con aghi quando il tuo cazzo funziona perfettamente».

Risi senza umorismo. «E come, di grazia, ti aspetti che io lo alzi?»

«Ho i miei metodi, lo sai».

Distolsi lo sguardo da quella donna, disgustato sia da lei che da me stesso. Disprezzavo Tara, mi ripugnava sul serio, ma sapevo anche che se voleva fare sesso con me, avrebbe preso il mio uccello in mano e l'avrebbe fatto accadere. Lo sapevo io e lo sapeva lei. Il sesso era uno sfogo per me, e lo era fin da quando ero un adolescente.

«Ti odio. Lo sai, vero?».

Tara mi sorrise amorevolmente. «Anch'io ti odio, tesoro».

Amava i miei soldi, però.

Continuai a sorriderle mentre mi parlava, pianamente consapevole delle macchine fotografiche e delle videocamere che venivano puntate nella nostra direzione, in attesa di qualcosa di incriminante da poter registrare e attaccare a un titolo di giornale. Accarezzai col pollice il tessuto che avvolgeva la vita di Tara, e le premetti un bacio alla tempia, poi sulla guancia, che lei respinse con tranquillità perché non voleva che le rovinassi l'illuminante. *Qualunque cosa* fosse.

Quando iniziò la cena, ero grato perché sapevo che significava che la serata stava volgendo al termine. Naturalmente, le cose sarebbero continuate anche nell'afterparty, ma era risaputo che non li frequentavo mai. Facevo sempre in modo che i miei organizzatori di eventi non badassero a spese, in modo che ai miei ospiti non mancasse mai la mia presenza. Ogni volta che tenevo uno di quegli eventi, mi costavano un occhio della testa, ma per il ritorno in donazioni alla mia organizzazione benefica, e l'esposizione mediatica che portavano, ne valeva la pena.

PREVENIRE I SEGRETI era qualcosa a cui tenevo molto, nonostante il mio cuore annerito. Era un telefono amico per i bambini che avevano subìto negligenza o abusi fisici, emotivi, verbali, sessuali e, non ultimo, psicologici. Volevo che la mia organizzazione facesse di più che aiutare le vittime di abuso che si facevano avanti. Volevo aiutare quelli che soffrivano in silenzio... quelli che dovevano custodire quel segreto straziante e continuavano a sopportare il dolore. E volevo addirittura prevenire e bloccare la formazione di quel segreto, se potevo.

Lavoravo con il governo per avere assistenti sociali altamente qualificati sul mio libro paga, in modo che potessero agire come agenti per conto dell'organizzazione. Andavano nelle scuole e altre attività, incontrando i bambini sotto la facciata di consulenti scolastici, ma naturalmente il consiglio scolastico e il suo staff sapevano del loro vero scopo. Mentre erano lì, usavano il loro addestramento alla ricerca di segnali che indicavano che un bambino subiva abusi.

Nell'anno in corso, PREVENIRE I SEGRETI aveva aiutato fino a quel momento 407 bambini nel Regno Unito a liberarsi dagli abusi... sia che fossero perpetrati a casa, da un amico di famiglia, da un membro della famiglia, da un insegnante a scuola e così via. E l'assistenza ai sopravvissuti non si fermava dopo che l'abuso dei bambini veniva reso noto; continuava molto tempo dopo che i procedimenti giudiziari venivano chiusi e le vittime tornavano alla loro nuova vita. L'organizzazione li aiutava a superare ciò che avevano vissuto, fino a quando non arrivavano a un punto in cui erano più forti della paura di chi li aveva abusati e potevano vedere la luce alla fine del tunnel.

PREVENIRE I SEGRETI era tutto ciò di cui avevo bisogno da piccolo, ed era mio dovere come essere umano aiutare i bambini bisognosi… quindi era esattamente quello che stavo facendo.

Sentii una mano sulla spalla. Guardai alla mia sinistra, poi in basso, e sorrisi quando trovai gli occhi luminosi color nocciola di Hope, sempre amorevoli. Ma il mio sorriso svanì gradualmente quando vidi la sua espressione preoccupata.

«Hope». Mi accigliai. «Che cosa c'è che non va?»

«Tuo fratello», disse con voce sommessa. «Gli partiva sempre la tua segreteria telefonica, così ha chiamato me per raggiungerti… È successo qualcosa, Ward. Qualcosa di brutto».

Cristo santo.

Mi irrigidii. «Vai avanti».

«Il tuo amico d'infanzia di cui mi hai parlato una volta… Tommy Saunders…», disse Hope, l'espressione del volto mortificata. «È stato coinvolto in un gravissimo incidente d'auto. Da quel che ho potuto carpire da tuo fratello, attraverso la sua isteria, è che le cose non si stanno mettendo bene per lui».

Le mie orecchie cominciarono a fischiare, e potevo sentire ogni battito del mio cuore come se mi colpisse il petto.

Mi concentrai su Hope. «Prepara il mio jet per andare a Edimburgo».

Annuì, alzando il cellulare all'orecchio. «Per quando?»

«Adesso».

Hope si girò colpendo lo schermo di un altro cellulare, mentre teneva il primo all'orecchio con la spalla.

Mi rivolsi a Keller, che era, come al solito, dietro di me a destra.

«Cambio di piani», gli dissi. «Prendi la macchina».

Annuì una volta, premette le dita sull'auricolare, e al polso impartì sottovoce un ordine alla squadra.

«Che succede?», chiese Tara, appoggiandosi a me in modo che gli ospiti intorno al tavolo non potessero sentire.

Spostai lo sguardo su di loro, e scoprii che erano troppo immersi nel consumare la cena, nel chiacchierare o nello svuotare i bicchieri di vino per prestare attenzione a ciò che stava accadendo dal mio lato del tavolo.

«Devo andare», risposi. «Il mio amico… è stato coinvolto in un incidente, e devo andare in Scozia e vedere cosa posso fare per aiutare».

«Non puoi semplicemente *andartene*», bisbigliò Tara, la sua mano che serpeggiava sulla mia coscia, le sue unghie finte che affondavano. «Cosa penseranno tutti?»

«Per una volta, Tara», le dissi togliendo la sua mano dalla mia gamba e alzandomi in piedi. «Non me ne frega un cazzo di quello che pensa la gente».

Mentre il mio team della sicurezza si affrettava a portarmi fuori dal retro del palazzo, la mia camminata svelta si trasformò in una corsa, poi in uno sprint quando notai l'auto. Non persi tempo a saltare sul sedile posteriore, con Keller che scivolava accanto a me. Mi porse il mio cellulare, che teneva sempre quando partecipavo a un evento. Squillò non appena l'ebbi in mano. Premetti alla svelta RISPONDI quando vidi il viso di mio fratello minore con un sorriso teso che riempiva lo schermo.

«Jesse», dissi dopo aver messo il telefono all'orecchio. «Sta bene?»

«No», disse Jesse in tono soffocato, la sua voce colma di emozione. «È in sala operatoria adesso. Ha le gambe fratturate in modo grave e ha anche un violento trauma cranico. Non hanno detto quale sarà il prossimo passo; adesso si concentrano a stabilizzarlo. Il suo cuore si è fermato in ambulanza per circa trenta secondi, ma i paramedici l'hanno ripreso».

«Cristo santo...», sussurrai, il dolore che mi riempiva il petto. «Cristo santo».

«Non so neanche come stia Erin», continuò mio fratello. «Quando sono arrivato all'ospedale, stava urlando, Ward. *Urlava*, cazzo, ma adesso nemmeno mi parla. Non riesce a fare altro che fissare il muro con le lacrime che le scorrono sul viso. Sua madre, uguale. Sono come statue. Sono preoccupatissimo, fratello».

«Sono sotto shock», dissi a Jesse. «Tienile d'occhio finché non arrivo lì. Sto arrivando».

«Okay», disse, inspirando ed espirando profondamente. «Ti mando un SMS con l'indirizzo dell'ospedale. Ward... sbrigati, Ward».

«Sto arrivando, Jesse», dissi a denti stretti, prima di riattaccare e guardare gli occhi che mi fissavano dallo specchietto retrovisore dell'auto.

«Dove andiamo, signore?», chiese l'autista, con un sopracciglio alzato.

«All'aeroporto», sbraitai. «Torno a casa».

Capitolo cinque
Erin

Sotto i ferri.

Il mio fratellone era sotto i ferri, per un intervento *salvavita*.

Tre ore prima, avevo scoperto che era Tommy che giaceva in mezzo alla strada con una squadra di persone che lo circondavano, cercando di farlo respirare. Non volli sapere altri dettagli quando Jesse Buckley mi raccontò che il conducente dell'auto rossa che si era schiantata contro quella di mio fratello, l'uomo che aveva *causato* l'incidente dopo essere passato col rosso, era morto su un tavolo operatorio.

La mia mente e le mie emozioni erano tutte sottosopra, ma l'unica cosa di cui ero certa era che non mi importava dell'altro conducente. Non mi importava che fosse morto. La mia attenzione era concentrata interamente su Tommy, e l'unico sentimento che potevo provare per l'altro uomo era di odio assoluto perché era tutta colpa sua. Aveva fatto del male a mio fratello e si era ucciso nel contempo.

Che sollievo.

Quei pensieri mi spaventarono. Non era mai successo che la morte di qualcuno mi avesse in qualche modo consolata, ma quell'uomo… Le sue azioni avevano messo a rischio la vita di Tommy e non c'era nulla che non avrei fatto per mio fratello per proteggerlo. Assolutamente nulla.

Mi spostai sulla sedia di plastica su cui ero seduta da due ore e mezza. Mi formicolavano le gambe a forza di stare seduta immobile per così a lungo e avevo anche la schiena intorpidita. Sapevo di non essere l'unica scomoda; tutti si spostavano sulle sedie. Mamma, zia Jennifer e Jesse mi tenevano compagnia nella sala d'attesa all'Edinburgh Royal Infirmary.

Jesse Buckley era il fratello minore di Ward, ma a differenza di quell'altro, adoravo Jesse. Era sempre stato un grande amico per Tommy e me negli anni dopo la partenza di Ward, e c'era sempre stato per noi quando avevamo bisogno di lui. Lo stesso non si poteva dire di Ward.

Mi guardai intorno per quella che sembrò la centesima volta nell'arco di trenta secondi. Eravamo nel reparto traumatologico, e ci era stato detto di aspettare nella sala d'attesa finché il medico non sarebbe venuto a dirci se mio fratello fosse riuscito a superare il suo intervento chirurgico. L'attesa era straziante.

Quando Tommy era stato portato di corsa al pronto soccorso, lo avevano stabilizzato dopo che il suo cuore aveva smesso di battere, poi l'avevano mandato a fare una radiografia e una risonanza magnetica. Sulla base di quei risultati, avevano dovuto riparare prima una perforazione al polmone e poi qualcosa che aveva a che fare con le gambe, dopodiché non sapevo cosa avrebbero fatto a mio fratello.

Il dolore mi avvolgeva il petto mentre pensavo a Tommy in fin di vita. Quando riflettevo sulla morte, mi ricordavo di mio padre e di come mi ero sentita quando l'avevo perso tutti quegli anni prima. Mi tagliò come una lama. Non volevo sentirmi in quel modo con Tommy. Non sarei stata in grado di sopravvivere.

Avvertii una mano sulla spalla e sentii parlare, ma sembrava provenire da lontano.

Girai la testa quando la mano sulla spalla mi diede una scossa, e non appena il mio sguardo finì su Jesse, mi limitai a fissarlo. I suoi occhi azzurri, identici a quelli del fratello maggiore, mi guardavano con preoccupazione. Non sapevo come Jesse avesse scoperto di Tommy; infatti, non avevo la minima idea di come mia madre o mia zia l'avessero scoperto, perché non avevo chiamato nessuno. Non avevo fatto altro che urlare e piangere quando la polizia mi aveva portato all'ospedale dopo che Tommy era stato fatto salire sull'ambulanza.

«Eh?».

Jesse aggrottò la fronte. «Ti sto parlando... non mi hai sentito?».

Scossi la testa. «Avevo la mente altrove».

Il ginocchio gli ballonzolava. «Stai bene?».

La paura mi attanagliò il cuore.

«Chiedimelo di nuovo quando Tommy uscirà dalla sala operatoria e potrei avere una risposta per te».

Lo sguardo di Jesse era colmo di pietà e di impotenza. Comprendevo appieno quell'ultima sensazione, perché volevo disperatamente fare qualcosa – qualsiasi cosa – per aiutare mio fratello, ma non c'era niente che potessi fare. Non potevo fare altro che aspettare che degli sconosciuti facessero del loro meglio per salvarlo.

«Erin», disse Jesse.

Sbattei le palpebre, poi mi concentrai su di lui. «Cosa?»

«Piccolina, sto parlando con te», disse; i solchi della sua fronte diventarono più profondi.

Sollevai la mano e la sventolai per dirgli che stavo bene. «Non mi dare retta, Jesse. Non riesco a pensare con lucidità. I miei pensieri... continuano a fissarsi su quello che i dottori diranno quando verranno a parlarci».

Mi diede una stretta confortevole sulla spalla. «Starà bene».

Non mi mossi.

«Deve esserlo, Jesse», dissi, più a me stessa che al mio amico. «Deve esserlo».

«Quando Ward arriverà qui, otterrà il miglior team di dottori e...».

«Cosa?», interruppi Jesse, girando il corpo per affrontarlo; l'azione fece cadere la sua mano dalla mia spalla. «Quando arriva *chi*?».

Jesse aprì la bocca per parlare, ma quando si accorse del mio tono di voce e vide l'espressione che avevo in viso, deglutì.

«Ho... ho dovuto chiamarlo».

No.

Se c'erano due persone al mondo che erano gli opposti l'uno dell'altro, erano Ward e Jesse Buckley. Le uniche somiglianze tra loro erano l'aspetto... e basta. Jesse era tutto ciò che Ward non era. Era leale, affidabile, coi piedi per terra e soprattutto era un vero amico per Tommy. Qualcosa che Ward non era *senz'altro*.

«Jesse», dissi lentamente. «So che non stai dicendo quello che penso tu stia dicendo».

Jesse si schiarì la voce. «Mi dispiace, Erin».

«Hai chiamato Ward?», chiesi, sconcertata. «*Perché?*»

«Perché Tommy è come un fratello per lui, e vorrebbe essere qui».

Soffocai una risata sarcastica. «Vorrebbe essere qui quando Tommy è quasi sul letto di morte, ma non per gli ultimi *undici anni* mentre faceva la bella vita a Londra?»

«Non posso rispondere». Jesse aggrottò la fronte. «Lo so che non ti piace...».

«Lo odio», lo corressi.

«Va bene». Jesse si raddrizzò. «Lo odi, ma Tommy no, e questo riguarda Tommy. Non te».

«Come *diavolo* fai a sapere che Tommy non odia quello stronzo di tuo fratello?».

Jesse fece spallucce. «Me l'ha detto lui».

Parole di diniego mi rimasero incastrate in gola.

«Prima che tu lo insinui, non sto mentendo», continuò. «L'unico motivo per cui Tommy non ti ha mai parlato di

Ward è perché tu ti arrabbi ogni volta che il suo nome viene accennato. Parliamo di lui di tanto in tanto. Non ha mai detto di voler essere di nuovo amico di Ward, ma mi ha confessato di non provare alcun rancore nei suoi confronti».

Alcun rancore nei suoi confronti?

«Quel... quell'uomo si è portato via quella che avrebbe potuto essere tutta un'altra vita per mio fratello».

«Erin, se Tommy avesse voluto quella vita, avrebbe potuto averla anche con la morte di tuo padre. Ha scelto di stare qui con te e tua madre. Ward non ha preso nulla se ci pensi, ha messo sé stesso al primo posto e ha inseguito il proprio sogno».

Rimasi a bocca spalancata. «Ha dichiarato di aver creato Friendzone *da solo*».

«Lo so ed è stata una bastardata da parte sua... fidati di me, gliel'ho detto, ma Tommy è quello che non l'ha mai contestato. Ha scelto lui di non farlo. Hai mai chiesto a tuo fratello perché non ha mai seguito Ward a Londra o perché non è mai stato coinvolto in Friendzone?».

Deglutii e non replicai perché sapevo la risposta. Non avevo mai permesso a nessuno di parlare di Ward o Friendzone perché ogni volta che pensavo a lui, al fatto che ci avesse lasciato, il dolore e la rabbia erano ancora freschi come in quel giorno che aveva cambiato la mia vita.

«Non ne voglio parlare, Jesse».

Affondò nella sua sedia, gettando lo sguardo verso il basso.

«Va bene», disse quando alla fine mi guardò. «Se Tommy si sveglia, puoi parlargliene».

«*Quando* si sveglia», lo corressi.

«Quando». Jesse deglutì. «Intendevo quando».

«Quando mio fratello si sveglierà, gli parlerò di tutto, ma fino ad allora puoi chiamare Ward». Sputai il suo nome. «Digli di non venire».

«Erin…».

«No, non mi interessa. Chiamalo al telefono e digli che non è il benvenuto, Jesse. Dico sul serio».

Jesse mi fissò, e io lo guardai dritto negli occhi. Dopo qualche istante, sospirò profondamente mentre si alzava dalla sedia, prese il cellulare dalla tasca e uscì dalla stanza senza dire una parola o guardarsi alle spalle. I miei occhi erano concentrati sulla porta che Jesse si era chiuso dietro di sé, ma la mia attenzione venne riportata ai miei pensieri mentre le congetture affliggevano la mia mente già travagliata.

Strinsi gli occhi e provai con tutte le mie forze a cacciare via la negatività, ma fu difficile perché, pur sapendo che Tommy era stabile, non lo era stato quasi mai prima che lo portassero in sala operatoria. Aveva perso molto sangue sul luogo dell'incidente, e senza dubbio avrebbe avuto bisogno di una trasfusione. Le probabilità non erano a favore di mio fratello, ma, del resto, non lo erano mai state, e ne usciva sempre vincitore.

Starà bene.

Aprii gli occhi e fissai mia madre, che aveva la testa appoggiata sulla spalla di zia Jennifer. Stava piangendo sommessamente, lacrime che scendevano silenziose lungo le guance, e mi domandai se stesse tremando perché era preoccupata per Tommy o perché non beveva da qualche ora. Feci una risatina nasale tra me e me quando, per un solo momento, pensai di lasciare l'ospedale per prenderle qualcosa che le calmasse i nervi.

«Che c'è da ridere?».

Spostai di scatto lo sguardo verso mia zia al suono della sua voce.

«Nulla», borbottai. «Ho solo pensato a qualcosa di stupido».

Abbassai lo sguardo sulle dita e cominciai a raschiare lo smalto viola sfaldato che ricopriva ogni unghia.

«Erin...». Zia Jennifer parlò con dolcezza, poi quando non risposi, disse: «Tesoro...».

Non sollevai lo sguardo, perché non volevo vedere la pietà nei suoi occhi, o peggio, la preoccupazione per Tommy.

«Sto bene», risposi, la mia voce bassa. «Sono solo ansiosa».

Era l'eufemismo del secolo, perché ero terrorizzata.

«È un osso duro, tuo fratello», disse. «È troppo testardo per non uscirne più che bene».

Risi un po', poi, senza preavviso, la mia risata si trasformò in singhiozzi strazianti. Mi coprii il viso con le mani mentre mi dondolavo avanti e indietro, sperando con tutte le mie forze che le mie lacrime si asciugassero e se ne andassero via. Odiavo piangere, non risolveva e non cambiava nulla, ma non potevo negare che fosse un sollievo far uscire un po' dell'agonia accumulatasi nel petto.

«Sto bene», ripetevo mentre tiravo su col naso e asciugavo le lacrime. «Sto bene».

Non stavo bene, ma mi sembrò giusto dire il contrario.

Quando rivolsi di nuovo lo sguardo verso mia madre e mia zia, nessuna delle due si era mossa di un centimetro. Entrambi mi fissavano con dolore negli occhi. Vedevo sempre dolore negli occhi di mia madre, ma era la prima volta dopo tanto tempo che vedevo dell'emozione angosciante negli occhi di mia zia. Zia Jennifer era sempre la persona a cui potevi fare affidamento per instillare felicità in qualunque situazione, ma guardandola di fronte a me in quel momento, sapevo che neanche lei poteva rendere le cose più facili... non che non ci stesse provando.

Di solito, fissavo mia zia ogni volta che potevo, perché mi ricordava molto mio padre. Non fisicamente, ma dal punto di vista personale: era spensierata ed estroversa proprio come lo era lui. Ero io l'unico membro della nostra famiglia che aveva i capelli biondo platino di papà, gli occhi grigi brillanti, naso a patata e labbra rosa piene.

Lì in sala d'attesa, non riuscivo nemmeno a sostenere lo sguardo di mia zia... c'era troppa incertezza e avevo bisogno di rassicurazioni che Tommy sarebbe stato bene. Non potevo pensare a lui se non perfettamente sano.

«Dov'è la zia Emma?», chiesi, rivolgendo di nuovo l'attenzione alle mie unghie.

Emma era la moglie della zia Jennifer, e dove c'era una, di solito c'era l'altra.

«È su un aereo di ritorno da Manchester», rispose mia zia. «Arriverà presto».

Dimenticavo che era via per affari. Zia Emma aveva appena terminato la scuola di gastronomia un anno prima, e da quando era diventata pienamente qualificata per gestire il proprio ristorante, frequentava corsi di cucina, workshop e conferenze su e giù per il Regno Unito, imparando tutto quello che poteva fare uno chef, *oltre a* cucinare il cibo. La presentazione e la gestione dello staff non erano il suo forte, ma la zia Emma aveva detto che i workshop e le lezioni tenute da chef esperti le avevano dato una conoscenza inestimabile.

«Sa... sa quanto è stato brutto l'incidente?».

Zia Jennifer mormorò in assenso. «Non volevo dirglielo al telefono, ma lei ha detto che non poteva stare in aeroporto, poi sull'aereo per ore, senza saperlo».

Incurvai le spalle. «Ha dovuto lasciare la conferenza in anticipo?»

«No», rispose zia Jennifer. «Le lezioni che frequentava finivano stasera, ma aveva intenzione di rimanere un'altra notte solo per evitare di viaggiare dopo una lunga giornata, ma un esercito non avrebbe potuto fermarla dal tornare a casa quando le ho detto che il nostro Tommy era... ferito. Ha preso un biglietto per il primo volo».

Ingoiai il groppo che mi si era formato in gola.

«Spero che non le sia costato troppo prendere un biglietto all'ultimo minuto».

Zia Jennifer ridacchiò dolcemente. «Il costo non è mai troppo quando c'è in gioco la famiglia».

Continuai a raschiare il mio smalto sfaldato, ma quando la porta della stanza si aprì all'improvviso, alzai di scatto la testa, afferrai i braccioli della sedia e trattenni il respiro. Una donna sconosciuta fece capolino nella sala d'attesa, e dopo una rapida occhiata in giro disse: «Scusate, stanza sbagliata».

Sospirai quando la porta si richiuse, e quando guardai mia zia e a mia madre, vidi che si erano risistemate sulle sedie, dopo essere scattate in piedi all'apertura della porta.

«Non so se siamo mai stati così sulle spine», commentai.

«Lo siamo stati», mormorò mia madre. «Probabilmente eri troppo giovane per ricordarlo».

Non potevo credere alle mie orecchie. Guardai mia madre, con intensità. Mi aveva preso alla sprovvista. Non parlava *mai* di quella sera.

«Se parli di papà e la sera in cui è morto», dissi, non importandomi se nominarlo la faceva tremare, «allora sappi che mi ricordo *tutto*. Ogni. Singola. Cosa. Posso descrivertelo in dettaglio se vuoi».

L'avevo sognata quasi ogni notte da allora… era impossibile dimenticarsi il giorno in cui entrambi i miei genitori erano morti: uno fisicamente, l'altro psicologicamente.

«Ehi», disse zia Jennifer a bassa voce. «Non parliamo della sera in cui è morto il tuo dolce papà. Concentriamoci su cosa dobbiamo fare per prenderci cura di Tommy una volta che uscirà dall'intervento chirurgico».

«Certo», concordai. «Quando conosceremo l'iter postoperatorio, andrò a prendere quello che gli serve dal suo appartamento».

Mia zia guardò mia madre quando le disse qualcosa sottovoce, e lei scosse la testa in risposta.

«Sono quasi le due del mattino, amore. Lucy e Aiden staranno dormendo e chiamarli ora li farà solo preoccupare».

«Ma dovrebbero sapere», ribatté mia madre. «Tommy è suo padre».

«Non dovremmo dirglielo finché non sappiamo se *c'è* qualcosa di cui preoccuparsi. Presto sarà mattina e discuteremo su come dare la notizia a Aiden, okay?».

Mia madre sospirò e annuì.

Zia Jennifer era sempre stata la pacificatrice della famiglia, sempre quella che trovava una soluzione quando le cose sembravano tetre, quindi non mi sorprese che stesse cercando di convincere il nostro subconscio che Tommy sarebbe stato bene, anche se mi ero accorta che non ne era sicura, come il resto di noi. L'apprezzavo e l'adoravo tantissimo, ma volevo mostrarle che non era un problema se voleva essere triste. Tommy era suo nipote, e non doveva rimanere forte solo per il nostro bene. Non sembrava giusto che lei sentisse il bisogno di aiutare a risollevare il morale di tutti gli altri quando il suo era a terra.

Ma non sapevo proprio da dove iniziare per confortarla.

«Andrò a casa di Aiden di mattina», mi offrii. «Una volta che sapremo a che punto siamo con Tommy, ovviamente».

«Domani è domenica», disse mia madre a nessuno. «Aiden doveva andare a giocare a calcio nel parco con Tommy domani».

Deglutii. «Aiden verrà qui quando saprà di Tommy, quindi lo vedrà comunque domani».

Mia madre annuì, ma sapevo che la sua mente era altrove. Cercare di connettersi con lei quando era nel pallone era inutile, così riportai la mia attenzione alla porta della sala d'attesa. Passai minuti a sperare con tutte le forze che un dottore, un'infermiera – *qualcuno* – arrivasse per aggiornarci su mio fratello, ma non venne nessuno, e cominciai a diventare estremamente ansiosa.

Mi alzai in piedi, facendo sì che mia zia sollevasse le sopracciglia in segno di domanda.

«Vado su e giù per il corridoio per sgranchirmi le gambe», dissi con un sorriso forzato. «In caso contrario, mi ritroverò a fare i piegamenti».

Mia zia sbuffò. «Non mi dispiacerebbe vederlo, visto che non li fai mai bene».

«Vabbè», scherzai mentre uscivo dalla stanza.

Quando chiusi la porta dietro di me, un'occhiata a sinistra e destra mi mostrò un corridoio vuoto. Appoggiai la testa contro la porta di legno e guardai dritto davanti a me. Dopo un attimo, mi allontanai dalla porta e mi diressi verso una piccola postazione di assistenza infermieristica. Di fronte c'era l'ingresso di una grande area di cubicoli senza pazienti. Tre infermiere erano dietro il bancone della postazione, e ognuna era troppo impegnata a compilare documenti per notarmi.

«Scusate», dissi sottovoce.

Tutte e tre alzarono lo sguardo, ma la più anziana del trio, che aveva i capelli grigi e un sacco di rughe, fu quella che si rivolse a me raggiante e lasciò cadere la penna, dandomi la sua piena attenzione.

«Ciao, tesoro», disse, rivelando un accento inglese. «Cosa posso fare per te?»

«Ehm...». Deglutii, ma mi rilassai quando le altre due infermiere tornarono a compilare i loro documenti e non mi prestarono alcuna attenzione. «Volevo solo controllare se c'erano aggiornamenti su mio fratello, Thomas Saunders? È sotto i ferri da un po' di tempo ormai».

Due ore e venticinque minuti, secondo più secondo meno.

L'infermiera mantenne il suo sorriso quando picchiettò sulla tastiera di fronte a lei, guardò lo schermo del computer, poi di nuovo me.

«Temo che non ci siano ancora aggiornamenti dalla sala operatoria», disse, mettendo una manina sopra l'altra. «Ma non appena ci saranno, te lo dirò subito. La tua famiglia è nella sala d'attesa due, giusto?»

«Sì», dissi, incurvando le spalle. «Grazie per il suo aiuto, lo apprezzo molto».

Mi allontanai dall'infermiera sorridente e iniziai a camminare nella direzione che portava all'uscita del reparto. Non avevo intenzione di andarmene, volevo solo sgranchirmi le gambe. Diedi un'occhiata intorno mentre camminavo, notando che il posto era alquanto tranquillo per un reparto che si occupava di pazienti con traumi molto gravi. Decisi che il silenzio significava che nessuno era in condizioni così disperate da causare caos tra il personale. Silenzio in un reparto traumatologico era senz'altro musica per le orecchie delle infermiere.

Quel silenzio venne interrotto quando sentii un telefono squillare lungo il corridoio, alla postazione delle infermiere. Non erano più sedute con calma dietro il bancone, si muovevano velocemente mentre l'infermiera che mi aveva parlato aveva il telefono all'orecchio e scriveva freneticamente su un blocco appunti.

Le altre due infermiere si precipitarono verso i cubicoli vuoti e scomparvero alla vista. Feci due più due e mi resi conto che dovevano aver ricevuto una chiamata su un paziente in arrivo e che si stavano preparando per affrontare la situazione. Due uomini, chiaramente dottori dal loro abbigliamento, si affrettarono al reparto e mi corsero davanti. La conversazione tra dottori e infermiere si smorzò quando mi allontanai lungo il corridoio.

Mi fermai quando un distributore automatico catturò la mia attenzione. Stavo per comprare una bottiglia d'acqua, ma poi notai il distributore self-service di tè e caffè accanto. Trascinavo praticamente i piedi sul pavimento. L'adrenalina delle ultime ore stava svanendo, e l'ora tarda stava iniziando a ripercuotersi sul mio corpo. Tè con abbondanza di zucchero era esattamente ciò che mi serviva.

Infilai qualche moneta nel distributore, e quando la mia bustina di tè cadde sul fondo della macchina, la recuperai e iniziai a preparare la deliziosa tazza. Storsi il naso alle tazze di polistirolo, ma rapidamente superai la cosa. Non ero nello stato mentale giusto per tenere in mano una vera tazza, così presi quello che passava il convento.

Essere infastidita per qualcosa di così banale sembrava stupido.

Non ero sicura per quanto tempo fossi rimasta davanti alla macchina a preparare la mia bevanda, ma quando ci fu un'improvvisa e forte commozione alla mia sinistra, quasi rovesciai il tè. Un gruppo di persone stava spingendo una barella con un paziente attraverso le doppie porte e nel reparto. Sfrecciarono accanto a me, gridandosi a vicenda diversi ordini. C'era qualcuno seduto sopra il paziente in barella che faceva il massaggio cardiaco.

«Si mette male», sussurrai tra me e me.

Tre uomini, una donna anziana e una donna vicino all'età di mia madre raggiunsero il gruppo che arrivò in fretta e furia dalle porte. Mi irrigidii quando vidi le lacrime che gli rigavano i volti.

I cinque rispecchiavano il mio stato d'animo: terrore.

«Scusi», disse l'uomo più vicino a me. «Sa dove…».

«Lisa!», gridò all'improvviso l'uomo più vecchio del gruppo.

Non sapevo chi fosse Lisa, ma quando se ne andò correndo lungo il corridoio, gli altri lo seguirono alla svelta. Li guardai quando tutti si fermarono fuori dal cubicolo, aggrappati l'uno all'altro, piangendo. Immaginai che la persona che era stata portata sulla barella fosse un loro caro: Lisa.

Per molto tempo, non sentii altro che piangere, le macchine che suonavano e il personale dell'ospedale che dichiarava i segni vitali e chiedeva alla famiglia di allontanarsi. La famiglia non si mosse di un centimetro e non gliene facevo una colpa.

«Dichiarala», sentii dire a una voce maschile.

Ci fu un momento di silenzio, poi un'altra voce annunciò l'ora del decesso della ragazza. Mi pietrificai, e anche se volevo disperatamente andare via, per correre nella direzione opposta, non riuscivo a muovere un muscolo.

«*No!*», urlò la donna di mezza età quando cadde a terra. «No! Lisa! La mia bambina!».

I lamenti pieni di dolore di tutto il gruppo erano troppo per me. Lasciai cadere il tè nel cestino accanto al distributore automatico e tornai verso la sala d'attesa. Entrai in fretta, sbattendo la porta dietro di me.

«Dov'eri finita?», chiese zia Jennifer quando arrivai.

Fu solo allora che mi resi conto di avere gli occhi chiusi. Sollevai lentamente le palpebre, ma tenni lo sguardo sul pavimento.

«Stavo preparando il tè».

«Che succede là fuori?», chiese mia madre. «Pensavamo di aver sentito urlare».

Deglutii. «Una famiglia ha avuto brutte notizie su un loro caro».

Silenzio.

Sospirai, e stavo per alzare la testa e tornare al mio posto quando una voce mi fermò.

«Ciao, Erin».

Rimasi immobile per qualche secondo prima di costringere il mio corpo a spostarsi per poter affrontare il pezzo di merda che mi aveva parlato. Avrei riconosciuto la sua voce ovunque. L'avevo ascoltata molte volte nel corso degli anni nelle interviste su diversi podcast in cui era apparso.

Speravo che se li avessi ascoltati abbastanza, Ward avrebbe cambiato la sua risposta e avrebbe riconosciuto a Tommy il merito di aver aiutato a creare Friendzone, ma non l'aveva mai fatto.

Anche se sapevo che era la sua voce, mi aggrappai alla speranza che la mia mente si sbagliasse, ma quando i miei occhi finirono sul suo metro e ottanta, realizzai che era lì.

«Ward», dissi, e la mia voce mi suonò strana.

Anche se avevo evitato attivamente qualsiasi notizia su di lui o Friendzone, avevo visto foto di lui e mi veniva la nausea nel pensare che non gli rendessero giustizia. Era così incredibilmente bello che quasi faceva male guardarlo.

I suoi capelli erano neri come la notte e si presentavano in un'acconciatura curata e sfumata. Aveva i peli scuri sul viso, non spessi o abbastanza lunghi da fare una barba piena, ma gli si addiceva. La sua pelle era chiara e sembrava morbida al tatto. Non aveva alcuna presa su di me, però, dato che l'unica cosa che vedevo quando guardavo oltre la sua bellezza erano le sue bugie. Arricciai il labbro in uno ghigno e lo guardai torva, sperando di proiettare quanto mi disgustava.

«Tu che *cazzo* ci fai qui?».

Capitolo sei
Ward

B*e', merda.*

Sapevo che non sarei stato accolto a braccia aperte dalla famiglia Saunders, ma *merda*. Erin *non* era felice di vedermi, e mentre mi aspettavo occhiatacce, imprecazioni, e forse anche uno o due schiaffi assestati sul mio viso – schiaffi che sarebbero stati giustamente meritati – quello per cui non ero preparato era l'odio cieco nei suoi occhi.

«Jesse», dissi, infilandomi le mani nelle tasche dei pantaloni. «Mi ha telefonato, poi ho telefonato a tua madre, che mi ha detto di venire».

Un misto di emozioni si scatenò sul volto espressivo di Erin. Un volto espressivo e *bellissimo*. Sentii la mia sorpresa per quella particolare osservazione, ma la misi da parte e mi concentrai su di lei. Stava tremando, le guance avevano i segni delle lacrime asciutte, i vestiti erano sgualciti al di là di ogni immaginazione… e sembrava completamente, assolutamente terrorizzata.

«Vattene», disse, la voce roca. «Non ti voglio qui».

Non avrei dovuto sentire una fitta di dolore alla sua dichiarazione, ma la sentii.

«Sono qui per Tommy, Erin», dissi il più dolcemente possibile.

«Neanche *lui* ti vuole qui», sbottò lei. «Non vuole avere niente a che fare con te. Nessuno di noi lo vuole».

«Erin», rimproverò sua zia dolcemente. «Non è il momento né il luogo adatto».

Non ero mai stato più d'accordo con una dichiarazione in vita mia.

«Non dovrebbe essere qui», disse Erin a Jennifer, con la voce che si incrinava. «Dovrebbe essere a Londra, lontano da qui».

«Erin», disse Jesse con un'espressione corrucciata. «È anche casa sua».

Volevo controbattere. La Scozia non era stata la mia casa da molto tempo, ma siccome Jesse e Jennifer erano al momento la voce della ragione, tenni la bocca chiusa.

«Se n'è andato di *casa* fregandosene di noi molto tempo fa, Jesse», disse Erin con un sogghigno.

Jesse non replicò, ma vidi le sue spalle incurvarsi, sconfitto. Non poteva obiettare con la frecciatina di Erin e lui lo sapeva. Avevo lasciato la mia casa e la mia famiglia molto tempo prima, ma quello che Erin, Jesse e tutti gli altri *non* sapevano era che avevo avuto le mie ragioni per andarmene... e starmene *lontano*. Ma fino a che fosse dipeso da me, non avrebbero mai scoperto quelle ragioni.

C'era una sola persona sul pianeta che conosceva la mia sofferenza, ed era al momento sotto i ferri, sottoposto a un intervento salvavita.

«Possiamo stare a litigare fino allo sfinimento sul fatto che io sia qui», dissi. «Adesso dobbiamo concentrarci su Tommy. Come sta?»

«Come ti ho detto», rispose Jesse, «è in sala operatoria. Non ci hanno detto nulla sui tempi, tutto è successo così in fretta. Un minuto prima era qui, poi l'attimo dopo è stato portato via. Non sappiamo neanche se le ossa rotte siano la peggiore delle sue ferite».

Mi strofinai il viso; non mi piacque la risposta di mio fratello. Non ero quello che si poteva definire un uomo paziente. Quando volevo dei risultati, di solito li ottenevo in fretta, ma la situazione era fuori dal mio controllo, l'unica cosa che di solito sapevo gestire… nella mia vita adulta, comunque.

«Voi tre, mettetevi seduti», disse Jennifer con un sorriso triste. «Mi rendete nervosa, uno contro l'altro».

Ma l'unica persona che avevo contro era Erin, e tutti lo sapevano.

Jesse e io ci sedemmo uno accanto all'altro senza esitazione, mentre Erin si sedette dall'altro lato della stanza, lontana da tutti. Lei guardava la porta e io guardavo lei. *Ormai* non era più una bambina. Non aveva profili sui social media, quindi l'unico aggiornamento visivo che avevo avuto di lei nel corso degli anni era stato con Jesse quando lui aveva scattato una sua foto e l'aveva inserita nel suo profilo Friendzone. Mi dissi che era quella la ragione per cui ero rimasto così colpito dal suo aspetto.

Era sciocco a supporre che sarebbe rimasta quella bambina carina che ridacchiava ogni volta che ero in sua presenza. Non era la ragazzina con i capelli platino lunghi fino alle spalle e il sorriso più adorabile che avessi mai visto. Era una donna di ventidue anni con un viso così bello che era difficile da non fissare. I suoi folti capelli ondulati, chiari come la neve, le arrivavano fino alla vita e, tra l'altro, era un paio di centimetri più alta di un metro e mezzo. Anche se il suo abbigliamento stropicciato la copriva bene, non faceva nulla per nascondere i suoi seni gonfi, la linea infossata della sua vita sottile e la deliziosa svasatura dei suoi fianchi curvi.

Erin era cresciuta e mi ritrovai a prenderne atto.

Sei uno scemo.

Scossi la testa, rimproverando me stesso per avere avuto quei pensieri quando Tommy era in condizioni critiche su un tavolo operatorio. Tralasciando la donna che chiaramente mi *odiava*, non avevo la minima idea di come affrontare la situazione. L'ultima volta che una persona mi aveva guardato con tanto odio, avevo sofferto. Fisicamente. Più e più volte. Ero scappato da quella situazione, ma non potevo scappare da Erin.

L'avevo già fatto e mi rifiutavo di farlo di nuovo.

Spostai lo sguardo da Erin ad Amelia Saunders e notai che mi guardava dritto negli occhi. Il suo aspetto mi sconvolse profondamente. Sembrava che avesse trent'anni in più dall'ultima volta che l'avevo vista. Aveva solo cinquantuno anni, ma sembrava molto più vecchia. Sembrava anche che stesse per vomitare, e mi ripromisi di parlarne con Erin in un secondo momento. Un momento in cui non sarebbe stata così ostile nei miei confronti.

Pregai Dio che si sarebbe presentato un tale momento.

Mi schiarii la voce. «Vorrei essere qui in circostanze migliori, Amelia».

Amelia non batté ciglio. «Anch'io, figliolo».

Il mio cuore batteva contro il petto. Intendeva chiamarmi figliolo o era solo un errore? Una volta mi aveva detto che ero suo figlio proprio come lo era Tommy, ma poi l'avevo abbandonata. Le avevo voluto bene, e le volevo ancora bene, ma non sapevo come sistemare le cose tra noi. Tra tutti noi.

Sentii gli occhi puntati addosso, così mi voltai e guardai Erin. Le sue labbra rosa e morbide erano assottigliate in una linea, e i suoi occhi grigi erano due fessure.

«Puoi parlare quanto ti pare, ma non metterti a tuo agio», avvertii. «Non rimarrai qui».

«Erin», sussurrò Amelia. «*Per favore*».

Erin guardò la madre ed era evidente che volesse discutere con lei, ma non lo fece. Si arrese con un cenno della testa e rivolse la sua attenzione alla porta della stanza. Mi concentrai sull'assicurarmi che mi fosse permesso di rimanere in ospedale.

Guardai mio fratello, che si alzò e uscì dalla stanza, facendomi cenno di seguirlo, e così feci.

«Mi odia», dissi al mio fratellino dopo aver chiuso piano la porta della sala d'attesa. «Se gli sguardi potessero uccidere, adesso sarei morto e sepolto».

Jesse inarcò un sopracciglio. «Ti aspettavi baci e abbracci?»

«No», ammisi. «Niente del genere. Mi aspettavo rabbia, ma non odio. Mi odia davvero, Jesse».

«Erin non conosce il significato della parola», disse Jesse, dandomi una pacca sulle spalle. «È una brava ragazza... È solo combattuta perché odia quello che hai fatto».

Strinsi con due dita il dorso del naso quando il dolore cominciò a pulsare lì, sotto la fronte, poi lasciai cadere la mano con un sospiro.

«Dovrò fare le cose a piccoli passi», dissi. «Devo mostrarle che non ho nessun secondo fine e che sono qui solo per stare vicino a Tommy».

«È per *questo* che sei qui?».

Aggrottai la fronte. «Perché altrimenti sarei tornato?»

«Non mi degnerò di rispondere».

«Jess», sospirò. «Quando ci vediamo, ti pago il volo per non *dover* tornare qui».

Mio fratello scrollò le spalle. «Sarebbe bello se ti fermassi a salutare papà...».

«Non succederà, Jesse», lo interruppi, la voce ferma. «Ne abbiamo già parlato».

«Già», concordò mio fratello. «E continuo a pensare che sia una scusa del cazzo per non parlarvi».

«Come fa il non voler essere vicino a tua madre una scusa del cazzo?», domandai. «Papà sostiene la moglie, e io sostengo la mia decisione di non averla nella mia vita».

«Ma è così stupido, Ward», disse Jesse, esasperato. «Non sei mai andato d'accordo con mia madre, lo capisco, ma Cristo santo. Vederla qualche volta all'anno solo per mantenere un rapporto con papà è senz'altro fattibile».

Niente era fattibile se dovevo stare vicino a quella donna.

«Non ne voglio riparlare, Jesse», dissi cupo. «Concentrati sul problema di adesso: Tommy».

I muscoli della mascella di Jesse si contrassero, ma mi diede un cenno secco che mi strappò un respiro di sollievo prima di strofinarmi il viso con le mani.

«È un casino».

Jesse annuì tristemente. «Sì».

«Devo parlare con il suo dottore», dissi. «Se è una cosa seria, se ha bisogno di cure o trattamenti speciali, voglio che venga trasferito a Londra. Farò in modo che abbia le cure migliori».

Jesse mi fissò con sguardo assente.

«Che c'è?».

Fece spallucce. «Sei qui da cinque minuti e già prendi decisioni che non ti spettano».

Mi incupii. «Sto pensando con lucidità. Se non può migliorare qui, deve andare dove *starà* meglio, ed è a *Londra*».

«Perché Londra?».

Gettai le mani in aria. «Perché è dove ha sede l'Ospedale Nazionale di Neurologia e Neurochirurgia! Una mia dipendente ha fatto curare sua madre lì dopo un incidente di sci, e hanno fatto miracoli su di lei dopo che ha subito una lesione cerebrale. Sono i migliori».

«E se il suo cervello stesse bene?», domandò Jesse. «E se avesse bisogno di rimanere qui?»

«Allora rimarrà qui *se* questo posto fornisce il trattamento migliore per qualsiasi cosa non vada in lui!», ribattei. «Perché ne stiamo discutendo?»

«Perché non è una tua decisione … È di Erin e Amelia se Tommy non può parlare per sé stesso».

Scossi la testa e cominciai a camminare avanti e indietro.

«Discuterne è inutile», dissi a Jesse. «Tutti vogliono che Tommy stia meglio. *Tutti.* Il luogo in cui accade non ha importanza una volta che accade».

«Sono d'accordo. Ma devi lasciare che gli altri giungano a questa conclusione da soli. Non imporgliela come hai appena fatto con me».

Fissai mio fratello minore, con la voglia di torcergli il collo.

«Sei un rompipalle, te ne rendi conto?».

Jesse sorrise. «Sì, lo so».

E, di punto in bianco, l'irritazione che provavo nei suoi confronti svanì e ridacchiai. Jesse aveva solo cinque anni meno di me, ma sapeva benissimo come farmi saltare la mosca al naso.

«Vieni qui», dissi, aprendo le braccia. «È bello vederti, Jess. Mi sei mancato, fratellino».

Jesse fece un passo avanti e mi diede un abbraccio stretto e una pacca ferma sulla schiena, che ricambiai.

«Mi sei mancato anche tu», disse, liberandosi dal nostro abbraccio. «È passato un po' di tempo».

Erano passati quattro mesi dall'ultima volta in cui l'avevo visto di persona.

«Già», dissi, aggrottando la fronte. «Mi dispiace di essere stato così occupato. Mi sembra di lanciare più applicazioni ogni giorno. Da quando ho esteso l'azienda ad altri progetti, le cose sono state pazzesche. Questo significa più affari, e mentre più affari significa più soldi, significa anche più lavoro».

Jesse mi diede una pacca sulla spalla. «Non c'è bisogno di spiegare, so che non ti sei fermato un attimo».

«Se accettassi la mia offerta di lavoro, potresti vedermi più spesso», accennai.

«Io? A Londra? Circondato da uomini in giacca e cravatta un giorno sì e l'altro pure?». Jesse sbuffò. «No, fratello. Grazie ancora per l'offerta, ma sono felice qui con quel che ho. I miei affari vanno bene».

«Sì?», dissi, sapendo già cosa mi avrebbe detto. «Nuovi contratti?».

Gli occhi di Jesse brillavano.

«Sì», lo disse urlando in pratica. «Ti avrei chiamato la prossima settimana con i dettagli una volta chiusa la pratica, ma un nuovo hotel verrà aperto in George Street in città. Un Hilton davvero grande e lussuoso, e ho fatto un'offerta, senza neanche pensare di venir preso in considerazione... La mia offerta era costosetta dato che non ho ancora abbastanza lavori all'attivo per essere in buoni rapporti con i fornitori di servizi edili... ma l'hanno accettata, Ward!».

Avevo fatto pratica con la mia risposta più e più volte nelle ultime settimane, per essere sicuro che fosse sincera, ma non dovetti neanche provarci. Vedere la gioia sul volto di mio fratello era tutto ciò di cui avevo bisogno.

«Cristo!», esclamai. «Jesse, congratulazioni! Cazzo, sono così orgoglioso di te. Te l'avevo *detto* che la tua svolta sarebbe arrivata!».

Ci abbracciammo di nuovo.

«Grazie, amico», disse raggiante. «Significa molto, detto da te».

«Da me?»

«Sì, da *te*». Jesse sbuffò. «Un miliardario costruitosi dal nulla con una delle aziende di maggior successo del pianeta? Una lode da parte tua significa molto, fratello. Aspiro ad avere successo come te».

«Jesse», dissi, schiarendomi la gola. «Grazie, non so cosa dire».

«Non c'è niente da dire», rispose mio fratello.

Sorrisi. La felicità per la sua attività mi dimostrò che ciò che avevo fatto era la cosa giusta. Non l'avrei mai detto a Jesse, perché si sarebbe sentito come se lo stessi imboccando, ma era da un po' che tenevo d'occhio i contratti che saltavano fuori in Scozia. Quando avevo scoperto che Jesse aveva presentato un'offerta per il lavoro all'Hilton, avevo fatto qualche telefonata e avevo raccomandato di accettare l'offerta di mio fratello. Ma non avevo forzato le cose, né pagato per farlo accadere. Il lavoro precedente di Jesse parlava da solo.

Finita la scuola, aveva seguito le orme di nostro padre e si era buttato nell'edilizia. L'aveva sempre adorata: da bambino accompagnava persino nostro padre sul cantiere e gli dava una mano. Non sapevo mai cosa prendergli per Natale o per i compleanni perché non era una persona materialistica, ma quando aveva annunciato di voler fondare la sua società, Buckley's Construction, finalmente sapevo dei regali che avrebbe accettato. Aveva risparmiato abbastanza soldi per acquistare un piccolo appezzamento di terreno fuori Edimburgo, e dopo due anni aveva livellato tutto e costruito da solo un magazzino e un piccolo edificio per uffici, dato che non aveva i soldi per assumere una squadra per aiutarlo. A Natale gli avevo regalato ogni utensile, macchina e veicolo di cui un'impresa edile aveva bisogno. Mi ero assicurato che avesse il meglio che i soldi potevano comprare.

Quella fu la seconda volta che vidi mio fratello piangere, la prima era stata quando gli avevo detto che mi sarei trasferito a Londra quando aveva solo quattordici anni.

«Come ha reagito papà?»

«Ha pianto». Jesse rise. «È solo felice per me. Lo sai che ha sempre voluto una propria azienda, ma non poteva permettersela e ha dovuto lavorare per gli altri… be', ora sta vivendo quel sogno attraverso di me. Si è offerto di aiutarmi, senza paga se necessario».

Sorrisi. «E bravo papà».

«Già». Jesse annuì. «E bravo papà».

«Quanti uomini assumerai?»

«È un lavoro importante», disse Jesse sospirando. «I miei dieci ragazzi lavorano per me da quando ho aperto l'azienda, ma penso di prenderne altri venticinque, così sarò sicuro di rispettare la scadenza».

Annuii. «Quando iniziano i lavori?»

«Potrebbe cambiare, ma per ora l'inizio dei lavori è previsto tra due mesi. L'accordo si chiude venerdì prossimo, e il lunedì successivo incontro l'architetto per esaminare i progetti e dare il mio contributo. Loro volevano che fosse realizzato in sei mesi, ma io li ho allungati a dieci. La quantità di dettagli che vogliono è davvero notevole. Vogliono che la struttura ricordi la vecchia Scozia – per rimanere in tema con il castello di Edimburgo, che gli ospiti possono vedere dalle loro camere d'albergo – ma gli interni saranno un misto di vecchia e nuova Scozia. Ho dato alcuni suggerimenti progettuali e l'architetto ne è rimasto impressionato: li inserirà nel progetto finale. Sono così entusiasta che potrei farmela addosso».

Risi, ma mi acquietai, non volendo che Erin o la sua famiglia pensassero che stessi facendo battutine con mio fratello mentre loro erano un fascio di nervi in attesa di notizie.

«Sono felice per te, fratellino», dissi a Jesse. «Te lo meriti».

«Grazie», replicò. «Ne ho parlato con Tommy ieri. È quasi impazzito».

Persi il sorriso e il senso di gioia tutto insieme sentendo il suo nome.

«Deve stare bene», dissi, la voce tesa. «Devo sistemare le cose con lui, devo sistemare ciò che ho rotto».

Jesse mi mise la mano sulla spalla e strinse forte.

«Lo farai», disse con un tono sicuro. «Starà bene, e avrai la tua occasione con lui per fare tutto nel modo giusto».

Annuii, scegliendo di pensare positivo per non impazzire.

«Non credo che Tommy sarà il problema», disse Jesse, facendo una smorfia. «C'è qualcun altro con cui devi fare ammenda».

Erin.

«Sì», concordai. «Peccato che non sia più timidissima. Avrebbe reso le cose più facili».

«Timida?», chiese Jesse, con gli occhi spalancati. «*Erin?*»

«Era sempre timida intorno a me, come una gattina… ma adesso? È una furia scatenata».

«Una che morde a sangue quando si tratta di Tommy», disse Jesse con un sorriso. «Buona fortuna, fratello…».

Tutti e due conoscevamo la conclusione di quella frase.

Perché mi servirà.

Capitolo sette
Erin

Quello. Stronzo. Di. Ward. Buckley.

Solo il fatto che sapevo che sarei stata cacciata dall'ospedale o arrestata per omicidio mi aveva impedito di torcergli quel collo del cavolo. Aveva un bel po' di faccia tosta a farsi vedere dalla mia famiglia, ma presentarsi all'ospedale dove mio fratello era in sala operatoria dopo un terribile incidente d'auto? Se aveva voglia di morire, ero *più* che disposta a concedergli il favore di aiutarlo.

Per la centesima volta da quando si era presentato tre ore prima, me la presi con me stessa, odiando il fatto che lui stesse consumando i miei pensieri. Ero diventata estremamente brava a scacciare via dalla mia mente tutti i ricordi e i pensieri fugaci su Ward. Di solito ne ero tormentata solo quando lo vedevo in una rivista, o se sentivo qualcuno parlare di Friendzone. Quello potevo sopportarlo, ma stare nello stesso luogo, a pochi metri di distanza? Era troppo.

Non volevo che fosse qui, ma sembrava che tutti gli altri nella stanza lo volessero.

Mi rifiutai di guardarlo, ma ciò non mi impedì di concepire pensieri su pensieri su di lui. La sua presenza era scioccante, ma quello che mi confondeva di più era che indossava un cazzo di abito su misura color blu marine che sembrava costare più della casa di mia madre. Le sue scarpe erano nere e così lucide che sapevo che se mi fossi avvicinata, ci avrei visto il mio riflesso sopra. Avrei anche scommesso tutti i miei risparmi che erano fatte della pelle migliore.

L'abbigliamento di Ward sfoggiava ricchezza, e il suo viso e il suo corpo accompagnavano quell'abito perfetto. Il suo look lo faceva sembrare un modello, e averlo notato mi dava fastidio da morire. Aver notato *lui*. Mi ritrovai a domandarmi perché non potesse essere basso, calvo e brutto come *dovevano* essere i multimiliardari. Non bastava che fosse ricco da far schifo e famoso, doveva essere per giunta bello da morire.

«E ti pareva», mormorai tra me e me, proprio quando la porta della stanza si aprì ed entrò un dottore.

Un dottore molto stanco.

Saltai in piedi, e con la coda dell'occhio notai che anche tutti gli altri stavano scattando.

«Salve a tutti. Sono il dottor Liddle, uno dei chirurghi che stasera ha diretto l'operazione del signor Saunders», disse, la voce roca... probabilmente per la stanchezza data l'ora tarda, o piuttosto mattutina. «Arriverò dritto al punto, dato che vedo l'apprensione e la preoccupazione sui vostri volti. Il signor Saunders non è ancora fuori pericolo, ma è riuscito a superare l'operazione».

Piansi con sollievo e inciampai all'indietro. Mi cedettero le ginocchia, e pensai che sarei caduta a terra, ma delle braccia mi avvolsero all'improvviso e mi trattennero contro un corpo sodo. Ogni fibra del mio essere mi diceva che non era il corpo di Jesse contro di me, ma ero troppo sollevata per Tommy per preoccuparmene.

«Grazie a Dio», fece zia Jennifer piangendo mentre abbracciava mia madre che singhiozzava.

«Devo essere chiaro», continuò il dottore, «il signor Saunders è stabile, ma è ancora in condizioni critiche ed è stato ricoverato in terapia intensiva. Lo teniamo sotto osservazione ventiquattro ore su ventiquattro».

Trasalii.

«Perché?», chiesi, con le lacrime che mi scorrevano sulle guance. «Perché è in terapia intensiva?»

«Dopo il suo incidente e le lesioni che ha subìto, l'ammissione in terapia intensiva è da protocollo per qualsiasi paziente da monitorare, ma nel caso del signor Saunders è altamente richiesta in quanto ha altre lesioni. Lesioni più complesse, a essere sinceri».

«Complesse?». Ward parlò per la prima volta da quando il dottore era entrato nella stanza. «Per favore, si spieghi».

«Il fatto è questo», disse il dottor Liddle, scuotendo la testa. «Non sono ancora del tutto sicuro di *cosa* spiegare. Potrebbe essere tutto o niente, le lesioni cerebrali sono subdole».

«Lesioni cerebrali?», ripetei con un singhiozzo. «Tommy è *cerebroleso*?»

«No, non è stato ancora confermato nulla», disse subito il dottore, cercando di calmare i pianti crescenti di mia zia e di mia madre. «L'unica cosa che abbiamo rilevato attraverso le scansioni è il gonfiore sul lobo parietale del suo cervello. Niente emorragie, abrasioni o tagli di qualsiasi tipo. Solo gonfiore, ma che di per sé può essere pericoloso, a seconda del tipo di gonfiore».

«Tipo di gonfiore?», chiese Jesse. «Ci sono tipi di gonfiore cerebrale? E che tipo ha *Tommy*?».

Alzai le mani sulle braccia di Ward, che erano ancora avvolte intorno a me, e le afferrai con forza in attesa della risposta del dottore.

«Non lo sapremo finché non si sveglia», rispose il chirurgo. «Il problema delle lesioni cerebrali è che, nella maggior parte dei casi, dobbiamo monitorare il paziente mentre è cosciente per determinare quante funzioni, se ce ne sono, sono state perse a causa del gonfiore provocato dalla lesione. Poiché Saunders è un paziente con una lesione cerebrale traumatica, dopo averlo stabilizzato abbiamo deciso di eseguire una procedura chiamata craniectomia decompressiva».

Mi aggrappai saldamente a Ward mentre il dottore parlava.

«Abbiamo rimosso un pezzo di dimensioni moderate del cranio del signor Saunders, che permetterà al cervello di essere sollevato da una certa pressione intracranica causata dal gonfiore».

Il mio cuore mi martellava e il mio stomaco si rivoltava. Tutto ciò che avevo sentito erano parole che, per una volta, non capivo. Tutto ciò che potevo comprendere era che Tommy aveva subìto un'operazione al cervello e che un frammento del suo cranio era stato rimosso.

«E adesso?», riuscii a gracchiare.

«Adesso aspettiamo», rispose il dottore. «Abbiamo fatto quello che potevamo e, per quanto possa sembrare banale, il resto spetta a Tommy. Lo monitoreremo ventiquattro ore su ventiquattro, e quando il gonfiore diminuirà, possiamo eseguire un intervento chirurgico per sostituire il frammento di cranio che abbiamo rimosso. Questo può richiedere giorni o settimane. Nessuno lo sa. So che sarà difficile, ma dobbiamo limitare ogni contatto. La sua stanza avrà una finestra per l'osservazione, ma l'accesso alla stanza è al momento possibile solo per il personale medico. Dopo un'operazione di questo tipo, l'infezione è la nostra maggiore preoccupazione».

La mia mente diventò un puzzle di parole. Di loro spontanea volontà, più e più volte, le parole delle parole del giorno mi galleggiavano nella mente una dopo l'altra, senza fermarsi mai. Mi fischiavano le orecchie e mi sentivo come se io stessa stessi galleggiando. Pensai di aver sentito urlare e gridare, ma non potevo esserne sicura. Cercai di vedere chi stava facendo quel rumore, ma fu solo allora che mi accorsi di avere gli occhi chiusi.

«Erin?», mi chiamò una voce familiare. «Mi spaventi, bambolina. Svegliati».

Sbattei le palpebre e fissai il volto a pochi centimetri dal mio. Non avevo mai visto occhi così azzurri o ciglia così folte e lunghe in vita mia, e per un attimo ne fui invidiosa. Ero invidiosa di un paio di occhi azzurro oceano e delle sue ciglia del cavolo. Stavo perdendo la testa, era ovvio, soprattutto perché sapevo a chi appartenevano quegli occhi.

«Togli la tua faccia dalla mia prima che ti morda il naso, Ward Buckley».

Sospirò. «Stai bene. Grazie a Dio».

«Certo che sto bene... perché diavolo sono sul pavimento?»

«Sei svenuta», rispose la voce di Jesse. «E non è stato per niente come nei film. Non è stato aggraziato o femminile, sei caduta come un sacco di patate e hai portato Ward a terra con te».

«Ti ho *detto* che non me l'aspettavo e mi ha preso alla sprovvista». Ward lanciò un'occhiata torva a suo fratello senza guardarmi.

«Non è il momento di scherzare!», urlò mia madre.

«Amelia», disse zia Jennifer. «L'intervento chirurgico di Tommy è andato bene e si sta riprendendo. Se concentriamo tutte le nostre energie su un esito negativo, saremo ancora più tristi. Abbiamo bisogno di normalità. Abbiamo bisogno della dinamica che sta di fronte a noi in questo momento. Non ci farà male, non farà male a Tommy, evitare di stare costantemente preoccupati».

Alla menzione di Tommy provai a sedermi, ma mi bloccai quando mi resi conto che stavo per scontrarmi con Ward. Ancora mi teneva aggrappata a lui e aveva ancora il suo viso accanto al mio.

«Ora puoi toglierti di dosso».

Inarcò un sopracciglio. «Non ti sono *addosso*, sono accanto a te».

«Mille metri sono troppo pochi quando si tratta di te, Ward».

Il dolore balenò nei suoi occhi azzurri per un attimo, poi un'espressione assente preso il controllo del suo volto, Ward si alzò in piedi in maniera robotica, e senza preoccuparsi se lo volessi o meno, mi aiutò ad alzarmi e non allentò la presa fino a quando non fu certo che fossi tornata in me. Digrignai i denti pur di non scusarmi con lui. Non avrei dovuto sentirmi male per aver ferito i suoi sentimenti, ma fu così, e mi fece infuriare perché quello stronzo meritava di essere ferito.

«Non posso credere di essere svenuta», mormorai, imbarazzata.

«Perché?», chiese Ward. «Hai appena ricevuto la terrificante notizia che tuo fratello è stato operato al cervello. Penso che il tuo svenimento sia giustificato».

L'accenno alla notizia mi fece dare un'occhiata in giro per la stanza. «Dov'è il dottore?»

«Ha ricevuto una chiamata», rispose zia Jennifer. «Un altro paziente traumatologico aveva bisogno di un intervento chirurgico d'urgenza. Se n'è andato quando ti ha visto riprendere conoscenza, ha detto che avrebbe mandato qualcuno...».

Venne interrotta quando la porta della stanza si aprì ed entrò un'infermiera.

«Qualcuno è svenuto?», disse, guardandosi intorno.

Sentii le guance arrossare. «Sto bene».

«È sicura?», mi chiese.

«Sì».

Non sembrava che mi credesse.

«Ha battuto la testa?»

«No», rispose Ward per me. «Ho attutito la caduta».

L'infermiera annuì, i suoi occhi ancora su di me.

«Quando è stata l'ultima volta che ha mangiato qualcosa?».

Non riuscivo a ricordare.

Risposi con sincerità: «Non lo so».

Le labbra dell'infermiera si assottigliarono fino a formare una linea. «Vado a prenderle un po' di succo d'arancia e qualche fetta di pane tostato».

Non dandomi la possibilità di obiettare, si girò e lasciò la stanza con la stessa velocità con cui era entrata.

«Se le dici di no quando torna», commentò Jesse dall'altra parte della stanza, «potrebbe infilarti il cibo in gola».

«Sì, lo credo anch'io». Zia Jennifer sorrise stanca. «Sembra essere una donna che non accetta assurdità dai pazienti».

Sbattei le palpebre. «Non sono una paziente».

«Perché Ward ti ha preso», disse Jesse. «Avresti sbattuto la testa se non fosse stato per lui».

«Basta, Jesse», brontolò Ward.

Digrignai i denti; non mi piaceva essere in debito con lui.

«Grazie», mormorai.

Non fiatò per un momento, poi disse: «Prego».

«Per quanto tempo sono rimasta priva di sensi?», chiesi in fretta, allontanandomi da Ward e tornando alla mia sedia.

«Trenta secondi, forse», rispose Jesse mentre Ward tornava al suo posto.

«Non posso credere che sia successo questo a Tommy», dissi, la voce tesa. «È stato *operato al cervello*».

Tutti rimasero in silenzio.

«È in terapia intensiva in questo momento», disse Ward. «Il dottore ha detto che dovremo aspettare un'ora ragionevole per vederlo. Attraverso la finestra della sua stanza, certo».

Alzai lo sguardo sull'orologio alla parete. Ebbi un tuffo al cuore quando vidi che erano solo le 5:14. Mi rigirai, poi mi appoggiai allo schienale della sedia, sospirando. Mi sentivo come se fosse passata una vita, invece che una sola notte.

«Porterò mamma e zia Jennifer a casa per qualche ora di riposo prima di andare a parlare con Aiden», dissi, timore nel mio tono.

«Non ce n'è bisogno», replicò Ward. «Di accompagnarle a casa, intendo. Mi farò portare una macchina e ci penserò io».

Lo guardai. «Ti farai portare un'auto?».

Lui annuì, e chissà perché, ma sbuffai.

«Solo una persona ricca lo direbbe».

«Erin!». Mia madre mi guardò torva come se fossi una bambina.

Sbuffai di nuovo e mi alzai in piedi. «Dài, torniamo a casa per qualche ora».

Tutti si alzarono, e per un momento fu imbarazzante finché zia Jennifer non disse: «Apprezziamo l'offerta di accompagnarci a casa, Ward. Siamo pronti quando vuoi».

Ed era una cosa *tipica* di zia Jennifer. Nonostante tutto, era sempre stata la pacificatrice.

Tutti lasciarono la sala d'attesa che ci aveva ospitato per la notte, ma l'infermiera che mi aveva controllato dopo che ero svenuta non mi avrebbe permesso di lasciare il reparto fino a che non avessi consumato una fetta intera di pane tostato, mezzo bicchiere di succo d'arancia e avessi promesso di andare dal mio medico nel caso avessi accusato un malore.

Ogni passo che facemmo per lasciare l'ospedale fu come correre una maratona con i pesi sulla schiena. Non volevo andarmene, e soprattutto non volevo lasciare lì mio fratello, ma dovetti rammentare a me stessa che non potevo ancora vederlo, e quando l'avrei visto, non sarei stata utile né a lui, né a nessuno, se fossi stata priva di energie.

Ero esausta, non si poteva negarlo, ma non volevo ammetterlo davanti a Ward. Non volevo apparire debole in sua presenza. L'ultima volta in cui ero stata vulnerabile davanti a lui, mi aveva spezzato il cuore, e mi rifiutavo di dare a lui, o a chiunque altro, il potere di farlo mai più.

Quando uscimmo dall'ospedale, non pioveva più e le cose erano silenziose. Mia madre tremava così tanto che Ward pensava che avesse freddo, e lui si scrollò la giacca di dosso e gliela avvolse intorno alle spalle. Tenni la bocca chiusa. Nessuno, a parte Tommy, Jesse, zia Jennifer e zia Emma, sapeva che mia madre aveva un problema di alcolismo. Ma anche loro non si erano resi conto di quanto fosse grave, perché io e Tommy cercavamo di proteggerli nel miglior modo possibile, e poi io cercavo di proteggere Tommy dagli aspetti peggiori di quella dipendenza.

E avevo intenzione di mantenere le cose così.

Quando una grossa auto nera dall'aspetto molto costoso si fermò davanti a noi, spostai lo sguardo dalla macchina a Ward e scoprii che lui mi stava già guardando. Sussultai e odiavo averlo fatto. Non volevo che Ward pensasse che mi rendesse nervosa, perché per quanto odiassi ammetterlo a me stessa, lui mi *rendeva* nervosa. Avevo solo ricordi di un Ward diciannovenne, che non corrispondeva al Ward che ora era davanti a me. In mia presenza, c'era un *uomo*, una montagna di trent'anni. Era bello quasi in modo ridicolo e per di più sembrava in gran forma, con mani così enormi che mi ritrovai a fissarle. Era, senza dubbio, un uomo molto attraente, e il completo blu marino che indossava avrebbe alzato di sicuro la temperatura di qualsiasi stanza in cui sarebbe entrato.

Odiavo il fatto di aver notato tutti quei particolari, e disprezzavo nel modo più assoluto la mia reazione fisica al suo aspetto. Detestavo Ward, e facevo meglio a tenere a mente quel fatto quando il suo bel viso avrebbe solleticato il mio interesse.

Distolsi gli occhi dal suo sguardo intenso e mi concentrai sull'auto in cui mia zia era già salita. Aiutai mia madre, poi scivolai dentro accanto a lei. C'era un'altra fila di sedili dietro di noi su cui sedevano Ward e Jesse. Rimanemmo in silenzio dopo che zia Jennifer diede all'autista l'indirizzo di casa nostra. Mi rilassai sul poggiatesta e distrattamente allungai la mano verso la mia borsa solo per accorgermi che non ce l'avevo.

«No», sussurrai.

«Cosa?», chiese zia Jennifer, il tono preoccupato. «Che c'è?»

«La mia borsa», risposi, sbigottita. «L'ho lasciata sul luogo dell'incidente. Quando ho capito che era Tommy, ho urlato e ho lasciato cadere tutto. Non ci ho pensato due volte. Il mio cellulare, le mie chiavi, la mia borsa... c'era tutto lì dentro. È andato».

Sbattei la testa due volte contro il poggiatesta.

«Cazzo!», ringhiai tra me e me.

Mia zia mi diede un buffetto sulla mano. «Può essere tutto rimpiazzato, tesoro».

Potevo prendere un nuovo cellulare e sincronizzarlo con il mio cloud, poi tutte le mie foto e quant'altro sarebbero state recuperate, ma per farlo avevo bisogno del mio portafoglio. Solo di recente ero stata pagata da entrambi i miei lavori, e dovevo ancora saldare le bollette della casa con quei soldi. Avevo ritirato il contante da un bancomat e l'avevo messo al sicuro nella mia borsa, con l'intenzione di andare all'ufficio postale e pagare tutto l'indomani. Non ci avrebbero tagliato la corrente per qualche giorno di ritardo, ma era un mal di testa che non volevo affrontare.

«Già», risposi, le spalle incurvate.

Prima che me ne accorgessi, eravamo a casa e stavo aiutando mia madre e mia zia a scendere dall'auto. Zia Jennifer usò la sua chiave per farci entrare e accompagnò mia madre in casa prima di tornare in macchina. Sarebbe andata a casa sua, per essere lì quando la zia Emma sarebbe tornata – il che sarebbe stato molto presto – e poi sarebbe rimasta con noi finché non avremmo saputo qual era la situazione di mio fratello.

Jesse scese dall'auto e si fermò di fronte a me, avvolgendomi in un abbraccio stritolante. Mi aggrappai a lui a lungo, e quando ci separammo, un piccolo sorriso mi spuntò sulle labbra quando si chinò e mi baciò la fronte.

«Ci vediamo tra qualche ora», disse, togliendomi dal viso ciocche di capelli sciolti. «Okay?».

Annuii. «Ti chiamerò dal telefono di casa quando mi sveglierò».

Mi baciò ancora una volta la fronte prima di tornare verso l'auto. Rimasi davanti alla porta di casa, e quando notai che Ward era appoggiato alla macchina, una gamba incrociata sull'altra e le mani in tasca, fissandomi direttamente, ebbi un tuffo al cuore. Quando si allontanò dalla macchina e cominciò ad avanzare verso di me, passando accanto a Jesse senza degnarlo di uno sguardo, sapevo che avrei dovuto chiudere la porta prima che mi raggiungesse, ma non riuscivo a muovermi.

Ero ipnotizzata da lui.

«Riposati», disse quando si fermò a circa un metro di distanza da me. «Abbiamo una lunga giornata davanti a noi domani».

«*Abbiamo?*»

«Già».

Non replicai, così si girò e cominciò ad andarsene.

«Ward», lo chiamai.

Si voltò verso di me. «Sì?»

«Per favore...», iniziai a dire.

Si fece avanti. «Che c'è?».

Rimasi in silenzio, fissandolo intensamente.

«Erin», disse, il mio nome sembrava strano sulla sua lingua. «Dimmi».

«Per favore… vai a casa», gli dissi alla fine. «L'ultima volta che sei stato qui di fronte a me, ci hai abbandonato e la sai una cosa?».

Ward mi guardò con uno sguardo sofferente e proferì: «Dimmi».

«Ho pregato che non saresti mai più tornato».

Gli chiusi la porta in faccia, proprio come avevo fatto undici anni prima… e proprio come allora, premetti la testa contro la porta e aspettai di non vedere più la sua ombra attraverso il vetro. Aspettai ancora qualche minuto prima di aprire la porta, e trovai il portico vuoto e l'auto sparita.

«Vattene», dissi a Ward, sperando che il suo subconscio mi sentisse. «E stai alla larga».

Chiusi la porta ancora una volta, e girai la chiave prima di andare a cercare la mamma. La trovai in cucina con una bottiglia di Jack Daniel's in mano. Metà del contenuto era già svuotato.

«Mamma…». Mi corrucciai. «Dài, mettila giù e andiamo a letto».

«Non ti azzardare», interruppe. «Non ora. Non mi fare la predica. Ne ho bisogno».

Rimasi immobile.

«Bene», dissi dopo un attimo. «Non ho l'energia per discutere con te. Bevi. Non bevi. A dire la verità, non me ne frega niente».

Lasciai la stanza e mi diressi su per le scale e nella mia camera da letto, chiudendo la porta dietro di me. Mi tolsi la giacca ancora umida, lasciandola cadere sul pavimento senza cura, e camminai verso il mio letto. Mi tolsi i rimanenti indumenti freddi e umidi e mi infilai un pigiama asciutto. Poi mi sedetti sul bordo del mio letto per circa trenta minuti, di cui gli ultimi quindici furono in assoluto silenzio. Mi rimisi in piedi e con cautela uscii dalla mia stanza per andare a cercare mia madre. Avevo già deciso di lasciarla dovunque fosse svenuta, ma dovevo controllarla. C'era una parte di me, almeno quel giorno, che aveva bisogno che stesse bene.

La sua stanza era vuota, così come la stanza di Aiden, e non era neanche al piano di sotto, così corsi su per le scale presa all'improvviso dal panico. La trovai in bagno, nella vasca, con la bottiglia di Jack Daniel's ormai quasi vuota stretta nelle mani. I suoi occhi erano chiusi e la sua testa era appoggiata alla vasca, nascondendomi la maggior parte dei suoi lineamenti. Il mio sguardo finì sul suo petto e lo fissai, rilassandomi quando lo vidi sollevarsi e abbassarsi con regolarità.

Respira.

Non ero sicura per quanto tempo avessi fissato mia madre, ma fu abbastanza per portarmi a comprenderla, tanto per cambiare. Odiavo la sua scelta narcotica di affrontare la propria oscurità, ma in quel momento la capii. Stava cercando di rimuovere tutto: Tommy, mio padre… me. E per una volta, sperai che funzionasse per lei.

«Erin», biascicò all'improvviso.

Ero titubante, non sapendo se rispondere o meno, ma non ebbi scelta quando aprì gli occhi e concentrò su di me le sue pupille dilatate.

«Sì, mamma?».

Mi fissò, a lungo e con intensità. «Sei stata tu».

Di tutte le cose che mi aspettavo che dicesse, non era quella.

«Cosa?», dissi, pietrificata.

«Tutto», piagnucolò, poi singhiozzò, «è tutta colpa tua».

Deglutii, il dolore che mi stritolava il cuore già spezzato. «Non dire così, mamma».

Volevo aiutarla a raddrizzarsi quando fece fatica a spingersi in piedi, ma mi schiaffeggiò la mano con un grido. Poi, con un urlo pieno di dolore, si lanciò fuori dalla vasca da bagno e si scagliò contro di me. Gridai quando il primo colpo mi raggiunse al viso, ma per fortuna ripresi subito le redini della situazione e afferrai le sue braccia flaccide, bloccandogliele lungo i fianchi. Inciampai all'indietro, il mio corpo che sbatteva contro il muro del bagno, il portasciugamani che si conficcava nella mia carne. Il dolore pungente mi ricordava che ero ancora viva e che respiravo ancora.

«Mamma!», gridai. «Fermati!».

Le ci vollero cinque secondi per crollarmi addosso. La tenni per non farla rovinare a terra, il che si rivelò difficile perché, proprio come si era arresa con la vita, si era arresa col cercare di ferirmi. Il suo corpo era pesante mentre si abbandonava contro di me.

«Mi dispiace, piccolina», pianse, il viso premuto contro il mio petto. «Mi dispiace così tanto».

Ero sotto shock. Mi aveva colpito. Non mi aveva mai colpito prima.

Feci fatica a tenerla su. «Andiamo, mamma».

Le agganciai un braccio intorno alla vita, buttai un suo braccio sopra le mie spalle, e insieme entrammo lentamente nella sua camera da letto. Usai un piede per rivoltare la coperta abbastanza per farla sedere. Con le mani libere, spinsi via la coperta ancora di più e aiutai mia madre a stendersi. Le tolsi le scarpe e i pantaloni, ma le lasciai addosso le mutande e la T-shirt.

«Se Tommy muore», singhiozzò. «Seppelliscimi con lui».

Non replicai, ma capii il perché di quella dichiarazione. Se Tommy… fosse morto, allora anch'io avrei voluto essere sepolta con lui. Senza di lui, non ce l'avrei fatta, e sembrava che nostra madre si sentisse allo stesso modo.

«Starà bene, mamma».

«No, invece», rispose lei, con gli occhi che si chiudevano. «Lo amo, quindi morirà. Tutti quelli che amo mi lasciano».

Mi sentii male.

«Io sono ancora qui con te, mamma».

Con quell'unica frase, mi resi conto che, per quanto odiassi la persona che era diventata mia madre, avrei comunque fatto tutto il possibile per alleviare il suo dolore.

«Lo so, pi-piccolina», rispose. «Tu me lo ri-ricordi».

Deglutii. «Cosa?»

«Che è morto».

Papà.

Sapevo cosa voleva dire. A quattordici anni mi ero resa finalmente conto che mi guardava di rado, perché ero troppo simile a mio padre.

«Questo è un incubo», disse mia madre tra sé e sé. «Lo so che lo è».

Non la corressi, perché ero d'accordo con lei. Eravamo intrappolati in un turbine di terrore notturno da cui nessuna delle due si sarebbe svegliata. Era la nostra realtà, e non potevamo fare altro che affrontarla a testa alta. Oppure, nel caso di mia madre, bere fino all'oblio per sfuggirvi.

«'Notte, mamma», sussurrai mentre le rimboccavo la coperta.

Come un robot, andai in bagno e iniziai a raccogliere il vetro della bottiglia rotta di Jack Daniel's. Cercai di non pensare a Tommy o a mia madre, e soprattutto a Ward, quindi mi concentrai sulla mia guancia pulsante invece. Rimasi sorpresa che mi ci fosse voluto così tanto tempo per accorgermene, perché mi faceva male, ma ero contenta che mi facesse male… mi sollevava da un po' del dolore al petto.

Una volta portati i vetri rotti al piano di sotto e buttati via, controllai ancora una volta che la casa fosse sicura prima di trascinare i piedi su per le scale. Mi fermai fuori dalla stanza di mia madre, assicurandomi di aver lasciato la luce accesa anche se fuori il cielo era abbastanza chiaro. Mi diressi nella mia stanza, chiusi la porta dietro di me e mi avvicinai al letto. Dopo essermi arrampicata sul materasso, tirai su la coperta e me la strinsi al petto.

Poi, come la maggior parte delle notti dalla morte di mio padre undici anni prima, piansi fino a addormentarmi.

Capitolo otto
Ward

Gemetti nel cuscino quando sentii bussare alla porta, il che mi disturbò dal mio sonno privo di sogni.

«Che c'è?», dissi all'improvviso.

Mi sentivo esausto ed era strano per me. Di solito non avevo mai bisogno di molto sonno, ma al momento, mi sembrava di non averne abbastanza.

«Erin ha appena chiamato», disse Jesse, aprendo la porta. «Stanno andando a parlare con Aiden, e mi ha chiesto se sarei stato lì perché pensa che la mia presenza aiuterà Aiden a gestire la notizia».

Aprii gli occhi e saltai in piedi quando mi resi conto di non essere nella mia casa a Londra. Ero nella camera da letto per gli ospiti dell'appartamento di mio fratello a Edimburgo. Tommy era in terapia intensiva e la sorellina odiava me e la terra su cui camminavo.

«Cazzo», dissi, strofinandomi gli occhi.

«Gli eventi di ieri sera ti hanno appena folgorato?», chiese Jesse.

Lasciai cadere la mano, annuii e lo guardai. Sorrisi quando vidi che era appoggiato al telaio della porta e aveva una tazza in più per me di quello che credevo fosse tè. Spinsi via la coperta e mi alzai dal letto. Feci cinque passi e mi fermai davanti a lui, prendendo la tazza dalla sua mano tesa.

«Grazie», dissi e portai la tazza fino alla bocca, soffiando delicatamente sul contenuto e bevendone un sorso, seguito da uno più abbondante che fece ridere mio fratello.

«Vacci piano, Ward», mi prese in giro.

Contrassi le labbra. «Sei sempre stato bravo a preparare il tè».

Jesse indicò sé stesso. «Sono un uomo dai molti talenti».

Scossi la testa, divertito.

«Keller è passato…».

«È arrivato un'ora fa», disse Jesse. «Adesso è in cucina a leggere il giornale e bere il caffè».

«È una cosa da Keller».

«È molto… concentrato», sussurrò Jesse, sbirciando da sopra la spalla, come se Keller potesse apparire all'improvviso come lo Spirito del Natale passato.

Resistetti all'impulso di ridere. «Che cosa ha fatto?».

Jesse mi restituii la sua attenzione. «Ha controllato l'appartamento da cima a fondo, proprio come ha fatto prima che ti lasciasse entrare stamattina. Ma non so perché. Le cose più pericolose che avrebbe trovato qui sono i miei calzini sporchi».

Risi.

«È il mio capo della sicurezza… fa il suo lavoro e lo prende molto sul serio».

Jesse annuì. «Lo capisco, ma non capisco *perché* hai bisogno di protezione».

Sbattei le palpebre. «Ricevo quindicimila minacce di morte all'anno, fratellino».

Jesse rimase a bocca spalancata. «Per quale cazzo di motivo?»

«Per diversi motivi». Scrollai le spalle. «Uno recente è stato perché non mi sono fermato a dare consigli a un uomo d'affari quando il mese scorso ho lasciato un ristorante con Tara».

Ogni volta che lasciavo un ristorante di alto livello, i paparazzi venivano sempre avvisati della posizione dal mio ufficio stampa. Avere il mio nome – e la mia faccia – su tutti i giornali e i siti mediatici era pubblicità gratuita, soprattutto quando avevo una nuova applicazione da lanciare. Quell'uomo che mi aveva avvicinato per chiedere aiuto era stato sommerso dai paparazzi che urlavano il mio nome. Non l'avevo ignorato di proposito, ma lui si era sentito come se l'avessi fatto, e aveva minacciato di mutilarmi. Era stato molto descrittivo nella sua lettera su come mi avrebbe ucciso.

«È ridicolo!», esclamò Jesse, con gli occhi spalancati pieni di incredulità. «E hanno *attentato* alla tua vita? Non provare a mentirmi, sono incazzato che tu non me ne abbia mai parlato prima».

Non gliel'avevo detto perché sapevo che si sarebbe preoccupato, come lo era in quel momento.

«Solo una volta», ammisi. «Cinque anni fa, prima di assumere Keller».

Gli occhi di Jesse quasi spuntavano fuori dalle orbite. «Ward, ma che cazzo?»

«Non metto nel panico le persone a meno che non ce ne sia bisogno», risposi. «Ecco perché non l'ho mai detto a te o a Hope. Le sarebbe preso un colpo».

Vidi il momento in cui Jesse pensò di gettare il contenuto della sua tazza su di me, e mi divertì molto.

«Non ci provare», lo avvertii. «Keller ti starebbe addosso più velocemente di quanto tu possa sbattere le palpebre».

Jesse si guardò di nuovo sopra la spalla, e si rilassò quando vide che Keller non c'era. Mi fece ridere di nuovo.

«Dimmi», disse Jesse, fissandomi. «Che cosa è successo?»

«Ero nei bagni a un evento, quando un uomo mi si è avvicinato con una pistola – che poi si è rivelata finta – e mi ha chiesto centotremila sterline».

«Ward!», disse Jesse, scioccato.

«Lo so, è stata un'esperienza forte».

Terrificante, più che altro.

«Cosa hai fatto?», chiese Jesse.

Scrollai le spalle. «Ho chiamato Hope e le ho fatto trasferire i soldi».

Jesse sembrava che stesse per cadere a terra. «Gli hai *dato* i soldi?»

«Aveva una *pistola* puntata alla mia testa, Jesse. Certo che gliel'ho dati, ma solo dopo che mi ha detto perché li voleva».

«E perché li voleva?», chiese Jesse, in tono beffardo.

«Per pagare le cure oncologiche della figlia di sei anni. Erano disponibili solo come parte di un esperimento speciale e la sua assicurazione non copriva l'intero conto».

Jesse aprì la bocca per parlare, ma quando non ne uscì nulla, premette di nuovo le labbra insieme.

«Voleva disperatamente salvare la vita di sua figlia e io avevo i soldi per aiutarlo», gli dissi scrollando le spalle. «Era palese che fosse profondamente dispiaciuto per la situazione in cui mi aveva messo, ma non aveva avuto altra scelta, e sperava che un giorno avrei potuto capirlo. Era sincero e pentito, ma è rimasto fedele a quello che doveva fare, e questo mi è piaciuto. Qualche settimana dopo si è imbarcato nella mia organizzazione benefica e ora lavora per me. È un grande uomo che ha fatto quello che doveva fare per salvare la figlia. Lo rispetto da morire per questo».

Rispettavo *qualunque* genitore che faceva tutto il necessario per proteggere il proprio figlio.

«Wow», disse Jesse dopo qualche istante. «La figlia sta bene?»

«Sì». Sorrisi. «È in completa remissione e ha appena festeggiato il suo undicesimo compleanno».

Jesse scosse la testa. «Sei fantastico, fratello. Cuore d'oro».

Riportai la conversazione al problema in questione.

«Quanto lontano vive Lucy?», chiesi, domandandomi quanto velocemente potevamo arrivare dall'ex di Tommy.

«A cinque minuti da qui, a venticinque da Erin», rispose. «Non sono ancora partite, mi ha detto che mi avrebbe chiamato quando avrebbe preparato la madre».

«Quando avrebbe preparato la madre?», ripetei perplesso. «Quanti anni ha? Cinque?».

Jesse evitò di incrociare il mio sguardo, e io sapevo cosa significasse.

Non riusciva a guardare nessuno negli occhi quando mentiva, e il fatto che lo stesse facendo mi preoccupava. Ero io il bugiardo di famiglia, non lui.

«Jesse», dissi con fermezza. «Come mai questo cambio di atteggiamento?».

Gemette. «Mi ucciderà se te lo dico».

Erin.

Fissai torvo il mio fratello minore.

«Ti ucciderò io se *non* me lo dici».

«Porca miseria», borbottò prima di guardarmi. «Non dire a Erin che sai, okay? Neanche il minimo accenno. Promettimelo».

«Sapere *cosa*?»

«Prima promettimelo», insistette Jesse.

Digrignai i denti. «Promesso».

«Amelia... è un'alcolizzata».

«Col cazzo che lo è», fu tutto ciò che riuscii a dire.

Jesse fece spallucce. «Lo è da anni... da quando Kenneth è morto».

Il nome di Kenneth Saunders fu come un colpo allo stomaco, ma mantenni la mia compostezza, o almeno quel che potevo. Quell'uomo era per me un padre quanto il mio. Gli volevo bene, ed ero ancora disgustato con me stesso per aver lasciato la mia famiglia quando avevano bisogno di me dopo la sua morte. Sapevo che non potevo rimanere, ma averli abbandonati così... aveva distrutto tutto.

«Tommy fa quel che può per aiutare, ma Erin è quella

che si prende cura di lei perché vive ancora con lei. Non vuole far sapere a Tommy quanto Amelia stia male. Penso che la sorella cerchi di proteggerlo, capisci? Pensa che io non l'abbia notato, ma non è così. È una brava ragazza, ed è stata dura per lei da quando il padre è morto».

Dalla mia partenza, era stata dura per lei… aveva *undici* anni, cazzo.

«Non ne avevo idea», mormorai, più a me stesso che a Jesse.

«Come potevi?», chiese. «Erin mi ha fatto giurare di non dirti nulla che riguardasse la sua famiglia e tu non eri qui per vedere il cambiamento in Amelia».

Non era una scusa.

«Avrei dovuto saperlo», protestai.

Jesse non replicò, si limitò a osservarmi mentre metabolizzavo le informazioni che gli avevo estorto sotto minaccia.

Amelia era un'alcolizzata.

«Cazzo», dissi sottovoce.

«Già», rispose Jesse in tono tetro. «Cazzo».

«Riabilitazione», dissi poi. «Non hanno provato la riabilitazione?».

Jesse annuì. «Due volte. Ha fallito entrambe le volte quando si è autodimessa».

«Cazzo», ripetei.

«Non riesce a superare la sua morte», continuò Jesse. «Erin ha detto che non pensa che la madre potrà mai accettare la morte di Kenneth».

Sapevo come ci si sentiva. Pensai a mia madre e all'ultima immagine che avevo di lei: in un letto d'ospedale, tutta pallida, debole e prosciugata dal cancro che alla fine l'aveva uccisa. Avevo quattro anni alla sua morte, e quel ricordo era solo uno dei due che avevo di mia madre. L'altro era della sua risata e dell'espressione sul suo viso quando mi sorrideva.

Era bella, e anche se l'avevo conosciuta solo per poco, mi mancava ogni singolo giorno. Era una su un milione, così per certi versi capivo Amelia. Non i suoi metodi di gestire il lutto, ma ne capivo il "perché". Voleva dimenticare la realtà, ed essere distaccata era meglio che vivere ogni giorno con la consapevolezza che qualcuno che amavi non c'era più e non sarebbe più tornato.

Nascondere quel dolore schiacciante era meglio che affrontarlo.

«Farò qualcosa per aiutare», dissi, grattandomi il mento.

Jesse incrociò le braccia sul petto. «Cosa puoi fare che noi non abbiamo già fatto?»

«Un centro di riabilitazione in cui non può autodimettersi», suggerii. «Da qualche parte dove sarà una paziente e non verrà rilasciata finché non sarà sobria e la sua vita tornerà in carreggiata».

«Fammi indovinare», disse Jesse. «A Londra?».

Alzai gli occhi al cielo. «Hanno strutture come quelle qui in Scozia, testa di cazzo. Non vengono pubblicizzate sui cartelloni perché sono esclusive e costano un occhio della testa».

«Erin non lo accetterà», ribatté Jesse. «Non vuole essere in debito con te».

Mi scrollai le spalle. «Se vuole che sua madre guarisca, lo accetterà».

Jesse rimase in silenzio per un attimo, poi i suoi occhi caddero sul mio corpo seminudo. «Vuoi prendere in prestito dei vestiti o indossare di nuovo il tuo completo?»

«Keller l'ha fatto lavare a secco?», domandai, guardandomi il corpo.

Avevo indosso solo i boxer.

Jesse sbuffò. «Sì, e non chiedermi come, perché da nessuna parte è aperto così presto di domenica».

«Che ore sono?»

«Le otto e venti».

«Cazzo», ripetei per l'ennesima volta. «Non c'è da stupirsi se mi sento una merda. Abbiamo dormito un paio d'ore, se non meno».

«Credo di aver dormito quaranta minuti», disse Jesse, bevendo il suo tè. «Non potevo spegnere il cervello».

Neanch'io ci ero riuscito.

«Mi farò una doccia veloce e mi metterò i tuoi vestiti, grazie. Keller uscirà a comprarmi un paio di cose mentre siamo in ospedale».

Jesse sbatté le palpebre. «È anche il tuo personal shopper?»

«No». Sorrisi. «Ma mi procurerà jeans, camicie e le basi per entrambi, visto che questo viaggio era inaspettato».

Jesse uscì dalla stanza con un cenno della testa. Svuotai il contenuto della mia tazza, la lasciai sulla cassettiera e mi diressi in bagno. Jesse aveva gridato che stanza era, così la trovai con abbastanza facilità. Mi lavai velocemente, mi asciugai con altrettanta rapidità prima di fissare un asciugamano intorno alla vita e tornare alla stanza degli ospiti.

Jesse aveva preparato dei jeans e una maglietta nera a maniche lunghe. Calze e boxer neri erano accanto ai vestiti, ancora nelle confezioni. Mi vestii alla svelta, soddisfatto di constatare che mio fratello e io avessimo taglie simili. I jeans mi andavano alla perfezione; la maglia, però, era un po' corta ai polsi, così arrotolai le maniche fino ai gomiti. Le mie scarpe da sera si addicevano al look, così le indossai, mi scostai i capelli umidi dal viso e lasciai la stanza con il cellulare in mano.

«Buongiorno, signore», disse Keller quando entrai nella piccola cucina/salotto.

«Buongiorno», gli dissi. «Hope si è fatta sentire?»

«Solo quattordici volte», rispose, contraendo le labbra.

Sorrisi e scossi la testa. «Un po' meno e mi sarei preoccupato».

«Ha liberato la sua agenda fino a nuovo avviso, e mi ha assicurato che ha tutto sotto controllo, quindi non deve chiamarla per parlare d'affari. Ha minacciato di darle un calcio in un posto spiacevole se lo farà».

Risi e Keller fece un gran sorriso.

«Puoi prendermi dei vestiti e altri oggetti essenziali per qualche giorno? Prendi tutto quello che serve anche per te, usa la mia carta di credito. Non so per quanto tempo resteremo qui».

Keller annuì. «Me ne occuperò dopo averla portata in ospedale».

Annuii e mangiai qualche toast che Jesse aveva messo su un piatto, oltre a bere un'altra tazza di tè. Quando Jesse entrò in cucina, aveva la giacca, le chiavi e il cellulare in mano.

«Pronto ad andare?», chiese. «Erin ha appena chiamato, sono pronte a partire».

Esitai. «Ha chiesto a *te* di essere lì, non a me».

«Vero», disse Jesse, annuendo, «ma Aiden è ossessionato da Friendzone e, a essere sinceri, da te».

«Da *me*?», chiesi incredulo.

«Sì, da te». Jesse rise sotto i baffi. «Sa che sei stato il migliore amico di suo padre per molto tempo, e pensa che Friendzone sia la cosa più mitica dopo la scoperta dell'acqua calda. Potresti aiutarlo a calmarlo».

Sospirai. «Ed Erin?»

«Dovrà farsene una ragione». Jesse scrollò le spalle. «Oggi riguarda Aiden e Tommy, nessun altro».

Ora diceva così, ma le cose sarebbero cambiate quando Erin mi avrebbe notato.

Insieme a Keller, lasciammo l'appartamento di Jesse e ci dirigemmo a casa di Erin. Il tragitto fu silenzioso, ma notai la mia gamba che sobbalzava freneticamente quando parcheggiammo fuori. Ero nervoso e ciò mi sorprese perché di rado, se non mai, mi innervosivo. Tuttavia, Erin mi dava alla testa, e io non sapevo come gestire quella consapevolezza, figuriamoci come gestire *lei*.

Io e Jesse scendemmo dall'auto e la prima cosa che sentii fu: «Sei *ancora* qui?».

Girai la testa per affrontare Erin, e rimasi sorpreso da quello che vidi. L'altra sera indossava un cappotto umido e un'uniforme da lavoro oltremodo sgualcita. I suoi capelli platino erano un pasticcio di grovigli e riccioli randagi, e sembrava come se fosse stata prosciugata dalla vita.

Pur essendo ancora palese che le servisse una notte intera di riposo, non aveva un aspetto terribile. Neanche lontanamente. I suoi capelli erano intrecciati in due sezioni che mantenevano le ciocche strette alla testa mentre le estremità erano sulle spalle. Aveva jeans grigi attillati, stivaletti neri e una giacca da motociclista di pelle lunga fino ai fianchi. Sapevo che non era vera pelle, ma le stava bene addosso. Aderente. Stretta.

Non ci pensare, coso.

Mi schiarii la voce mentre marciava verso di me. «Buongiorno, Erin».

«Risparmiatelo», sbottò, fermandosi davanti a me, allungando il collo per fissarmi truce. «*Perché* sei ancora qui?»

«Erin…». Lei sollevò la mano per interrompere Jesse.

Non degnai mio fratello di uno sguardo; invece ero completamente concentrato sul volto di Erin. Il suo viso contuso. La guancia destra era gonfia e l'occhio nero e blu. L'occhio era anche un po' iniettato di sangue.

«Che ti è successo alla faccia?», chiesi con un po' di enfasi.

Le punte delle orecchie di Erin si colorarono di scarlatto.

«Ho sbattuto contro una porta», rispose con fermezza. «Ho la testa da tutt'altra parte, nel caso non te ne fossi accorto».

La guardai perplesso, perché sentivo che stava mentendo, anche se non ne dava alcuna indicazione visiva. Ma avevo un presentimento e mi fidavo sempre del mio istinto.

«Ne sei sicura?», mi incaparbii. «È un brutto livido per una porta in faccia».

Fece un'espressione esasperata. «Vuoi entrare a picchiare la porta perché mi ha fatto un livido? Accomodati pure, londinese».

Londinese?

Contrassi le labbra mentre guardavo mio fratello, che aveva la testa inclinata all'indietro e fissava il cielo, come se chiedesse in silenzio un aiuto. Poi rivolsi lo sguardo a Erin e la trovai che mi stava ancora fissando.

«Non me ne andrò presto», la informai. «Non ho intenzione di essere d'intralcio o di causare alcun disturbo. Voglio solo essere qui».

«Non sempre otteniamo ciò che vogliamo», ribatté lei. «Giusto?»

«Già», concordai, pensando a Tara e a come mi aveva intrappolato. «È *così*».

Con un cenno della testa, Erin disse: «Stammi alla larga, okay?»

«Okay. Come vuoi».

Grugnì, poi si voltò e aspettò sua madre, la zia e l'altra zia. Emma Saunders sorrise ampiamente quando mi vide e mi diede un abbraccio stritolante. Era l'opposto di Jennifer. Mentre Jennifer era alta e magra con i capelli scuri, Emma era bassa, formosa e aveva una zazzera di capelli rosso vivo.

«Da quanto tempo che non ci si vede, straniero!».

Sorrisi quando mi liberò. «Come stai, Em?».

Sospirò. «Starò molto meglio una volta che mio nipote sarà a casa e in via di guarigione».

«Quando sarà a casa, andrà tutto meglio».

«Puoi scommetterci!», cinguettò Emma.

Erin optò per sistemarsi sul sedile anteriore della macchina con Keller, solo per non doversi sedere tra me e Jesse dietro. Non gliene feci una colpa. Voleva tenersi a distanza da me e lo rispettavo, ma feci un patto con me stesso: prima di tornare a Londra, dovevo ricucire i rapporti con lei. Avrei spostato le montagne per renderlo possibile, ma ero disposto a fare tutto il necessario per far sì che non mi odiasse più.

Avevo bisogno che lei non mi odiasse.

Andammo a casa di Lucy Hayes e prima che qualcuno di noi avesse la possibilità di chiudere gli sportelli dell'auto, la porta d'ingresso si aprì e Lucy uscì. Era ancora in pigiama, il che era appropriato considerando che era domenica mattina presto. A parte il suo abbigliamento, era esattamente come l'ultima volta in cui l'avevo vista. Era ancora attraente, aveva ancora un corpo fatto per i sogni bagnati e apparentemente ancora molto giovane. Ed era uno schifo, perché Lucy… era una persona orribile il cui aspetto avrebbe dovuto riflettere quanto fosse veramente brutta. O, almeno, come lo era quando la conoscevo tutti quegli anni prima.

«Erin?», chiamò, e potevo vedere l'espressione corrucciata formarsi sul suo viso. «Cosa sta succedendo?».

Erin si incamminò sul vialetto verso la casa. «Tommy… ha avuto un incidente d'auto».

«Oh, mio Dio!», ansimò Lucy e si portò una mano alla bocca. «Sta bene?»

«Sta molto male, ma cerca di resistere», rispose Erin, e sembrava più calma di quanto sapevo si sentisse. «Siamo venuti a parlarne con Aiden».

«Certo, entra», disse Lucy, poi tornò alla svelta in casa, molto probabilmente per svegliare Aiden.

Entrammo tutti e il luogo mi portò in mente all'istante

flashback di feste e sesso fatto da ubriachi di quando ero adolescente. La mia infanzia e le cose che avevo passato non mi avevano esattamente incoraggiato a fidarmi delle donne. Non avevo mai voluto una relazione stabile ed ero felice di passare da una ragazza all'altra come se sfogliassi le pagine di un libro. Pensai a tutte le volte in cui avevo tradito Tara e mi resi conto che avevo ancora la stessa mentalità di quando ero un adolescente. Feci una smorfia tra me e me.

Quando eravamo adolescenti, i genitori di Lucy possedevano la casa e ogni fine settimana avevano "visite sociali". Secondo Jesse, poco dopo la morte del padre di Lucy, alcuni anni prima, la madre si era risposata e trasferita nella casa del suo nuovo marito, e aveva passato l'abitazione a Lucy e Aiden.

L'arredamento era cambiato, cosa che mi fece piacere, perché non ero troppo entusiasta di sedermi sugli stessi mobili su cui avevo scopato da ubriaco diverse ragazze. Peggio ancora, non volevo vedere *Erin* seduta sui mobili su cui avevo scopato da ubriaco diverse ragazze. Quei ricordi erano sporchi e per me Erin era pura. Digrignai i denti al pensiero idiota, ricordandomi che Erin era la sorellina di Tommy *e* che mi odiava.

Rimasi in piedi in cucina, come tutti gli altri, e ciò innervosì Aiden quando entrò nella stanza, a torso nudo e con i pantaloni del pigiama. Si stropicciò gli occhi, ma lasciò cadere le mani quando vide il nostro gruppo. Scrutò ogni viso e quando i suoi occhi verdi, identici a quelli di suo padre, finirono su di me, sembrava confuso.

«*Signor Buckley?*», disse.

«Ehi, Aiden». Sorrisi. «Sei cresciuto dall'ultima volta che ti ho visto».

Ed era così. Ormai era un adolescente, più alto di Erin di ben quindici o diciotto centimetri. Non c'era più niente di piccolo in lui, e il fatto che non l'avessi visto crescere mi rattristò. Ero il suo padrino e il ragazzo neanche mi conosceva.

«Che succede?», disse Aiden, scorrendo lo sguardo da Erin a sua madre. «Dov'è papà?»

«Ecco perché siamo qui», disse Erin. «Ascoltami e non farti prendere dal panico».

Aiden fu preso dal panico *all'istante*.

«È morto?», disse con voce soffocato, gli occhi che sfrecciavano per la stanza.

«No», lo rassicurò Erin in fretta. «Non è morto, piccolino».

«Non mentire!», urlò Aiden. «È morto?»

«No!», disse Erin con fermezza. «Ti giuro. Sta davvero male, ma non è morto».

Gli occhi di Aiden si riempirono di lacrime che gli rigarono il viso pochi secondi dopo.

«Che cosa è successo?», chiese, il suo petto che si sollevava e si abbassava rapidamente.

«Un incidente d'auto», rispose Erin, che stava piangendo. «In città, ieri sera».

«L'ho letto su Friendzone, alcuni dei miei amici l'hanno visto accadere e hanno pubblicato un post», ansimò Aiden. «Hanno detto che è stato brutto».

Erin si aggrappò a Aiden. «È stato brutto, ma starà bene».

«Dov'è?», chiese Aiden, stringendo forte la zia.

«All'ospedale», rispose Jennifer. «Corri di sopra e vestiti, tesoro. Andiamo a fargli visita».

Aiden sfrecciò fuori dalla stanza un secondo dopo, i suoi piedi che battevano su per le scale.

«Quanto è grave la situazione, Erin?», chiese Lucy.

Sembrava sinceramente preoccupata. Erin deglutì e si asciugò il viso con il dorso della mano, sussultando quando premette troppo forte sull'occhio contuso e gonfio. Chiusi le mani a pugno per impedirmi di fare un passo avanti e abbracciarla. Quell'impulso protettivo mi lasciò sbigottito.

«È grave».

«Cristo», sussurrò Lucy.

«Sei libera di venire con noi», disse Jennifer, la voce bassa. «Se vuoi».

«Lavoro alle dieci ed è un doppio turno», rispose. «Cercherò di venire il prima possibile, però».

Erin disse: «Non stressarti. Ci occuperemo di Aiden finché non arriverai».

Lucy, che si stava masticando le unghie, annuì. «Mandami un messaggio per tenermi aggiornata, okay?».

Erin rispose: «Sì, userò il telefono di Jesse. Ho perso il mio».

Osservai l'interazione di Erin e Lucy. Lucy era a suo agio con Erin, ma Erin era tesa e guardava dappertutto tranne che direttamente Lucy. O a Erin non piaceva o non si sentiva a suo agio con lei, o forse tutte e due le cose. Non commentai; in effetti nessuno lo fece. Rimanemmo tutti in silenzio finché Aiden non piombò giù per le scale con indosso una tuta grigia, le sue scarpe da ginnastica bianche della Nike.

«Sono pronto», ansimò. «Andiamo».

Amelia si spostò al suo fianco e Aiden le mise un braccio intorno alla spalla, e loro due uscirono dalla cucina, rannicchiati vicino. Erin parlò con Lucy sottovoce, e quando Lucy annuì, seguì suo nipote e sua madre. Poi ce ne andammo tutti.

«Lucy», annuii, passandole accanto.

«Ward Buckley», disse, e il suo tono sembrava maligno. «Pensavo che avessi voltato le spalle a Tommy e alla Scozia, a dirla tutta, molto tempo fa».

Digrignai i denti ma continuai a camminare. «Le cose cambiano».

«Già». Sbuffò. «Lo vedo… Ci vediamo tra undici anni quando qualcun altro sarà in ospedale».

Stronza.

Quella paura atterrita che l'aveva pervasa pochi minuti prima era improvvisamente scomparsa, e venne sostituita dalla Lucy che conoscevo bene. La carogna che aveva usato il figlio come arma contro suo padre sin da subito. Avevo fatto cose orribili nella mia vita, ma Lucy Hayes era la carogna più grande che avessi mai incontrato, se si esclude *un'altra* donna.

Uscii di casa, felice di essere tornato all'aria aperta. Tutti gli altri erano già in macchina, e io salii vicino a Emma, che era accanto a Jesse. Aiden sedeva tra Jennifer e Amelia. Erin rimase nella parte anteriore della macchina con Keller, e il suo corpo era immobile mentre fissava fuori dal finestrino. Sarei stato disposto a pagare un sacco di soldi solo per sapere cosa le passava per la testa. Il tragitto in ospedale fu senza incidenti e quando entrammo nell'edificio venimmo indirizzati al reparto di terapia intensiva. Subito incontrammo un ostacolo quando ci dissero che potevano fare visita solo quattro persone alla volta, e dovevano essere tutte della famiglia. Prima che Erin potesse cacciare via me e Jesse, Jennifer si fece avanti e disse che eravamo tutti della famiglia e saremmo entrati a turno. Erin, Aiden, Amelia e Jennifer andarono per primi, ovviamente, mentre Jesse, Emma e io ci mettemmo a sedere sulle sedie di plastica fuori dal reparto di terapia intensiva. Solo Keller rimase in piedi.

«Vado a prendere le cose che le servono», mi disse, mettendosi in tasca il cellulare, il che mi ricordò che Erin era senza telefono.

Prima che Keller partisse, dissi: «Quando sei fuori oggi, acquista un nuovo iPhone, qualunque sia l'ultimo modello. Anticipa i soldi e ricaricalo con un paio di centinaia di sterline».

Keller annuì, poi se ne andò. Guardai alla mia destra quando avvertii gli sguardi degli altri su di me.

«Che c'è?», chiesi a Jesse ed Emma.

Emma si limitò a sorridere, mentre Jesse scosse la testa.

«Spero che tu sappia quello che fai», dissi.

Ero confuso.

«Non è niente di che», dissi. «Le serve un cellulare».

«Sì, sì», concordò Jesse. «Ma lo dirò di nuovo, spero che tu sappia cosa stai facendo con lei».

«Certo che lo so. Ho tutto sotto controllo».

Non avevo mai detto una bugia più grande in tutta la mia vita, perché quando si trattava di Erin Saunders, l'unica cosa di cui *ero* sicuro era la mia incertezza intorno a lei. Diventare suo amico avrebbe richiesto molto impegno, ma sapevo che ne valeva la pena. Aveva bisogno di un amico e io avevo bisogno che tornasse nella mia vita.

«C'è sempre del buono che viene fuori da una brutta situazione», disse Emma all'improvviso. «Devi solo riconoscere quali parti sono buone».

Scorsi lo sguardo da Emma a Jesse e poi a terra, sollevando le dita sulle tempie e sfregandole con movimenti circolari. C'erano due cose che avevo capito da quando ero tornato in Scozia: non avevo mai avuto un mal di testa così forte e le persone ancora parlavano per enigmi.

Casa dolce casa, un cavolo.

Capitolo nove
Erin

«Ho paura, zia Erin».

Intrecciai le dita con quelle di mio nipote e gli strinsi la mano per rassicurarlo. Non parlai, temendo che non sarebbe venuto fuori nulla, perché, proprio come Aiden, avevo paura. Ed era per dirlo con un eufemismo. Quando entrammo in terapia intensiva, venimmo accolti da un infermiere di nome Carl. Ci informò che non potevamo entrare nella stanza di Tommy in nessun caso, ma potevamo guardare attraverso la finestra quanto volevamo. C'era una stanza accanto a quella di Tommy con un televisore e grandi sedie imbottite che *sapevo* sarebbero state un miglioramento da quelle dove eravamo stati seduti tutta la notte nella sala d'attesa del reparto traumatologico.

«Prima di aprire la tenda», iniziò a dire Carl mentre noi camminavamo uno dietro l'altro nella stanza laterale. «Siate consapevoli del fatto che Saunders è collegato a molte macchine, quindi ci sono molti fili e tubi che lo circondano. Sembra molto spaventoso, ma sono lì solo per monitorarlo e permetterci di dargli la medicina direttamente per via endovenosa».

«Okay», dicemmo tutti all'unisono, le nostre voci diffidenti.

«Come potete immaginare, è anche un po' malconcio per l'incidente. È piuttosto gonfio e pieno di lividi intorno al viso, ma è anche a causa dell'intervento chirurgico».

Quegli avvertimenti mi stavano facendo impazzire. Sapevo che lo scopo di Carl era rilassarci e mantenerci calmi, ma più parlava, più diventavo apprensiva. Strinsi la mano di Aiden di riflesso, e lui ricambiò la stretta. Il gesto mi confortò. Quando Carl prese la tenda, chiusi gli occhi solo per concedermi un istante in più per prepararmi a quello che stavo per vedere. Ma non mi venne concesso quel momento perché i miei occhi si spalancarono quando sentii Aiden trasalire e mia zia e mia madre gemere.

Non riuscii a contenere il grido che mi salì in gola quando il mio sguardo finì sulla figura dall'altra parte della finestra. Sfilai la mano da quella di Aiden quando feci un passo avanti, premetti le mani contro il vetro e fissai mio fratello inerte.

«Tommy!», esclamai con voce stridula.

Impotenza. Preoccupazione. Paura. Dolore.

Provai ognuna delle emozioni così profondamente nella mia anima che per un momento mi domandai se avrei mai saputo come sarebbe stato essere di nuovo felice. Mi misi una mano sulla bocca mentre mi si rivoltava lo stomaco. Mi concentrai sul fare respiri profondi, dentro e fuori, ma fu inutile. Sapevo che sarei stata male. Fuggii dalla stanza e mi precipitai lungo il corridoio, e una volta dentro il bagno delle donne vomitai.

«Erin!».

Dopo che sentii il mio nome, pesanti passi risuonarono sul pavimento e la porta del cubicolo in cui mi trovavo venne spalancata. Vomitai ancora una volta proprio quando delle mani mi toccarono la schiena prima che mi si avvicinassero alla testa e mi prendessero forte le due trecce, allontanandole dal mio viso.

«Va tutto bene», disse Ward. «Stai bene».

Non riuscivo nemmeno a dirgli di andarsene, perché quando aprii la bocca vomitai di nuovo. Gemetti forte e mi strinsi lo stomaco dolorante con le mani. Mi domandai come avessi fatto a vomitare così tanto quando non avevo cibo nello stomaco. Non ero riuscita a mandare giù la colazione, e alla vista di Tommy tutto malandato e ferito, mangiare non faceva parte delle cose da fare del giorno.

«Brava ragazza», disse Ward quando mise una mano al centro della mia schiena e la strofinò in movimenti circolari. «Tira fuori tutto».

Grugnii in risposta. Ancora mi teneva stretti i capelli, e con l'altra mano continuò a strofinarmi la schiena. Sapevo che si strofinava la schiena quando qualcuno rimetteva, e non avevo mai pensato che servisse a molto, ma trovai che mi aiutava a rilassarmi e non sapevo come sentirmi al riguardo perché era Ward che mi stava rilassando.

«Sto bene», gracchiai.

Ward non mi diede man forte. «Non stai bene, quindi non dirmi certe stronzate».

Mi alzai in piedi, mi asciugai la bocca con il dorso della mano e inclinai la testa all'indietro per fissare Ward. Mi stava quasi guardando in maniera truce, come se mi sfidasse a controbattere ciò che stava dicendo.

«Come ti pare», fu tutto ciò che riuscii a dire.

Mi spostai intorno al suo corpo e quando raggiunsi il lavandino feci i gargarismi per pulirmi la bocca, oltre a schizzare un po' d'acqua sul viso in fiamme per raffreddarlo. Sentii Ward andarsene, ma non mi voltai a guardare. Non sapevo se mi stavo riscaldando a causa di Ward o perché avevo appena vomitato davanti a lui. Per la mia sanità mentale, scelsi di credere a quest'ultimo.

Quando lasciai il bagno, mi fermai di colpo quando trovai Ward appoggiato alla parete fuori, che mi aspettava. Con la sua spalla premuta contro il muro e le braccia incrociate sul petto, sembrava il ritratto della serietà, ma non potevo prenderlo sul serio con indosso i vestiti di suo fratello.

«Una volta ho versato del ketchup su tutta quella maglietta», commentai.

Ward lanciò un'occhiata al proprio corpo, poi mi guardò con occhi divertiti. «Di proposito?».

Penso che rimanemmo entrambi sorpresi quando risi.

«No», dissi. «È stato un incidente. Ho provato a spremere la salsa in un ristorante e non voleva uscire. Jesse si è seduto per aiutarmi e – boom! – il ketchup l'ha ricoperto».

Le labbra di Ward si contrassero. «Passi molto tempo con Jesse?»

«Ogni volta che non lavoriamo».

«Siete solo amici?».

Sollevai un sopracciglio. «Non che siano affari tuoi, ma sì, Jesse è solo un mio amico. Perché?»

«Mi incuriosisce».

Perché la cosa dovrebbe incuriosirlo?

Iniziai a sentirmi a disagio, quindi cambiai argomento.

«Non te ne andrai, non importa quante volte te lo dico», dissi con un sospiro. «Vero?»

«No», rispose Ward. «Non me ne vado».

«Con i tuoi trascorsi, capisci perché sono scettica, vero?».

Ward incurvò leggermente le spalle, si corrucciò e… si limitò a guardarmi come se fossi trasparente.

«Niente di quello che dico ti convincerà a credermi», disse. «Le mie azioni dovranno solo parlare più forte delle mie parole».

Mi strofinai una mano sul viso.

«Perché adesso?», chiesi, riportando il braccio sul fianco. «Perché ci è voluto Tommy ferito gravemente per farti venire qui?».

Ward rimase in silenzio per così tanto tempo, pensai che non avrebbe risposto.

«Sono un vigliacco», rispose alla fine, sconvolgendomi profondamente. «Tutti qui lo sanno».

Non sapevo da dove cominciare per formare le parole, quindi rimasi in silenzio.

«Pensi che quando ho abbandonato la tua famiglia, mi sia dimenticato di te? Non è stato così», continuò Ward, serrando la mascella. «Ti ho pensato, ho pensato a *tutti* voi, ogni singolo giorno negli ultimi undici anni. Odio quello che ho fatto. Lo. Odio. Non posso rimangiarmelo... se potessi, lo farei. Vorrei cambiare tutto di quella notte solo perché tu non mi guardi come stai facendo adesso. Perché Tommy sia ancora un fratello per me, perché tua madre sia ancora mia madre. Credimi, Erin. Non ho secondi fini per stare qui. Voglio solo stare con il mio amico, mio fratello, e aiutarlo in ogni modo possibile. Per favore... per favore, lasciamelo fare».

Fissai Ward. Non potevo credergli, non era più qualcuno che conoscevo. Era un estraneo per me, per la mia famiglia... ma... una volta era la nostra famiglia, una volta era qualcuno a cui volevo bene, e cercai di dire a me stessa che le persone potevano cambiare. Lo desideravo per mia madre ogni giorno, quindi perché non potevo desiderarlo anche per Ward? L'amarezza e il dolore lo rendevano molto difficile, però.

«Non mi fido di te», dissi con fermezza. «Ma non penso che vorresti fare del male a Tommy... non più di quanto tu non abbia già fatto».

«Non voglio far del male a nessuno», disse Ward in fretta.

Sollevai il mento. «Solo il tempo lo dirà».

«Erin». Ward corrugò la fronte. «Non sono un mostro».

«Divertente», dissi, stringendo le mani a pugno. «Sei un mostro che mi perseguita da molto tempo, solo che ora non sono una ragazza di undici anni indifesa. Se fai del male alla mia famiglia, te ne *pentirai*».

Mi allontanai da lui e tornai verso la stanza accanto a quella di Tommy. Mi sorpresi di trovare tutti lì, inclusi Jesse e zia Emma.

«Siamo qui da dieci minuti e state già infrangendo le regole?», dissi, inclinando la testa. «Quell'infermiere ci caccerà tutti fuori».

Zia Jennifer sorrise. «Ward ha parlato con un medico di passaggio e ci hanno permesso di rimanere nella stanza fintanto che non avessimo causato problemi».

«Sono stupidi», risposi. «Non facciamo altro che causare problemi».

Tutti ridacchiarono. Quando Ward entrò nella stanza, mi voltai verso di lui e gli dissi: «Che cosa hai detto al dottore per consentirci di stare tutti qui?».

Le labbra di Ward si assottigliarono. «Niente di importante».

«Certo», dissi, senza distogliere lo sguardo dal suo.

Ward mi fissò, ma solo per pochi istanti.

«Ho fatto una donazione al reparto di terapia intensiva», disse piano, infilando le mani nelle tasche dei jeans. «Gli ospedali hanno sempre bisogno di finanziamenti».

Sbattei le palpebre. «Hai corrotto un dottore?»

«Forse».

Contrassi le labbra e rimasi sbalordita nello scoprire che volevo ridere.

«Be'», dissi, schiarendomi la voce di colpo. «Grazie».

«Non dirlo neanche», disse, volgendo lo sguardo verso la finestra alla mia destra.

Lo osservai guardare mio fratello di persona per la prima volta dopo undici anni. Respirava a fatica, fece un passo avanti e posò una mano solitaria sul vetro. Fissò la stanza di Tommy con gli occhi spalancati per un lungo momento prima di sussurrare: «Tommy».

Un nodo mi si formò in gola.

«Starà bene», dissi, con voce rotta. «Vedrai».

Ward fece oscillare la testa senza distogliere lo sguardo da mio fratello, così mi voltai e fissai anch'io Tommy. Per molto tempo, dopo tutto quello che avevo passato, pensavo che niente potesse più spezzarmi, ma fissare mio fratello non fece altro che pervadermi di paura. Era puro terrore e faceva così male che sembrava dolore fisico. Era come se il mio cuore stesse andando in pezzi.

Tommy era disteso su un letto singolo, con tubi provenienti da quella che sembrava essere ogni parte del suo corpo. La sua testa era avvolta in una grande benda e il suo viso era gonfio e contuso oltre ogni immaginazione. Non sembrava il fratello che conoscevo, e ciò mi spaventò a morte.

«Perché lui?», pensai ad alta voce.

«Cosa?», chiese Ward piano.

«Perché è successo a mio fratello?», domandai, sperando che potesse rispondermi. «Non si merita nulla di tutto ciò. È la persona migliore che conosca e non dovrebbero accadergli certe cose».

«Non posso rispondere alla tua domanda, Erin», replicò Ward. «Nessuno può».

Lo sapevo e lo odiavo.

«Niente di tutto ciò sembra reale», mormorai.

Per le successive due ore, rimanemmo nella stanza di osservazione, a guardare Tommy. Non potevo parlare per gli altri, ma pregai e pregai che si svegliasse subito e dicesse che era solo un grande scherzo. Sapevo che non sarebbe successo, proprio come sapevo che non si sarebbe svegliato e sarebbe stato perfettamente a posto. Ebbi la sensazione nauseante che fosse solo l'inizio di un duro viaggio per mio fratello e la nostra famiglia.

«Zia Erin».

Sbattei le palpebre e guardai alla mia destra, direttamente mio nipote, che era seduto accanto a me. Gli sorrisi quando mi agganciò un braccio attorno alle spalle e mi avvicinò a sé.

«Tutto andrà bene», mormorai. «Sarà così».

Aiden non rispose, mi diede solo una stretta.

«Zio Jesse ha detto che rimarrà addormentato per un po'», mormorò infine, fissando suo padre attraverso il vetro. «Quanto dura un po'?».

Deglutii. «Nessuno lo sa, tesoro. Tuo padre è stato ferito gravemente e ha subito un importante intervento chirurgico. Il riposo è qualcosa di cui il suo corpo ha un disperato bisogno per migliorare. Capisci?»

«Sì e no», disse Aiden con tristezza. «Odio che nessuno possa dire se tutto andrà bene».

«Ma sarà così...».

«Non lo sai con certezza, ecco cosa intendo», disse Aiden, con la voce rotta. «Nessuno lo sa con certezza».

Non sapevo cosa dire, quindi tenni mio nipote stretto a me e lo confortai come meglio potevo.

«Forse zio Ward lo saprà», mormorò Aiden dopo alcuni istanti. «Papà ha detto che è l'uomo più intelligente che abbia mai conosciuto, quindi potrebbe saperlo».

Sentii il respiro lasciare il mio corpo quando girai la testa per fissare Ward, che stava guardando mio nipote, con la bocca aperta. Aveva sentito ogni parola che Aiden aveva appena pronunciato. Sapevo che Ward non era scioccato per il fatto che Tommy e Aiden pensassero che fosse intelligente, perché tutti sapevano quanto lo fosse. Era il fatto che Aiden si riferisse a lui come zio che lo sconcertò, e a essere sinceri, aveva sconcertato anche me.

In nessun modo immaginabile Ward meritava il titolo di zio, perché non se lo era guadagnato come Jesse negli anni in cui *era stato* lo zio di Aiden. Volevo correggere mio nipote e mettere in chiaro che Ward *non* faceva parte della nostra famiglia, ma non ci riuscii. Non riuscivo a dire a qualcun altro cosa provare per Ward, non importava quanti problemi avessi con lui. Era un mio grattacapo, non di Aiden... o di chiunque altro.

Dovevo accettarlo, a prescindere da quanto fosse difficile per me farlo.

Per i successivi dieci minuti, Aiden mi parlò di Ward, probabilmente sapendo che suo padre sarebbe stato d'accordo con le sue attività sui social media. Ascoltai, e sapevo che Ward stesse ascoltando, mentre Aiden quasi lo inondava di complimenti. Con Aiden, tutto divenne improvvisamente "Ward Ward Ward", e la cosa mi spaventò da morire.

«Ward», sbottai di punto in bianco.

Spostò di scatto lo sguardo nei miei occhi. «Sì?»

«Fuori», pretesi alzandomi in piedi. «Ora!».

Sentii gli occhi di tutti su di noi, ma nessuno disse una parola quando uscimmo. Una volta in corridoio, Ward chiuse la porta della stanza di osservazione e si girò verso di me.

«Non puoi deluderlo», dissi con fermezza.

«Erin…».

«No. Non *puoi* deludere Aiden. L'hai sentito parlare di te, sa tutto dei tuoi affari, dei tuoi successi e persino delle storie sciocche della tua infanzia che suo padre ovviamente ha condiviso con lui. Non ha mai parlato di te in quel modo prima d'ora, ed è molto probabile sia stato perché non sopporto la menzione del tuo nome, quindi non avevo idea che ti ammirasse così tanto».

«Neanch'io ne avevo idea».

«Ti sei insinuato di nuovo in questa famiglia e io non posso impedirtelo», ringhiai. «Lo so che sei qui per Tommy, ma *non* diventerai pappa e ciccia con il resto della mia famiglia. Non gli farai pensare che possano fare affidamento su di te».

«Perché no?»

«Perché *non* sei affidabile!», esclamai. «Dici che sei qui per Tommy e che vuoi solo essere d'aiuto, ma io non ti conosco, *noi* non ti conosciamo. Sarai anche sinceramente dispiaciuto per tutto, ma non puoi aspettarti che ci creda. Sei un estraneo per noi. Qualcos'altro potrebbe andare storto e la mia famiglia potrebbe aver bisogno di te, ma tu non sarai qui per aiutarli e dovrò ripulire il casino quando te ne andrai. Non lo permetterò, Ward. Mi rifiuto».

Rimasi sorpresa quando il suo viso si indurì.

«Stammi a sentire, ragazzina, e stammi a sentire bene», mi rimproverò. «Non. Me. Ne. Andrò. Lo capisci? Anche quando alla fine tornerò a Londra, farò parte della tua vita. Mi rifiuto di non fare parte della tua vita».

«Sta' a sentire me, *ragazzino*», risposi. «Non posso farti andare via, e non posso scegliere se gli altri ti vorranno o no, ma quello che posso fare è prenderti a calci in culo se ferisci di nuovo la mia famiglia, sono stata *chiara*?»

«Va bene. Se mi rimangio la parola data, mi piegherò a novanta gradi per renderti le cose più facili».

Lo guardai in maniera truce. «Sei un vero osso duro, lo sai?»

«E tu pensi di essere un raggio di sole?», mi schernì Ward. «Credo proprio di no, principessa. Non sono stato altro che gentile e hai cozzato con me a ogni occasione. Accetta che io sia qui o non farlo, non mi interessa. Non sono qui per te, sono qui per Tommy».

«Non me ne frega un cazzo per chi sei qui», sbottai. «Non sei niente!».

Ward mi fissò, il suo petto si sollevava e si abbassava come se avesse appena corso.

«Come hai detto», disse a denti stretti. «Non sei tu a decidere se gli altri mi vorranno o no, non è una tua scelta».

«Sei fortunato che non lo sia, perché non avresti visto nessuno a cui voglio bene, se fosse dipeso da me».

«Non ne dubito».

Cominciai a camminare avanti e indietro davanti a lui.

«Ti ha chiamato zio», affermai. «Aiden ti ha chiamato suo zio. Lo odio, non ne hai idea quanto, ma non chiama chiunque zio. Ti vuole bene e questo significa che sarà triste se non ti vedrà o non ti sentirà più quando te ne andrai. *Devi* essere all'altezza di essere lo zio chc pensa che tu sia, capisci? Non può avere persone che si dileguano, soprattutto adesso…».

«Erin!».

Saltai quando Ward pronunciò il mio nome e mi mise le mani sulla parte superiore delle braccia, facendomi fermare davanti a lui. La sua stretta era salda ma gentile, e incrociò il mio sguardo, la sua fronte corrugata e gli occhi spalancati.

«L'ho sentito», disse con chiarezza. «Ho sentito le sue parole e ho sentito la sua emozione quando le ha dette. L'ho avvertito. Gli piaccio e mi considera suo zio… Capisci quanto sono incredibilmente felice?»

«Felice?»

«Sì», disse Ward. «Felice. Quel ragazzo è il mio figlioccio, e non mi conosce per niente, ma mi considera suo zio e lo pensa da solo. Nessuno lo ha costretto a percepirmi in quel modo».

«Hai ragione, perché non ho mai avuto una buona parola da dire su di te».

Non avevo intenzione di dirlo ad alta voce, ma non mi pentii di averlo fatto. Non potevo fare a meno di provare quel che provavo per Ward. Avevo accumulato undici anni di dolore, rabbia, amarezza e confusione, ed essere un'adulta non significava che all'improvviso dovevo mettere tutto da parte e accettarlo. Il mondo reale non funzionava così. *Io* non funzionavo così.

Le labbra di Ward si contrassero. «Ho intenzione di guadagnarmelo, proprio come hai detto. Ho intenzione di essere suo zio in ogni modo. Te lo prometto».

Serrai la mascella. «Giuri su tutto ciò che ami di far parte della sua vita e di essere buono con lui?»

«Lo giuro», disse Ward con fermezza.

Annuii. «Allora non sparlerò mai più di te con Aiden, neanche quando sarà a portata d'orecchio, mai più. *Lo giuro*».

«Ma parlerai male di me quando non sarà a portata d'orecchio?», chiese, un sorrisetto che gli danzava sulle labbra.

Alzai gli occhi al cielo. «Senz'altro».

La risata di Ward era bassa quando gli passai accanto e rientrai nella stanza di osservazione, occupando il posto vacante accanto a Jesse in modo che Ward potesse sedersi vicino a Aiden. Tutti ci guardavano, cercando silenziosamente di capire se ci fosse tensione, ma quando sorrisi, ogni persona nella stanza si rilassò. Soprattutto Jesse.

«Pensavo che l'avresti ucciso».

«L'ho preso in considerazione», mormorai. «Avevo una mezza idea di dargli una testata».

Jesse rise, e la sua reazione fece sorridere Aiden, che ci guardò. Immaginai che vederci sorridere e ridere lo rilassasse e forse, in un certo senso, lo confortasse persino. Nessuno sorrideva o rideva quando pensava che qualcuno sarebbe morto.

Era quello che dicevo a me stessa, comunque.

«Cosa facciamo adesso?», chiese Aiden a Ward. Ward si guardò intorno nella stanza prima di concentrarsi su mio nipote e rispondere: «L'unica cosa che *possiamo* fare, figliolo...».

«Qual è?»

«Aspettare».

Capitolo dieci
Ward

«Se continui a fissarla, cercherà di sicuro di ammazzarti».

Quasi balzai in aria per la paura.

«Cristo, Jesse». Mi accigliai, guardando alla mia destra dove si trovava mio fratello. «Mi hai spaventato a morte».

Jesse ridacchiò dandomi una gomitata e iniziò a prepararsi una tazza di tè. Dovevo ancora finire di preparare la mia, ma non dissi nulla perché mio fratello era un genio a preparare il tè, anche con le bustine merdose dell'ospedale, il che secondo me era una vera impresa. Mi appoggiai al muro, incrociai le braccia sul petto e cercai di trattenere un altro sbadiglio.

Erano trascorse tredici ore dal nostro arrivo in ospedale e da un momento all'altro ci avrebbero detto che l'orario di visita era concluso. Sarei rimasto felicemente seduto in ospedale tutto il tempo e sapevo che avrei continuato quella routine per i prossimi giorni, ma avrei mentito se avessi detto che non volevo tornare a casa di Jesse e dormire un po'.

«Farai finta di non aver sentito quello che ho detto?», chiese Jesse, senza distogliere lo sguardo dal suo compito.

Alzai gli occhi al cielo. «Non stavo fissando nessuno».

«Sì, invece», rispose Jesse disinvolto, ma con fermezza. «Posso dirti quante volte hai guardato la nostra adorabile Erin in sessanta secondi. Vuoi sapere il numero?»

«Sei un cretino, lo sai?»

«Venti», continuò Jesse come se non avessi mai parlato.

«Sette volte l'hai fissata senza batter ciglio per almeno cinque secondi».

«I numeri sono il mio campo, non il tuo».

«Non stasera, fratellone».

Scossi la testa. «Non hai qualcosa di meglio da fare?»

«No», rispose Jesse allungando le braccia sopra la testa. «Non c'è molto da fare nella stanza di osservazione, quindi ho dovuto improvvisare».

A quel punto, sbuffai.

«E fissarmi è stato il massimo che ti è venuto in mente?»

«Sì, perché sei nervoso con Erin e non sei nervoso con *nessuno*, quindi lo trovo piuttosto interessante, a essere sinceri».

Sospirai. «Lascia perdere, Jesse».

«Lascia perdere *cosa*?», insistette quel coglione di mio fratello. «Che succede esattamente tra te ed Erin?»

«Niente», sbottai. «Assolutamente niente. Quella donna non sopporta me o la terra su cui cammino».

«E allora?»

«E allora?», ripetei. «Che diavolo vuoi dire con "e allora"?»

«Intendo esattamente questo... E allora?». Jesse ridacchiò. «Da quando essere odiato ti impedisce di ottenere ciò che vuoi?».

Mi pietrificai. «Non voglio Erin, Jesse».

«Ah!», ridacchiò lo stronzo. «Non prendermi per stupido, perché non lo sono».

Gli lanciai un'occhiataccia mentre continuava a preparare il nostro tè.

«È attraente», ammisi dopo alcuni momenti di silenzio teso. «Molto, ma *molto* attraente. Non mi aspettavo di essere attratto da lei. Mi ha preso alla sprovvista, okay?».

Jesse si limitò a fare un sorriso affettato. «Non sai cosa fare al riguardo, eh?»

«Non ne ho la minima idea».

Mio fratello rise. «Prova a conoscerla... Non è la stessa ragazza di una volta».

Sospirai, prendendo la tazza quando mi venne offerta.

«Per dirlo con un eufemismo».

Soffiai sul tè prima di prenderne un sorso e fare un mormorio di apprezzamento. Diedi un'occhiata alla porta ancora chiusa della stanza di osservazione e subito Erin mi saltò in mente. Il suo bel viso corrucciato, il suo corpo minuto, i suoi lunghi capelli platino che profumavano senz'altro di petricore, cosa che trovai stranamente attraente. Non era più una bambina, quello già lo sapevo, ma essere attratto – *molto* attratto – da qualcuno che mi disprezzava era come prepararsi al disastro.

«Non ho alcuna possibilità di farci amicizia, figuriamoci qualsiasi altra cosa», confessai. «Il nostro passato non permetterà che accada qualcosa».

«È solo questo che ti impedisce di provare?».

Inarcai un sopracciglio. «Sì, perché?»

«Perché non sei esattamente single?», mi rammentò Jesse.

Digrignai i denti prima di fare un altro sorso di tè.

«Tara non è importante», dissi, il mio tono smozzicato. «Ci posso mettere la mano sul fuoco che adesso sta scopando un altro uomo nel mio letto».

Jesse mi fissò, senza battere ciglio.

Scrollai le spalle. «Che c'è?»

«Perché stai con lei?», mi domandò. «Non la ami. Cavolo, non penso neanche che *ti piaccia*. Se fosse così, l'avresti già presentata a me e a papà».

Puoi dirlo forte.

«È complicato».

«È incinta?», chiese Jesse.

Scossi la testa. «Non che io sappia».

E se lo è, il bambino non è mio.

«Allora lasciala». Jesse si strinse nelle spalle come se fosse la scelta più ovvia.

«Non posso farlo», borbottai. «Sono incastrato con lei».

«Ma perché?».

Sospirai. «È…».

«Complicato», finì Jesse. «Sì, l'hai già detto».

«E dicevo sul serio».

Regnò il silenzio per alcuni istanti, e mio fratello mi conosceva abbastanza bene da capire che la conversazione aveva raggiunto una fase di stallo, quindi lasciò perdere, cosa di cui ero grato.

«Per quanto tempo starai qui?».

Mi aspettavo quella domanda dal mio arrivo in Scozia.

«Non ne sono ancora sicuro», risposi con sincerità. «Hope mi assilla da tempo perché io prenda un paio di giorni liberi ogni tanto per esaurire le mie ferie, quindi farò proprio questo. Ho ventotto giorni fuori dall'ufficio e non vedo alcun motivo per cui non possa passarli qui».

«Tommy potrebbe dormire… nel suo coma… per così a lungo», disse Jesse. «Ho googlato la procedura che hanno seguito e di norma il tempo di recupero è di solo pochi giorni, ma Tommy potrebbe rimanere in coma a lungo fino a quando i dottori non gli toglieranno le medicine che lo tengono addormentato. E poi potrebbe impiegare ancora più tempo per svegliarsi da solo, e quando alla fine succederà, potrebbero volerci anni perché torni a essere la *metà* di quello che era».

Sentii il dolore sordo di un mal di testa che si formava alla base del cranio.

«Non fare questo a te stesso», dissi. «Non giocare con le congetture. Lo affronteremo giorno per giorno, ora per ora, se necessario».

Jesse incurvò le spalle. «Non posso fare a meno di pensare al peggio, sai? Pensare è tutto ciò che posso fare e lo odio».

«Lo so», concordai. «L'impotenza è una sensazione nauseante, ma se essere qui è tutto ciò che possiamo fare adesso, allora almeno possiamo fare questo».

Jesse annuì. «Dovremo andarcene presto prima che ci buttino fuori. Non vogliamo oltrepassare i confini con il personale, dobbiamo rimanere nelle loro grazie in modo da potergli fare visita tutti insieme».

Mi strofinai gli occhi. «Non mi oppongo ad andarmene, perché sono stanco, ma non ci butteranno fuori».

«Come fai a saperlo?»

«Perché farò una donazione al reparto per finanziarli di nuove attrezzature e così via, e non rischieranno di perderlo sbattendoci fuori. Ma detto ciò, non voglio passare il segno quando altre famiglie non avranno la nostra stessa libertà d'azione».

«Concordo», rispose Jesse. «Faremo semplicemente finta di dovercene andare».

«Puoi dirlo *tu* a Erin», dissi. «Sarà gentile con te, soprattutto perché si fida di te quando si tratta del benessere di Tommy».

Jesse sbuffò. «Non hai davvero molta esperienza con lei quando si tratta di Tommy».

«Pensavo che avessimo capito che non ho alcuna esperienza con lei».

«E non è una rottura di palle, considerando che sei *molto* attratto da lei?».

Guardai torvo mio fratello mentre faceva un sorso di tè.

«Continua così», lo sfidai. «Vai avanti e vedi dove finisce il mio piede».

Jesse rise, ma si zittì quando la porta della stanza di osservazione si aprì e, uno per uno, i membri della famiglia Saunders uscirono. Erin fu l'ultima ad andarsene, e anche allora vidi che lo faceva nolente. Abbracciò Aiden prima di lasciare il reparto con sua madre, che si era presentata non molto tempo prima per stare con lui. Non parlai con Lucy, né la guardai, e per fortuna non sembrò nemmeno prendermi in considerazione, il che mi andava benissimo.

«Siamo oltre l'orario di visita», disse Jennifer, mostrando un sorriso stanco ma gentile. «Non vogliamo pestare i piedi al personale, quindi torneremo a casa prima che ci buttino fuori».

Donna in gamba.

«L'ho appena detto a Ward», disse Jesse mentre finiva il resto del suo tè.

Non mi scomodai a finire il mio. Lo buttai via invece e rimasi indietro per poter chiamare Keller. Gli ci vollero due secondi per rispondere, quattro secondi per dirgli che avevo bisogno dell'auto, e altri due secondi per riconoscere la mia richiesta e riattaccare. Ecco cosa mi piaceva di più di Keller: detestava le stronzate e preferiva sempre arrivare subito al punto per poter agire.

«Non ci credo che sono solo le dieci e cinque», dissi tra me e me mentre guardavo l'orologio sul muro del corridoio.

«Lo so», rispose Erin mentre mi passava accanto trascinando stancamente i piedi. «Sembra essere molto più tardi».

«Non dirlo a me».

Erin mi guardò. «Hai la voce… sbagliata».

La guardai confuso.

«Come, scusa?»

«Come parli», chiarì. «A volte non sembri te».

Non sembro me stesso?

«Dovevo enunciare meglio le mie parole a Londra in modo da poter essere compreso durante le riunioni e gli eventi», spiegai. «Ho anche dovuto parlare più lentamente e usare i "termini corretti" per le cose invece del nostro gergo. Non mi ero mai accorto di quanto fosse pesante il nostro accento finché non mi sono trovato a Londra, circondato da persone che si sforzavano di capirmi quando parlavo».

Erin corrugò la fronte. «Ma parliamo tutti inglese».

«Ci mettiamo il nostro tocco, bambolina». Sorrisi.

Mi fissò in malo modo. «*Smettila* di chiamarmi bambolina».

La guardai allontanarsi con un sorriso sulle labbra. Aveva avuto un lapsus. Per quei venti secondi, aveva dimenticato di odiarmi e mi aveva parlato con naturalezza. Ma quando usai il mio vecchio soprannome per lei, sembrò rammentarle che ero il cattivo e che non avrebbe dovuto parlarmi. Forse era una cosa stupida da pensare, ma quel piccolo momento di normalità mi diede la speranza che le cose non sarebbero sempre state così ostili tra di noi.

Dopo aver lasciato l'ospedale, ripetemmo la stessa routine del giorno prima. Keller accompagnò le donne a casa, poi riportò Jesse e me nell'appartamento. Allora non avevo più bisogno di lui, quindi era libero di passare il resto della serata come desiderava. Sia Jesse che io ci facemmo una doccia, ma invece di andare dritti a letto, ci sistemammo in salotto con una birra in mano e ci rilassammo come meglio potevamo.

«È un casino, vero?», disse Jesse. «Siamo seduti qui con una birra mentre Tommy è in ospedale».

Appoggiai la testa all'indietro sul cuscino del divano.

«L'unico vero casino è il fatto che Tommy sia in ospedale».

«Già», borbottò Jesse. «Hai ragione».

Feci un sorso di birra e chiusi gli occhi con soddisfazione mentre il liquido fresco mi scorreva in gola e placava la mia sete.

«Ho qualcosa da dirti».

Aprii gli occhi e mi misi a sedere dritto, appoggiando la bottiglia sul tavolino.

«Okay».

Jesse, che stava togliendo l'adesivo dalla sua bottiglia di birra, era teso. Potevo vedere il suo ginocchio destro rimbalzare su e giù a un ritmo veloce. Qualunque cosa di cui volesse parlarmi, era abbastanza grave da causargli angoscia. «Non voglio che tu ti arrabbi con me», aggiunse. «Non è una conversazione che volevo avere al telefono».

Strinsi le mani e appoggiai i gomiti sulle ginocchia.

«Mi preoccupi, Jess».

Sospirò. «Non stanno più insieme».

Corrugai la fronte. «Cosa?»

«Non stanno più insieme», ripeté Jesse, i suoi occhi scattarono sui miei. «Mia madre e nostro padre».

Spalancai leggermente la bocca.

Mi sistemai sul divano e fissai mio fratello. «Che stai dicendo esattamente?»

«Sono separati e stanno per divorziare».

Non riuscivo a ricordare l'ultima volta in cui ero rimasto senza parole, ma in quel momento non sapevo da dove cominciare per formare una frase coerente.

«Si sono separati circa tre mesi fa», continuò Jesse, prendendo il mio silenzio come un incentivo a parlare. «Ho notato che stavano litigando molto di più e si stavano allontanando, ma non pensavo che sarebbero arrivati a tanto».

Mi passai le dita sulla bocca.

«Chi ha chiesto il divorzio?»

«Papà».

Quasi mi strozzai.

«*Papà* vuole lasciare *lei*?».

Jesse annuì. «Non l'ho scoperto finché non hanno iniziato a dormire in stanze separate».

Mi strofinai la mascella. «Non ci credo. Non avrei mai immaginato che sarebbe stato lui a lasciarla, neanche per sogno».

«Neanch'io», disse Jesse con aria cupa.

Guardai mio fratello e aggrottai la fronte quando vidi che era avvilito. Per me, era mio padre che stava divorziando da una cattiva matrigna che disprezzavo da tempo, ma per Jesse erano i suoi genitori a dividersi, la sua famiglia a pezzi, e provavo compassione per lui perché ero sicuro, anche se non lo diceva ad alta voce, che la cosa lo facesse soffrire.

«Mi spiace, fratellino», dissi, sperando che avvertisse la sincerità nella mia voce. «So di essere stato in contrasto con tua madre per molto tempo, ma mi dispiace sapere che lei e papà stanno divorziando».

Era una bugia parziale. *Mi dispiaceva* per mio fratello, ma *non* mi dispiaceva per il divorzio in sé. Da bambino, avevo pregato tutte le sere per anni che mio padre divorziasse da lei e che quella donna uscisse per sempre dalla nostra vita.

«È meglio così». Jesse sospirò, stendendo il braccio lungo il fianco. «Papà ha detto che litigavano parecchio, e poi quando lei…».

Mi sporsi in avanti alla sua pausa.

«Quando lei cosa?».

Jesse chiuse gli occhi.

«L'ha picchiato».

Il mio corpo si pietrificò e un nodo si formò nel mio stomaco.

«Cosa?», chiesi, la voce rauca.

«Gli ha dato un pugno sul naso e gliel'ha rotto dopo uno stupido disaccordo per la cucina», disse Jesse scuotendo la testa. «Dopo averlo colpito, è caduto, e gli ha dato un calcio nello stomaco due volte prima di calpestarlo sulla testa e precipitarsi al piano di sopra. Questo è quello che mi ha detto papà quando mi sono presentato dopo che mi aveva telefonato, e lei non l'ha negato quando l'ho affrontata. Sembrava furiosa con papà, come se odiasse il fatto che me l'avesse detto».

Sentii la testa un po' leggera e lo stomaco rivoltarsi mentre una sensazione di terrore mi consumava.

«Quando ho portato papà in ospedale e dopo aver assunto degli antidolorifici, ha ammesso che lo aveva picchiato più volte nel corso degli anni, ma quella volta aveva esagerato. Non le ho più parlato da quando papà l'ha cacciata via quella sera appena rientrati a casa dall'ospedale, e non ho intenzione di farlo». Mio fratello mi guardò, un'agonia pesante nei suoi occhi quando disse: «Abusava di lui, Ward».

Capitolo undici
Erin

Non riuscivo a dormire.

Mi ero girata e rigirata tutta la notte, e alla fine avevo rinunciato a qualsiasi parvenza di sonno subito dopo le cinque del mattino. Mi feci la doccia, mi vestii, e dopo aver controllato che mia madre stesse bene, lasciai un biglietto sulla porta d'ingresso per farle sapere dove stavo andando. Non avevo né la borsa né il cellulare da portare con me, dal momento che li avevo persi tutti nella notte dell'incidente di Tommy, ma presi un vecchio tablet che Aiden mi aveva dato dopo che suo padre gliene aveva procurato uno migliore per il compleanno qualche mese prima, e lo misi in un'altra borsa che avevo. Probabilmente non mi sarebbe servito in ospedale, ma c'erano alcune applicazioni su cui potevo giocare se la mia mente si fosse annoiata a forza di fissare mio fratello attraverso una finestra.

Ovviamente, mi dovevano in primis far entrare in ospedale per potermi annoiare.

Feci i trentacinque minuti per raggiungere a piedi l'ospedale, ringraziando Dio per i piccoli favori quando la pioggia desistette. Quando arrivai in terapia intensiva, erano le sei e dieci. L'altro giorno ci era stato dato un codice per entrare in reparto, ma non ero sicura se funzionasse solo durante l'orario di visita. Trattenni il respiro mentre digitavo i numeri ed espirai quando una luce verde brillò e un clic risuonò indicando che la porta della terapia intensiva si era aperta.

Spalancai la porta e mi affrettai per poter raggiungere la camera di Tommy e scivolare all'interno della stanza di osservazione a essa collegata prima che qualcuno potesse fermarmi. Il cuore mi batteva forte e le mani diventarono appiccicose per il sudore. Ero convinta che qualcuno mi avrebbe individuato e sgridato per essere nel reparto prima dell'inizio dell'orario di visita, ma fui fortunata. Le due infermiere che erano passate sembravano così esauste che non ero sicura che mi avessero visto.

Quando entrai nella stanza di osservazione e i miei occhi si posarono su Tommy, lo fissai attraverso il vetro senza muovermi e sentii una fitta al cuore quando vidi che mio fratello era ancora nella stessa identica posizione del giorno prima. I suoi lividi sembravano peggiorati e così anche il gonfiore, ma mi dissi che era normale, e se non lo era, Tommy si trovava nel posto giusto per guarire. Mi misi a sedere sulla sedia più vicina alla finestra e per molto tempo osservai il suo petto sollevarsi e abbassarsi.

La consapevolezza che non era attaccato a un macchinario che lo aiutava a respirare mi confortava, ci riusciva da solo, quindi sapevo che era qualcosa di cui essere contenti. Mentre fissavo la sua testa bendata, mi domandai se il gonfiore nel suo cervello fosse aumentato o diminuito dal suo intervento chirurgico. Speravo fosse diminuito; qualsiasi tipo di aumento sarebbe stato negativo. Non avevo bisogno di una laurea in medicina per saperlo. Incrociai le gambe e mi misi comoda sulla sedia. Era una sedia molto imbottita, ma non importava in che modo mi sedessi, non andava mai bene.

Girai completamente la sedia in modo che lo schienale fosse rivolto verso la porta e appoggiai i piedi su un tavolino vuoto contro il muro. Mi fu d'aiuto. Ero a mio agio e potevo ancora vedere mio fratello. Fu sufficiente per farmi sentire più rilassata.

Trattenni il respiro quando venne un'infermiera per prendere la pressione sanguigna di Tommy. Fece quel che doveva fare, ottenne ciò di cui aveva bisogno, poi se ne andò senza degnarmi di uno sguardo.

Praticamente mi sgonfiai per il sollievo.

Non molto tempo dopo, tirai fuori il tablet dalla borsa e lo accesi. Scorsi la galleria, sorridendo alle diverse foto di mio fratello, mio nipote e me stessa, e persino alcune di mia madre quando era di buonumore. Quando smisi di scorrere le immagini e apparve un file video sullo schermo, cliccai PLAY senza pensarci troppo.

Trasalii nel momento in cui i miei genitori apparvero sullo schermo, ridendo e sorridendo ampiamente mentre ballavano nella nostra cucina. La qualità del video non era la migliore dato che l'avevo filmato con la mia fotocamera del cellulare quando avevo undici anni, ma era l'ultimo video che avevo di mio padre e l'avevo a cuore. Avevo sempre tenuto quel cellulare solo per poterlo guardare, e quando l'Apple aveva rilasciato gli iPhone, gli iPad e l'iCloud, avevo trasferito il file video sul mio account in modo da averlo per sempre. Mentre mio padre cantava a mia madre, il loro amore reciproco era chiaro come il giorno. Brillava nei loro occhi, nei loro sorrisi e anche nel loro tocco. Si amavano così tanto.

«Tuo padre era bravissimo a cantare».

Sussultai per la paura, non avendo sentito nessuno entrare nella stanza. Mi alzai in piedi e quasi inciampai quando Ward venne al mio fianco. Appoggiai la mano libera sul petto martellante e provai a calmarmi.

«Mi hai spaventato a morte».

«Scusa». Fece una smorfia. «Pensavo che mi avessi sentito entrare».

Lasciai cadere la mano.

Ward guardò il mio tablet. Riportai lo sguardo sullo

schermo in cui i miei genitori continuavano a ballare, ignari del fatto che tutta la nostra vita sarebbe cambiata più tardi quel giorno.

«L'ho registrato il giorno della sua morte», dissi. Sfiorai con il dito il suo viso sullo schermo, mettendo così in pausa il video. «È l'ultimo video che ho di lui prima che ci venisse tolto».

Ward rimase in silenzio per tutto il tempo in cui avevo parlato… In effetti, stava così zitto che alzai gli occhi per vedere se ci fosse ancora. Era lì.

«So che non mi crederai», iniziò a dire, «ma mi dispiace così tanto che sia morto. Era un gentiluomo e sono stato fortunato a conoscerlo. Ha significato molto per me».

Guardai Ward negli occhi. «Non abbastanza per rimanere quando l'abbiamo seppellito».

Ward dischiuse le labbra. «C'ero quando è stato sepolto».

«No, non sei mai…».

«Erin», disse con fermezza. «*Ero* al funerale di tuo padre. Non davanti e al centro come avrei voluto essere, ma ero lì. Nella chiesa per la messa e al cimitero per la sepoltura. Poco importa cosa pensi di me, non mi sarei perso di dire addio a quell'uomo, per nulla al mondo. Gli volevo bene».

Sbattei le palpebre, incerta su cosa dire.

«Perché sei qui?».

Si strinse nelle spalle. «Stesso tuo motivo, suppongo».

«Non riuscivi a dormire?»

«Non ho chiuso occhio». Sospirò. «Sono esausto, ma la mia mente continua a tornare a Tommy, e ancor prima di accorgermene, stavo venendo in ospedale».

Diedi un'occhiata dietro di lui alla porta chiusa. «Dov'è la tua ombra?».

Le labbra di Ward si contrassero. «È tornato al suo hotel».

«Perché sei venuto qui senza di lui?»

«Perché gli verrebbe un infarto se sapesse di ogni mio

movimento». Ward sbuffò. «Prende molto sul serio il suo lavoro».

«Penso che mi dispiaccia per lui».

«Ne sono certo».

Mi guardai attorno nella stanza vuota. «Suppongo che tu voglia sederti qui con me?»

«Credi di poterlo sopportare?».

Alzai gli occhi al cielo, il che mi fece guadagnare un altro sbuffo, prima che ci sedessimo entrambi. Sistemai la sedia su cui ero seduta prima nella sua posizione originaria e posai il mio tablet su quella vuota accanto a me. Per chissà quanto tempo, Ward e io rimanemmo seduti in silenzio a guardare Tommy, e mi sbalordì il fatto che non mi sentissi a disagio.

«Jesse dice che inizierai a insegnare in autunno?».

Non guardai Ward quando annuii.

«Alle elementari», risposi. «Non sono sicura che tu conosca la scuola, è abbastanza nuova. Non c'era quando vivevi qui».

«Congratulazioni», disse Ward, e la mia pelle mi pizzicò nel sentire quella lode sincera nella sua voce. Il suo sorriso era ampio e gli occhi si illuminarono mentre mi parlava, e mi ritrovai a prenderne atto. «Devi esserne felice».

«Certo».

«Nervosa al riguardo?»

«Come se tu non lo saresti», risposi, sorprendendomi della mia franchezza.

«Senz'altro un'aspirante insegnante erudita come te non avrà difficoltà ad avere successo nel lavoro».

Sbuffai mio malgrado. «Avere un ampio vocabolario non significa che sarò brava nel lavoro, Ward. Nel corso degli anni ho imparato a lasciare molti paroloni fuori dalla conversazione. E se me ne dimenticassi e li usassi di fronte a quei bambini? Non voglio confonderli perché il mio cervello sceglie le parole per spiegare le cose che la maggior parte delle persone non conosce».

«Se qualcuno ha un problema con te che conosci e capisci le parole al di là della loro capacità di comprendere, è un problema *loro*. Non tuo. Inoltre, Aiden mi ha detto che viene da te per un aiuto con i compiti perché gli spieghi le cose in termini che può capire. Non sembri qualcuno che si pavoneggia con i propri alunni, Erin».

Guardai mio fratello attraverso il vetro e sorrisi. «Anche Tommy mi ha detto qualcosa del genere».

«Sono certo che l'abbia fatto», disse Ward. «Non è stupido».

Silenzio.

«Erin?».

Lo guardai.

«Stai bene?».

Annuii.

«Erin», disse, rivolgendomi uno sguardo intenso, come se non dovessi essere così ingenua da dire piccole bugie.

«Ward», dissi con fermezza. «Che io stia bene o no, non è motivo di preoccupazione. Per favore, non ti stressare per me».

«E se *volessi* preoccuparmi di te?».

Mi si seccò la gola.

«Perché dovresti volerlo?»

«Forse perché ti voglio bene?».

Mi agitai sulla sedia mentre la frequenza cardiaca aumentava.

«Bella questa».

Avvertii lo sguardo truce di Ward, ma non gli prestai alcuna attenzione evidente. La mia mancanza di risposta lo infastidì, era come se potessi percepirlo.

«Pugnace come sempre», dissi quando lo guardai.

Ward assottigliò gli occhi. «È la tua parola del giorno?».

Lo fissai scioccata. «Tu... ti ricordi le mie parole del giorno?».

Distolse lo sguardo da me e tornò a mio fratello.

«Ho creato un'app apposita grazie a te».

Rimasi senza fiato. «Quale app?»

«Parola del giorno», rispose con uno sbuffo.

Senza pensare, dissi tutto d'un fiato: «Hai creato *tu* la mia app preferita?».

Un sorriso enorme si diffuse sul viso di Ward quando ricambiò il mio sguardo.

«È la tua app preferita?».

Mi pervase un senso di irritazione.

«Ovviamente. Ho sempre pensato che fosse fatta per qualcuno come me perché ero interessata a parole non comuni. Aiden me ne ha parlato e me ne sono innamorata dal primo giorno».

«L'hai ispirata tu».

Non sapevo cosa dire, quindi rimasi in silenzio.

«Non avrei mai pensato che l'avresti usata», ammise. «Non ho mai pensato che interessasse a qualcuno, a essere sinceri, ma ha avuto cinquantasei milioni di download dal suo lancio e viene usata da venti milioni di persone al giorno. Quel numero aumenterà adesso che stiamo aggiungendo altre lingue con il prossimo aggiornamento. Non sei l'unica interessata ad arricchire il proprio vocabolario, a quanto pare».

Incrociai le braccia sul petto. «Be', non c'è di che per l'idea».

Quando rise, contrassi le labbra, e dovetti mordermi l'interno guancia per trattenermi dal ridere. Parlare con lui mi faceva sentire a mio agio, fin troppo a mio agio, considerando che ero in contrasto con lui.

«Grazie», disse, ridacchiando. «Sono contento che ti piaccia, però».

Adoravo quella stupida app.

«Sono contento che parliamo, Erin», aggiunse. «So che non è cambiato nulla, ma apprezzo questa conversazione».

«Penso ancora che tu sia una rogna», lo informai. «Ma per quanto odi ammetterlo, litigare con te non cambia nulla. Il passato è passato. Solo perché sto parlando con te, tuttavia, non significa che ho dimenticato... Ho solo rogne più grosse di te da affrontare in questo momento».

«Capisco», disse Ward. «Lo apprezzo comunque».

Mi rilassai sulla sedia come meglio potevo. Non ero sicura del perché, ma ora che io e Ward avevamo parlato di cose banali, volevo fargli alcune domande.

«Posso chiederti una cosa?».

Si raddrizzò. «Sì».

«Riguarda il tuo lavoro».

«Va bene», disse con esitazione.

«Quali sono i tuoi doveri?», chiesi. «Voglio dire, cosa fa *davvero* un amministratore delegato?».

Sembrò pensieroso per un momento, poi disse: «Il mio lavoro è tutto ciò che non è esplicitamente il lavoro di qualcun altro».

Lo fissai, senza battere ciglio, e ciò gli strappò una risatina.

«Dirigo l'azienda, sono l'autorità decisionale ultima e ho la responsabilità assoluta nei confronti degli azionisti».

«Ma non sei del tutto il proprietario di Friendzone, giusto?»

«Per quanto riguarda le azioni, no. Ne possiedo l'ottantasei per cento e il restante quattordici per cento è diviso tra sei azionisti. Avevo bisogno di soldi per farlo decollare, ed è qui che sono entrati in gioco i miei azionisti. Hanno investito, mi hanno dato i soldi di cui avevo bisogno e in cambio ho venduto loro le azioni della società. Sono il proprietario legale, l'azionista di maggioranza e decido tutto. Ricevono solo una parte dei profitti».

«Quindi prendono i soldi senza fare... niente?».

Ward rise. «Praticamente».

«Non sembra giusto».

«Hanno corso un grande rischio con me – e con Friendzone – investendo in una nuova società senza sapere quale fosse il suo futuro. Funziona così. Fanno una scommessa e vedono se verrà ripagata».

«Considerando che sei ricco da far schifo, immagino che lo siano anche loro, quindi ha ripagato più che bene».

Ward contrasse le labbra. «Puoi dirlo forte».

«Ho controllato il tuo patrimonio netto qualche mese fa», ammisi dopo una pausa significativa.

«E sei rimasta contenta di quello che hai trovato?», chiese Ward, alzando un sopracciglio.

«No», lo freddai, «perché metà di quei soldi dovrebbe appartenere a mio fratello».

Ward mi guardò negli occhi e per un minuto pensai che sarebbe rimasto ammutolito, ma mi sorprese quando disse: «Lo so».

«Cosa vuoi dire con "lo so"?», chiesi incredula.

«Voglio dire esattamente questo, so che metà della mia fortuna è di Tommy». Ward spostò lo sguardo sulla figura di mio fratello. «Non l'ha voluta, però».

Mi pietrificai. «Che diavolo *significa*?».

Ward sospirò e inclinò la testa all'indietro in modo da poter guardare il soffitto.

«Non farlo», lo avvertii. «Non meditare se rispondere o no alla mia domanda».

Ward si raddrizzò sulla sedia e si concentrò su di me, un'emozione nei suoi occhi che non riuscivo a decifrare.

«C'è una ragione per cui Tommy non te l'ha detto, Erin».

«Sì», concordai con rabbia. «Perché cerca di proteggermi da tutto, ma fidati di me quando dico che *non può*».

«Che cosa *significa*?», chiese Ward con un filo di voce. «Da cosa non ti può proteggere?».

Dalla vita.

«Non cambiare argomento». Lo fissai con aria accusatoria. «Rispondi alla mia domanda, Ward».

Continuò a guardarmi negli occhi e quando si rese conto che non mi sarei tirata indietro, rise tra sé e sé e scosse la testa. Mi guardava come se fossi un'estranea e come se non sapesse da dove cominciare a cercare di capirmi. Volevo augurargli buona fortuna con il suo tentativo, perché conoscevo me stessa meglio di chiunque altro e anch'io facevo ancora fatica a capire chi fossi, quindi sapevo che nessun altro si sarebbe mai avvicinato.

«Possiamo portare questa conversazione da qualche altra parte…».

«No. Devo saperlo, Ward. Devo saperlo».

L'unica risposta di Ward fu un breve cenno di assenso.

«Quindi», continuai. «Inizia a parlare».

Il divertimento balenò negli occhi azzurri di Ward, prima che si spostassero su mio fratello e tornarono lucidi. Poi si concentrò di nuovo su di me.

«Ogni anno da quando l'azienda ha iniziato a fare profitti», esitò, ma solo per un momento, «ho mandato a tuo fratello esattamente la metà dei miei guadagni, al netto delle imposte. Ogni anno faccio la stessa cosa, in aggiunta all'importo dell'anno precedente».

Aprii la bocca per parlare, ma non ne uscì nulla.

«Erin». Ward aggrottò la fronte. «Stai bene?».

No!

«Mi stai dicendo che hai provato a dare a Tommy *miliardi* di sterline… e lui non li ha voluti?».

Ward annuì e la mia attenzione si spostò su mio fratello.

«Me-menti», balbettai guardando di nuovo Ward. «Tommy non l'avrebbe… lui non… non ti avrebbe rispedito tutti quei soldi quando negli anni abbiamo lottato così tanto con le nostre finanze».

Una compassione che non volevo riempì gli occhi di Ward.

«Non posso spiegare perché non ha mai accettato i soldi, ma una parte di me ha sempre pensato che fosse un gesto da "puoi ficcarti i tuoi soldi su per il culo" ogni volta che ricevevo da lui un assegno non incassato».

«Se quello che stai dicendo è vero», dissi, con sguardo truce, «sono certa che quello *fosse* parte del motivo».

Ward annuì. «Possiamo chiederglielo quando si sveglia».

Quando si sveglia, non se.

«Ho un sacco di domande da fargli quando si sveglia», borbottai.

«Voglio solo parlare con lui», disse Ward, fissando mio fratello. «Dio, voglio solo rilassarmi e parlare di cose futili con lui. Mi è mancato come non mai».

«Perché allora non sei più tornato a trovarlo?»

«Per un motivo che non mi interessa discutere», rispose. «So che pensi che abbia lasciato la Scozia per vivere una vita di lusso, ma non è andata esattamente così. Sono partito per perseguire un sogno, ma anche per scappare… da qualcosa».

«È un motivo così vago».

«Lo so e mi dispiace», disse. «È qualcosa di cui non posso parlare».

«Quando Tommy si sveglia, forse puoi parlargli».

«Lo sa già», rispose Ward. «Ed è l'unica persona con cui posso discuterne».

Ero tornata a guardare Tommy quando Ward disse: «Oh, ti ho preso una cosa».

D'istinto, presi la scatola che mi veniva consegnata. Quando la studiai, spalancai gli occhi così tanto che mi facevano male. Provai a rifilarla a Ward, ma non la rivoleva.

«Non posso accettarlo».

«Certo che puoi», disse. «L'ho preso per te perché non avevi più un cellulare. Non ci pensare troppo, Erin. Non sarai in debito con me per averlo accettato. Farai un favore a tutti».

«In che senso?»

«Possiamo contattarti direttamente ora, invece di chiamare il telefono di casa o le zie per raggiungerti».

Abbassai lo sguardo sulla scatola e quando le farfalle esplosero dentro il mio stomaco, mi dissi che avevo solo fame.

«Grazie», feci, appoggiando la scatola sul tavolino vicino a me.

«Prego».

Sia io che Ward sobbalzammo quando la porta della stanza si aprì e una signora con una gonna elegante entrò.

«Mi dispiace intromettermi», disse con un sorriso. «Mi chiamo Mary McCarty. Sono il direttore assicurativo qui all'ospedale. Stavo andando nel mio ufficio e un'infermiera mi ha informato che lei era qui. Sono terribilmente dispiaciuta di sollevare una questione del genere mentre un suo parente è in condizioni così gravi, ma speravo di poterle rubare un momento del suo tempo».

Spostai lo sguardo dall'espressione all'improvviso indurita di Ward alla donna e annuii. «Sì, prego».

Mary sorrise, chiuse la porta e si sedette di fronte a me e Ward.

«Lei è Erin Saunders, giusto?»

«Sì», dissi sporgendomi e stringendole la mano.

La donna guardò Ward. «E lei, signore?»

«Ward Buckley», rispose lui, stringendole anche lui la mano. «Amico di famiglia».

Mary esitò un momento, poi mi guardò. «Va bene discutere la questione in presenza del signor Buckley?».

Mi grattai il collo. «Che questione?»

«Speravo di poter discutere con lei della situazione assicurativa di suo fratello».

C'è una situazione?

«Certo, può parlarne».

Mary sorrise e prese alcuni documenti dalla cartellina che aveva con sé. «Speravo che avesse informazioni sull'assicurazione sanitaria di suo fratello che, a quanto pare, non ho a disposizione».

«Quali informazioni non ha a disposizione esattamente?»

«Be'...». Deglutì. «Una polizza assicurativa».

Per un momento, il tempo si fermò e una sensazione paralizzante mi attaccò le gambe. La sensazione fuggì con la stessa rapidità con cui era arrivata, ma la confusione di ciò che mi veniva detto non si placò.

«Aspetti un secondo», dissi sconcertata. «Le sue cure devono essere coperte dal sistema sanitario nazionale, quindi perché dovrebbe cercare una polizza assicurativa?»

«Non penso che questo sia davvero un problema...».

Guardai Ward che smise di parlare nel momento in cui notò il mio sguardo.

«Signorina Saunders», disse Mary, riacquistando la mia attenzione. «L'assistenza standard è coperta dal sistema sanitario nazionale, *non* l'assistenza privata».

La fissai. «Né io né mia madre abbiamo scelto che Tommy venisse messo sotto assistenza privata».

La donna aggrottò la fronte, poi abbassò lo sguardo sui suoi documenti per dei lunghi secondi, prima di rivolgermelo ancora. C'era confusione nei suoi occhi nocciola.

«È stato posto sotto assistenza privata su richiesta della famiglia, signorina».

Mi raddrizzai sul sedile e sentii gli occhi sgranarsi. «Ci deve essere un qualche errore, Mary. *Deve* esserci».

Lei spostò gli occhi su Ward per un momento, poi li riportò su di me. «Ho una firma che lo dimostra, signorina».

Cazzo.

Un mare di pensieri mi inondò la mente, mi domandai cosa diavolo stesse succedendo, poi mia madre mi passò per la testa. Aveva firmato il documento che Mary aveva tra le mani? Mi sentii male al pensiero che forse avesse firmato qualcosa quando con molta probabilità era sotto l'influenza dell'alcol. Mi spremetti le meningi nel cercare di pensare a un momento in cui un membro del personale si era avvicinato a mia madre, o lei si era avvicinata a loro, ma avevo un vuoto. Molte volte ero rimasta a fissare mio fratello, desiderando che si svegliasse, quindi era del tutto possibile che mi fossi persa mia madre che chiedeva che Tommy ricevesse cure private.

Cercai di rimanere calma, ma mi sentivo come se le pareti della stanza si chiudessero di colpo su di me. Il mio respiro stava diventando affannoso e il petto iniziava a farmi terribilmente male. Saltai quando sentii delle mani sulle spalle. Spostai lo sguardo di scatto e fissai Ward, che si era accovacciato di fronte a me, con la preoccupazione stampata su tutto il volto.

«Non è un problema», disse con fermezza. «Non ti preoccupare del conto, lo pago *io*».

Spinsi via le mani dalle spalle, costringendomi a fare respiri profondi.

«Non voleva i tuoi soldi quando era in buona salute», affermai. «Perché dovrebbe volerli ora?»

«Perché», serrò la mascella, «ora ne ha bisogno».

Mi tenni la testa tra le mani. «Non riesco a pensare».

«Possiamo avere qualche minuto da soli, signora McCarty?».

Non sentii la risposta della donna a Ward, ma sentii la porta aprirsi e chiudersi.

«Non posso credere che mia madre abbia fatto questo».

«Non è stata tua madre, Erin».

Mi pietrificai.

«Ascoltami», disse Ward, allontanando le mani dalla mia testa e sostituendole con le sue. «E, *per favore*, non ti arrabbiare con me».

Alzai lentamente lo sguardo nei suoi lucenti occhi azzurri. «Perché dovrei essere arrabbiata con *te*?».

Inspirò ed espirò profondamente. «Ho fatto qualcosa per cui non ho chiesto il permesso. Mi dispiace, è che... Volevo solo aiutare».

Scossi la testa. «Di che stai *parlando*?»

«C'è la *mia* firma sui documenti di Mary», spiegò con esitazione. «La notte del suo incidente, ho fatto in modo che le cure di Tommy fossero private e che *io* pagassi il conto. C'è una ragione per cui è in una stanza come questa e sta ricevendo così tanta attenzione da parte del personale, Erin. I pazienti del sistema sanitario nazionale non hanno questo tipo di spazio per la famiglia; quando una persona paga, anche la famiglia ottiene benefici in queste situazioni».

Le parole mi si bloccarono in gola, impedendomi di rispondere.

«Ci deve essere stato un malinteso con l'amministrazione sul fatto che io pagassi il conto e non Tommy, perché quella donna non sarebbe dovuta venire qui, affatto».

Sentii il mio corpo iniziare a tremare e non avevo idea del perché. Tutto ciò su cui potevo concentrarmi era Ward che tornava nella vita di mio fratello e prendeva una decisione al suo posto.

«Non posso credere che tu l'abbia fatto», dissi, la mia voce burbera. «Quello che hai fatto è *illegale*».

«Sì», concordò Ward. «Parecchio illegale, quindi mi farebbe piacere se non facessi una scenata. Normalmente, non sarei mai stato in grado di farlo, ma quando hai soldi di cui un reparto ospedaliero potrebbe avvalersi, le cose cambiano».

Stavo ribollendo di rabbia. «Chi *cazzo* pensi di essere per prendere questa decisione?»

«Mi dispiace», insistette Ward. «Giuro che non l'ho fatto per farti arrabbiare, o per prendere il comando, volevo solo assicurarmi che Tommy avesse le migliori cure possibili».

«E hai pensato che *mentire* andasse bene?»

«Te lo volevo dire». Deglutì. «Ti giuro che stavo per dirtelo, ma volevo che tutti si concentrassero su Tommy e non sui soldi».

Cercai di spingerlo via, ma non si mosse.

«Mi prenderò cura di tutto. Il servizio sanitario nazionale è eccezionale, ma le cose vengono fatte più velocemente… in modo più efficiente quando sono pagate direttamente dal paziente o dalla famiglia del paziente. C'è una ragione per cui i pazienti privati non si lamentano mai delle cure che ricevono, Erin. Permettimi che le cure di Tommy siano così, ti prego».

«No», quasi ringhiai. «Non posso permetterlo».

«Metti da parte la tua testardaggine e la tua rabbia nei miei confronti, e pensa a Tommy».

«Io *penso* a Tommy!», sbottai. «È lui la mia priorità».

«Allora perché ti metti contro di me?»

«Perché sì!».

«Perché sì?»

«Perché quando hai abbandonato la mia famiglia, ho giurato a me stessa che non avremmo avuto più bisogno di te».

Ward rimase in silenzio per molto tempo, accovacciato davanti a me con le mani su entrambi i lati della mia testa e lo sguardo fisso sul mio.

«Avevi undici anni quando hai fatto quella promessa»,

disse. «Eri arrabbiata, ferita e confusa. Lo sei ancora, e lo capisco, ma non puoi tenere fede a quello che hai detto quando non potevi prevedere che qualcosa di simile sarebbe successa, Erin».

Aveva ragione, e rendermene conto era tremendamente difficile per me.

«Tommy *deve* migliorare», continuò Ward. «Ho i soldi per dargli le cure di cui ha bisogno. Mi dispiace *tanto* di aver agito alle tue spalle, a quelle di tutti, ma ha bisogno delle cure migliori».

I miei occhi si riempirono di lacrime.

«Erin», mi spronò Ward. «Sai che ho ragione. Abbiamo *bisogno* che Tommy stia meglio. Fine della storia».

Una volta che Tommy sarebbe migliorato, chi aveva pagato il conto alla fine non avrebbe avuto importanza. Mi sarei leccata le ferite e avrei protetto il mio orgoglio colpito per aver accettato l'aiuto di Ward un'altra volta. In quel momento, tutto *doveva* riguardare mio fratello.

Ward aveva ragione.

Quando annuii in segno di accettazione, le lacrime mi caddero dagli occhi e mi rigarono le guance. Ward mosse le mani e usò i pollici per asciugarle, attento al mio occhio nero. Poi fece qualcosa che mi sorprese: mi spinse verso il suo abbraccio e mi tenne mentre piangevo. Ciò che mi sorprese di più fu che non lo respinsi. Avevo disprezzato Ward da quasi quanto ne avevo memoria, ma in quel momento, la mia famiglia aveva bisogno di lui. Aveva bisogno dei suoi soldi. E per il bene di mio fratello, avrei messo da parte il mio orgoglio, avrei ingoiato il rospo e avrei accettato volentieri l'aiuto.

Speravo solo di non vivere per rimpiangerlo.

Capitolo dodici
Ward

Qualcosa di vecchio e qualcosa di nuovo.

Quel pensiero mi attraversò la mente mentre i miei occhi vagavano per la camera da letto di Erin e scorgevano qualcosa di quando era piccola, poi qualcosa che non avevo mai visto prima. L'equilibrio era perfetto: l'Erin che conoscevo riempiva il piccolo spazio, ma anche l'Erin che stavo imparando a conoscere.

La porta aperta della sua camera da letto aveva attirato la mia attenzione proprio mentre stavo per scendere le scale dopo aver lasciato il bagno. Non ero sicuro del perché indugiai, ed ero ancora confuso quando i miei piedi si mossero e mi ritrovai nella sua stanza. Non ero una persona ficcanaso – avevo a cuore la mia privacy e quella degli altri – ma Erin era un enigma per me.

Ero con lei da una settimana, e anche se parlavamo sempre di più ogni giorno, non ero neanche vicino a grattare la superficie di chi fosse come persona. Non ero mai stato così completamente immerso e interessato a qualcuno come lo ero con Erin, e se dovevo essere franco con me stesso, la cosa mi terrorizzava.

La mia unica esperienza con le donne era portarmele a letto e poi andarmene. Non facevo mai promesse o lasciavo che delle sciocche nozioni attecchissero nel cuore di una donna. Non cercavo mai l'amore perché non mi interessava. Non si era mai presentato a me nei miei trent'anni su questa terra, e trovavo risibile il fatto che i sentimenti che provavo dal mio ritorno in Scozia fossero del tipo romantico. Perché ero fisicamente attratto ed emotivamente interessato a una donna che doveva esercitarsi a tollerare la mia presenza.

Era una barzelletta e *io* ero la battuta finale.

Scossi la testa, misi le mani sui fianchi e mi domandai come fossi passato da zero a cento per quanto riguardava Erin. Dal mio ritorno, avevo guardato oltre la sua bellezza fisica e avevo visto quanto fosse puro il suo cuore, e quanto potesse essere profondo il suo morso quando proteggeva le persone che amava di più. Era una brava ragazza, qualcuno che meritava il mondo e di più, ma non era qualcuno che aveva *bisogno* del mondo. Aveva solo bisogno della sua famiglia, dei suoi amici… persone su cui poteva contare.

Stavo disperatamente cercando di essere qualcuno che potesse inserire in quella categoria.

«Che fai in camera mia, Ward Buckley?».

Saltai quasi mezzo metro in aria, mi girai e portai la mano sul petto dove mi martellava il cuore.

«Mi hai quasi fatto venire un infarto, Erin!».

Le sue labbra si contrassero mentre incrociava le braccia sotto il seno ampio e aspettava una risposta alla sua domanda.

Ripresi le redini della situazione e mi raddrizzai. «Scusa, è terribilmente maleducato da parte mia».

«Lo è», concordò.

«Non intendevo fare irruzione qui… È che… Volevo solo vedere».

«Vedere cosa?»

«Parte di te».

Pronunciai quelle parole prima di rendermi conto di ciò che stavo dicendo, ed Erin si pietrificò. Sembrava sotto shock, confusa e, azzardai, interessata. Non sapevo a cosa fosse interessata, ma potevo vedere la curiosità nei suoi begli occhi grigi.

Mi schiarii la voce. «Mi ricordo così tanto di te di quando eri piccola, volevo solo vedere qualcosa di nuovo, dato che sei circospetta con me».

Erin si rilassò e strascicò i piedi. «E cosa hai trovato?».

Lanciai un'occhiata alla montagna di libri tascabili sul pavimento nell'angolo della stanza. C'erano due scaffali pieni fino all'orlo, e dozzine di altri libri erano disseminati sul pavimento. Mi strappò un piccolo sorriso.

«Odi leggere. Chiaramente». Erin rise, ma si coprì alla svelta la bocca con la mano.

«Sei una drogata di romanticismo», commentai con un sorriso beffardo.

Le sue guance si arrossirono di un bel colore rosa.

«Lorelei James, Yessi Smith, J.R. Ward, T. Gephart, Tillie Cole, L.A. Casey…». Lessi il nome di ciascun autore e contrassi le labbra quando notai qualcosa di simile in ogni libro basandomi sulle copertine. «Alcune di queste storie sono *erotiche*? Le copertine hanno senz'altro molti uomini seminudi».

«Alcune lo sono», rispose Erin con il mento sollevato. «Alcune sono più esplicite delle altre. Il romanticismo è alla base di ogni libro, però», aggiunse. «Il sesso fa parte del romanticismo, ma c'è molto di più… almeno nei libri c'è».

«Non pensi che ci sia qualcosa di più nel romanticismo che del sesso nella vita reale?».

Erin si strinse nelle spalle. «Non sono mai stata innamorata, quindi non ne ho idea».

Neanch'io.

Diedi un'occhiata al suo polso e sorrisi. «Ho sempre adorato quel braccialetto».

Erin sollevò la mano e passò le dita sui ciondoli. «Anch'io.

È qualcosa che ho che è sempre uguale da quando ero piccola, ma è sempre diverso perché cambio i ciondoli».

«Ingegnoso».

Lei sorrise. «Anche mio padre lo pensava».

Deglutii quando lo menzionò.

«Sarebbe orgoglioso di te, lo sai? Per quanto sei diligente e amorevole».

Erin incrociò il mio sguardo, e per un momento pensai che non avrebbe detto nulla, poi disse dolcemente: «Grazie».

«Prego».

Erin lanciò un'occhiata alla pila di libri e poi di nuovo a me.

«Vuoi vedere una cosa?»

«Sì».

Si avvicinò ai suoi libri e ne prese uno dallo scaffale. Lo aprì e al centro c'era una rosa gialla perfettamente pressata. Il pigmento dei petali era sbiadito, ma la sua bellezza non era diminuita.

«Me l'hai data a San Valentino… il giorno in cui è morto mio padre».

Guardai il viso di Erin e sbattei le palpebre.

«Ricordo». Mi schiarii la voce. «Perché l'hai tenuta?».

Feci del mio meglio per rimanere calmo e raccolto, ma il mio cuore batteva un miglio al minuto. Aveva tenuto la mia rosa. Tutto ciò a cui riuscivo a pensare era che non poteva davvero odiarmi se aveva tenuto qualcosa del passato. Soprattutto di un giorno che le aveva procurato tanto dolore. La speranza mi pervase.

«Me lo chiedo da anni…».

«E cosa hai concluso?»

«È stata l'ultima cosa che mi hai dato prima che te ne andassi e tutto cambiasse. Immagino… Immagino volessi tenere qualcosa di quando eri ancora mio».

Trasalii quando pronunciò quella parola.

«Tuo?».

Le punte delle orecchie di Erin si colorarono di rosa.

«Hai capito cosa intendo», disse, chiudendo con cura il libro e rimettendolo sullo scaffale. «Di quando eri solo il nostro Ward e non un famoso miliardario».

Annuii. «So cosa intendi, bambolina».

Erin fece una giocosa espressione esasperata. «Non sono più una bambolina, Buckley».

«No», concordai. «Non lo sei».

«Dovrai inventarti un nuovo soprannome, visto che non riesco a sbarazzarmi di te».

Il suo tono era derisorio e mi fece sbuffare.

«Forse lo farò, tappetta».

Un fantasma di un sorriso le abbellì le labbra.

«Dài», disse. «La chirurgia cranica di Tommy inizierà tra poche ore e voglio andare là presto per parlare a fondo con il suo dottore e il team».

Feci un gesto verso la porta. «Vai avanti tu, sono proprio dietro di te».

Mi rivolse uno sguardo interrogativo, ma camminò davanti a me. Si guardò alle spalle e quando vide che la stavo seguendo, si rilassò. Sapeva che non potevo stare nella sua stanza, quindi non fu sorpresa del fatto che la seguissi, ma pensai che il solo guardarsi alle spalle e vedere che ero lì se aveva bisogno di me significasse qualcosa per lei. Quella piccola azione significava tutto per me. Una settimana prima, la mia presenza aveva ferito Erin, e in quel momento potevo vedere che stava lentamente facendo affidamento su di me proprio come faceva Jesse, e avrei mentito se avessi detto che non mi rendeva uno degli uomini più felici del mondo.

Capitolo tredici
Ward

Nelle ultime due settimane da quando ero tornato in Scozia, avevo sviluppato una routine. Ogni mattina mi svegliavo, facevo la doccia, facevo colazione, ricevevo aggiornamenti da Hope, Jesse e Keller, poi andavo in ospedale per vedere Tommy. La sua famiglia e io passavamo tutto il giorno lì, parlando e fissando Tommy, desiderando che si svegliasse.

Non lo fece mai.

Sette giorni dopo l'incidente, il gonfiore al cervello era diminuito abbastanza da consentire ai medici di riattaccare il frammento di cranio che avevano rimosso per far respirare il cervello. L'intervento ebbe successo, ma Tommy veniva ancora tenuto in coma farmacologico per favorire la guarigione del suo cervello. Sebbene il suo stato rimanesse invariato, ci *fu* un cambiamento nel nostro gruppo. Un piccolo cambiamento per la maggior parte, ma un grande cambiamento per me.

Erin riusciva a tollerarmi.

L'avevo definito "tollerare" solo per impedirmi di pensare che potesse essere di più, ma nel profondo sapevo che Erin stava iniziando ad affezionarsi a me. Proprio come quando vedeva Jesse, sorrideva anche a me. Non un sorriso forzato, ma sincero. Quasi tutti i giorni era solo una piccola curva del suo labbro o una leggera contrazione qui e lì, ma era qualcosa di diverso da un cipiglio. Di rado si arrabbiava con me, non mi rivolgeva più uno sguardo truce e mi parlava. Non discutevamo di nulla di importante, ma era un passo nella direzione giusta.

Ogni giorno che passava, mi ritrovavo a voler essere più vicino a lei. Era una linea pericolosa quella su cui stavo camminando, lo sapevo, ma non mi dissuase dal percorso che avevo scelto. Mi piaceva Erin. Mi piaceva moltissimo, e più stavo con lei, più trovavo che la mia attrazione nei suoi confronti cresceva. Era una donna incredibile. Sgobbava facendo due lavori, aiutava sua madre a gestire la casa, si prendeva cura di lei e c'era sempre per Tommy e Aiden. Non aveva molta vita sociale a meno che Jesse non la trascinasse da qualche parte, e mi piaceva. Era una pantofolaia.

Un'altra cosa che trovavo incredibilmente attraente di lei era che non gliene fregava niente dei miei affari, o del fatto che avessi così tanti soldi che mi uscivano dalle orecchie. Da quando avevo avuto successo, non ero mai stato in presenza di un'altra donna, tranne Hope, che mi avesse trattato come una persona normale e non come un buono pasto. Era rinfrancante non sentirsi come se avesse secondi fini nel chiacchierare con me.

Imparai presto che non le piaceva parlare di sua madre, e da quello che avevo visto nelle ultime due settimane, la relazione delle due era drasticamente cambiata. Era come se i loro ruoli si fossero invertiti ed Erin fosse quella che si occupava della madre, che si assicurava che avesse tutto ciò di cui aveva bisogno. La situazione mi rattristava, perché ricordavo un tempo in cui Erin era una cocca di mamma, un tempo in cui la vita non riservava difficoltà per la famiglia Saunders.

Nulla rimaneva lo stesso per sempre, però.

«Terra a zio Waaaard?».

Guardai alla mia destra e sbattei le palpebre quando vidi Aiden.

«Scusa, ragazzo». Mi schiarii la voce. «Avevo la testa da tutt'altra parte».

«Non fa niente», disse, infilando una delle gambe sotto la coscia. «Volevo darti un feedback su Friendzone... se mi vuoi ascoltare, eh?».

Mi appoggiai allo schienale della sedia e gli feci cenno di continuare a parlare.

«Si tratta dell'opzione dei messaggi», continuò Aiden abbassando gli occhi sulle mani. «*Per favore*, puoi chiedere a qualcuno di aggiungere un'opzione di cancellazione in blocco per i vecchi messaggi? Eliminarli uno per uno mi *ammazza*».

Quando risi, Aiden mi guardò, le sue spalle persero un po' della tensione che si era accumulata in loro e un sorriso spuntò sul suo volto. Mi diceva che il ragazzo era preoccupato che potessi prendere il suo feedback nel modo sbagliato. Con un sorrisone in viso, tirai fuori il cellulare e inviai una nota sull'aggiunta dell'opzione di eliminazione in blocco a Hope. Avrebbe fatto sì che i programmatori lo aggiungessero all'aggiornamento successivo.

«Fatto», dissi, rimettendo il cellulare in tasca.

Aiden sbatté le palpebre. «È così semplice?»

«È così semplice».

Aiden sorrise a trentadue denti. «I miei amici *impazziranno* quando sapranno che l'ho suggerito io».

«Se hai altri feedback», dissi, «fammelo sapere. È più veloce quando prendo io una decisione invece che passare attraverso il nostro servizio clienti. C'è una lunga catena dal servizio clienti fino a me».

Aiden annuì. «Se mi viene in mente qualcos'altro, te lo farò sapere di sicuro».

Feci l'occhiolino. «Bravo ragazzo».

Per l'ora successiva chiacchierammo di sport, principalmente calcio, e durante tutta la conversazione con il mio figlioccio, avvertii gli occhi su di me. Non ci voleva un genio per capire quale sguardo mi stesse perforando la parte posteriore del cranio. Erin e io eravamo in buoni rapporti, ma sapevo che non si fidava di me quando si trattava di suo nipote. Era terrorizzata dal fatto che gli potessi causare sofferenza e, a causa del mio passato persistente, non avrei potuto fare nulla per rassicurarla che non sarebbe stato così. Dovevo lasciare che ci pensasse il tempo a farle cambiare idea. Alla fine, avrebbe capito che non avevo intenzione di voltarmi e scappare di nuovo.

Comunque, *speravo* che l'avrebbe capito.

«Ho fame», annunciò Aiden.

Come se fosse di proposito, mi brontolò lo stomaco, il che fece ridacchiare Aiden.

«Anche tu?».

Annuii. «Muoio di fame».

Aiden mise le mani sullo stomaco. «Sono stufo del cibo da asporto».

«Posso cucinarti qualcosa a casa», si offrì Erin. «Cosa vuoi? Te lo preparo».

Guardai Erin mentre veniva al fianco di Aiden e sorrisi. «Questa offerta include cucinare anche per me?».

Spostò lo sguardo nei miei occhi, e un fantasma di un sorriso le abbellì le labbra.

«No», rispose lei. «Solo per questo ragazzo che cresce. Tu puoi morire di fame».

Schioccai la lingua. «E io non sono un ragazzo che cresce?»

«Un bambinone… forse».

Aiden rise dell'interazione giocosa tra me ed Erin, e lei gli sorrise mentre la fissavo sfacciatamente in modo raggiante. Mi piaceva. L'innocuo battibecco che avevamo negli ultimi giorni aveva davvero iniziato a cementare le fondamenta di una possibile amicizia tra di noi. Ci stavamo arrivando, lentamente ma inesorabilmente.

«E se ti aiutassi a cucinare, allora potrei avere qualche boccone?».

Le labbra di Erin si dischiusero per la sorpresa. «*Tu* sai cucinare?»

«Penso di sentirmi insultato dal tuo evidente shock».

Erin guardò Aiden, poi di nuovo me. «Sai *davvero* cucinare?»

«Certo che so cucinare», dissi. «Perché dovresti pensare il contrario?»

«Perché a un certo punto della tua vita sei riuscito a rovinare l'acqua bollente».

Le risate riempirono la piccola stanza e per la prima volta nelle settimane in cui eravamo stati i suoi occupanti, l'atmosfera che ci circondava non aveva un grammo di tensione. Non volevo dare troppo peso al fatto che si ricordasse di una cosa del genere su di me, ma non potevo fare a meno di sentirmi felice al riguardo. Mi dissi che era una buona cosa che sapesse che una volta ero stato un cuoco terribile; significava che forse ci aveva pensato una o due volte, dal momento che l'aveva spifferato con una tale facilità.

«Ho imparato una cosa o due negli ultimi dieci anni», rassicurai Erin con un occhiolino. «So persino come accendere un forno».

Lei mi fece un sorriso affettato. «Attento, Gordon Ramsay».

Mi tremavano le spalle dalle risate quando si voltò verso suo nipote, poi si guardò attorno nella stanza.

«Qualcuno vuole venire ad aiutarci?».

Un coro di «no» rispose alla domanda di Erin un po' troppo in fretta perché passasse inosservato. Lanciai uno sguardo per la stanza, e così fece anche Erin. Si perse l'occhiolino che mio fratello mi fece, però. Lo fissai confuso, domandandomi a cosa servisse l'azione.

«Voglio stare un po' più a lungo con papà». Aiden si schiarì la voce, spingendo Erin verso di me. «Chiamami quando la cena è quasi pronta e torneremo tutti da nonna».

Erin guardò suo nipote con un'espressione perplessa che forse imitai. Quando incrociò il mio sguardo e sollevò un sopracciglio interrogativo, mi strinsi nelle spalle in risposta. Ero ignaro tanto quanto lei.

«Be', okay», disse Erin con esitazione. Aiden guardò tra di noi e il ragazzo aveva un sorrisetto compiaciuto del cavolo. Fu in quel momento che sapevo esattamente cosa lui – e penso anche tutti gli altri – stesse facendo. Per qualche ragione, stavano mettendo me ed Erin in una situazione in cui saremmo stati da soli insieme. Non avevo intenzione di sbatterlo in faccia a nessuno, perché del tempo da solo con una ragazza lunatica l'avrebbe aiutata ad abituarsi a me. Oppure non avrebbe fatto altro che cementare il suo odio nei miei confronti.

Praticamente era come tirare a sorte.

«Dobbiamo fermarci al supermercato?», chiesi a Erin mentre uscivamo dalla stanza di osservazione e camminavamo lungo il corridoio fianco a fianco.

Mi guardò, sbatté le palpebre, poi disse: «Sì, sembra che cucineremo per molte bocche».

«Allora andiamo a preparare qualcosa di buono da dare da mangiare a queste pance affamate». Mi strofinai le mani. «Sono con Aiden… se devo mangiare da asporto ancora una volta, avrò bisogno di un nuovo buco del culo per tutto quel curry».

Erin fece qualcosa che mi sorprese allora: scoppiò a ridere. Il suono era leggero, spensierato e qualcosa che mi resi conto che non mi sarebbe dispiaciuto sentirne di più in futuro.

Capitolo quattordici
Erin

«Lasci che l'aiuti, signorina Saunders».

Alzai lo sguardo su Keller, l'autista di Ward, e gli sorrisi mentre prendeva le due buste pesanti piene di cibo dalle mie mani.

«Grazie, signor Keller».

«La prego», disse, con il suo accento londinese che mi avvolgeva come una coperta calda. «Basta Keller».

Schioccai la lingua. «La chiamerò Keller se lei mi chiamerà Erin».

«Non è appropriato, signorina Saunders».

«Prometto di non dirlo a Ward».

Contrasse le labbra. «Sento che non vincerò questa battaglia e che dovrei arrendermi prima che le cose peggiorino».

Sorrisi raggiante. «Sono contenta che ci capiamo, Keller».

«Anch'io, Erin», ridacchiò.

«Spero che non sia fuori luogo, ma è più gentile di quanto pensassi».

Keller rimase interdetto. «Ho fatto qualcosa per farle pensare che non sia gentile?»

«No», dissi. «È che è molto… serio intorno a Ward. Oggi è la prima volta che la vedo sorridere».

Keller annuì. «Ward è il mio capo, ma è anche mio amico e il suo benessere è la mia priorità. Anche se non mi pagasse, penso che sarebbe comunque la mia priorità. È un brav'uomo e non posso dire lo stesso di molti nel suo settore».

Diedi un'occhiata alla casa, poi di nuovo a Keller. «Che tipo di uomo *è*?»

«È un gran lavoratore e *molto* più serio di me, ma è anche… puro. Si preoccupa degli estranei e aiuta le persone bisognose quando può. È terrorizzato dal fatto che Hope, la sua assistente, lavori troppo, quindi scarica la sua pila di lavoro a una squadra di stagisti, ma li paga bene affinché se ne occupino. Sa del mio accordo per la custodia con la mia ex moglie, e ogni volta che ho mio figlio, lo inserisce nel calendario come mio tempo libero».

Non parlai.

«So che non ha motivo per fidarsi di me, Erin, ma mi creda quando dico che Ward non è l'uomo che lei ha deciso che sia. Non è qui per ferire nessuno, vuole solo migliorare le cose».

Metabolizzai le sue parole e fui contenta quando un rumore alla mia destra catturò l'attenzione di Keller e la mia. Guardammo entrambi verso la porta di casa e vedemmo Ward correre fuori. Aveva portato alcune borse della spesa dentro prima di noi e stava uscendo per prenderne di più. Diede un'occhiata alle buste nelle mani di Keller e rallentò il passo.

«Hai bisogno di una mano?», chiese.

Keller scosse la testa. «No, signore».

Passò accanto a Ward e portò la spesa in casa. Guardai nel bagagliaio della macchina, e quando vidi che era vuoto, saltai per chiudere la portiera. Ma non ero abbastanza alta per toccare lo sportello, figuriamoci per afferrarlo e chiuderlo.

«Ci penso io, Bilbo».

Feci un'espressione esasperata alla canzonatura di Ward quando venne al mio fianco, sollevò le braccia e chiuse lo sportello del bagagliaio.

«C'è un motivo per cui le persone basse non comprano

macchine grandi come questa», dissi, camminando intorno a Ward e dirigendomi verso la porta di casa.

«Ah, ma le persone basse possono comprare macchine grandi. Al giorno d'oggi hanno messo i pulsanti sulle chiavi delle macchine che aprono e chiudono automaticamente le portiere».

Sbuffai. «Non saprei, dato che la macchina di Tommy è più vecchia di Aiden. Siamo fortunati che la radio funzioni ancora».

Ward non replicò, si limitò a seguirmi in casa. Una volta dentro, invitai Keller a unirsi a noi per cena tre volte prima di accettare il suo cortese rifiuto. Osservai l'uomo lasciare casa mia e lo sguardo di Ward si mosse in sincronia con il mio.

«È molto riservato», disse. «Preferisce la propria compagnia a quella degli altri».

Aggrottai la fronte. «Perché? Sembra adorabile».

«Lo è», concordò Ward. «Ma è un introverso. Non si trattiene tra la folla a meno che non sia obbligato».

«Ma non deve essere tra la folla quando va in giro con te?», domandai. «O ti accompagna e basta?».

Ward mi guardò perplesso. «Keller non è il mio autista, Erin».

Ciò mi sorprese. «Che cos'è se non è il tuo autista?»

«È la mia guardia del corpo».

Quasi mi strozzai. «*La guardia del corpo?*».

Avevo sospettato che potesse avere la scorta quando si trovava in un ristorante di lusso a Londra, da qualche parte dove i paparazzi brulicavano, ma nessuno sembrava preoccuparsene in Scozia. Avevo visto alcune persone fotografarlo o chiedergli delle foto, foto che faceva volentieri, ma la maggior parte della gente non sembrava sapere chi fosse. Non era quel tipo di celebrità. O, almeno, pensavo che non lo fosse, finché non mi ricordai che la sua faccia aveva adornato le copertine di molte riviste. Non era un amministratore delegato normale, non ero così stupida da pensarlo. Aveva un grandissimo successo ed era per giunta bellissimo, ed ero sicura che anche molte altre persone lo pensassero.

Forse aveva bisogno di una guardia del corpo, dopotutto.

Ward rise della mia reazione. «Sì, è la mia guardia del corpo».

«Ma perché?», chiesi. «Perché hai bisogno che qualcuno ti protegga?».

Si strinse nelle spalle. «È lì solo nel caso in cui qualcosa vada storto».

«Non capisco cosa significhi».

«Non devi farlo», disse. «Non è niente di cui preoccuparsi».

Sbuffai. «Non sono preoccupata per te, Ward. E Keller non è così pacato come pensi. Ho avuto un'intera conversazione con lui in giardino. Mi ha persino sorriso. Due volte».

Pensavo di aver visto le sue labbra contrarsi, ma non ne ero sicura, quindi non approfondii. Lavorammo in silenzio per rimuovere tutto il cibo dalle buste e iniziammo ad aprire le confezioni. Mentre eravamo al supermercato – uno vicino a casa mia, non quello in cui lavoravo – decidemmo di fare un grande pollo saltato in padella. Era facile e veloce da preparare. Ero troppo stanca per passare ore a cucinare qualcos'altro.

Quando mi squillò il cellulare, risposi senza guardare lo schermo.

«Pronto?»

«Erin», disse una voce familiare. «Sono Jensen».

«Ciao, Jensen», dissi dopo una pausa.

«Ciao, tesoro. Come stai?», chiese. «Come sta tuo fratello?»

«Sempre uguale», fu tutto ciò che riuscii a dire.

«Mi dispiace sentirlo». Jensen si schiarì la voce. Due volte. «Senti, odio chiamarti e aggiungere altro stress… ma le tue due settimane di malattia sono quasi finite. Sono a corto di personale così com'è, quindi devo sapere se tornerai al lavoro. Posso darti il fine settimana libero, sempre stipendiato, ma è il massimo che posso fare per te. Lo capisci, tesoro?»

«Sì», sospirai. «Lo capisco. Ci vediamo lunedì».

«Mi dispiace tantissimo, Erin».

«Non fare così, Jen», dissi. «Niente di tutto ciò è colpa tua».

«A lunedì».

Quando misi in tasca il cellulare, mi girai in direzione di Ward e lo trovai che mi guardava.

«Va tutto bene?»

«Il mio capo al supermercato ha detto che se non tornerò al lavoro, dovrà lasciarmi andare. Be', non l'ha detto, ma era implicito. Ho quasi esaurito le due settimane di malattia che ho risparmiato in entrambi i miei lavori, ma stanno finendo. Senza dubbio riceverò presto un messaggio vocale dal mio capo al ristorante che mi dirà la stessa cosa».

Ward elaborò le mie parole.

«Forse dovresti licenziarti…».

«Non posso licenziarmi», dissi brusca. «Non avrò nessuna entrata se lo faccio, e divido tutto a metà con la mamma, quindi devo poter pagare le mie bollette».

«E se facessi part-time?», suggerì. «Lavoreresti comunque, guadagneresti uno stipendio, ma avrai più tempo per stare in ospedale».

Ci riflettei.

«È il miglior corso d'azione che mi viene in mente», ammisi. «Ne parlerò con i miei capi».

«Sono sicuro che saranno collaborativi».

«E perché ne sei così sicuro?»

«Da quello che mi dice Jesse, sei una che lavora sodo. Non vorranno perdere qualcuno di così efficiente».

Distolsi il volto mentre il calore mi strisciava sul collo.

«Va bene», disse Ward, battendo le mani e sfregandole insieme. «Mettimi al lavoro, bambolina».

Contrassi le labbra. «Okay. Se vuoi renderti utile, taglia i peperoni laggiù sul bancone mentre io taglio a cubetti queste cipolle e il petto di pollo».

«Subito».

Ward non riusciva a vedere che stavo sorridendo, e ne ero contenta, perché se mi avesse domandato perché stavo sorridendo, non avrei potuto dargli una risposta. Neanch'io era sicura del perché lo stessi facendo, o perché mi sembrava di averlo fatto così tanto negli ultimi tempi, soprattutto in presenza di Ward. Certo, accadeva in genere sotto forma di una leggera contrazione delle labbra, ma era comunque qualcosa.

Scacciai via quel pensiero e mi concentrai sulla preparazione della cena. Mi spostai sul lato del bancone di Ward e, in silenzio, ci occupammo del cibo sui taglieri.

«Da piccola, indossavi un grembiule rosa shocking e il cappello da cuoco quando aiutavi tua madre».

Rimasi a bocca spalancata. «Non posso *credere* che te lo ricordi!».

Ward esplose in una risata. «Eri così concentrata, soprattutto quando l'aiutavi a cucinare un pasto che avrei mangiato io».

Mi rifiutai di guardarlo. «Sta' zitto».

Un'altra risata gioviale.

«Lo sapevo, sai?».

Guardai di lato.

«Sapevi cosa?».

Le fossette di Ward si incresparono quando sorrise.

«Che avevi una cotta per me quando eri bambina».

Sgranai gli occhi così tanto che mi facevano male mentre lo guardavo.

«*Non* è vero», dissi con fermezza, ma non potei fermare il rossore che mi macchiò le guance. «Pensavo solo che fossi una bella persona».

La risata di Ward era forte, gioiosa e autentica al cento per cento.

«Rinunciaci», mi stuzzicò, dandomi un colpetto scherzoso sul fianco con il gomito. «Eri perdutamente innamorata di me».

Gli lanciai un'occhiataccia, ma non potei fermare il sorriso che mi tirava gli angoli della bocca.

«Sei molto sicuro di te», dissi, sdegnosa. «Devi pensare di essere un vero schianto, eh?».

Il sorriso di Ward era ampio e i suoi occhi sembravano brillare divertiti mentre annuiva con entusiasmo.

«Sarei un ottimo marito», affermò.

Il mio sorriso lentamente si spense. «Sono certa che la tua fidanzata sia d'accordo».

Fu come premere un interruttore. Un momento prima, Ward era spensierato e felice, e quello dopo era teso, riservato e sembrava che avesse ingoiato qualcosa di acido.

«Già». Ward annuì con solennità. «Ne sono certo».

Non capivo perché la menzione della sua futura moglie lo facesse sembrare così avvilito.

«Stai bene?», chiesi, sorpresa di essere preoccupata per lui. «Sembri triste».

Ward mi sfoderò un sorriso e, sebbene fossi stata in sua presenza solo da un paio di settimane, era evidente che fosse forzato.

«Sto bene, date le circostanze, bambolina».

Non avrebbe rinunciato a quel soprannome.

«Mi piaceva quando mi chiamavi così», dissi con un cenno della testa. «Mi faceva sentire molto speciale».

«Solo perché avevi una cotta gigantesca per me».

Lo guardai, notando che parte della tensione che aveva attanagliato il suo corpo alla menzione della fidanzata iniziava lentamente a sciogliersi. Decisi quindi di non accennare mai più alla sua partner, alla loro relazione o alle imminenti nozze. Due settimane prima, non volevo stare per niente vicino a Ward, ma in quel momento non volevo essere vicino a un Ward triste; volevo essere alla presenza dell'uomo la cui risata mi contagiava, la cui fiducia in sé stesso mi rendeva ambiziosa, le cui canzonature facevano esplodere le farfalle nello stomaco… il cui interesse per la mia vita mi faceva sentire degna di qualcosa.

Non sapevo quando si fosse verificato quel cambiamento, ma non odiavo più Ward. Non ero neanche sicura di averlo odiato all'inizio. Non mi piaceva? Certo… ma non era vero odio. Mi ero convinta che fosse odio, e non pensavo che avrei mai accettato del tutto quello che aveva fatto alla mia famiglia quando era un adolescente, ma se loro erano riusciti a perdonarlo e andare avanti, allora potevo farlo anch'io.

«Sai quella rosa che ti ho dato? Quella che hai pressato?».

Annuii.

«Hai mai pressato una delle altre che ti ho inviato nel corso degli anni?».

Feci una pausa e sbattei le palpebre confusa.

«Cosa intendi? Mi hai dato solo una rosa».

Ward mi guardò. «Ti ho inviato un mazzo di rose colorate ogni anno per il tuo compleanno, e lo faccio da quando avevi dodici anni».

Spalancai la bocca.

«*Davvero?*».

Ward sembrò sbigottito. «Mi stai dicendo che non ne hai mai ricevuta nessuna?»

«Neanche una», risposi. «A parte quella gialla a San Valentino quando avevo undici anni, ma lo sai già».

Ward abbassò le mani sul bancone e si limitò a fissarmi. Notai che stava cercando di capire come mai non avessi ricevuto le rose che mi aveva detto di avermi inviato, ma nei meandri della mia mente sapevo a chi avrei dovuto chiedere. Avrei dovuto aspettare fino a che non fosse sobria, così avrebbe potuto tenere una conversazione e rispondere alle mie domande.

«Perché?», chiesi dopo alcuni momenti di silenzio.

Ward sbatté le palpebre. «Perché cosa?»

«Perché mi hai mandato delle rose ogni anno per il mio compleanno?».

Ward sostenne il mio sguardo per un momento prima di inclinare la testa all'indietro finché non la rivolse al soffitto, e gli sfuggì un sospiro.

«Voglio dire, perché so che le rose sono il tuo fiore preferito, ma se devo essere sincero», sospirò di nuovo, riportando il suo sguardo sul mio, «mi sentivo in colpa».

«In colpa?», chiesi, confusa.

Ward annuì. «Sì, in colpa».

«Per cosa?»

«*Per cosa?*». Rise fragorosamente. «Per tutto, Erin. Non sai quante volte ho rivissuto la mia ultima conversazione con te», disse, passandosi una mano sul viso. «Eri così piccola e mi guardavi come se potessi salvarti, come se potessi migliorare tutto dopo la morte di tuo padre, e ti ho deluso. Non ho solo abbandonato Tommy, ho abbandonato te, tua madre *e* tuo padre, quando tutti voi non siete stati altro che una famiglia per me. Non mi perdonerò mai per quello, Erin, neanche se tutti voi lo fate».

Il cuore mi batteva forte nel petto.

Non sapevo cosa pensare, figuriamoci come formare parole coerenti e rispondere a Ward. Si era portato con sé la colpa di ciò che aveva fatto? Quando credevo che non ci avesse più ripensato? Ciò cambiava radicalmente il modo in cui lo percepivo.

«Non mentirò e dirò che non ci hai fatto del male – che non *mi* hai fatto del male – perché è stato così», dissi mordendomi il labbro inferiore. «Per quanto sembri stupido, per me eri come un cavaliere dall'armatura scintillante. Ci sei sempre stato per aiutare mamma e papà ogni volta che avevano bisogno di te, ed eri il miglior amico di Tommy, e così dolce con me. Pensavo che non ci fosse nessuno migliore di te e quando te ne sei andato… è cambiato qualcosa in me. Non mi sono mai aperta fino al punto di fidarmi di qualcuno in quel modo, perché nella mia mente, se tu sei riuscito ad andartene quando avevo più bisogno di te, anche un qualsiasi estraneo avrebbe potuto farlo».

«Mi dispiace così tanto, Erin», esclamò Ward quando si sporse in avanti e mi prese entrambe le mani. «Per il resto della mia vita, mi dispiacerà».

«Ti credo», dissi, sorprendendo entrambi.

«Davvero?», chiese Ward a bocca aperta.

«Davvero», risposi. «Parte del motivo per cui ho provato così tanta rabbia nei tuoi confronti è stato il fatto che hai continuato la tua vita senza di noi. Hai vissuto libero e sfrenato, mentre noi siamo rimasti qui senza che nulla cambiasse, a parte l'arredamento della casa. Ti invidiavo… Ti invidio ancora».

«Erin…».

«Lasciami finire», intervenni, poi, al suo cenno, continuai. «Quando ripenso alla morte di mio padre e a te che te ne vai, non lo vedo più attraverso gli occhi di un'undicenne. Lo vedo attraverso i miei occhi di adesso, e avevi ragione ad andare a Londra per migliorare la tua vita. Forse se io e Tommy non fossimo stati così feriti e arrabbiati con te, avremmo potuto rimanere in contatto».

Ward deglutì.

«Tutto è successo per un motivo, quindi non ho intenzione di giocare con le congetture. Voglio solo che tu sappia che non ti odio e che non ti do nessuna colpa. Non è stata colpa tua se mio padre è morto».

Fece un respiro profondo. «Non so nemmeno da dove cominciare per dirti come questo mi faccia sentire. Mi sono detto che prima di tornare a Londra avrei riallacciato i rapporti con te. Sapevo che non sarei mai stato in grado di andarmene se non fossimo almeno diventati amici».

Rimasi scioccata nel rendermi conto che il pensiero di lui che se ne andava mi turbava, e poi rimasi completamente stupefatta nello scoprire che essere solo amici con Ward mi deludeva.

«Stai bene?».

Alzai lo sguardo, sorrisi e annuii.

Ward aggrottò la fronte. «Non farlo».

«Che cosa?»

«Mentire».

Deglutii. «Non sto mentendo».

Ward mi guardò torvo e io grugnii.

«Come fai a sapere che sto mentendo?»

«Perché ti conosco».

«No, non è vero».

«Sì invece», ribatté lui. «Non come vorrei, ma sono stato con te quasi dodici ore ogni singolo giorno dall'incidente. Ti sto conoscendo, bambolina, che ti piaccia o no».

Ci riflettei. «Suppongo che non siamo più estranei».

Ward sorrise. «Non avrei mai voluto essere un estraneo per te».

«Se dicessi la stessa cosa anch'io, mi crederesti?»

«Lo farei se dicessi che è la verità».

«Lo è. Se mi avessi detto due settimane fa che avrei persino considerato di voler essere qualsiasi cosa diversa da un'estranea per te, ti avrei definito pazzo».

«E adesso?»

«E adesso... adesso penso che sia il momento di attraversare quel ponte che abbiamo costruito nelle ultime due settimane e di lasciare il passato dove dovrebbe stare. Alle nostre spalle. Ti dispiace per quello che hai fatto e mi dispiace per il ruolo che ho svolto nel mantenere questa faida per così tanto tempo. Mi dispiace di non aver preso in considerazione la tua vita e ciò che volevi farne. Possiamo passare oltre; ce lo meritiamo. Che ne dici?».

Avevo appena finito di parlare quando Ward lasciò cadere il coltello sul bancone, si precipitò verso di me, mi raccolse nel suo caldo abbraccio e tenne il mio corpo attaccato al suo.

«Sì», mi disse tra i capelli. «Voglio *correre* su quel cazzo di ponte con te».

Risi e feci scivolare le braccia intorno alla sua vita, abbracciandola.

«Sei un cretino».

Sentii Ward stamparmi un bacio sulla testa. «Mi hanno detto di peggio».

«Da parte mia, senza alcun dubbio».

Ward ridacchiò prima che ci separassimo, e continuammo a preparare la cena. Avevamo appena finito di tagliare tutto quando gli squillò il cellulare. Lo tirò fuori di tasca, controllò chi stava chiamando, quindi posizionò il dispositivo all'orecchio.

«Ciao», rispose.

Ascoltò con pazienza chiunque fosse al telefono, poi sospirò e disse: «Prepara il jet per stasera alle nove. Ci salirò sopra e ci vedremo in ufficio la mattina».

In quel momento successero due cose.

La prima fu che mi resi conto che Ward ci stava lasciando, e la seconda fu che sapevo, senza alcun dubbio, di non volerlo. La mia disperazione che lui uscisse dalle nostre vite senza tornare mai più era cambiata in un bisogno urgente di averlo vicino… non solo per mio fratello, ma anche per me. In qualche modo, Ward fece ciò che non avrei mai pensato possibile. Era tornato nella mia vita… e volevo che ci rimanesse.

Capitolo quindici
Ward

«Te ne vai».

«Già», sospirai mentre mettevo in tasca il cellulare. «Devo gestire alcune cose in ufficio, ma non ci vorrà molto tempo. Dovrei tornare domani sul tardi».

Ci fu una pausa significativa prima che Erin sussurrasse: «Tornerai?».

La guardai, notando l'espressione incredula sul suo volto.

«Sì, certo».

Aveva il viso arrossato e per una frazione di secondo pensai che avrebbe pianto.

«Erin…». Aggrottai la fronte. «Pensavi che me ne sarei andato… per sempre?».

Lei distolse lo sguardo da me.

«Credi che tutti saranno contenti con il pollo saltato in padella?», chiese, tenendosi indaffarata per la stanza, in un chiaro tentativo di cambiare argomento. «Non ne sono troppo sicura».

Le fissai la schiena e sapevo che poteva sentire il mio sguardo su di lei.

Pensava che me ne sarei andato e non sarei tornato. L'avevo sentito nella sua voce e l'avevo visto nei suoi occhi. C'era un pizzico di paura nel suo tono e un accenno di incertezza nel suo comportamento. Se fossi stato un ingenuo, avrei pensato che non *volesse* che me ne andassi.

Mi avvicinai a lei e le misi una mano sulla vita, interrompendo bruscamente i suoi movimenti.

«Guardami».

Era rigida come una tavola, ma lentamente si girò verso di me e fece un lieve respiro quando i suoi seni sfiorarono il mio corpo. Non feci un passo indietro, né tolsi la mano dalla sua vita minuta. La fissai, e quando non alzò la testa per incrociare il mio sguardo, le misi una mano sotto il mento e le sollevai il viso.

Quando il suo sguardo si fissò sul mio, il suo labbro inferiore vacillò leggermente.

«Non ti lascerò mai».

Non appena quelle parole mi uscirono di bocca, sapevo che erano vere. Erin, Tommy, tutta la loro famiglia… Non li avrei lasciati.

Quando ci separammo, Erin tenne gli occhi su di me e io sollevai la mano per toglierle qualche ciocca dal viso. Quello che successe dopo mi causò un tuffo al cuore. Erin sussultò alla mia mano, come se temesse di essere colpita.

«Mi dispiace».

Sbattei le palpebre un paio di volte prima di aprire la bocca per parlare, solo per chiuderla senza dire nulla. Ripetei quell'azione altre due volte prima di scuotere la testa come per cancellare ciò che era appena accaduto.

«Tu… pensavi che stessi per *colpirti*?», chiesi stupito.

Mi fissò.

«Rispondimi», dissi, con voce ferma. «Pensavi che stessi per *colpirti*?».

Erin scosse la testa. «No», disse risoluta. «Mi hai solo spaventato».

«Nessuno reagisce così quando viene toccato, Erin».

«Sono solo nervosa, tutto qui. Non preoccupartene».

«Non dirmi di non preoccuparmi per te».

Sapevo che il mio sguardo la stava mettendo a disagio quando non riuscì più a sostenerlo. Erin ritornò al bancone e controllò il cibo che stava ancora cuocendo nella padella. Si tenne indaffarata con la pulizia del ripiano della cucina, e nel frattempo io non mossi un muscolo.

«Erin», dissi, la voce calma e composta.

«Eh?»

«Puoi parlare con me senza aver paura di un mio giudizio», dissi dolcemente quando entrai nel suo spazio personale. «Te lo prometto».

In quell'istante, ero disposto a pagare qualsiasi cifra per sapere cosa stesse pensando.

«È complicato», riuscì a dire alla fine.

«Be'», dissi, rimanendo immobile. «Meno male che non abbia nient'altro che tempo».

«Una volta hai detto in un'intervista che il tempo non è un lusso che puoi permetterti».

«Il tempo con – e per – te è qualcosa a cui do la mia priorità».

Le labbra di Erin si dischiusero appena.

«Perché?», sussurrò, le guance tinte di rosa. «Perché ti importa di quello che mi succede?»

«Ho bisogno di un motivo?».

Sbuffò. «Considerando che due settimane fa eravamo ai ferri corti, direi di *sì*».

Contrassi le labbra. «Non penso di avere un motivo sufficiente per te. C'è una parte di me che cerca disperatamente di aiutare Tommy, ed essendo tu sua sorella minore…».

«Vuoi aiutare anche me». Lei annuì, incurvando le spalle. «A causa di Tommy».

«No», dissi, scuotendo la testa. «A prescindere da lui».

Lei sbatté le palpebre. «Davvero?»

«Quando penso a te adesso, Erin, tuo fratello non mi viene in mente». La fissai negli occhi. «Per niente».

Si leccò le labbra, la lingua scivolava piano avanti e indietro. L'azione fece precipitare il sangue nel mio uccello. Irrigidii i muscoli per avere un po' di controllo sul mio corpo, ma fu inutile. Ero così attratto da Erin che non riuscivo a pensare con lucidità. In quel momento, ero in preda al desiderio di toccarla, baciarla… di averla.

«Non… Non sono sicura di capire…».

«Sì che lo sai», quasi ringhiai. «Sai *esattamente* cosa sto dicendo».

«Ward».

Il modo in cui il mio nome scivolò dalle sue labbra socchiuse in quella voce roca e strozzata era tutto ciò che potevo sopportare. Mi chinai e le coprii la bocca con la mia. Per un momento, le mie labbra indugiarono sulle sue, e fui quasi certo che da un momento all'altro lei mi avrebbe dato una ginocchiata alle palle o mi avrebbe colpito in testa vomitando imprecazioni. Non avrei potuto essere più sorpreso quando non si verificò nessuno dei due scenari. Gemetti mentre assorbivo la sensazione delle sue labbra morbide e carnose. Dio rispose alle mie silenziose preghiere quando Erin aprì lentamente quelle labbra e fece scorrere con esitazione la lingua sulla mia.

Tutto il mio corpo bruciava per il desiderio.

Sapevo come sarebbe finita. Con noi entrambi nudi, sudati e completamente avvolti l'uno nell'altro… e lo volevo. Cazzo, lo volevo *disperatamente*. Feci scivolare le mani dalla vita di Erin alle sue guance, la presi e approfondii il bacio. La sentii rabbrividire, e quando gemette sempre piano nella mia bocca, dovetti costringermi a non spogliarla in quello stesso istante.

Dovevo andarci piano con lei, *volevo* andarci piano con lei. Volevo assaporare ogni bacio, ogni tocco e ogni momento in cui stavo con lei, perché sapevo che dopo che sarebbe finito, probabilmente non mi avrebbe più rivolto lo sguardo. Dovevo farlo durare, dovevo riempirmi di lei. Non l'avevo mai desiderato con un'altra donna prima; di solito volevo fare sesso e *solo* sesso, ma non era ciò che volevo con Erin, e mi spaventava a morte… ma non bastò per fermarmi, anche se sapevo che non se ne sarebbe fatto nulla delle nostre effusioni.

La baciai con lentezza, profondamente, e ogni piccolo gemito e lamento che le sfuggiva inviava sangue al mio uccello già duro.

«Fammi dimenticare», sussurrò contro le mie labbra. «Fammi dimenticare tutto tranne noi due».

C'erano molte cose che non potevo fare, ma soddisfare quella richiesta non era una di quelle.

Capitolo sedici
Erin

Stavo baciando Ward Buckley.

O lui stava baciando me... Non ero troppo sicura di chi avesse il controllo del bacio, ma una cosa di cui ero certa era che stava succedendo e che *volevo* che accadesse. Quando Ward aveva invaso il mio spazio e mi aveva detto che non mi avrebbe lasciato, mi si era scaldato il cuore. Sapevo che non avrebbe lasciato la mia famiglia, ma aveva detto che non avrebbe lasciato *me* nello specifico, e non fu fino a quel momento, quando notai come mi stava guardando, che capii che l'attrazione che avevo per lui poteva venir ricambiata.

Nell'attimo in cui le sue labbra toccarono le mie, non ebbi alcun dubbio.

Lo volevo. Volevo, solo per un po', dimenticare quanto fossi spaventata per mio fratello, dimenticare quanto smarrita fosse mia madre, dimenticare la morte di mio padre. Volevo sensazione, pace e Ward. Lo volevo così tanto. Quando gli chiesi di farmi dimenticare tutto, non riconobbe la mia richiesta a parole; invece mi appoggiò sul bancone e approfondì il nostro bacio. Sentii la sua erezione dura contro lo stomaco mentre premeva contro la stoffa dei suoi jeans.

Mi spostai contro lui, e il movimento lo fece gemere nella mia bocca. L'adrenalina che mi attraversò mandò un'ondata di calore nel mio corpo, facendomi arrossire la pelle.

Alzai le mani al collo di Ward e lo avvicinai il più possibile. Quando emise un suono pericolosamente simile a un grugnito, il piacere pulsò tra le mie cosce. Ardevo di desiderio, e c'era solo una persona che poteva farmi sentire meglio.

«Ward», mormorai roca sulle sue labbra.

Mi afferrò il labbro inferiore tra i denti nel momento in cui il suo nome lasciò la mia bocca, e lo succhiò. Quando gemetti e affondai le dita nella carne del suo collo, premette tutto il suo corpo contro il mio ed emise un suono aspro in fondo alla gola. Era *così* sexy, così premuroso. Le mie mani scivolarono lungo il suo busto e andarono all'orlo del suo maglione, che tirai in maniera decisa. Senza dire una parola, Ward indietreggiò leggermente, mettendo qualche centimetro di spazio tra di noi, e allungò la mano verso la nuca per togliersi il maglione, e la maglietta sotto, da sopra la testa con un rapido movimento. Li gettò da qualche parte dietro di sé, ma i miei occhi erano troppo concentrati sul suo torso nudo per vedere dove erano finiti gli indumenti.

«Porca miseria», bisbigliai. «Sei così tonico».

«Non ti serve convincermi con le lusinghe, piccolina». Ridacchiò piano. «Sono cosa certa ormai».

Ignorai la sua irrisione quando appoggiai le mani sul suo stomaco. Aveva addominali: niente che mostrasse che era un drogato di ginnastica, ma potevo sentire e vedere le creste mentre facevo scorrere le mani. Deglutii quando tracciai con le dita gli avvallamenti ai suoi fianchi, le linee esaltanti che mi facevano stringere lo stomaco. Sfiorai i peli sotto l'ombelico e quando sentii il suo respiro affannoso, capii che gli piaceva venir esplorato dalle mie mani tanto quanto a me.

«Sei bellissimo», dissi, e inclinai la testa all'indietro per guardarlo.

I suoi occhi azzurri erano già sui miei e sembravano sopraffatti dal desiderio.

«No», quasi ringhiò. «Sei tu quella bellissima, amore».

Osservai il suo viso quando feci scivolare le mani più in basso e le passai sopra la sua erezione. La sentii pulsare contro la mia mano e quando provai a stringerla, gli occhi di Ward si chiusero. Con lo sguardo ancora fisso su di lui, raggiunsi il bottone dei suoi jeans e lo tolsi dall'asola. Tirai giù la zip, e alla fine spostai le dita all'elastico delle mutande e le abbassai fino a metà coscia. Ward sgranò gli occhi quando mi piegai e mi ritrovai faccia a faccia con il suo uccello.

Era lungo, spesso e sembrava duro come un diamante.

Strinsi la mano per tutta la lunghezza, dandole una leggera stretta, e le gambe di Ward sembrarono cedere al contatto. Lo sentii armeggiare mentre si aggrappava al bancone e quando si fermò, potevo sentire il suo respiro affannoso. Lo guardai nel momento in cui aprii la bocca e misi la lingua contro la testa del suo uccello, poi leccai con delicatezza. I suoi occhi rotolarono quasi subito all'indietro e le palpebre si chiusero.

«Cristo», grugnì lui, una mano che cercava ciecamente i miei capelli, le dita che afferravano le ciocche. «Ne sei sicura, Erin? Non devi farlo se non vuoi».

Qualcosa mi diceva che probabilmente avrebbe pianto se mi fossi tirata indietro.

La mia risposta fu di chiudere completamente la bocca intorno alla testa e di succhiare. Non forte, solo un po' di dolce suzione per attirare la sua completa attenzione. Ward gemette ad alta voce e la sua reazione mi diede coraggio. Avevo fatto un pompino solo una volta ed era stato quando avevo fatto sesso per la prima volta, durante il mio primo anno di college. Quella volta mi era parso di aver fatto un buon lavoro, ma adesso era diverso, e mi ritrovai a voler appagare Ward immensamente.

Tolsi le labbra dalla testa e baciai la base, poi la leccai

dalla radice alla punta. Quando Ward sibilò, presi la testa del suo uccello nella mia bocca e succhiai di nuovo. Lui piagnucolò. Con esitazione incominciai a muovere la testa su e giù, scoprendo quanto di lui avrei potuto prendere in bocca. Mi rilassai, dicendo a me stessa che *non* avrei vomitato. Neanche per sogno. Avvolsi la mano intorno all'uccello bagnato e lo succhiai mentre muovevo la bocca su e giù.

Ward cominciò a invocare Dio ad alta voce e lo ringraziò tantissimo.

Le cose diventarono poi incasinate. I suoni emessi dalla mia bocca mentre succhiavo e leccavo sembravano aggiungere benzina al fuoco, eccitando Ward. Aprì gli occhi qualche volta per guardarmi, ma quando trovò il mio sguardo sul suo e si rese conto che mi piaceva osservarlo mentre glielo succhiavo, i suoi occhi rotolarono di nuovo all'indietro e si morse il labbro come se provasse dolore.

Lo *adoravo*.

Adoravo il fatto di poter farlo sentire così bene fino a scatenargli una reazione del genere. Avevo visto Ward sempre in totale controllo della situazione, ma in quel momento, mentre ero inginocchiata davanti a lui, era alla mia mercé. Quando sollevai la mano libera e gli presi le palle, tutto il suo corpo si contorse. Mantenni il mio tocco leggero, e se dovevo dare retta ai suoi vocalizzi, avevo colpito nel segno.

Mormorai intorno a lui per fargli sapere quanto stavo godendo, e le vibrazioni della mia gola erano troppo per lui da gestire.

«Basta», disse all'improvviso con voce soffocata.

Corrugai la fronte quando tirai indietro i fianchi e il suo uccello scivolò dalla mia bocca con un *pop*.

«Ho fatto qualcosa di sbagliato?»

«Cazzo, no, tutto il *contrario*», sibilò Ward. «Avevo paura di venire prima di essere dentro di te».

Mi pulsò il clitoride alle sue parole. Mi alzai in piedi e allungai le mani verso il suo viso, ma me le fece scivolare dietro alle spalle e con un rapido movimento mi sollevò in aria. Trasalii quando le mie braccia e le gambe si avvolsero d'istinto attorno a lui. Ward si girò e mi portò sul tavolo della cucina, trascinando baci lungo la mascella e il collo. Quando mi fece sedere, mi spinse delicatamente le spalle finché non mi trovai distesa sulla schiena. Dopo aver rimosso gli stivali, cominciai a tremare quando mi afferrò i leggings e le mutande e li tirò giù.

«Sei perfetta», mormorò Ward mentre mi toglieva i vestiti e, come aveva fatto con i suoi indumenti, li gettò dietro di sé.

«Non ho mai», balbettai prima di schiarirmi la voce. «Nessuno mi ha mai... leccato... prima. Cioè, non so se...».

Ward mi zittì, con le mani sul mio stomaco.

«Ti piacerà, piccolina», dissi. «Fidati di me».

Mi fidavo di lui, e quella consapevolezza mi sorprese come non mai.

Chiusi gli occhi quando le sue mani vagarono sulla mia pelle, stringendomi la carne in diversi punti. Gemetti dolcemente quando mi riempì di baci, mordicchiandomi persino un po', sulle parti interne delle mie cosce. Il mio corpo si contrasse di sua spontanea volontà quando sentii la sua lingua bagnata scivolare tra le mie pieghe sensibili. Leccò su e giù, ma non toccò direttamente il mio clitoride palpitante, che ardeva così tanto che digrignai i denti. Incrociai gli occhi quando lambì il prepuzio, stuzzicandolo. Poi si spostò alle labbra e me lo succhiò prima di immergere la lingua dentro di me.

«Ward!».

Si spostò verso l'alto e *finalmente* percepii l'aria calda sul mio clitoride, seguita dalla sua lingua calda che lo lambiva.

«Mio... *Dio!*».

Ward mormorò quando agganciò le braccia intorno alle mie cosce e premette le mani alla base dello stomaco. Inspirò profondamente, poi girò *lentamente* la lingua attorno al mio clitoride. Era una sensazione così bella che quasi faceva male. Pulsavo di desiderio e l'impulso di afferrargli i capelli diventò difficile da ignorare.

Respira, dissi a me stessa. *Dentro. Fuori. Dentro. Fuori.*

Il mio corpo era come un filo sotto tensione mentre mi contraevo e mi piegavo a ogni colpo della lingua di Ward. La mia carne era arrossata dal desiderio e la mia pelle bruciava dal piacere. La passione che provavo era tanto intensa quanto inebriante. Quella breve fuga dalla realtà era proprio ciò che mi meritavo. Ward... *lui* era proprio ciò di cui avevo bisogno.

«Ward», piagnucolai. «Non fe-fermarti».

Le sue mani si fletterono contro il mio stomaco in risposta.

Le scosse di piacere divennero più costanti allora, e con un'abbondanza di attenzione focalizzata sul mio clitoride, un orgasmo cominciò a svilupparsi. Di punto in bianco, il mio respiro diventò irregolare e non riuscivo a concentrarmi su niente. Iniziai a smarrirmi nel tocco di Ward. Il mio corpo era come in fiamme e le cosce mi tremavano. Persi la mia battaglia contro l'impulso di seppellire le mani nei suoi capelli, e non appena lo feci, succhiò il mio clitoride dentro la bocca e il mio corpo iniziò ad avere le convulsioni.

Urlai, prima di fare un respiro profondo e trattenerlo.

Per un momento, avvertii una sensazione acuta simile al dolore, seguita da una frazione di secondo di intorpidimento, prima che un'ondata inspiegabile di beatitudine ebbe inizio nel mio clitoride e a ogni impulso spingesse la sensazione verso l'esterno. I miei occhi rotolarono all'indietro, la mia schiena si inarcò e le mie labbra si dischiusero in un urlo silenzioso. I polmoni mi bruciavano in cerca d'aria, così espirai il respiro che avevo trattenuto prima di deglutire più avidamente. Il mio corpo ebbe gli spasmi, ma Ward continuò a succhiare e lambire il mio clitoride ormai troppo sensibile. Affondai verso il suo viso e girai il mio corpo, costringendo Ward a indietreggiare mentre continuavo a contrarmi. Sentii le sue mani su di me, sentii le sue labbra che mi baciavano i fianchi, le spalle e qualsiasi parte della pelle che potesse raggiungere, e sentii le sue dolci parole mormorate.

«Erin?».

Avevo gli occhi chiusi e non ero sicura di quanto tempo fosse passato.

«Non riesco a muovermi».

Ward rise sommessamente quando mi rigirò sulla schiena e mi agganciò le braccia attorno alle cosce, tirandomi sul bordo del tavolo. I miei muscoli erano rilassati e privi di energia. Mi sentivo divina. Ward si mise tra le mie cosce divaricate e quando sentii la sua mano che si insinuava nella mia maglietta per coprirmi il seno, risi e sollevai una palpebra.

«Dovevi *proprio* afferrarmi il seno, eh?»

«Dovevo, scusa».

Aprii gli occhi del tutto e gli sorrisi, sentendomi quasi assonnata.

«Non ho il preservativo», disse, e percepii la tensione nella sua voce.

«Prendo la pillola», dissi, «e non ho rapporti da tre anni. Sono pulita».

«Anch'io», rispose Ward con entusiasmo. «Faccio le analisi spesso».

Feci una smorfia e lui si strinse nelle spalle. «Meglio prevenire che curare».

Non avevo nulla da ribattere.

«Allora siamo a posto».

Esitò.
«Che c'è?»
«Non ho mai scopato senza protezione».
Inarcai un sopracciglio. «Se non vuoi, io ho…».
«No, lo voglio. Non ne hai idea quanto. È che… *cazzo*, sono eccitato da morire».
Mormorai in assenso. «Che cosa aspetti allora?».
Ward si mosse e si sporse sul mio petto, e prima che potessi battere le palpebre, mi prese la maglietta e la sollevò. Il tessuto si ammucchiò sopra i miei seni, ma erano ancora coperti. Alla svelta slacciai il reggiseno sul davanti e quando l'indumento cadde, Ward gemette.
«*Adoro* i reggiseni pratici».
Risi, ma la mia risata si trasformò rapidamente in un gemito quando Ward abbassò la testa e attaccò la sua bocca calda e bagnata intorno al mio capezzolo destro. Mi leccai le labbra e portai le mani alla sua testa, dove gli feci scivolare le dita tra i capelli morbidi e folti.
«Oh, è così *bello*».
Il mio corpo formicolava in una frenesia di elettricità statica quando Ward si spostò dal seno destro al sinistro e lo inondò di attenzione con la sua lingua malvagia. Inarcai leggermente la schiena quando un altro spasmo cominciò a formarsi tra le mie cosce e il cuore mi batteva forte per l'eccitazione.
«Ward», supplicai. «Ti prego».
Lasciò andare il mio capezzolo con un *pop*, poi Ward sorrise con aria d'intesa quando si raddrizzò. Abbassò lo sguardo sulle mie cosce aperte e sibilò.
«Sei così bagnata», grugnì. «Riesco a *vedere* il tuo clitoride pulsare».
Le sue parole mi fecero stringere i muscoli e lui ringhiò.
«La tua figa vuole essere riempita», mormorò. «Devo farla aspettare?»

«No!», quasi piagnucolai. «Ti prego, Ward, scopami».

Qualcosa cambiò nei suoi occhi. Prima mi fissava con uno sguardo pieno di lussuria, ma in quell'istante? In quell'istante sembrava un predatore che stava per consumare la sua preda, maledetto chiunque gli fosse d'intralcio. Abbassai lo sguardo quando avvolse una mano attorno al suo uccello e pompò una volta, due volte. Gemette. Con la mano sinistra sulla mia coscia, mi spalancò le gambe e, con la mano ancora sull'uccello, fece un passo avanti e usò la punta per strofinare il mio clitoride dolorante.

«Oddio!».

Ward continuò a strofinarmi il clitoride con il suo uccello finché non mi tremarono le gambe e il mio respiro divenne irregolare. Sollevò lo sguardo velato sul mio, poi fece ondeggiare i fianchi in avanti, e un centimetro alla volta scivolò dentro, allargandomi e riempendomi completamente. Gridai di piacere e Ward sibilò. Cominciò a spingere dentro e fuori lentamente, senza che i suoi occhi lasciassero mai i miei. Quando mi sollevò la gamba e la posizionò sopra la sua spalla, mi si mozzò il fiato. Quando ripeté l'azione con l'altra gamba e spinse in avanti, i miei occhi rotolarono all'indietro mentre lui sbatteva il bacino contro il mio.

«Cazzo. Sì».

Ero totalmente d'accordo con quei sentimenti, ma non riuscivo a esprimerlo. Non potevo fare altro che allungare ciecamente la mano e afferrare i lati del tavolo mentre Ward mi scopava. Il suo ritmo lento divenne spietato e prima che me ne accorgessi stavo urlando e supplicandolo di scoparmi più forte, più veloce.

«Non fermarti», implorai. «Non fe-fermarti!».

Affondò dentro di me in risposta e poi mi dimenticai del tempo.

Ward strofinava il bacino contro le mie cosce mentre entrava e usciva. Aveva *lui* il completo controllo del sesso, del mio piacere, di me. Mi arresi del tutto, diventando schiava del ritmo dei suoi fianchi. Non mi ero resa conto di quanto mi fosse mancato fare sesso, quanto potesse essere bello, fino a quel momento. Allungai la mano verso Ward, desiderandolo, volendo che la sua lingua ballasse con la mia. Ci eravamo fatti entrambi trasportare dal momento, le nostre mani erano erratiche, toccavano più pelle possibile. I nostri baci divennero famelici, come se saremmo morti se non avessimo assaggiato ogni parte dell'altro.

Poi Ward cambiò scenario. Prese il mio seno, le sue mani lo palparono con brutalità. Fece un passo indietro; l'azione fece scivolare il suo uccello fuori dal mio corpo e io gemetti in segno di protesta. Mi tirò in piedi, girò senza parole il mio corpo ed esercitò una pressione sulla mia schiena per spingermi in avanti. Prima di rendermene conto, ero distesa a pancia in giù sul tavolo, le braccia tese sopra di me. Ward mi scivolò dentro da dietro e mi aggrappò i fianchi, con le sue dita che mi mordevano la carne. Percepii tutto, quell'immenso campo magnetico tra di noi. Elettricità. Fuoco. Ma lui lo sentiva? Era bello per lui tanto quanto lo era per me?

Dio, lo spero.

Senza alcun preavviso, la sensazione mi pervase tutta e uno strillo stupefatto mi scivolò dalle labbra. Il mio corpo si contorse e la mia schiena si inarcò quando la beatitudine mi scorse nelle vene e toccò ogni mia terminazione nervosa. Sentii un morso pungente di dolore nei fianchi, ma non fece altro che aumentare il mio piacere, e provocò in me un urlo piagnucoloso. Spinsi contro Ward, cavalcando l'estasi che si era impossessata di me, poi con la stessa velocità con cui mi aveva colpito, cominciò a retrocedere.

Collassai in avanti, la guancia premuta contro il freddo legno e chiusi gli occhi.

«Gesù», ansimò Ward, ancora dentro di me. «Cristo».

Grugnii, non potendo rispondere a voce perché ero troppo concentrata sulla respirazione. Per chissà quanto tempo, rimasi sdraiata sul tavolo e Ward era appoggiato su di me. Quando alla fine scivolò fuori dal mio corpo e mi diede due pacche sul sedere, riuscii a sbuffare. Stavo per spingermi su quando sentii all'improvviso scorrere l'acqua dal rubinetto. Appoggiai pigramente le mani sul tavolo e mi preparai a canalizzare l'energia che mi era rimasta per rimettermi in piedi, ma poi guaii quando un panno caldo e umido venne di colpo premuto sulla mia schiena.

Quando mi resi conto che Ward mi stava ripulendo, sorrisi.

«Ecco qua», mormorò, un casto bacio sulle mie labbra mi fece sussultare e lui ridacchiò. «Sei di nuovo tutta carina».

Mi guardai alle spalle quando Ward si alzò in piedi. Mi fece l'occhiolino mentre si puliva, poi si infilò i boxer e si tirò su i jeans, abbottonandoli. Indossò la maglietta e quando si rese conto che lo stavo ancora guardando, rise.

«Vuoi anche che ti vesta?»

«Dovrai», dissi sbadigliando. «Altrimenti potrei addormentarmi, e sarà uno shock vedermi così quando tutti torneranno a casa per la cena».

Con un sorrisetto compiaciuto, Ward raccolse i miei vestiti e mi aiutò a infilarmeli. Si vantò del fatto che il sesso mi rendesse inetta e non potevo essere in disaccordo perché aveva ragione. Mi sentivo come un marshmallow e non mi importava, neanche un po'. Così lasciai che l'ego di Ward si gonfiasse e dissi a me stessa che gli avrei fatto abbassare la cresta più tardi. Una volta vestita, mi mise le mani sulla vita e mi sollevò di nuovo sul tavolo. Mi divaricò le cosce, si fece avanti e poi si chinò, catturandomi le labbra in un bacio mozzafiato.

Feci scorrere le mani sulle sue braccia finché non le congiunsi insieme dietro al suo collo, e mormorai con soddisfazione mentre lo baciavo. Le sue mani si fermarono alla base della mia spina dorsale e mi spinse in avanti finché non avevo le cosce divaricate premute contro di lui. Interruppi il nostro bacio e abbassai lo sguardo quando sentii qualcosa di duro infilzarmi goffamente la coscia, e quando vidi il rigonfiamento nei suoi jeans, incrociai il suo sguardo, i miei occhi spalancati.

«Non posso farlo di nuovo». Sbiancai. «Morirò».

Ward inclinò la testa all'indietro e rise. Quando mi guardò di nuovo, stava ancora sorridendo e portò le mani sul mio viso. Le sue dita mi tolsero i capelli dagli occhi. Mi si mozzò il fiato quando mi resi conto di quanto fosse piccolo il gesto, ma quanto mi facesse sentire frastornata. Mi sentivo come se avessi sedici anni, ed ero stata finalmente notata da un ragazzo per cui avevo una cotta, ma le cose non stavano così con Ward… era un uomo adulto e le farfalle che mi provocava erano reali.

Non sapevo cosa pensare.

Mi piaceva Ward che mi toccava, che mi baciava e che mi stava vicino. Era un grande cambiamento nel mio comportamento nei suoi confronti rispetto a due settimane prima. Conoscerlo, lentamente ma inesorabilmente, e scoprire quanto senso di colpa e rimpianto sopportava dalla sua partenza undici anni prima aveva cambiato tutto. Il sesso che avevamo appena condiviso e i momenti prima e dopo? Anche quello aveva cambiato tutto.

Il mio cuore si era accorto di Ward e ciò mi spaventava a morte.

«Perché mi guardi così?».

Sbattei le palpebre, poi deglutii. «Come ti guardo?».

Ward si passò il pollice sul labbro inferiore. «Come se ti fossi appena resa conto che abbiamo fatto sesso e non sapessi cosa fare al riguardo».

Sospirai. «Dobbiamo *fare* qualcosa al riguardo?»

«Lo *vuoi*?».

Mi turbò che il mio pensiero istantaneo fosse "sì".

«Se dico che non lo so, ti comporterai in modo strano con me?»

«No». Sorrise. «Ma se lo dici, allora ti andrebbe bene se ti baciassi e ti toccassi un po'?»

«Quant'è un po'?»

«Un po' di molto».

Volevo sorridere. «Non mi dispiacerebbe».

«Grazie a Dio, perché ti voglio così tanto che mi fa male, Erin».

Mi si mozzò il fiato. «Ward».

«Mi piaci», disse, con l'ombra di un sorriso sulle labbra. «Non sei come nessun'altra donna».

Piacevo a Ward.

«Non riesco a elaborarlo adesso».

Ward premette la fronte sulla mia. «Non devi, volevo solo essere sincero. Non mi piacciono i giochetti, quindi fartelo sapere subito è più facile per me».

«Ti piaccio?», ripetei.

«Uhm». Strofinò il naso contro il mio. «Mi ricordi un ottimo whisky… Penso che ti chiamerò così d'ora in poi».

«Come, whisky?»

«Sì». Annuì. «Ti ho chiamato bambolina quando eri bambina, quando ti vedevo come una pupetta che era sempre tra i piedi di tutti. La donna davanti a me non è carina come una bambolina, è deliziosa e rara come poche. Proprio come un ottimo whisky».

Quello che disse era… *sexy*.

«Non ho un soprannome per te», dissi stupidamente.

«Non riesco a pensare con lucidità… Penso che tu mia abbia distrutto».

Ward rise di nuovo, e notai che mi piaceva il suono. Quando mi resi conto che non mi sarebbe dispiaciuto sentirlo spesso, ebbi un tuffo al cuore. Sapevo allora che Ward non era l'unico che provava qualcosa, perché anche a me piaceva lui. Chiusi gli occhi, la mente andò su di giri e il cuore mi batteva forte nel petto. Quando aprii gli occhi e guardai Ward, deglutii.

L'ondata di lussuria che prima mi aveva consumato si alzò lentamente e la realtà stava aspettando con una svolta disgustosa.

«Wa-Ward», balbettai, portando la mano sulla bocca quando ebbi un'epifania devastante. «Sei *fidanzato*!».

Capitolo diciassette
Ward

«W*ard*».

Sobbalzai in risposta a una mano che mi stringeva la spalla e quando scoprii che era di Keller, mi rilassai.

«Che c'è?».

L'avevo sentito parlare, ma mi ero perso ciò che aveva detto. Dal momento in cui avevo lasciato la casa di Erin, ero volato a Londra e mi ero fermato al mio hotel – col cavolo che sarei tornato a casa mia – i miei pensieri erano pieni di lei, del nostro amplesso e poi del nostro litigio. Avevo messo tutto messo da parte non appena Hope mi aveva telefonato per dirmi che c'era una bambina salvata che la mia squadra aveva preso in custodia quella mattina. Il mio incontro con Hope era stato riprogrammato e la mia organizzazione e quella bambina diventarono il mio obiettivo.

«Ho detto», Keller mi guardò perplesso, «che non deve andare lì, uno degli agenti può fare le presentazioni».

«No», dissi, la mia voce avvolta nell'emozione. «Devo parlarle da solo».

Fissai attraverso la stretta finestra della porta della stanza d'ospedale e osservai la bambina che non era seduta sul letto ma in un angolo, con le ginocchia al petto e i suoi lunghi capelli rossi che le nascondevano del tutto il viso. Non era la prima volta che venivo chiamato per un salvataggio. Ero stato presente per ogni singolo bambino che la mia organizzazione aveva salvato, ma era la prima volta che l'abuso di un bambino mi faceva esitare.

«Raccontami di nuovo tutto sul suo caso».

Keller recuperò un mini-tablet dalla tasca del cappotto e toccò lo schermo. «Si chiama Hannah Burke. Ha chiamato il telefono amico alle 9:06 e ha riferito che il suo patrigno l'aveva appena abusata sessualmente e aveva bisogno di aiuto. Il sospetto era ubriaco e a malapena lucido quando è stato arrestato. Il luogo in cui si trova la madre è attualmente sconosciuto, e da quello che ho raccolto dal sistema, ha una fedina penale piena di arresti per reati di droga».

«Una tossica», commentai.

«Sì. L'eroina è la sua droga preferita… Nei suoi arresti risultava costantemente positiva». Keller abbassò lo sguardo sul tablet. «La bambina è stata esaminata e, a parte i lividi, sta bene fisicamente… bene per modo di dire, dopo quello che ha sopportato. Hanno confermato che c'è stato un abuso sessuale e l'esame ha dimostrato che non era la prima volta».

Mi sentivo come se stessi per svenire.

«Quanti anni ha?»

«Undici».

Il mio cuore si fermò.

«Cristo». Misi la mia mano sul muro per tenermi in equilibrio. «Cristo santo».

Keller mise in tasca il tablet.

«Non ha parlato molto con le nostre agenti di sesso femminile e non ha proferito una sola parola alla polizia».

«È terrorizzata», dissi, in tono comprensivo. «Sta aspettando che qualcuno le tagli l'erba da sotto i piedi».

«Lo so», rispose Keller. «Tutti lo pensano all'inizio».

Il mio cuore soffriva per lei.

«Farò le presentazioni», dissi, schiarendomi la voce. «Conosci la procedura…Vai a osservare».

Keller annuì ed entrò nella stanza comunicante, che aveva monitor e altoparlanti per le telecamere e i microfoni presenti dove si trovava Hannah. Due dei miei agenti seguirono Keller, come da protocollo standard. Guardai di nuovo la porta della stanza e fissai attraverso la finestra la pallina rannicchiata nell'angolo. Qualunque dubbio e apprensione riguardo alla presentazione svanirono più a lungo la guardavo. Sapevo di poterle parlare, proprio come avevo fatto con tutti gli altri bambini che avevamo salvato.

Sapevo come relazionarmi con quella bambina perché lei *era* me. Hannah non si mosse di un centimetro – non trasalì nemmeno – quando entrai nella stanza, anche se sapevo che mi aveva sentito. Chiusi la porta dietro di me e mi misi a sedere sul pavimento, proprio come lei. Mantenni la distanza tra di noi, per non spaventarla ulteriormente.

«Ciao, Hannah», dissi. «Sono Ward».

Si strinse le ginocchia al petto e rimase in silenzio con lo sguardo abbassato.

«Sono l'uomo che ha fondato PREVENIRE I SEGRETI», continuai. «E voglio che tu sappia che anche se sei davvero spaventata, e non sai cosa succederà, voglio essere molto chiaro quando ti dico che non tornerai *mai più* dalle persone che ti hanno cresciuto. Mai più. Hai la mia parola».

La sua testa si mosse appena, facendo comunque sì che i capelli si separassero abbastanza da rivelarmi un occhio azzurro pallido che mi fissava, senza battere ciglio. La bambina aveva undici anni, ma vidi infiniti giorni e notti di dolore in quello sguardo. Mi si strinse il petto. Mi sembrava di guardarmi allo specchio e la consapevolezza che qualcuno provasse ciò che avevo provato io – ciò che ancora provavo – mi mozzò il fiato.

«Penso che tu sia molto forte e coraggiosa per averci telefonato», dissi, schiarendomi la voce. «So quanto sia stato difficile per te, quanta paura avessi, ma voglio che tu sappia che sono *molto* orgoglioso di te».

Le dita che aveva strette attorno alle ginocchia per tenerle al petto si allentarono un pochino.

«Se hai domande o vuoi parlare con me – o con chiunque altro – tutto ciò che devi fare è dirlo. Se vuoi che me ne vada e non torni, va bene anche così. Hai il controllo di tutto. Decidi tu cosa fare, niente domande».

Silenzio.

«Non devi parlare neanche con me se non vuoi», dissi con dolcezza. «Ma la polizia vorrà sentirti dire qualcosa, se per te va bene. Faranno domande molto importanti, che li aiuteranno a metterlo in prigione per molto tempo».

Rimasi seduto sul pavimento per un minuto in più, e quando divenne chiaro che Hannah non volesse parlare, o almeno parlare con me, decisi di andarmene. Non volevo spaventarla più di quanto non lo fosse già, quindi iniziai ad alzarmi.

Il movimento la fece reagire.

«Di dove sei? Parli in modo diverso».

Mi fermai e lentamente mi rimisi seduto.

«Edimburgo», risposi. «È in Scozia».

Annuì piano. «Ce lo stanno insegnando a geografia».

Non riuscivo ancora a vederle il viso, era ancora coperto dai suoi capelli, ma la guardavo come se potessi, solo per farla rilassare un po' di più.

«Ti piace quello che stai imparando?»

«Più o meno». Scrollò le spalle. «Non capisco tutta quella cosa… delle gonne per gli uomini, però».

Ridacchiai. «I kilt sono solo una parte della nostra cultura, tutto qua».

Hannah annuì lenta.

«Sembri gentile», disse poi.

Sorrisi. «Grazie».

«Non ero sicura che lo fossi», continuò, «ma non ho una brutta sensazione, quindi penso che tu sia gentile».

Mi distrusse domandarmi quanti brutte sensazioni avesse avuto dall'uomo che le aveva fatto del male e dal quale non era riuscita a fuggire. Fino a quel momento.

«Posso chiederti una cosa?».

Annuii. «Certo».

«Perché?»

«Perché cosa?»

«Perché hai creato PREVENIRE I SEGRETI?», chiese Hannah, la sua voce così flebile che dovetti sforzarmi per sentirla. «Ho visto i vari poster per tutta la scuola e al centro ricreativo. Ho visto anche la pubblicità in TV. Sapevo il numero a memoria perché l'ho visto così tante volte».

La gratitudine mi pervase, ma la spinsi da parte e mi concentrai sulla domanda che mi era stata posta.

«Ho creato l'organizzazione perché quando avevo la tua età avevo bisogno di qualcosa come PREVENIRE I SEGRETI».

Hannah trasalì di colpo e il silenzio si protese.

«Posso *dirti* un segreto?», le chiesi, parte di me sperava che dicesse di no.

Lei annuì lentamente e un senso di apprensione mi turbinò nella pancia.

«Qualcuno… qualcuno mi ha fatto del male per molto tempo quando ero bambino, e ha continuato a farmi del male finché non ero molto più grande di te adesso, ma non sono stato coraggioso come te. Vuoi sapere perché?».

Hannah sollevò la testa e i capelli le caddero dal viso. Non del tutto, ma abbastanza per farmi vedere la bambina che si nascondeva dietro di loro: pelle chiara, un occhio contuso, un labbro gonfio e occhi così azzurri che era come se tutte le miriadi di sfumature del colore turbinassero insieme, creando un colossale oceano di forza.

«Perché hai mantenuto il segreto?».

Per un momento, dopo che Hannah aveva parlato, la fissai, il mio cuore batteva all'impazzata mentre diceva le parole che avevo protetto per anni dal diventare di dominio pubblico.

«Sì», dissi, con voce tesa, «ho mantenuto il segreto».

Hannah sbatté le palpebre. «Non devi più mantenere il segreto».

Chiusi gli occhi quando lei recitò uno degli slogan stampati in grande sui manifesti che decoravano la sua scuola... e migliaia di altre in tutta la nazione. Avevo messo in chiaro che la parola "il" dovesse essere sottolineata, e mi ero assicurato che non ci fosse la parola "tuo", perché l'abuso di un bambino maltrattato non era il suo segreto, ma di quello che l'abusava, e veniva costretto a mantenerlo.

Tenni gli occhi chiusi quando una serie di emozioni mi attraversò. Il dubbio tornò al primo piano non appena mi ricordai che stavano registrando l'interazione con Hannah e che Keller e due miei agenti stavano ascoltando ogni parola pronunciata.

Volevo prendermi a calci, urlare e scappare fino a trovarmi il più lontano possibile dai miei demoni. Non avevo intenzione di rivelare il segreto che nascondevo, era emerso prima che potessi pensarci un minimo. Deglutii e mi costrinsi a respirare, a rilassarmi, a calmarmi, ma fu inutile. Pensavo al fatto che tutti sapessero, e mi sembrava che le pareti della stanza si chiudessero su di me.

Jesse. Papà. Aiden. Tommy. Keller. Hope. E Cristo... Erin.

La paura mi stroncò e il pensiero di tutti quelli a cui tenevo che mi guardavano e vedevamo solo il mio passato mi spaventò a morte. Tirai le ginocchia al petto, avvolsi le braccia attorno e mi dondolai avanti e indietro, proprio come avevo fatto tante volte prima. Sapevo che non avrebbe funzionato, non funzionava mai, ma cercai di scuotere via il dolore, i ricordi, la realtà della mia vita. Non ero sicuro per quanto tempo dondolai, ma una piccola mano mi toccò la spalla e quando sollevai la testa e fissai quegli occhi azzurri, ancora vedevo il dolore, ma vidi qualcos'altro che superava la sofferenza. Qualcosa che potevo solo pregare di avere.

Coraggio.

«Non devi più mantenere il segreto, Ward».

Fissai Hannah e quando i miei occhi si riempirono di lacrime, lo shock mi trafisse. Non piangevo da anni. Quando una lacrima uscì dall'angolo dell'occhio sinistro, Hannah allungò la mano e l'asciugò prima che avesse la possibilità di scivolare giù per la guancia.

«Sei una bambina straordinaria, Hannah. Spero che tu lo sappia».

Quando Hannah mi sorrise, sapevo che era il primo vero sorriso che aveva abbellito il suo faccino dopo molto tempo.

«Ho ancora paura», disse deglutendo. «Ma avevo più paura di mantenere il segreto».

«Sei coraggiosa», dissi, sollevando una mano per sfregarmi gli occhi. «E ti ammiro».

La bambina era *appena* stata salvata dal suo inferno ed era seduta di fronte a me, confortandomi e incoraggiandomi a non mantenere il segreto che mi tormentava. Volevo tirarla verso di me e abbracciarla forte, ma non lo feci. Era una delle bambine più coraggiose che avessi mai avuto l'onore di conoscere, e sapevo che per tutta la vita l'avrei tenuta nel mio cuore.

«Anche tu sei coraggioso, Ward», disse Hannah, infilandosi una grossa ciocca di capelli dietro l'orecchio. «Tutti noi lo siamo».

Noi, ripetei mentalmente. *Noi. Tutti noi. I sopravvissuti.*

Capitolo diciotto
Ward

«Ward».

«Hope».

«Ragazzo, se non la smetti con questo atteggiamento, ti ridarò un po' di buon senso a forza di schiaffi».

Hope non era solo la mia assistente, era una mia cara amica e praticamente la mia mamma adottiva. Quando mi guardò confusa, capii che sapeva che c'era qualcosa che non andava in me. La osservai mentre posava il cellulare sulla scrivania, chiudeva la cartellina davanti a sé e batteva le mani.

Mi stava dando la sua totale attenzione.

«Ward», disse in tono severo. «Dimmi che cosa c'è che non va e *non* mentirmi. Me ne accorgerò».

Sollevai un angolo della bocca. «Ora sei una rilevatrice umana di bugie?».

Lei fece l'occhiolino. «Lo sono sempre stata».

«Sto bene, sul serio».

«No che non stai bene». Si accigliò. «È per quella bambina? Perché ora è al sicuro, tesoro».

«Non sono preoccupato per la sua sicurezza», dissi. «Solo per una conversazione che ho avuto con lei».

«Che conversazione?».

Espirai profondamente. «Le ho detto qualcosa di cui ho raccontato solo a un'altra persona».

«Posso chiederti perché?»

«Me lo sono chiesto da quando gliel'ho detto», risposi.

«L'unica conclusione a cui sono giunto è che ho visto me stesso nella sua sofferenza, e in un certo senso… sono andato a pezzi per qualche minuto».

«Ti sei visto nella sofferenza di una bambina abusata?».

Abbassai lo sguardo e annuii.

«Ward», disse Hope piano. «Lo so».

Sollevai di scatto la testa. «Cosa?»

«Lo so».

«Sai cosa?», chiesi, il cuore che mi martellava.

«So che hai sofferto qualcosa per mano di qualcuno quando eri più giovane».

Sembrava che il pavimento stesse per cedere da sotto i piedi, e mi aggrappai ai braccioli della sedia per stare dritto.

«Come?», dissi in tono soffocato.

Hope fece un sorriso triste. «Dopo i primi cento soccorsi, hai mormorato: "Vorrei che qualcuno mi avesse aiutato". Non l'ho mai dimenticato. Ho fatto due più due e ho capito che hai sofferto proprio come i bambini che hai salvato. Ecco perché sei così dedito ad aiutare i bambini bisognosi».

Potevo sentire il cuore che batteva nelle orecchie.

«Perché non hai detto niente?»

«Non ti ho mai spinto a parlare perché ho pensato che lo avresti fatto coi tuoi tempi».

Ingoiai il nodo che mi si era formato in gola.

«Sono… sono stato abusato».

Spostai lo sguardo su Hope, e quando non vidi alcun giudizio nei suoi occhi, mi sfuggì un singhiozzo smorzato. La donna venne rapidamente dietro la scrivania e mi avvolse nel suo abbraccio. La tirai contro di me, senza preoccuparmi che fosse praticamente sul mio grembo. Abbracciarla e sapere che era a conoscenza di quello che mi era successo e mi voleva comunque abbracciare, tutto ciò mi fece rimpiangere di essermi sentito sporco per quello che avevo passato.

«Mi dispiace», gracchiai. «Non piango mai».

Hope si ritrasse, anche lei con le lacrime sulle guance. «È un bene piangere di tanto in tanto; è come una pulizia. Tutti hanno bisogno di sbarazzarsi di ciò che li turba alla fine, e le lacrime sono di solito il modo migliore per farlo».

Mi stropicciai gli occhi con il dorso delle mani.

«Forse mi sento un po' meglio».

Hope mi baciò la guancia, ridacchiò, poi tornò al suo posto di fronte alla mia scrivania.

«Bene», disse. «Ora dimmi cos'altro ti turba».

La guardai, nei suoi occhi saggi, assimilando il suo volto assennato, e sospirai. Non avrebbe ceduto a meno che non le avessi detto la verità. A Hope non importava che fossi il suo capo; sapevo che mi voleva bene come se fossi suo figlio, e avrebbe rischiato di perdere il lavoro insistendo a pormi domande scomode per assicurarsi che stavo bene. Era solo uno dei tanti motivi per cui le volevo bene.

«Non voglio essere qui», dissi, senza guardarla.

Hope rimase in silenzio, ma solo per un momento.

«In ufficio?»

«No. A Londra».

«Non vuoi essere qui oggi?»

«No», risposi, rivelando qualcosa di cui mi ero reso conto sul volo di ritorno a Londra. «Non voglio essere qui per un po'».

Hope rimase in silenzio, ma solo per un momento. «E posso chiedere perché?»

«Diversi motivi».

«Illustrameli».

Incrociai il suo sguardo e iniziai a elencare i motivi per cui volevo ritornare in Scozia.

«Mi manca mio fratello. Ultimamente ho trascorso più tempo con lui di quanto non abbia fatto da anni».

«Un buon motivo. Qual è il prossimo?».

Contrassi le labbra. «Mi manca la Scozia. Non me ne sono reso conto finché non sono tornato».

«Me ne sono accorta: il tuo accento è più forte da quando te ne sei andato. Sembra proprio come quando ti ho incontrato per la prima volta».

Sorrisi. «È bello non dover parlare lentamente, o in un inglese perfetto, per farmi capire con più facilità».

Hope sbuffò. «Qual è il prossimo motivo?».

Tamburellai un dito sulla scrivania. «Mi manca Tommy e voglio essere presente quando sarà in via di guarigione… una volta che si sveglia, cioè».

«Okay, e il prossimo?»

«Voglio esserci per Aiden», risposi, pensando al ragazzo che mi guardava come se fossi il suo idolo. «È il mio figlioccio ed è un ragazzo eccezionale. Mi chiama zio. Voglio essere all'altezza e guadagnare il titolo. Voglio *essere* uno zio per lui, e non da lontano».

«Lieta di sentirlo. C'è un *altro* motivo?».

Inclinai la testa all'indietro e guardai il soffitto.

«Sì», dissi. «Mi manca Erin. Non la bambina che conoscevo una volta, ma la donna che ho avuto modo di conoscere».

«La sorellina di Tommy?».

Grugnii. «Non è più così piccola».

«Oh», fu tutto ciò che Hope disse.

Quando la guardai e la trovai che sorrideva, sollevai le sopracciglia.

«Che è quell'espressione?»

«Hai trovato una donna».

Annuii senza pensare, e provocò un sorriso ancora più grande sul suo viso.

«Rilassati», le dissi. «Al momento pensiamo solo al fratello. Erin è stata molto chiara».

Il sorriso di Hope non vacillò. «Ti importa di lei?»

«Più di quanto dovrei», ammisi. «Io...».

«Tu cosa?»

«Non ci *credo* che te lo stia dicendo», affermai, scuotendo la testa. «Sono stato intimo con lei».

«Oh... *oh*».

Annuii. «Sì. Oh».

"Oh" non ci si avvicina nemmeno. Non esisteva una parola conosciuta, nemmeno nell'app Parola del giorno, che potesse descrivere accuratamente quanto fosse stato incredibile il sesso. Erin... mi aveva rovinato per qualsiasi altra donna e non se n'era resa nemmeno conto. Non mi ero mai sentito così appagato nella mia vita come quando avevamo condiviso i nostri corpi. Volevo riavvolgere e ripetere l'intero atto in un ciclo infinito, solo per sentirla, assaggiarla, riempirla.

Cristo.

Purtroppo, come quasi tutte le situazioni della vita, qualcosa poteva essere perfetta un minuto prima e un disastro completo quello dopo. Due parole proferite da Erin avevano dato inizio a tutto, ma le parole che avevo pronunciato in risposta furono ciò che lo concretizzarono. Chiusi gli occhi e per la millesima volta nelle ore trascorse dalla conversazione, ripensai a quel momento con Erin, prendendomi a calci mentalmente per aver detto quelle cose.

«Wa-Ward», balbettò lei, la mano sulla bocca, i suoi occhi grigi spalancati per lo shock. «Sei fidanzato!».

Mi pietrificai, mi si rivoltò lo stomaco, ma i nodi che si formarono e si contorsero erano a causa dell'orrore che aveva colto il viso di Erin. Mi avvicinai a lei alla svelta e l'afferrai per le spalle, sperando che il mio tocco la calmasse. No; la rese solo più agitata.

«Non toccarmi», mi ordinò, spingendomi di qualche centimetro indietro. «Che cosa abbiamo fatto?».

In un batter d'occhio, era passata da felicemente soddisfatta a uno straccio emotivo, con lacrime che le scendevano dagli occhi.

«Non piangere», supplicai, le mani che mi cadevano impotenti lungo i fianchi. «Va tutto bene».

«Non va tutto bene!». Le lacrime le rigavano le guance. «Oddio, Ward... siamo persone orribili».

«Erin, rilassati».

«Come faccio a rilassarmi?», domandò. «Mi sento così sporca, così disgustosa. Come ho potuto farlo a un'altra donna?».

Odiavo che stesse soffrendo a nome di Tara, quando non era a conoscenza del fatto che Tara mi tradisse tanto quanto io. Non potevo dirglielo, però, perché allora avrei dovuto dirle perché Tara mi aveva messo alle strette, e non potevo farlo. Non potevo perché mi avrebbe odiato.

«Quella donna», borbottò Erin. «Ti ho spinto a tradirla... Ti ho aiutato!».

«Ascoltami!», supplicai. «Andrà tutto bene, non lo scoprirà...».

«Cosa?», intervenne Erin, alzando la voce. «Le nasconderesti un segreto così sporco? Come hai potuto pensare di farle questo! Non ti vergogni?».

Mi prese a pugni il petto.

«Non posso credere di averlo fatto», continuò, premendosi le mani sul viso. «Mi sento male!».

La situazione stava peggiorando e non sapevo che pesci pigliare per contenerla.

«Erin», dissi, la mia voce calma. «Non è così grave come pensi».

«Mi hai appena scopato e sei fidanzato con un'altra donna!», urlò. «In che modo non è così grave come penso?».

Quando parlò in quel modo, fu brutto, ma fu solo brutto perché pensava che Tara fosse quella innocente. Ma non lo era.

«Non posso rispondere».

Erin mi fissò e osservai svanire l'affetto che aveva provato per me qualche minuto prima.

«Sei... sei orribile. Sei sempre così veloce a buttare all'aria i sentimenti e il rispetto di qualcuno?»

«No», risposi all'istante. «Ma questa situazione è diversa».

«Come?», chiese Erin. «Dimmi come».

«Non posso», dissi a denti stretti. «Voglio farlo, ma non posso. Devi credermi».

Erin scosse la testa e distolse lo sguardo da me.

«Non voglio fare questo gioco», disse. «Hai chiaramente un segreto e non vuoi che io lo sappia, e sai una cosa? Non voglio saperlo. Se vuoi nascondere quello che è successo alla tua fidanzata, sono affari tuoi, ma mi è concesso provare vergogna per averle fatto del male, anche se non lo saprà mai. È una persona e quello che le hai fatto è il peggio del peggio... non ricapiterà, non con me, comunque».

Avevo lo stomaco sottosopra.

«No», quasi supplicai. «Per favore, abbiamo iniziato qualcosa qui, Erin. Sai che è così... Provi la stessa attrazione per me che io sento per te. So che è così, Whisky. L'ho visto nei tuoi occhi quando mi hai guardato. Sei terrorizzata dal prendere in considerazione che qualcosa di duraturo stia nascendo tra di noi».

«Duraturo». Sbiancò. «Ti. Stai. Per. Sposare. È l'emblema del "duraturo"».

Non potevo essere in disaccordo con lei, quindi non ci provai nemmeno.

«Dovresti andartene».

Il mio cuore si fermò. Mi voleva mandare di nuovo via?

«Ma... la cena e Tommy...».

«Finirò la cena e inviterò tutti a mangiare. Dirò a tutti che hai ricevuto una chiamata e che dovevi tornare a Londra, ma che tornerai domani».

«Vuoi che esca di casa? Non dalla tua vita?»

«Vuoi bene a mio fratello e a mio nipote. Ho accettato che farai parte della loro vita, e per questo sono felice e grata, ma non posso averti nella mia in nessun modo se non come amico».

«Erin...».

«Per favore», disse lei, dandomi la schiena. «Per favore, vattene e basta. Ti imploro».

Sentire il dolore nella sua voce mi tagliò come una lama e invece di litigare con lei, feci quello che mi aveva chiesto e mi voltai per andarmene.

«E, Ward?».

Mi fermai, ma non mi guardai alle spalle. «Sì?»

«Non mi chiamare mai più Whisky».

Quando aprii gli occhi e tornai alla realtà, il mio stomaco si contorse. Non avevo indugiato dopo che Erin mi aveva congedato, invece avevo telefonato a Jesse e gli avevo detto che dovevo tornare a Londra quella sera per sistemare una certa faccenda, e che sarei tornato il giorno dopo. Non sospettava nulla, il che mi aveva confortato.

«Stavi pensando alquanto intensamente».

Non guardai Hope. «Stavo solo rivivendo una discussione che ho avuto con Erin su Tara dopo che siamo stati intimi. È devastata dal fatto che abbia tradito la fiducia di un'altra donna, ed è molto arrabbiata con sé stessa – e con me – per aver fatto quello che abbiamo fatto, a causa della mia relazione».

«Anch'io starei male se avessi fatto sesso con un uomo impegnato. Mi sentirei una persona meschina a farlo a qualcun altro».

«Lo so», brontolai. «Lo capisco, ma se c'è qualcuno che

dovrebbe sentirsi di merda, quello sono io. Sono io quello che è fidanzato con Tara, nessun altro».

«Ma non ti senti in colpa?»

«Forse così passo da vero stronzo, ma no, non provo nulla di simile al rimpianto».

«L'hai detto a Erin?»

«Sì». Grugnii. «Si è infuriata... Pensava che fossi crudele perché tratto Tara come se non fosse niente».

«Hai detto a Erin *perché* non ti dispiace di averla tradita?».

Esitai e Hope gemette.

«Sei così intelligente, Ward, ma Dio santo, a volte sai essere talmente stupido».

Flessi le dita. «Lo so».

«Perché non gliel'hai detto?»

«Perché», dissi, «se avessi detto a Erin che Tara mi stava ricattando e perché lo faceva, non mi avrebbe più guardato allo stesso modo, Hope. Odia già il fatto che io non abbia mai dato il merito a suo fratello. Riesci a immaginare cosa proverebbe se sapesse che ero disposto a sposare qualcuno di cui non mi importa solo per mantenere quel segreto?»

«Non ti guarderà mai più allo stesso modo se glielo tieni nascosto», affermò Hope. «La verità viene sempre a galla alla fine, e tu vuoi che lei venga a sapere di questo pasticcio da te, non leggendolo su un giornale».

«Non mi accetterebbe».

«Penso che tu non stia dando abbastanza fiducia a quella ragazza», disse Hope, scrollando le spalle. «Chi sei tu per sapere come reagirebbe o come ti percepirebbe? Non sai cosa le passa per la testa. È la tua stessa paura che ti sta trattenendo dall'essere sincero, e lo sai che è così».

Abbassai la testa. «Perché riesci sempre a dare un senso alle cose?»

«Perché sono una donna, figliolo», disse, e sentii un buffetto sulla mano. «Se non dessimo un senso alle cose, il mondo sarebbe un posto peggiore».

«Pensi che dovrei rischiare?»

«Com'è che dicono in Scozia?», si domandò Hope. «Quello che deve succedere troverà sempre il modo di accadere?».

Risi. «Dove l'hai sentito?»

«L'hai detto un sacco di volte».

Scossi la testa, sorridendo.

«Be', è vero», continuò. «Se racconti tutto a Erin, può finire in due modi, ma almeno saprai da che parte stare. So che preferirei rischiare invece di essere afflitta dalle supposizioni per il resto della mia vita. Alcuni segreti non sono fatti per essere mantenuti, figliolo».

Come sempre, Hope aveva ragione.

«Le parlerò stasera, quando tornerò in Scozia».

«Bene. E ora che abbiamo un piano per la tua vita sentimentale, dai un'occhiata alle voci elencate per il prossimo aggiornamento di Friendzone, e poi firma quando sei soddisfatto».

Presi il tablet dalla mano tesa di Hope, e mentre stavo scorrendo l'elenco, una lampadina si accese nella mia testa.

Guardai Hope. «Ho un'aggiunta da fare a questo elenco di aggiornamenti».

«Ah, sì?», disse Hope, inclinando la testa di lato.

«Sì». Sorrisi. «E ho bisogno del *tuo* aiuto per farla».

Capitolo diciannove
Erin

«Che hai che non va?».

Guardai Jesse quando parlò. «Niente, perché?»

«Non dirmi cazzate. Ti comporti come uno zombie da ieri sera. È successo qualcosa tra te e Ward che ti ha fatto agitare?».

Mi irrigidii alla menzione di Ward, e Jesse lo notò.

«Sì», disse, «è successo *senz'altro* tra te e Ward».

«Abbiamo solo litigato», dissi, scrollando le spalle. «Non è una novità».

«Lo è, in realtà», commentò Jesse. «Ultimamente andavate d'amore e d'accordo».

«Sì, be', eravamo destinati a scontrarci prima o poi».

Jesse rimase zitto e quel silenzio gridava per la mia attenzione. Mi voltai per affrontare il mio migliore amico, appoggiai il fianco contro il bancone della cucina e dissi: «Di' qualunque cosa tu voglia dire, Jess, non sono in vena di tirare a indovinare».

Sbuffò. «Cosa ti fa pensare che io abbia qualcosa da dire?»

«Perché non ti ho mai creduto capace di tenere chiusa quella tua boccaccia, ecco perché».

Jesse sorrise. «Come mi capisci».

«Sì, lo so. Adesso parla».

«A Ward piaci».

Di tutte le cose che mi aspettavo che dicesse, *non* mi aspettavo quella.

Dischiusi le labbra, ma alla svelta celai la mia espressione e dissi: «Andiamo abbastanza d'accordo».

«Lo sai cosa intendo». Jesse si incupì. «Non fare la stupida».

«Questa conversazione mi dà ambascia».

Jesse sbatté le palpebre. «Ti dà cosa?»

«Mi fa sentire a disagio».

Strinse le dita sul dorso del naso prima di far cadere la mano lungo un fianco. «È proprio quello il punto: usi parole del genere in una frase e le capisci. Non sei stupida».

Alzai gli occhi al cielo. «Sono molto stupida, fidati di me».

«Sarò io a stabilirlo», scherzò. «Di' *una* cosa stupida che hai fatto».

Tuo fratello maggiore.

«Jesse», sospirai. «Mi piace tuo fratello abbastanza da essere civile con lui. Non sono sicura di quello che vuoi che dica, ma il mio unico interesse è per Tommy. Non voglio concentrarmi su altro o su altri».

Avevo bisogno di concentrarmi su mio fratello. Quello che era successo con Ward avrebbe dovuto essere una fuga veloce dalla realtà, ma adesso era un gran casino e non stavamo meglio di prima che facessimo sesso. Aveva tradito la sua fidanzata con me, e anche se non lo avesse mai detto a quella donna, sarei stata sempre consapevole del mio ruolo nella faccenda. Mi sarei sempre sentita sporca, e la sensazione mi faceva soffrire, perché quel momento di intimità con Ward mi aveva fatto capire più che un paio di cose.

La prima era che provavo dei sentimenti per lui, sentimenti che lui ricambiava, ma sentimenti che non potevano essere perseguiti. La cosa peggiore era che, sebbene fossi arrabbiata con lui e con me stessa per quello che avevamo fatto, non riuscivo ancora a togliermelo dalla testa: i suoi occhi azzurri come l'oceano, le sue labbra, il suo sorriso, il modo in cui mi toccava e mi guardava con tale attenzione che mi faceva tremare le ginocchia. Mi bastava pensare a lui per mandarmi il cuore a mille, e non lo capivo. Non pensavo fosse possibile affezionarsi a qualcuno con una tale rapidità, ma mi ero affezionata a Ward e non sapevo cosa fare.

Ciò che avrebbe dovuto essere semplice si era trasformato in un colossale casino, e avevo solo me stessa da incolpare.

Jesse annuì di scatto. «Okay».

Aggrottai la fronte. «Che hai che non va?»

«Niente».

«Jess».

Grugnì. «Adoro vivere con Ward. Mi dispiace che sia stato l'incidente di Tommy a portarlo qui e a tenerlo qui, ma è stato bello, capisci? È il mio fratellone e mi manca. Brucerà un po' quando se ne andrà. Immagino che sperassi che voi due… sai, che se vi foste messi insieme, sarebbe rimasto».

Il mio cuore ferito penava per il mio amico.

Sorrisi amaramente. «Ward ha detto che non se ne sarebbe andato… e, Jesse, sei tu il motivo principale. Vi ho visto tutti e due insieme, siete così simili e così diversi, è affascinante. Ti vuole bene tanto quanto tu ne vuoi a lui».

«Quando ha detto che non se ne sarebbe andato?».

Merda.

«Ieri sera quando stavamo preparando la cena». Mi schiarii la voce. «Penso che metterà radici qui».

Jesse inarcò di colpo le sopracciglia. «Sei seria?»

«Come un infarto».

«Mio padre darà i numeri». Il mio amico sorrise raggiante. «Voleva aspettare il momento opportuno da quando gli ho detto che Ward stava da me. Vuole vederlo, ma è preoccupato che Ward respingerà qualsiasi tipo di riconciliazione».

Rimasi confusa. «Ma pensavo che Ward si fosse scontrato con tua madre, non con tuo padre?»

«Quando si scontravano, papà si metteva in mezzo, o almeno ci provava». Jesse si strinse nelle spalle. «Sta per divorziare da lei, quindi è libero di vedere Ward ogni volta che vuole ora».

Sapevo di un possibile divorzio dei genitori di Jesse da qualche mese, ma rendermi conto che lo stavano affrontando era surreale per me. Avevo sempre pensato che i genitori di Jesse avessero il matrimonio perfetto, ma ciò dimostrava che le apparenze ingannano sempre.

«Vuoi dire che prima non poteva?»

«Non senza sentire mia madre sbraitare».

Feci una smorfia. «Mi dispiace, Jesse, non avevo idea che le cose fossero messe così male».

«Non ti è mai piaciuto parlare di mio fratello». Si strinse nelle spalle. «Quindi mi sono tenuto per me qualsiasi cosa lo riguardasse».

Volevo darmi un pugno per averlo fatto sentire come se non potesse parlarmi, solo perché non sopportavo di sentire il nome di Ward. Mi strinsi le braccia intorno, sentendomi male per essere stata un'amica orribile.

«Mi dispiace, Jesse», dissi abbassando la testa. «Mi dispiace tanto per averti fatto sentire come se non potessi parlare con me di Ward. Sono stata una pessima amica quando tu sei semplicemente il migliore».

«Ehi», disse, e non parlò finché non lo guardai. «Non prendertela con te stessa. Posso parlarti di lui adesso, giusto?»

«Giusto».

«E tanto per la cronaca», continuò. «*Sei* la mia migliore amica. Lo sei da quando eravamo bambini. Ti voglio bene».

«Ti voglio bene anch'io».

Sorrise. «Sei una brava ragazza, lo sai?».

Distesi le braccia lungo i fianchi, cercando di darmi una parvenza tosta. «Non sono una ragazza, sono una donna adulta».

«Sai cosa voglio dire», ridacchiò. «Sei di buon cuore».

Sentii calore sulle guance.

«Grazie, Jess».

«Vuoi sapere qualcosa di interessante?».

Drizzai le antenne. «Sempre».

Le labbra di Jesse si contrassero. «Quando tu e Ward avete lasciato l'ospedale ieri sera, il personale è cambiato come succede di solito e ho notato che l'infermiera che è venuta a controllare Tommy era nuova. O nuova per me, almeno. Mi sono presentato e abbiamo parlato del più e del meno, e indovina chi le ha chiesto di uscire a bere qualcosa?»

«Jesse!». Sorrisi raggiante. «Era ora che uscissi con qualcuno».

«Datti una calmata». Fece l'occhiolino. «È solo un drink».

«Ha accettato, allora?»

«Sì». Sorrise a trentadue denti. «Si chiama Louise Chambers e ha ventinove anni».

«Oooh, te la spassi con una donna più grande. Tuo fratello ne sarà orgoglioso».

Jesse mi diede una spinta scherzosa, sebbene fosse chiaramente divertito dalla mia presa in giro.

«Sembra fantastica e, a essere sincero, ora che ho un progetto lavorativo, avere qualcuno che mi distragga, così da non esserne ossessionato 24 ore su 24, 7 giorni su 7, sarebbe bello».

«Che progetto lavorativo?».

Jesse dischiuse le labbra. «*Per favore*, dimmi che ti ho parlato del lavoro che ho ottenuto?»

«Ehm, no?»

«Pensavo di averlo fatto... Oh, no, aspetta. Lo stavo per fare, poi Tommy ha avuto l'incidente e non me la sono sentita».

Mi impuntai. «Be', non tenermi in suspense. Dimmelo ora!».

Jesse si lanciò in una spiegazione approfondita del lavoro edile che aveva ottenuto in città per l'impero alberghiero Hilton, e quando ebbe finito di parlare, avevo le braccia avvolte attorno a lui e stavo urlando e saltando di gioia. Le risate di Jesse risuonarono nel mio orecchio mentre stringeva il mio corpo al suo e mi dava una forte stretta.

«Sapevo che saresti stata contenta».

«Lo sono», sbottai. «Sono così orgogliosa di te. Nessuno se lo merita di più».

«Grazie, sorella».

Sorella. La parola perfetta per descrivermi. Jesse non era solo il mio migliore amico; eravamo vicini come fratello e sorella, anche se per la maggior parte del tempo sapevo di non meritarlo nella mia vita. Avevo provato tanta amarezza per Ward e sapevo quanto fosse stato difficile per Jesse. Decisi in quell'istante che sarei sempre stata aperta con Jesse e che non avrei più avuto segreti per lui.

«Ward lo sa?»

«Sì, gliel'ho detto la sera dell'incidente di Tommy», disse Jesse. «È così gasato per me. Abbiamo riesaminato i miei piani di progettazione a casa mia e ne è rimasto colpito. Non perché è mio fratello, lo vedevo nei suoi occhi che era sinceramente impressionato, e mentirei se dicessi che non mi renderebbe felice come una pasqua».

Risi. «Ti dico da *anni* che i tuoi progetti sono fantastici, ma ciò che mi lascia a bocca aperta è il modo in cui li segui. So che hai bisogno di abilità per elaborare un progetto dettagliato con tutte le specifiche e quant'altro, ma seguirlo e realizzarlo a mani nude? È un talento straordinario, Jess».

Quando una sfumatura di rosa macchiò le guance di Jesse, le pizzicai.

«Sei adorabile quando arrossisci».

«Basta *così*», fece in tono severo, ma aveva un sorriso stampato in volto. «Torno a casa a fare una doccia veloce», disse. «Ci vediamo all'ospedale più tardi, okay?»

«Jess», dissi, posandogli una mano sul braccio. «Non devi passare così tanto tempo in ospedale, lo sai, no? Tommy non vorrebbe che tu mettessi in pausa la tua vita perché sta male».

«Farò finta che tu non l'abbia detto». Jesse si accigliò. «In questo momento desidero solo stare con te e la tua famiglia, Erin. Se non fossi in quella stanza con tutti voi, darei di matto. Voglio bene a Tommy. Anche lui è la mia famiglia».

Gli strinsi il braccio. «Ti voglio bene, Jess».

«Anch'io ti voglio bene».

Ci abbracciammo e, quando ci separammo, la porta di casa si aprì e si chiuse.

«Erin?», mi chiamò zia Jennifer.

«In cucina!», urlai, facendo sussultare Jesse per la voce alta.

Sbuffai.

Quando zia Jennifer, zia Emma e mia madre entrarono in cucina, tutte sbadigliando, sorrisi.

«Siamo tornate a casa per mangiare un po'. Le infermiere stanno pulendo la stanza di Tommy, cambiano le lenzuola e così via. Abbiamo pensato di venire a casa e poi andare lì più tardi».

«Sta bene?»

«Considerando la situazione», rispose zia Emma, allungando le braccia sopra la testa.

La guardai confusa. «Perché tu e zia Jennifer non andate a casa vostra e dopo ci vediamo all'ospedale?».

Le mie zie si scambiarono uno sguardo prima di fissarmi.

«Ne sei sicura?», chiese zia Jennifer.

«Certo».

Esitarono, ma solo per un secondo prima di dire: «Okay, a che ora torni in ospedale?».

Diedi un'occhiata all'orologio sul muro.

«Sono appena passate le tre, quindi che ne dite delle sette? Così possiamo tutti riposare e mangiare prima di andare».

Quando tutti furono d'accordo, Jesse si spostò verso le mie zie e disse: «Per tornare a casa passo vicino al vostro appartamento; lasciate che vi accompagni, adorabili ragazze».

Entrambe le mie zie sbuffarono, ma nessuna delle due rifiutò l'offerta di Jesse, proprio come immaginavo. Tutti adoravano Jesse; non era difficile stare in sua compagnia. Salutarono e di punto in bianco la casa fu pervasa da un velo di silenzio. Quando la porta principale si chiuse di scatto, tenni lo sguardo su mia madre. Era palese che fosse sobria – dato che stava con le mie zie – ma tanto per essere cauta, aspettai che dicesse o facesse qualcosa per prima. Quando mi guardò e mi fissò, deglutii.

«C'è stato qualche cambiamento con Tommy?».

Scosse la testa. «Non sta peggio, quindi la considero una buona notizia».

«Anch'io», dissi.

Poi calò il silenzio e mi resi conto di quanto mi sentissi in imbarazzo in sua presenza quando non era sotto gli effetti dell'alcol. Quando era ubriaca, mi prendevo cura di lei. Quello era il mio ruolo, e lo era stato da quando ne avevo memoria. Non vedevo quasi mai mia madre sobria, e non avevo mai capito quanto mi fosse costato. Ma comunque, mentre rendeva la mia vita quotidiana una lotta, cercare di pensare a qualcosa da dire in quel momento, pur sapendo che era sobria, era una lotta più grande per me che sollevarla dal pavimento priva di sensi.

«Non ho visto Ward oggi», commentò la mamma. «Sei riuscita a farlo scappare via?».

Ignorai la frecciatina, perché me la meritavo per quanto fossi stata meschina con lui al suo arrivo. «È dovuto tornare a Londra per lavoro, tornerà stasera».

«Dimenticavo», replicò la mamma. «Jen ha detto che pagherà lui il conto ospedaliero di Tommy dato che è passato al privato per ottenere le cure migliori».

«Sì», dissi, incrociando le braccia al petto. «Si è offerto».

Non le dissi che Ward ci aveva scavalcato per dare cure private a mio fratello. Non importava in quel momento. L'unica cosa che contava era che Tommy avesse le migliori cure a sua disposizione, grazie a Ward.

«Hai provato a rifiutarlo?»

«Certo», risposi all'istante. «Ma ha insistito, e dal momento che non abbiamo i fondi per le cure private, non potevo lasciare che il mio orgoglio mi impedisse di accettare l'aiuto che mi veniva offerto. Non so quanto verranno, ma so che saranno costose. Avremmo finito con l'indebitarci per pagare il conto».

«Lo so», rispose mia madre. «Ero preparata a questo, ma non pensavo che avresti lasciato che Ward ci aiutasse. So che lo odi».

«Non lo odio». Mi schiarii la voce. «Quando non ha mai dato il merito a Tommy... mi ha fatto male. Mi faceva male per Tommy, ma è stato tanto tempo fa, e se tutti voi riuscite a perdonare e dimenticare, allora posso anch'io».

«Ho perdonato Ward», disse mia madre. «Gli voglio bene, ma non dimenticherò mai quello che ha fatto. Sa di aver sbagliato a non dare il merito a Tommy e deve conviverci».

Sospirai. «È quel che è. Nessuno di noi può cambiare ciò

che è accaduto e se restiamo bloccati nel passato, non ne uscirà nulla di buono».

«Gli unici momenti felici che ho sono nel passato», disse, guardandomi negli occhi. «Se voglio vivere lì, allora lo farò».

Digrignai i denti. «È una tua scelta».

Mia madre grugnì, ma non disse altro. Si voltò e armeggiò con i fiori morenti nel vaso sulla finestra della cucina. Alcune persone del quartiere avevano lasciato dei fiori e biglietti di pronta guarigione per Tommy. Ne apparivano di nuovi alla nostra porta ogni due o tre giorni da un diverso vicino.

Fissai mia madre, poi i fiori con cui stava giocherellando e qualcosa che Ward aveva detto riemerse nella mia mente.

«Mamma?»

«Uhm?»

«Ward mi ha detto qualcosa ieri che mi ha confuso».

Mia madre mi lanciò un'occhiata. «Che cosa ha detto?»

«Ha detto di avermi mandato delle rose ogni anno per il mio compleanno, ma non ho mai ricevuto un fiore… Ne sai qualcosa?».

Lei distolse lo sguardo da me, ma non prima che io vedessi il senso di colpa nei suoi occhi.

«Mamma?», insistetti. «Sai perché non ho ricevuto quei fiori?».

Incurvò le spalle.

«Quel ragazzo mi ha ferito così tanto. La mia rabbia nei suoi confronti è durata a lungo».

«Che vuoi dire?». La mia bocca si spalancò per lo shock alla sua ammissione. «Volevi bene a Ward come se fosse tuo figlio!».

«È vero», ammise lei. «Ed è ancora così, ma poi ha abbandonato Tommy quando aveva bisogno di lui e ha iniziato la loro attività, prendendosi tutto il merito e i premi. I primi anni, buttavo via i fiori per ripicca. Volevo che pensasse che tu lo stessi ignorando non inviandogli un biglietto di ringraziamento o qualcosa di così sciocco. Era gretto e meschino, ma mi faceva sentire meglio». Deglutì. «Poi… poi hai iniziato a odiarlo, per lo stesso motivo, tutto da sola. Ti infuriavi se qualcuno pronunciava il suo nome, quindi buttavo via i fiori ogni anno solo per non farti arrabbiare».

La fissai quando finì di parlare, e le mie emozioni erano combattute. All'inizio le sue intenzioni erano vendicative e infantili, ma alla fin fine era ciò che pensava fosse meglio per me. Non sapevo cosa provare a riguardo, perché mia madre… non era più la mia protettrice. Quella parte di lei era morta insieme a mio padre.

«Perché non me l'hai mai detto?».

Mi guardò, gli occhi arrossati per la stanchezza. «Perché non ho bisogno di darti un'altra ragione per odiarmi».

Rimasi di stucco.

«Mamma…». Aggrottai la fronte. «Non ti odio».

Odiavo che bevesse, odiavo che si stesse uccidendo lentamente, odiavo che non fosse la donna che conoscevo una volta, ma non odiavo *lei*. Era mia madre; era crollata e si era smarrita il giorno della morte di mio padre, e non aveva ancora ritrovato la via del ritorno.

«Sì invece, piccolina».

Un nodo si formò nella mia gola. «Guardami».

Lo fece.

«Ho detto che *non* ti odio e dico sul serio», dichiarai con fermezza. «Non sei la mia persona preferita, neanche lontanamente, ma non ti odio».

Gli occhi di mia madre si riempirono di lacrime e distolse lo sguardo da me, così non potevo vederle cadere.

«Mi manca tuo padre così tanto che mi fa male».

Quasi soffocai nel sentirglielo nominare. Non si riferiva a lui come mio padre dal giorno della sua morte.

«Anche a me», risposi. «Ogni minuto di ogni giorno».

«Sono stanca, Erin», disse e deglutì. «Sono così stanca di provare dolore».

«Lo so, mamma».

«Odio bere», quasi sussurrò. «Ma è l'unico modo in cui riesco a fuggire dal dolore, almeno per un po'».

Sapevo anche quello.

«Per favore, mamma», supplicai. «Non vuoi prendere in considerazione il programma di riabilitazione che ho trovato per aiutarti? È in città e il tasso di successo è incredibile».

Rimase in silenzio per un lungo minuto, poi chiese: «Pensi che mi aiuterebbe?»

«Sì», risposi all'istante. «Non cancellerà il dolore che provi, ma imparerai nuovi modi per reagire, mamma. Prometto che sarò lì con te, dall'inizio alla fine. Non sarai mai da sola sulla strada della guarigione, io ci sarò sempre».

«Non puoi promettermelo», disse mia madre, lo sguardo cupo. «Non sai quando mi abbandonerai».

Non ero mai stata in grado di abbandonarla, ma in quel momento mi resi conto che non l'avevo fatto sempre per paura di rimanere da sola, *io* non lei. Stavolta era diverso. Stavolta, stare al suo fianco avrebbe potuto ridarmi la mamma a cui volevo bene e che adoravo.

«Non vado da nessuna parte», dissi. «Te lo *prometto*».

Quando le lacrime caddero dagli occhi di mia madre, mi ritrovai proprio di fronte a lei ad avvolgere le braccia attorno alla sua minuscola corporatura.

«Ti voglio bene», dissi con voce soffocata.

«Ti voglio così tanto bene. Mi dispiace tanto di essere una mamma orribile. Sei tutto il mio mondo».

Non controbattei né la rassicurai che non fosse una cattiva mamma, perché per quanto odiassi ammetterlo, lo era. Ma non era la sua dipendenza, non era la persona che diventava quando consumava alcolici, e io avrei fatto tutto il possibile per aiutarla a ritrovare sé stessa.

«Ti voglio bene anch'io, mamma», dissi, stringendola forte. «Ti voglio bene».

Mentre la abbracciavo forte, ero distintamente consapevole di una voce nei meandri della mia mente che mi diceva che non sarebbe durata e che si sarebbe ubriacata di nuovo. Mi ribellai a essa con la rassicurazione che se ciò fosse accaduto, sarei stata lì per porvi fine. Le cose sarebbero cambiate per me e mia madre. Lo sentivo e sapevo che poteva sentirlo anche lei. Eravamo stanche di vivere nell'oscurità.

Era tempo di camminare nella luce.

Capitolo venti
Erin

Lo percepii avvicinarsi prima che lo vedessi o lo sentissi arrivare.

Mi irrigidii e mi voltai per vedere se stavo impazzendo, ma proprio come sospettavo, Ward Buckley stava camminando lungo il corridoio, gli occhi fissi sui miei. Mi presi un momento per contemplarlo. Indossava jeans blu scuro, stivali neri e una maglietta blu marino che aveva le maniche lunghe tirate su fino ai gomiti.

Dio, era magnifico.

La sua attenzione era tutta su di me, finché un'infermiera di passaggio lo fermò e gli chiese una foto. Lui acconsentì, si chinò e sorrise mentre lei posizionava il cellulare per scattare un selfie. Digrignai i denti e mi voltai di nuovo verso la macchina del tè e del caffè. Non riuscivo più a concentrarmi sul preparare una tazza, quindi lasciai perdere, gettando la bustina di tè nel cestino della spazzatura accanto al banchetto. Mi voltai e mantenni lo sguardo sul pavimento mentre tornavo nella stanza di osservazione. Ma mi fermai a pochi passi dalla porta, perché lui era lì davanti.

Alzai lo sguardo e fissai Ward.

Piegò il dito verso di me e, sebbene volessi scappare nella direzione opposta, sollevai il mento e avanzai verso di lui. Ogni passo corrispondeva al ritmo del mio battito cardiaco.

«Whisky», disse, quando mi fermai davanti a lui con le braccia incrociate sul petto. «Dobbiamo parlare».

Mi sentivo come se fossi rimasta di colpo senz'aria.

«Che Dio mi aiuti, Ward, se mi chiami di nuovo così, avrai bisogno dell'aiuto di una sedia a rotelle per lasciare questo ospedale».

Ward non sorrise, ma i suoi occhi si illuminarono divertiti, ed era altrettanto di pessimo gusto.

«Non abbiamo niente da dirci», continuai.

«Penso che abbiamo una cosuccia di cui dobbiamo discutere, non credi?»

«No!», ringhiai. «Non penso nulla. Tu e io… non è mai successo. È stato un… è stato un…».

«Errore?», concluse Ward, con le labbra che si contraevano. «È questa la parola che non riesci a dire?»

«Tappati quella stupida bocca», sibilai. «*È stato* un errore, non ne può venire nulla di buono».

«Non ne può *venire* nulla di buono?», ripeté, inclinando la testa. «Davvero?».

L'adolescente in Ward non poteva lasciarsi sfuggire la parola "venire" mentre discutevamo di sesso, e non fece altro che spingermi all'esasperazione.

«Che Dio mi salvi dagli uomini cretini».

«E che salvi *me* dalle ragazze bugiarde».

Mi strozzai. «Non ho mentito su *niente*!».

«Hai appena mentito quando hai detto che quello che è successo tra di noi è stato un errore!», ribatté a voce bassa. «*Non* è stato un errore, è stata la migliore decisione che io abbia mai preso, e *so* che l'unica ragione per cui provi rimpianto, senso di colpa e imbarazzo è a causa di Tara!».

Sussultai al suo nome.

«E allora?», sibilai, guardandomi intorno per assicurarmi di non aver attirato l'attenzione di qualcuno prima di concentrarmi di nuovo su di lui. «Sono disgustata da me stessa. Disgustata, cazzo! Vi state per sposare e io…».

«Noi», interruppe Ward. «Me. Ero io quello fidanzato con lei, non tu. Ero io quello che aveva una relazione, quindi questa vergogna è mia, non tua».

«Ma non provi vergogna!».

«No», concordò. «Per niente».

«Cazzo, sei senza cuore! È una *persona*!».

«Oi». All'improvviso la voce di Jesse attirò la nostra attenzione mentre lasciava la stanza di osservazione, chiudendo fermamente la porta dietro di sé. «O abbassate la voce o lasciate questo cavolo di corridoio. Sono riuscito a sentire ogni parola che avete appena detto. Gli altri sono al telefono o hanno le cuffie, quindi il vostro segreto è al sicuro con me, ma per favore, portate le vostre stronzate in un luogo *privato*».

«Abbiamo finito di parlare, Jesse», gli dissi, ma stavo guardando Ward, i miei occhi come due fessure.

«Mi vuoi stare a sentire per una volta nella tua vita?», chiese Ward, afferrandomi per il braccio quando provai ad allontanarmi da lui. «Non mi vergogno perché io non la amo e lei non mi ama! Tutta la relazione è una montatura del cazzo».

Spalancai la bocca e, per una volta, nessuna parola lasciò le mie labbra dischiuse. Jesse rimase immobile, lo sguardo fisso su Ward, ma il fratello non gli prestò attenzione: era concentrato completamente su di me.

Cominciai a tremare. «Quella donna…».

«È spregevole. È spregevole e tutta la nostra relazione è una menzogna».

Era come se il pavimento fosse svanito da sotto i miei piedi.

«Che cosa stai dicendo?», chiesi in tono inflessibile.

Ward si passò una mano tra i capelli. «È complicato».

«Be', meno male che non abbia altro che tempo».

Sbatté piano le palpebre, poi le sue labbra si contrassero, anche se non avevo idea di cosa ci trovasse di così divertente.

«Era una bugia», continuò. «Non era reale».

«Perché continui a riferirti a tutto nel passato?»

«Perché *è* nel passato», rispose. «È finita».

Inciampai all'indietro, ma la sua presa sul mio braccio non mi avrebbe lasciato andare lontano. «Per colpa mia? Per via di quello che abbiamo fatto?»

«No», rispose Ward. «Perché l'unica ragione per cui stavo con lei era perché mi stava ricattando per sposarla per un sacco di soldi».

La mia bocca si spalancò di nuovo ed ero così felice quando Jesse parlò, perché ero senza parole.

«Che cazzo?», sbottò Jesse. «Che cosa aveva contro di te?».

Ward si scambiò uno sguardo con il fratello, poi mi guardò, ma prima che potesse continuare, Jesse disse: «Non ci *pensare* nemmeno a tenermi fuori. Voglio sapere, puoi dirlo a me ed Erin insieme».

Ward annuì di scatto, ma prima che potesse parlare, una voce dietro di noi disse: «Proprio le persone che volevo vedere».

Ci girammo tutti e tre per affrontare il dottore a capo del team che seguiva Tommy. Tirai via il braccio dalla presa di Ward e invece gli afferrai la mano. Dovevamo parlare, parlare davvero, ma in quel momento avevo bisogno di Ward, perché il dottore sembrava avere qualcosa da dire su mio fratello, e mi spaventava quasi a morte.

«Va tutto bene con mio fratello?».

Il dottore mi guardò e sorrise. «Va tutto bene».

Quasi mi accasciai per il sollievo.

«Stiamo riducendo il farmaco che lo tiene nel suo coma indotto», spiegò. «Da quando abbiamo riattaccato il frammento di cranio la scorsa settimana, il gonfiore non è aumentato. In effetti, c'è stata una riduzione del due per cento, il che è una buona notizia. Ho visto persone coscienti con il livello di rigonfiamento che ha Saunders. Il rigonfiamento del cervello è sempre pericoloso, ma non è più critico, quindi questo dovrebbe consentire a tutti di tirare il fiato».

Ward mi avvolse un braccio attorno alla vita, stringendomi al suo fianco, mentre la mano di Jesse mi diede una stretta alla spalla. Dovetti serrare le mani per impedirmi di avvicinarmi e accoccolarmi nell'abbraccio di Ward. Mi spaventava il fatto che fosse la persona in cui cercavo in automatico conforto; non sapevo come affrontarlo, non con quello che era successo tra di noi e quello che aveva appena rivelato. Non potevo stargli vicino, non con il senso di colpa di ciò che avevamo fatto che mi tormentava.

«Quando possiamo andare nella sua stanza?», chiesi al dottore, riportando la mia attenzione su mio fratello. «È ancora a rischio di infezione?»

«No, no», rispose lui. «La sua ferita chirurgica sta guarendo bene, ma è sempre consigliabile lavarsi le mani e usare il gel disinfettante fornito prima di entrare nella stanza di un paziente, solo per essere sicuri».

«Possiamo entrare a vederlo?», chiesi, speranzosa. «Posso tenergli la mano?».

Il dottore sorrise. «Sì, cara».

I miei occhi si riempirono di lacrime e mi tremò il labbro.

«Grazie», dissi elettrizzata. «Grazie mille».

«Per il bene di suo fratello, continui a parlare a basso volume in sua presenza», disse il dottore, con tono severo. «Potrebbero essere necessari giorni, settimane o mesi perché si svegli naturalmente, ora che stiamo riducendo i farmaci che lo tenevano addormentato, ma non vogliamo forzare le cose. È in una stanza silenziosa da quindici giorni e un rumore improvviso potrebbe fargli male. Il suo cervello è ancora in via di guarigione, quindi non facciamolo lavorare più del dovuto, va bene?»

«Va bene», dicemmo tutti e tre all'unisono.

«Potrebbero davvero volerci mesi perché si svegli?», chiesi allora, la mia voce appena più forte di un sussurro.

Il dottore si corrucciò. «Sì, potrebbe essere così».

Annuii con fare comprensivo, ma non mi sfuggì la preoccupazione che si manifestò sul suo viso. Riuscivo praticamente a sentire cosa stava pensando. Tommy avrebbe potuto impiegarci mesi per svegliarsi… ma chi poteva dire se si sarebbe effettivamente svegliato?

Capitolo ventuno
Ward

Rimasi con mio fratello fuori dalla camera di Tommy, mentre Erin, sua madre e le zie entravano nella stanza per vederlo da vicino per la prima volta dopo più di due settimane. Telefonai a Aiden e gli comunicai la bella notizia che poteva entrare nella stanza d'ospedale di suo padre, e non avevo dubbi che si sarebbe precipitato in corridoio al più presto solo per vedere Tommy.

Sorrisi al pensiero.

«Perché diavolo sorridi?».

Alterai la mia espressione, poi guardai mio fratello. Un fratello estremamente incazzato.

«Mi dispiace di non avertelo detto».

«Stronzate», sibilò Jesse. «Sei stato fidanzato con quella donna per più di un anno, e *adesso* ti dispiace di non avermelo detto? Ti dispiace solo di averlo detto a Erin e che per caso mi trovavo proprio accanto a lei quando l'hai fatto».

Digrignai i denti, ma non negai l'accusa.

«Mi dispiace», ripetei. «Che tu mi creda o no, *mi dispiace*».

Jesse sbuffò e scosse la testa. «È per questo che non volevi che l'incontrassi?»

«Sì. Sapevo che non ti saresti fatto ingannare da lei, e non volevo che mi giudicassi perché stavo con una persona del genere».

«Come diavolo ti sei invischiato in questa situazione?»,

chiese Jesse. «Che ha contro di te? Foto da nudo, un filmino porno?».
Sbuffai. «No, niente del genere».
«Allora cosa?».
Mi strofinai la mascella con la mano, prima di lasciar cadere il braccio al mio fianco.
«Tommy».
Jesse aggrottò la fronte. «Tommy cosa?»
«Tara aveva Tommy contro di me».
Mio fratello mi fissò e io lo osservai mentre aveva un'epifania.
«Sapeva che Tommy ha co-creato Friendzone?»
«Bingo», dissi. «Le ho parlato di Tommy una sera quando ero ubriaco fradicio».
«Cosa vuole la stronza?»
«Cosa vogliono tutte le cacciatrici di dote?»
«Soldi», sputò Jesse.
«Sì, ma Tara è furba. Voleva soldi a vita, non una somma forfettaria».
«Cioè?»
«Cioè, un accordo di divorzio non le sarebbe bastato. Voleva un bambino con me per assicurarsi pagamenti mensili».
Jesse sbiancò. «Che… che *sgualdrina*!».
Sbuffai. «Per dirlo con un eufemismo».
Mio fratello si accigliò. «Sono incazzato da morire per te».
«Grazie, Jesse».
«E adesso?», continuò. «Hai detto a Erin che hai chiuso con lei. Non sei preoccupato che rivelerà tutto?»
«Se me lo avessi chiesto due settimane fa, la mia risposta sarebbe stata un risonante *assolutamente sì*».
«E adesso?»
«E adesso non ho più paura», dissi con un sorriso.
«Che cosa è cambiato?».

Scrollai le spalle. «Tu, Erin, Tommy, Aiden… e una bambina di nome Hannah».

«Hannah?»

«Te ne parlerò prima o poi».

Jesse mi adocchiò, ma annuì prima di riportare lo sguardo alla stanza di Tommy.

«Donne come Tara non cedono facilmente, Ward».

«Lo so», risposi, «ma ho Hope dalla mia parte e lei è come Dio».

Jesse sbuffò. «Cosa hai intenzione di fare?»

«Quello che avrei dovuto fare molto tempo fa».

«Sarebbe?»

«Rendere di dominio pubblico il merito di Tommy Saunders come co-fondatore di Friendzone», dissi a testa alta.

Avevo finito di mantenere segreti.

«E, Jesse?»

«Sì?»

«Quando torneremo a casa tua dopo», dissi, ignorando il mio cuore martellante. «Voglio dirti una cosa che avrei dovuto dirti anni fa».

Jesse mi fissò per un lungo momento, poi annuì in risposta. Nessuno dei due parlò per qualche minuto, poi di punto in bianco Jesse si girò e disse: «Papà vuole vederti».

Sbattei le palpebre. «Davvero?»

«Certo che sì». Mio fratello si accigliò. «Sei suo figlio».

«Non prendere il mio shock come un insulto», lo tranquillizzai. «Sono solo sorpreso. Non ha mai espresso interesse nel vedermi prima».

«Neanche tu hai mai espresso interesse nel vederlo».

«Già». Annuii. «Non hai tutti i torti».

«Da quando lui e la mamma non stanno più insieme, credo che non abbia motivo di non vederti».

Rimasi sorpreso da quanto volessi vedere mio padre. Nel corso degli anni avevo seppellito i miei sentimenti per lui, solo per evitare la sofferenza della sua mancanza, ma non dovevo più farlo.

«Voglio *senz'altro* vederlo».

Un sorriso luminoso si accese sul viso di Jesse. «Posso farlo venire nel mio appartamento domani, se vuoi?»

«Sì». Annuii. «Mi sembra una buona idea, fratello».

Jesse mi diede un colpetto sulla spalla, io gli misi il braccio attorno alle *sue* di spalle e dissi: «Non tornerò a Londra».

Jesse rimase in silenzio per un minuto, poi senza dire una parola mi mise le braccia attorno, stringendomi forte. Volevo ridere, prenderlo in giro per essere così sdolcinato, ma non ci riuscii. Sapevo che se avessi pronunciato una parola, sarebbe stata soffocata. Ricambiai il suo abbraccio e dopo un sacco di pacche virili ci separammo, poi ridemmo entrambi.

«Sono contento, Ward», disse, schiarendosi la voce. «Mi sei mancato».

«Mi sei mancato anche tu, fratellino».

Jesse sorrise, e fu solo allora che mi accorsi di non averlo mai visto così felice prima. Era un'espressione che gli si addiceva.

«Credi che dovremmo andarcene?», chiesi, rivolgendo lo sguardo verso la porta della stanza di osservazione. «È un momento molto privato».

«Ward», disse Jesse, alzando gli occhi al cielo, «siamo della *famiglia*».

Ci riflettei. «E *io*?»

«Anche tu lo sei ed Erin lo sa».

«Chi dice che stavo parlando di Erin?».

Jesse sbuffò in risposta. Entrammo nella stanza e osservammo gli altri interagire con Tommy. Erin e sua madre singhiozzarono per tutto il tempo, una visione straziante. Sapevo che erano lacrime di felicità perché potevano finalmente toccarlo, ma mi faceva comunque soffrire vederla piangere. Lo odiavo e volevo fare in modo che non piangesse mai più. Un desiderio insensato, lo sapevo, ma non mi impedì di volerlo comunque.

Il tempo passò alla svelta e ore dopo un'infermiera carina fece capolino nella stanza. Fece un sorriso smagliante a Jesse e quando si raddrizzò vedendola, io inarcai un sopracciglio, ma lui mi ignorò in maniera evidente. Era completamente concentrato sull'infermiera.

«Ehi, Jesse», disse con timidezza. «È davvero tardi e devo far uscire la tua famiglia».

Jesse si alzò in piedi. «Glielo dico io».

L'infermiera si rilassò. «Grazie. Odio essere io a dirlo alla famiglia. Li lascerei rimanere tutto il tempo, se dipendesse da me».

A quel punto, lei mi notò e arrossì vistosamente.

«Salve, signor Buckley», disse. «Sono Louise Chambers».

Sapeva chi ero fuori da quella stanza d'ospedale; il suo comportamento me lo indicava.

«È un piacere, signorina Chambers».

«Ward è mio fratello», disse Jesse. «È...».

«So chi è, Jesse», interruppe Louise in un sussurro sommesso.

Sorrisi alla confusione di Jesse e poi alla sua irritazione istantanea.

«Come lo conosci?»

«Perché è famoso», replicò Louise, le sue guance diventavano più rosse di secondo in secondo.

«Oh». Jesse si rilassò. «Dimenticavo».

«Hai dimenticato che tuo fratello era famoso?»

«Sì». Si strinse nelle spalle. «Saresti sorpresa di quanto spesso mi succeda».

Louise ridacchiò e mio fratello sorrise. Rimbalzai lo sguardo tra lui e lei e mi ritrovai anch'io a fare un sorriso stupido.

«*Voi* due vi conoscete?», chiesi.

«Sì», rispose Jesse, con gli occhi ancora fissi su Louise. «Venerdì abbiamo un appuntamento».

«Devo tornare al lavoro», disse in fretta. «Ci vediamo domani?»

«Sarò qui».

Louise scomparve e Jesse aveva un sorrisetto compiaciuto in faccia che mi fece sbuffare.

«Sembra simpatica».

«Simpatica?». Jesse ridacchiò. «È assolutamente perfetta per me».

«E uscirete insieme?»

«Sì, e mi sto cagando addosso. Non sono mai stato a un appuntamento in un posto di lusso. Ho sempre preferito McDonald's».

Risi. «Quanti anni ha?»

«Ventinove... Una donna adulta che sospetto non sia interessata a fare giochetti, quindi devo stare sul pezzo».

Mi sorprese.

«Hai solo venticinque anni, non dovresti volerti sistemare».

«Chi lo dice?», chiese Jesse. «Se Louise è la donna giusta, sarei un pazzo a non farlo. Non sono interessato a una sfilza di donne e al sesso occasionale. Ne ho avuto abbastanza da adolescente e da ventenne».

«Hai parecchio sale in zucca», lo elogiai. «Io non riuscivo a decidere se mi piacessero le rosse o le more quando avevo venticinque anni».

Jesse mi lanciò un'occhiata. «Non ti piacciono nessuna delle due».

«E come fai a saperlo?»

«Perché Erin ha i capelli biondo platino».

Di solito, il mio istinto sarebbe stato di mentire e dire che Jesse aveva torto, ma invece scrollai le spalle, sapendo benissimo che aveva ragione. Non mi piacevano i capelli neri, castani o rossi. Mi piacevano solo i capelli biondi, i capelli biondo platino per l'esattezza, e solo su una donna. Erin.

«Farò la mia mossa con lei».

«Lo immaginavo», disse mio fratello. «Fatti furbo, però. Non cercare di prendere il controllo della situazione, spiegati e poi lascia che Erin faccia la sua mossa».

Sospirai.

«Seguirò il tuo consiglio, fratellino», lanciai uno sguardo a Erin attraverso il vetro della finestra, «perché Dio lo sa che, quando finalmente mi parlerà, ne avrò bisogno».

Capitolo ventidue
Ward

Non ero riuscito a chiudere occhio.

Dopo che io e Jesse avevamo detto a Erin e agli altri che dovevamo lasciare l'ospedale, sapevo che non era nelle condizioni di parlare con me. Era così esausta a forza di piangere e agitarsi per Tommy che non desideravo altro che dormisse bene la notte. Anche Jesse era spossato, e anche se intendevo parlargli, come avevo promesso, per raccontargli tutto ciò che mi ero tenuto dentro del mio passato, decisi che poteva aspettare un'altra notte dopo averlo visto inciampare nella sua stanza e crollare a faccia in giù sul letto, addormentandosi nel giro di pochi secondi.

L'orario estenuante che tutti avevamo rispettato nelle ultime due settimane stava alla fine facendo sentire i suoi effetti negativi sui nostri corpi, ma anche se mi sembrava di poter dormire per un anno, la mia mente non voleva spegnersi a causa di Erin. Continuavo a pensare a cosa le avrei raccontato di Tara, del mio passato, di tutto ciò che mi aveva trasformato in un fascio di nervi. Mi ritrovai in ospedale alle sei del mattino, sulla soglia della stanza di Tommy, a fissarlo.

Avevo inviato a Keller un messaggio per fargli sapere dove mi trovavo, e lui rispose immediatamente dicendo che mi avrebbe controllato ogni ora, come faceva sempre quando non era vicino a me. Misi in tasca il cellulare, e con un profondo respiro entrai nella camera che avevo osservato per quindici giorni. Camminai lentamente al lato del letto di Tommy e mi misi a sedere sulla sedia più vicina a lui.

«Ehi, Tommy», dissi, schiarendomi la voce. «Sono io... Ward».

Il petto che si sollevava e si abbassava in modo regolare fu l'unica risposta che ricevetti.

«So di essere probabilmente l'ultima persona che vuoi vedere», continuai, «ma sono qui per te e la tua famiglia, e sistemerò le cose tra di noi... se posso».

Silenzio.

Mi strofinai la mascella.

«Sono successe tante cose dall'ultima volta che ti ho visto, amico», dissi. «Alcune belle e alcune brutte. Perlopiù belle, l'impero che abbiamo fondato è prospero... ma immagino che tu lo sappia già, eh?».

L'oscurità si impadronì di me.

«Mi dispiace di aver mentito», dissi, abbassando lo sguardo sulla mano immobile di Tommy. «Mi dispiace di aver mentito dicendo che Friendzone fosse una mia idea quando era il nostro bambino... Appartiene a tutti e due. Mi dispiace tanto, amico. Ero amareggiato dal fatto che mi avessi tagliato fuori dalla tua vita, e immagino di averlo fatto per vendicarmi, ma una volta detta la bugia non sono riuscito a rimangiarmela».

Ingoiai la bile.

«Immagino che avrei potuto rimangiarmela, ma ero troppo vigliacco per affrontare le ripercussioni della menzogna che avevo tessuto. Dovevo mantenere quell'immagine perfetta; non potevo lasciare che si formassero delle crepe perché era troppo importante per me... ma dopo aver passato del tempo qui con mio fratello, con tua sorella... Non riesco a pensare a una buona ragione per cui lo fosse in primis».

Mi sporsi in avanti, appoggiando i gomiti sulle ginocchia.

«Tua sorella», deglutii, «le voglio moltissimo bene, Thomas. Ho incasinato le cose con lei, ma sistemerò tutto quanto e pregherò che mi dia una possibilità, perché *voglio* stare con Erin. Non ho mai desiderato semplicemente stare con qualcuno prima d'ora, ma dopo il breve tempo che ho passato con lei e ho imparato a conoscerla, lo voglio. Non ho mai incontrato qualcuno come lei. Non accetta le stronzate, non gliene frega niente che sono ricco, non è interessata a cose materialistiche, le importa solo degli amici e della famiglia. Mi fa sentire quelle stupide farfalle nello stomaco quando sorride… e quando ride? È come vedere un barlume di paradiso. È perfetta, cazzo».

Potevo praticamente sentire Tommy dire: «Hai scoperto l'acqua calda».

«Se ti svegliassi e garantissi per me», scherzai, «lo apprezzerei davvero».

Guardai Tommy e sobbalzai per lo spavento quando trovai i suoi occhi aperti e fissi sui miei.

«Non ci credo», balbettai. «Cazzo, non ci credo!».

Tommy sbatté le palpebre un sacco di volte, e quasi all'istante scoppiai a piangere. Mi alzai in fretta, corsi alla porta e gridai: «Qualcuno mi aiuti!». Poi tornai di corsa al fianco di Tommy. Emise un borbottio, come se stesse cercando di parlare, ma anche se aveva le labbra dischiuse, le parole non gli venivano facilmente. Non riuscivo a capirne neanche una.

«Va tutto bene», lo rassicurai, premendo ripetutamente il pulsante per l'infermiera. «Non provare ancora a parlare. Concediti un momento per orientarti».

Cercò di rilassarsi, ma i suoi occhi riflettevano quanto fosse terrorizzato.

«Sai chi sono?», chiesi, il cuore in gola. «Sbatti le palpebre due volte se lo sai».

Passarono alcuni secondi e quando il mio amico sbatté le palpebre due volte in rapida successione, il mio cuore quasi scoppiò per il sollievo.

«Cazzo, Tommy», grugnii. «Non hai idea di quanto io sia felice».

Mi fissò con uno sguardo agitato e in preda al panico.

«Hai avuto un incidente d'auto», spiegai rapidamente. «Un uomo è passato col rosso e ti ha investito mentre andavi a prendere Erin al lavoro».

La confusione che sostituì il panico nei suoi occhi fu come un pugno allo stomaco.

«Non fa niente se non ti ricordi», dissi sorridendo per rassicurarlo. «Col tempo ti tornerà tutto in mente, non c'è fretta. Il riposo ti aiuterà».

Mi fissava ancora e vidi bruciare la sua domanda inespressa nel suo sguardo.

Che ci fai qui?

«Non vado da nessuna parte, amico», gli dissi, asciugandomi la guancia dalle lacrime. «Abbiamo un sacco di merda da chiarire, ma non vado da nessuna parte. Lo prometto. Non preoccuparti di nulla. Sono qui e mi prenderò cura di tutti finché non sarai di nuovo in piedi».

Un'infermiera si affrettò nella stanza, seguita da un dottore che non avevo mai visto prima.

«Dio santo», disse il dottore mentre veniva al fianco di Tommy. «È sveglio».

Cazzo, sì che è sveglio.

Mi rosicchiai le unghie mentre i dottori eseguivano una serie di test casuali che comportavano una piccola luce che si muoveva avanti e indietro nei suoi occhi e domande a cui Tommy poteva rispondere solo sbattendo le palpebre. Cercai il cellulare, ma l'unico numero che riuscivo ricordare era quello di mio fratello. Avrei potuto andare nella mia rubrica e trovare il numero di Erin, Jennifer o Emma, ma composi il numero di Jesse senza pensarci.

«Pronto?», rispose intontito.

«Va' a prendere tutti quanti e porta il tuo culo in ospedale. Ora».

«Sta bene?»

«Più che bene», praticamente strillai. «Tommy è *sveglio*!».

«Oh, mio Dio».

«Va' a prendere Erin, sua madre, Aiden, le zie. Telefona a Keller e… venite qui e basta».

«Ci saremo».

Jesse riattaccò, proprio quando il dottor Liddle, il capo della squadra di Tommy, entrò nella stanza.

«Era quasi la fine del mio turno quando ho ricevuto una chiamata elettrizzante», annunciò con un sorriso.

Gli misi una mano sulla spalla. «Non posso credere che sia sveglio».

«Neanch'io», rispose. «Non è insolito, però: ho visto persone svegliarsi ore dopo aver tolto i farmaci per tenerlo in coma e ho visto altri non svegliarsi per settimane. Dipende davvero dalla persona e dal cervello».

«Non parla», dissi mentre il dottore si spostava dall'altra parte del letto di Tommy.

«Il fatto che non parli subito non è motivo di preoccupazione», replicò. «Il suo cervello ne ha passate di brutte ed è ancora in via di guarigione. Potrebbe metterci un po' di tempo per parlare».

«Come sembra?», chiesi, notando che le palpebre di Tommy sembravano diventare pesanti, come se stesse per riaddormentarsi.

«Molto meglio di quanto mi aspettassi per qualcuno che aveva tanto gonfiore», ammise il dottore. «È attento e consapevole di ciò che lo circonda, anche se al momento è difficile per lui parlare. È incredibile considerando le lesioni che ha subito, signor Buckley. Sono passati quindici giorni dall'intervento, ed essere già sveglio e vigile è incredibile».

«Non ha idea di quanto sia felice di sentirglielo dire».

Tommy chiuse gli occhi e io mi irrigidii.

«Non si preoccupi», mi disse il dottore. «Rimarrà sveglio per periodi sempre più lunghi. Ha ancora bisogno di un sacco di riposo, quindi dormire il più possibile è una buona cosa. So che è difficile per la sua famiglia quando l'avete visto non fare altro che dormire nelle ultime due settimane, ma il riposo è il miglior alleato del signor Saunders in questo momento».

Poi, con la stessa rapidità con cui erano arrivati, il personale lasciò la stanza, e ancora una volta ero da solo con un Tommy addormentato. Controllai il cellulare, annotai l'ora ed esaminai il registro delle chiamate di Jesse. L'avevo chiamato venti minuti prima, e con tutti quanti che accorrevano, sarebbero dovuti arrivare nel giro di…

«Ward!».

Sussultai per la sorpresa, poi uscii subito dalla stanza di Tommy e guardai alla mia destra. Iniziai a camminare verso Erin… che stava correndo lungo il corridoio direttamente verso di me.

«Si è riaddormentato ora», le urlai, «ma il dottore ha detto che si sveglierà presto e, si spera, rimarrà sveglio un po' più a lungo».

Rimasi sorpreso quando Erin non rallentò; continuò a precipitarsi verso di me e io aprii le braccia appena in tempo per prenderla quando ci si buttò, avvolgendo gli arti attorno a me. Pianse di gioia e mi abbracciò così forte che quasi mi tolse l'afflusso di ossigeno, ma mi dispiaceva? Neanche un po'.

«Si è svegliato», mi singhiozzò nel collo.

Alle sue spalle, il resto della tribù arrivò correndo dietro l'angolo, tutti sorrisi e lacrime.

Baciai il lato della testa di Erin e dissi: «Si è svegliato, Whisky».

Non ero mai stato più felice di dire quelle parole a un'altra persona in tutta la mia vita.

Capitolo ventitré
Erin

«Non aprirà gli occhi se continui a fissarlo, Erin».

Guardai mia zia e mi sentii arrossire. «Non voglio perdermelo. Voglio vedere i suoi occhi aperti, così saprò che non è solo un sogno folle».

«Lo so, amore», disse zia Emma, stringendomi la mano. «Ma hai sentito cosa ha detto Ward e cosa hanno detto i dottori: era sveglio, anche se solo per pochi minuti. Sembrava sapere chi fosse Ward e capire cosa gli fosse successo. È semplicemente incredibile, tesoro».

«È un miracolo», risposi e guardai mio fratello. «Un vero miracolo».

Non c'erano altre spiegazioni. Le probabilità di restare in vita erano state tutte contro Tommy dal momento in cui era stato investito, e in qualche modo era sopravvissuto all'incidente e all'intervento chirurgico quando sapevo che i dottori pensavano che le sue possibilità fossero scarse. E oltretutto, si era svegliato, e non molto tempo dopo che gli avevano tolto i farmaci che lo tenevano in coma. Non ci potevo credere, sembrava che tutto fosse successo così in fretta, ma allo stesso tempo così lentamente. Non davo alcun momento per scontato, perché sapevo con quanta rapidità una situazione potesse cambiare.

«Dov'è zia Jennifer?»

«Ha portato Aiden e tua madre a fare colazione».

Annuii, poi mi guardai attorno. «E Ward e Jesse?»

«Nella stanza di osservazione».

Diedi un'occhiata al vetro della finestra e vidi i due fratelli seduti lì a parlare e ridere.

«È un bel vedere», dissi ad alta voce.

La zia Emma ridacchiò. «Sì, lo è».

Ritornai con lo sguardo su mio fratello. «Mi domando cosa penserà del ritorno di Ward».

«Tu cosa pensi del ritorno di Ward?».

Sospirai. «Non so rispondere. Sono così confusa su di lui in questo momento».

«Le donne sono di solito in uno stato di confusione perenne sugli uomini».

«Sii felice di essere gay allora».

Mia zia rise e ciò portò un sorriso sul mio volto. Nello stesso momento, Tommy gemette. Immediatamente gli stetti addosso, proprio in viso, quando sapevo che avrei dovuto dargli spazio. Sentii dei passi e dei movimenti che indicavano che Ward e Jesse si erano precipitati nella stanza. Fu difficile farmi indietreggiare, ma dopo alcuni secondi, quando sentii delle mani afferrarmi la vita e tirarmi via con gentilezza, non le combattei.

«Ha emesso un gemito», dissi. «L'ho sentito».

«Lascialo respirare», replicò Ward, ridacchiando da dietro e tirandomi contro di sé. «Urlerà se apre gli occhi e ti vede muso contro muso».

Risi e piansi allo stesso tempo.

Ward mi girò verso di lui e mi avvolse le braccia attorno. Da quando ero arrivata in ospedale, ero stata un disastro di emozioni: un secondo prima sorridevo e ridevo, e quello dopo piangevo. Ero felice, di ciò ne ero certa. Ero ancora spaventata per mio fratello e preoccupata per il suo futuro, ma finalmente avevamo delle buone notizie su di lui, ed era bello. Un'altra cosa bella era essere avvolta nell'abbraccio di Ward.

«Scusa». Tirai su col naso, allontanandomi delicatamente da lui. «Non volevo piangerti addosso».

«Mi vedi lamentarmi?»

«No».

«Allora non scusarti».

«Okay».

Ero consapevole degli occhi di mia zia – e di Jesse – su di me, quindi mi girai di nuovo verso Tommy appena in tempo per vedere le sue palpebre fremere. Trattenni il respiro, e così fecero tutti gli altri. Quindi, la cosa per cui avevo pregato ogni singolo giorno si avverò. Tommy aprì lentamente gli occhi.

Non era come nei film in cui una persona si svegliava dal coma ed era tutto sole e arcobaleni. Tommy impiegò dieci minuti per tenere sollevate le palpebre e quando riuscì a mettere a fuoco, era confuso proprio come lo era stato con Ward.

Louise, l'infermiera di Jesse, entrò e controllò i suoi segni vitali, e tutto sembrava a posto. Una volta che ebbe l'attenzione di Tommy, gli chiese di muovere le dita delle mani e dei piedi. Fece entrambe le cose. La donna premette su tutto il suo corpo chiedendo: «Riesci a sentire questo?». E lui grugnì in risposta. Il grugnito fu un passo avanti rispetto al battito di ciglia, ed era un progresso talmente incredibile, così presto dopo il risveglio, che non potei fare a meno di piangere guardandolo.

Provò a parlare, ma ancora non ci riusciva, e lo turbava. Lo vedevo nei suoi occhi. Louise stava registrando tutti i suoi risultati nella cartellina in fondo al letto di Tommy. Eravamo tutti così concentrati su di lei e su mio fratello, che ci sfuggì il momento in cui Aiden entrò nella stanza.

«Papà!», esclamò senza fiato.

Tommy ebbe un lieve sobbalzo, i suoi occhi scattarono verso Aiden mentre suo figlio si precipitava verso di lui.

Tommy grugnì quando Aiden si chinò su di lui e lo abbracciò forte. Mio nipote singhiozzò e prima che potessi spostarmi al suo fianco per calmarlo, mia madre intervenne per confortarlo. Quando Aiden si rilassò, mia madre si chinò e baciò il viso di Tommy, lacrime anche sulle sue guance. Tommy grugnì di nuovo e cercò di parlare, ma nostra madre gli toccò la guancia.

«Ti tornerà», gli disse, sfiorandogli con il pollice la pelle sotto l'occhio. «Non preoccuparti».

Sembrò rilassarsi e la vista mi toccò il cuore. Era da tanto tempo che non la vedevo in grado di tranquillizzare Tommy solo come una madre poteva fare, e mi dava la vera speranza che lei potesse tornare di nuovo tra noi. E come avevo promesso, l'avrei aiutata passo dopo passo.

«Cosa c'è che non va in lui?», chiese Aiden preoccupato mentre gli occhi di Tommy si chiudevano lentamente.

Mio fratello combatté contro il sonno in cui stava piombando, ma alla fine perse la battaglia.

«Ha bisogno di molto riposo», rispose zia Emma. «Quando è sveglio, non lo è per molto a lungo perché il suo cervello è stanco. Diventerà più forte ogni giorno, ma tuo padre ha bisogno di riposare, okay?».

Aiden annuì, poi si chinò, baciò la guancia di suo padre e gli sussurrò qualcosa all'orecchio. Zia Jennifer si spostò dalla parte della zia Emma e la baciò e l'abbracciò quando vide le sue lacrime. Tutti, tranne i fratelli Buckley, stavano piangendo, ma a nessuno sembrava importare neanche un po'.

«Gli occhi vi pizzicheranno da morire dopo», commentò Jesse, facendoci ridere.

Tornai da Ward e lo abbracciai. Sapevo che dovevamo parlare, e forse non mi sarebbe piaciuto sentire quello che aveva da dire, ma per il momento non c'era nessun altro posto in cui avrei preferito essere se non avvolta tra le sue braccia.

Ed era esattamente ciò in cui consistettero i successivi quattro giorni. Quando non passavo di corsa da un turno all'altro, ora che ero dovuta tornare al lavoro, sedevo nella stanza d'ospedale di Tommy con le braccia di Ward intorno a me.

Sembrava che, pur sapendo di dover parlare, avessimo concordato tacitamente che sarebbe successo soltanto al momento giusto. Non avevo parlato molto con Ward da quando Tommy si era svegliato, anche se trascorrevo un'incredibile quantità di tempo seduta sul suo grembo e nel suo abbraccio. Avevo sentito dalle chiacchiere tra lui e il fratello che Ward si stava frequentando con il padre. Ero felice che stesse ricostruendo quella relazione, perché sapevo che era un muro che Ward avrebbe rimpianto per sempre se avesse lasciato cose non dette.

Il diciannovesimo giorno dopo l'incidente di Tommy, e quattro giorni dopo che si era svegliato, mio fratello fece qualcosa che sorprese tutti, anche sé stesso. Ritrovò la sua voce. Erano le sette di sera e le uniche persone nella stanza di Tommy eravamo Ward, Jesse e io. Fissammo tutti Tommy quando aprì gli occhi, proprio come facevamo tutti i giorni da quando si era svegliato, e nel momento in cui si concentrò su di noi e un sorrisetto curvò l'angolo della sua bocca, il cuore mi esplose contro il petto.

«È... inquietante», gracchiò. «Quando apro... gli occhi... e mi state... fissando».

I fratelli risero, mentre io piangevo, ovviamente. Presi un po' d'acqua per Tommy e guardai mentre la beveva a sorsi con attenzione, apprezzando il liquido fresco che gli scivolava in gola. Svuotò metà del bicchiere di plastica prima di farmi cenno di portarlo via.

«Non piangere, piccolina», mi disse.

La voce non sembrava la sua, ma era come se avesse urlato per ore e l'avesse persa, e ciò che rimaneva era un roco riflesso. Era prevedibile, dato che non parlava da quasi tre settimane.

«Non ho mai avuto così tanta paura in vita mia, Tommy», dissi, mettendo da parte l'acqua. «Ero terrorizzata».

Non aveva ancora la piena mobilità del corpo, ma quando gli presi la mano, mi strinse le dita.

«Sto… bene».

«Sono così felice che tu sia sveglio», esclamai elettrizzata. «Ti fissiamo da secoli».

Tommy accennò un sorriso, poi fece una smorfia di dolore.

«Le mie… gambe», gracchiò.

«Sono tutte e due rotte», dissi, spiegandogli tutto. «Le hanno riparate chirurgicamente; le ossa sono state fissate con viti di metallo. Avevi un polmone forato che hanno sistemato, quindi se ti fa male respirare, ecco perché».

Mio fratello mi fissò. «E… la mia… testa?»

«La tua testa?»

«Posso sentire… la benda, Erin. Fa… male».

Il mio cuore si spezzò per lui. «Il tuo cervello era molto gonfio, quindi hanno eseguito un intervento chirurgico per portarti via un frammento del cranio per far respirare il cervello, per così dire. Il rigonfiamento è diminuito e il frammento è tornato al suo posto. È stato due settimane fa. Hanno ridotto i farmaci che ti tenevano in coma e ti sei svegliato il giorno successivo. Sei stato incosciente da allora, ma adesso sei sveglio».

Non riuscivo ancora a crederci. Sapevo che i dottori avevano detto che il corpo di ogni persona reagiva in modo diverso, ma ero proprio convinta che Tommy sarebbe rimasto in coma per molto tempo. Non avevo pensato che si sarebbe svegliato così presto, ma non avrei dovuto essere sorpresa, perché era un combattente. Lo era sempre stato.

«C'è molto… da assimilare».

«Non stressarti», lo esortai. «Rilassati».

Tommy grugnì, poi guardò i fratelli Buckley.

«Sono sorpreso che tu sia… qui», disse Tommy a Ward.

Ward annuì. «Ne sono certo, amico».

Mio fratello mi lanciò uno sguardo. «Voglio… parlare con… te da solo».

«Certo», dissi, e guardai i fratelli. «Potete scusarci per qualche minuto?».

Jesse si alzò subito e lasciò la stanza. Ward indugiò.

«Ward…». Aggrottai la fronte. «Per favore, vattene».

Non si mosse.

«Ward», ringhiò. «Vattene prima che ti prenda a calci in culo!».

Sospirò, ma si trascinò in piedi, uscì dalla stanza e chiuse la porta dietro di sé.

«Mi dispiace», dissi a mio fratello, tornando da lui. «Non so quale sia il suo problema».

Tommy mi fissò.

«Che c'è?»

«Hai parlato con… Ward», disse lentamente, «e non l'hai… ucciso».

Gli diedi ancora un po' d'acqua e sorrisi. «Avresti dovuto vedermi la notte del tuo incidente quando si è presentato. L'ho quasi fatto a pezzi. Da allora l'ho conciato per le feste un paio di volte.

Tommy sorrise appena. «Me lo… immagino».

«Ora siamo su un terreno neutrale», dissi con un'alzata di spalle. «Non volevo sprecare le mie energie litigando con lui quando eri qui a combattere per la tua vita».

«Bene», disse Tommy.

«Va bene?», chiesi. «È positivo che siamo neutrali? Perché ho litigato tanto con lui i primi giorni. Ti ho difeso e gli ho rinfacciato quello che ti ha fatto».

«Stammi a sentire», disse Tommy in tono severo.

Tenni la bocca chiusa.
«Mi fa piacere che… tu abbia preso le mie difese con Ward… per quello che è successo, ma Erin… non ho mai avuto bisogno di Friendzone».
Spalancai la bocca.
«Stai mentendo», lo accusai. «Era il tuo sogno».
«*Era* il mio… sogno», disse piano. «Lo era tanto… tempo fa, ma ho avuto anni… per pensarci».
«E a che conclusione sei arrivato?»
«Che essere il padre… di Aiden in ogni… modo possibile era più importante… ed è diventato il mio nuovo sogno».
«Ma Tommy…».
«Ma niente, piccolina», disse, respirando a fatica. «Ecco come stanno le cose… non ho mai avuto bisogno di Friendzone… non come Ward».
«Avevi bisogno dell'aspetto economico! Quei soldi avrebbero…».
«Avrebbero… cosa?», interruppe Tommy, con voce roca. «Non avrebbero aiutato la mamma… con la sua dipendenza da alcol… l'avrebbero solo alimentata. Non mi avrebbero dato… la custodia di Aiden… quello che mi avrebbero dato era più soldi che Lucy si sarebbe intascata per sé stessa».
Senza fiato, Tommy impiegò un intero minuto a inspirare ed espirare prima di parlare di nuovo.
«Non sarebbero serviti… a un cazzo… per le cose importanti della mia vita. Certo, avremmo… vissuto come re e regine… ma saremmo ancora infelici per le difficoltà… che dobbiamo sopportare come adesso e le nostre vite non sarebbero… private. Tutti saprebbero cosa… abbiamo provato ogni giorno a nascondere per anni… a proposito di mamma».
Non sapevo come rispondere, quindi rimasi in silenzio

mentre elaboravo le parole di Tommy. Era senza fiato e gli ci vollero alcuni minuti per parlare di nuovo.

«Non mi serve raccogliere... i frutti di Friendzone per essere... di successo, Erin. Ho aiutato Ward... a scrivere il programma... ho contribuito a crearlo, ed è un... successo, il che mi rende di successo. Non me ne frega... nulla di chi lo sa... lo so io, ed è tutto ciò che conta».

Mi asciugai le lacrime inaspettate che mi erano scivolate sulle guance.

«Lo capisco e fidati quando ti dico che è difficile da ammettere».

«Ward si tortura... abbastanza a riguardo, Erin. Non ho bisogno di... fare qualcosa per farlo sentire malissimo... lo vedo nei suoi occhi quando mi guarda. A una coscienza... sporca non servono accuse».

«Come fai a sapere che si sente in colpa?», chiesi.

«Ecco perché continua... a mandarmi assegni», rispose Tommy. «Sa come l'ho... aiutato con le fondamenta del suo impero... e mandarmi soldi... è il suo modo di riconoscere il mio apporto».

Abbassai lo sguardo sulle dita mentre le intrecciavo.

«Pensi che io sia così benevolo... ma non sono sempre stato così indulgente... nel pensare a Ward, figuriamoci con la sua presenza», rimuginò Tommy. «Per un po' ho provato amarezza... e odiavo Ward per non avermi dato il merito. Mi sentivo come... Facevo parte di qualcosa che era diventato così enorme... e non ci avevo guadagnato nulla. Poi ho capito... solo perché nessuno lo sa... non vuol dire che io e Ward non lo sappiamo».

«O io», aggiunsi piano.

Le labbra di Tommy si piegarono. «O tu».

Appoggiai la testa contro lo schienale della sedia.

«Probabilmente non tornerà», mormorai. «Mi hai sentito, ho minacciato di prenderlo a calci in culo. Probabilmente non si farà più vedere, probabilmente ora ha paura di me e correrà di nuovo a Londra».

L'improvviso gemito sofferente di Tommy attirò la mia attenzione, e in pochi secondi ero al suo fianco.

«Oddio», mi prese il panico. «Vado a chiamare l'infermiera».

Feci una mossa per girarmi, ma la sua mano afferrò la mia.

«Aspetta», gracchiò. «Dammi… un secondo».

Gliene diedi sessanta.

Quando si tranquillizzò abbastanza da aprire gli occhi e corrucciare il viso per il dolore, si concentrò su di me.

«Ho riso», grugnì. «Mi ha fatto più male di… quanto pensassi».

Lo fissai.

«Perché diavolo stavi ridendo?».

Tommy sorrise e rise ancora un po', solo per poi rapidamente sussultare per il dolore. Ne avevo avuto abbastanza di vederlo soffrire quando non era necessario, quindi premetti il pulsante della morfina e osservai la medicina che scorreva in automatico dalla flebo alla vena di Tommy. Passò qualche secondo e il suo mormorio rilassato mi confortò.

«Ti senti meglio?», chiesi, il mio sguardo che vagava sul suo viso.

Annuì con stanchezza.

«Ridevo… di te», disse, sbattendo le palpebre lentamente. «Di te… di Ward che scappa perché ha paura di te».

Aggrottai la fronte. «E perché è divertente?»

«È più alto di te di quasi mezzo metro… ventiquattro chili più pesante di te e ha a che fare con uomini… decisamente molto più meschini di quanto tu possa essere giorno dopo giorno. Non penso… che abbia tanta paura di te».

«Ti sbagli, fratello», disse una voce alle mie spalle. «Ho temuto per le mie palle per *almeno* dieci secondi».

Tommy rise e chiuse gli occhi. La morfina divenne troppo per lui e si addormentò con un sorriso sul viso. Con un piccolo sorriso sul mio volto, mi sporsi e gli baciai la guancia.

Guarisci presto per me, fratellone.

«Pensavo di averti detto di smammare», dissi a Ward senza voltarmi.

«È vero», concordò Ward. «Ma non ti ho dato retta».

Sospirai e non gli risposi.

«Sei arrabbiata perché non mi odi?».

Stava ascoltando la mia conversazione con Tommy e non ne ero minimamente sorpresa.

«Sì», risposi all'istante, poi incurvai le spalle. «No. Cioè, forse. Non lo so, Ward. Adesso ho come un ronzio in testa».

«Vuoi parlarne?», chiese.

«Dobbiamo, ma sono troppo stanca e troppo spaventata per farlo adesso».

«Perché spaventata?»

«Perché se ciò che hai da dire mi allontanasse da te? O se...».

«O se cosa?»

«E se mi avvicinasse a te?».

Ward si accovacciò di fronte a me. «Sarebbe così brutto?»

«Non lo so», risposi. «Rientra nella categoria "spaventata a morte"».

Ward mi sorrise e la voglia di baciarlo fu forte.

«Non sorridermi», avvertii.

Inarcò un sopracciglio. «Perché?»

«Perché ho voglia di baciarti quando lo fai».

Qualsiasi giocosità svanì dal comportamento di Ward; inclinò la testa più vicina alla mia e sorrise, cercando chiaramente di attirarmi in un bacio. Risi e spinsi via il suo viso con la mano.

«Sei un idiota».

«Forse», rifletté. «Ma sarò un idiota ogni giorno se ti farà ridere».

Lo guardai negli occhi e scoprii che il mio corpo si rilassava più a lungo li guardavo.

«Okay». Annuii.

«Okay cosa?»

«Parliamo», risposi. «Non sarò mai pronta, non proprio, quindi non c'è motivo di inventarsi delle scuse. Parliamo».

Ward si alzò e mi prese la mano. «Andiamo nella stanza di osservazione. Jesse verrà qui a stare con Tommy».

Mentre entravamo nella stanza di osservazione, Jesse ci superò e si diresse nella stanza di Tommy senza dire una parola, e mi domandai se sapesse che io e Ward stavamo per fare una conversazione seria.

«Da dove iniziamo?», chiese Ward.

«Tara», risposi, inghiottendo la bile. «Non voglio parlare di mio fratello o di qualsiasi altra cosa. Solo Tara, e quello che stavi per dire in corridoio quando sei tornato da Londra nel week-end».

Ward annuì piano. «Non sono più fidanzato con lei».

Mi si fermò il cuore.

«Le hai detto cosa abbiamo fatto?»

«No», rispose. «Non l'ho vista, non di persona».

Spalancai la bocca.

«Per favore». Ward alzò un dito, mettendomi a tacere. «Non mi giudicare, lasciami parlare».

Chiusi la bocca e gli indicai con la mano di tornare a parlare.

«Tara mi stava ricattando per sposarla», continuò Ward. «Avevo un accordo con lei sul fatto che se avesse taciuto, l'avrei sposata e quando alla fine avremmo divorziato, avrebbe ottenuto una grande somma di denaro. Non gli bastava. Voleva avere un bambino per ricevere pagamenti mensili da me. Voleva assicurarsi che i soldi non si esaurissero mai, e sapeva che se avesse avuto un mio bambino, non avrei mai abbandonato mio figlio, e avrebbe ottenuto quello che voleva».

Mi si rivoltò lo stomaco.

«Ho accettato tutto perché ero un vigliacco e non volevo che il mondo sapesse di una menzogna che avevo creato per rabbia».

«Quale menzogna?», chiesi. «Di quale menzogna era a conoscenza Tara?»

«Tommy», rispose. «Riguardava Tommy. Ero davvero ubriaco una notte e le ho raccontato di Tommy e l'ha usato contro di me».

«Avresti permesso a una donna di ricattarti in un matrimonio fittizio... solo per evitare di dire al mondo che Tommy è il co-fondatore di Friendzone?», chiesi, e il mio corpo iniziò a tremare. «Mi stai *prendendo per il culo*?»

«Non ti arrabbiare», supplicò Ward. «*Stavo* per lasciare che mi ricattasse, ma è stato prima che tornassi qui. Prima che potessi conoscere di nuovo tutti... *conoscerti* di nuovo».

«Che significa?»

«Significa», sottolineò Ward, «che mi hai reso una persona migliore, una persona più coraggiosa, qualcuno che non ha bisogno di nascondersi dietro un'immagine fittizia».

Non parlai.

«Ho chiuso con le stronzate, Erin», continuò Ward. «Tara non può più ricattarmi, perché da oggi il mondo sa che non ho creato da solo Friendzone. Ha perso la sua unica leva e non può rivelare nulla... ci ho pensato io».

Mi si mozzò il fiato. «Cosa?»

«Da quando sono tornato da Londra, ho rilasciato una dichiarazione, cercando di usare le parole giuste», disse Ward, tirando fuori il cellulare e consegnandomelo. «Leggila tu stessa».

Con mani tremanti, presi il cellulare di Ward e guardai le parole sullo schermo.

A tutti gli interessati,

sono il più gran ciarlatano del mondo. Per undici anni, per gli ultimi sette sotto i riflettori, ho vissuto nella menzogna, una menzogna che ho raccontato al pubblico e che ho arricchito nel corso degli anni. No, non sono gay, non ho fatto un filmino porno che è trapelato e senz'altro non ho un figlio segreto. Quello che ho è un'ex fidanzata che mi stava ricattando in un matrimonio che non volevo, per soldi. Un sacco di soldi. Che cosa aveva contro di me, vi chiederete? In tutta franchezza, aveva un vigliacco in pugno.

Vedete, in un atto di amarezza, ho detto al mondo di aver creato Friendzone da solo, quando non era vero. Il mio migliore amico d'infanzia, mio fratello d'armi, ha inventato Friendzone con me. Thomas Saunders è altrettanto responsabile del fatto che Friendzone sia una realtà come me. Ho quasi perso Tommy perché rivalutassi tutto nella mia vita e venissi fuori con la verità.

A essere sincero, sono stanco di mentire, sono stanco di tenere questo veleno con me.

So che questa storia sarà imbastita in mille modi diversi dalla stampa, ma se volete trarne qualcosa da questa dichiarazione, dovrebbe essere che Friendzone ha due fondatori: Thomas Saunders e Ward Buckley. E inoltre, solo perché qualcuno sembra avere tutto non significa che sia così. Ho tutti i soldi del mondo, ho tutto il successo che avrei mai potuto immaginare e sono vuoto dentro.

Grazie per aver letto,

Ward

Alzai lo sguardo dal cellulare di Ward e lo fissai negli occhi. Aveva fatto proprio quello che avevo sempre desiderato che facesse, e il mio cuore lo adorava per questo. Deglutii mentre lo guardavo, notando che i miei sentimenti per lui crescevano di minuto in minuto.

«Non sei vuoto dentro», gli dissi. «Sei dolce, gentile e compassionevole. Non sminuirti mai più, mi ha capito?».

Il pomo di Adamo di Ward andò su e giù mentre deglutiva.

«Grazie», gli dissi. «Grazie per essere stato sincero».

Le sue mani mi afferrarono le cosce. «Avrei dovuto farlo prima, amore».

«Sia quel che sia», tirai su col naso. «Grazie».

Ward si rimise il cellulare in tasca quando glielo restituii, i suoi occhi non lasciarono mai i miei. «La stampa ci va a nozze con questa dichiarazione. Alcuni mi hanno affossato definendomi un bugiardo e un imbroglione, altri mi hanno elogiato per essere stato coraggioso e sincero. Le azioni della società sono cresciute a causa dell'attenzione dei media di tutto il mondo e il mio nome ha ricevuto più risultati di Google nelle ultime sei ore che mai… o almeno così mi dice Hope».

Scossi la testa. «Quindi tu e Tara avete chiuso?»

«Abbiamo chiuso».

«Cosa ti ha fatto troncare con lei?»

«A parte il suo ricatto per sposarla e diventare padre di suo figlio?».

Sbuffai. «Sì».

Ward allungò una mano e mi sfiorò la guancia con il pollice.

«Quando pensavo a Tara, sapevo che non era la donna con cui avrei voluto passare il resto della mia vita».

Deglutii. «Oh, davvero?»

«Davvero».

Mi leccai le labbra. «Sei interessato a uscire di nuovo con qualcuno o è troppo presto per affrontare l'argomento?».

Le labbra di Ward si contrassero mentre si avvicinava alle mie. «Uscirò con qualcuno solo a una condizione».

«Quale?», chiesi senza fiato.

«Che *tu* sia l'ultima donna con cui esco».

Premetti le labbra contro quelle di Ward e lo baciai. Mi

trascinò dalla sedia al suo grembo e il baciò divenne più profondo. Le mie dita erano aggrovigliate nei suoi capelli e le labbra mi pulsavano per la forza che ci metteva.

«È questa», disse contro la mia bocca, «la tua risposta?»

«Tu che pensi?», chiesi, facendo scorrere la lingua lungo il suo labbro inferiore.

«Penso», gemette Ward, «che dovresti rispondere alla mia domanda con le parole in modo che non ci siano fraintendimenti tra di noi».

Sorrisi sulle sue labbra.

«Sì, tesoro», mormorai, «accetto la tua condizione».

«Davvero?».

Sfiorai il naso di Ward con il mio, il cuore mi batteva in modo incostante.

«Sì», sussurrai. «Davvero».

Capitolo ventiquattro
Ward

«Smettila di sorridere».

Spinsi mio fratello mentre salivamo le scale al suo appartamento.

«Non posso farne a meno», risposi. «Cazzo, sono davvero felice».

«Sono felice *per* te, fratello». Jesse sorrise raggiante. «Tu ed Erin? Non l'avrei mai previsto, ma state bene insieme».

«Facciamo le cose con calma».

«Cosa significa?»

«Che ci prendiamo del tempo per conoscerci di più», risposi. «Che parliamo un sacco e non ci nascondiamo dei segreti. Non voglio incasinare le cose».

«Già», sbuffò Jesse. «Niente segreti è un buon punto di partenza».

«È la mia ragazza», dissi con un sorrisetto sfrontato. «La mia *ragazza*. Non era così che mi aspettavo che finisse la mia giornata».

Jesse ridacchiò, poi fece una piccola danza che mi fece ridere.

«Che fai?», dissi.

«*Cazzo*», gemette. «Ho lasciato il cellulare nella stanza d'ospedale di Tommy».

«Chiamo Keller e gli chiedo…».

«Non se ne parla. Non lo costringo a tornare in ospedale a prenderlo per me. Ci vogliono quindici minuti, circa sette se corro».

«Vai, vai», sbuffai, scacciandolo via. «Col cavolo che mi metto a correre, ho bisogno di dormire per almeno un anno».

«Bastardo pigro», disse Jesse, dandomi un colpetto nelle costole quando mi lanciò le chiavi e scese per le scale.

Scossi la testa, sorridendo, e continuai verso l'appartamento.

«Papà passerà, vuole dare un altro sguardo ai progetti per l'hotel», urlò Jesse, la sua voce echeggiò nella tromba delle scale. «Ha un'idea da cui pensa posso trarne vantaggio».

Sospirai, posai il braccio sul corrimano e guardai in basso. «Vuoi che metta su la teiera?»

«Ci sono bottiglie di birra in frigo, cretino».

Ridacchiò e continuai su per le scale, aprendo la porta di Jesse quando ero abbastanza vicino per farlo. Non appena entrai nell'appartamento e chiusi la porta alle mie spalle, seppi che c'era qualcosa che non andava. Le luci erano accese, così come la televisione in salotto.

«Salve?», gridai. «Chi c'è qui?»

«Chi c'è qui?», ripeté una voce che affliggeva i miei sogni dalla cucina. «Chi pensi ci sia, figliolo?».

Le mie gambe erano come attaccate a delle catene e a ogni passo che facevo verso la cucina, mi sembrava di arrampicarmi su una collina a novanta gradi. Ingoiai la bile quando raggiunsi la porta e fissai la stanza. I peli sulla nuca si rizzarono e il mio cuore martellava mentre la guardavo.

La mia matrigna.

La persona che aveva abusato di me.

«E *tu* cosa ci fai qui?».

Debbie Buckley si fermò di colpo quando mi vide sulla soglia. Potevo vedere lo shock sul suo viso e sapevo che pensava che fossi Jesse.

«*Tu* cosa ci fai qui?», sbottò lei.

Deglutii. «Vivo da Jesse da tre settimane».

«Perché?», chiese Debbie. «Perché sei tornato qui?»

«Pe-perché», balbettai. «Tommy ha avuto un incidente d'auto».

Debbie rimase a bocca aperta come se fosse la cosa peggiore che avesse mai sentito.

«Sta bene?»

«No», risposi. «È vivo, ma ha molte lesioni».

Debbie fece il segno della croce, unì le mani, chinò la testa e cominciò a pregare. La fissai, paura e disgusto mi pervasero nello stesso momento. Il cuore mi martellava contro il petto e non riuscivo a smettere di flettere le dita. Più a lungo fissavo Debbie, più mi saliva la rabbia.

«Devi andartene», le dissi.

I suoi occhi castani si aprirono. «Come, scusa?»

«Ho detto», mi schiarii la voce, «che devi andartene. In questo stesso istante».

«Come osi», ringhiò. «Questa è la casa di mio figlio».

«Non ti parla da mesi, non da quando hai fatto del male a nostro padre e ti ha cacciato via», dissi, assottigliando gli occhi. «Come sei entrata?»

«Ho una chiave».

«Lasciala sul tavolo ed esci».

«No», sbottò. «Non vado da nessuna parte».

«Racconterò tutto a Jesse quando arriva a casa, quindi fidati di me, *devi* andartene. È furioso con te perché hai picchiato nostro padre, e una volta che scoprirà cosa mi hai fatto... Vattene e basta».

Debbie mi fissò e la rabbia che sentivo irradiare da lei mi avrebbe terrorizzato una volta, ma adesso non più.

«Sei un egoista», sputò. «Lo sei sempre stato e lo sarai sempre».

«Egoista?», ripetei. «*Io* sarei un egoista?»

«Sì, lo sei».

«Stronzate», urlai.

«Come vuoi chiamare tagliare la famiglia fuori dalla tua vita per vivere alla grande se non egoista?».

Quasi caddi per lo shock. «Non ho tagliato fuori la mia famiglia, ho tagliato fuori *te*!», gridai. «Non stavo lasciando la mia famiglia, stavo correndo il più lontano possibile da *te*!».

«Stronzate», sbottò lei. «Sei scappato per goderti il tuo stile di vita da riccastro».

«Uno stile di vita di cui sono sicuro che detesti di non poterne far parte».

Debbie mi fissò.

«Lo odi», ringhiai. «Odi che io abbia successo e che sia diventato qualcuno. Proprio come mi odiavi quando sono cresciuto e non potevi più abusare fisicamente di me, ma sei salita di livello con l'abuso mentale ed emotivo, giusto?»

«Non sai di che parli».

«Non mentire», urlai. «Non fingere di non avermi fatto del male!».

Debbie si rifiutò di guardarmi negli occhi o verso di me.

«Sei delirante», continuò. «Ti inventi sempre stupide storie».

«Me le sono inventate prima o dopo che hai abusato di me sessualmente?».

Silenzio.

«Mi sono inventato il sangue sulle lenzuola che ti assicurasti di lavare prima che mio padre potesse scoprire le prove? Mi sono inventato i segni di morsi sul mio pene? Mi sono inventato i lividi sul collo e sulle spalle perché mi costringevi a metterti la bocca addosso? Mi sono inventato tutto, Debbie?».

Lei si girò, i suoi occhi sui miei, e la rabbia pura li riempì.

«Non ti ho mai toccato!».

«Mi hai toccato in modi che mi perseguitano da anni. Ma non più», dissi, assottigliando gli occhi. «Non ti darò più potere, nemmeno nella mia testa. Sei indegna di me. Non sei niente. Lo sei sempre stata e lo sarai sempre. Sei una pedofila, una stupratrice, un mostro spregevole. *Ecco*».

«Faresti meglio a scusarti per quelle accuse adesso o...».

«*Non* mi scuserò», dissi con rabbia. «Neanche lontanamente. Non ho fatto niente di male e non importa cosa mi dici o cosa mi fai, non lo cambierà mai. Non ho fatto niente di male. *Tu* l'hai fatto».

«Vattene», sbottò Debbie. «Vattene da questa casa, non causi altro che guai».

«Mi comporto con coraggio». Deglutii, sollevando il mento. «Affronto il mio demone».

«Il tuo demone?», derise Debbie, sventolando la mano. «Non sono un demone».

«Sei uno dei tanti su questa Terra».

Debbie mi squadrò, il labbro contratto in un ringhio.

«Sarai anche cresciuto, ma sarai sempre quella merdina moccolona che non voleva sparire dalla mia vita!».

«No», dissi con freddezza, «sono un riflesso di tutta la forza che ho dovuto usare per sopravvivere a te!».

Debbie si irrigidì. «Ti ho sempre odiato. Non sei mai stato mio. Jesse è sangue del mio sangue, ma tu... ho fatto quello che ho fatto perché eri *sempre* lì!».

Sentirla ammettere che mi aveva fatto del male mi fece venire un groppo in gola.

«Sapevi che mio padre aveva un figlio quando hai accettato di sposarlo... *Lo sapevi!*».

«Lo sapevo», disse. «Non mi sono mai resa conto di quanto tu potessi essere una piaga».

Mi si rivoltò lo stomaco.

«Sono un incubo per persone come te», dissi, le mani tremanti. «Uso quello che mi hai fatto per fomentarmi. Userò il mio ritrovato coraggio e diventerò il mostro che quelli come te temono. Non ti lascerò più distruggermi, non lascerò che quei ricordi mi abbattano. Giuro su Dio, ti perseguiterò prima che tu possa perseguitarmi *ancora*».

Debbie non disse una parola in risposta e mi ci volle un momento per rendermi conto che non mi stava guardando. Invece, stava fissando alle mie spalle. Mi voltai e nel momento in cui vidi occhi grigi e capelli platino, il mio mondo smise di girare.

«Erin», dissi, il respiro mi sfuggì un secondo dopo.

Quando mi resi conto che aveva sentito quello che avevo detto e quello che aveva detto Debbie su... su tutto, un peso mi cadde sul petto ed ebbi difficoltà a respirare. Combattei per tenermi stretto il mio coraggio, ma la paura fece del suo meglio per assalirmi. Serrai le mani a pugni e reagii. Tutti gli anni trascorsi a nascondere il mio passato, l'immagine che mi ero impegnato così tanto a proteggere, vennero distrutti. L'unica persona che non avrei mai voluto che conoscesse il mio segreto più oscuro ne aveva sentito parlare specificatamente e nel dettaglio.

E non mi importava.

Se Erin mi voleva nella sua vita, allora mi avrebbe avuto tutto... o niente.

Capitolo venticinque
Erin

La rabbia scorreva nelle mie vene come fuoco. Il cuore mi batteva forte contro il petto e sentivo una nausea che sapevo che non sarebbe mai scomparsa del tutto. Dopo che Keller aveva lasciato Jesse e Ward fuori dal condominio di Jesse, avevo costantemente pensato a Ward durante il viaggio verso casa. Avevo chiesto alle mie zie di pensare a mia madre perché volevo parlare con Ward. Non dovevo davvero parlargli di niente, volevo solo vederlo. Dopo tutto ciò di cui avevamo discusso in ospedale, dopo aver accettato di iniziare una relazione, volevo davvero stare con lui.

Avevamo raggiunto un equilibrio e volevo sperimentarlo nella nuova luce in cui lo vedevo.

Dopo che Keller era tornato al condominio di Jesse e mi aveva lasciato lì, mi feci un discorso di incoraggiamento mentre salivo per la tromba delle scale. Mi rammentai che non avevo bisogno di una scusa per vedere Ward e che sapevo che sarebbe stato felice di vedermi. Me lo ripetei più volte in testa, finché non mi fermai fuori dall'appartamento di Jesse; trovai la porta spalancata e sentii delle urla provenire da dentro. Rimasi bloccata fuori ad ascoltare, mentre Ward e Debbie Buckley discutevano, e ciò che fu rivelato mi fece sentire come se fossi stata presa a calci nello stomaco un milione di volte. Mi aggrappai al pannello della porta per tenermi in piedi. Ogni cosa di cui parlarono mi attraversò la mente e sentendo Ward ripetere che aveva abbandonato la Scozia per colpa di *lei*, e che stava scappando da qualcosa, ogni cosa ebbe finalmente un senso, chiaro e preciso come un orologio.

Stava scappando dalla donna che aveva abusato di lui.

Ward, pensai. *È stato abusato.*

Non avrei mai pensato che fosse possibile provare una tale angoscia, ma fu così. Soffrivo per Ward, Dio solo sapeva che il dolore che provavo per lui era reale... ma così lo era la rabbia che si insediò al centro del mio petto come un peso gigantesco. Misi un piede dopo l'altro e mi addentrai nell'appartamento. Camminai verso la cucina e mi avvicinai a Ward, che era appena dentro la stanza. Vidi il momento in cui Debbie incrociò il mio sguardo e quando il puro shock prese possesso dei suoi occhi ossessivi, glieli volevo strappare dal volto.

Il suo silenzio attirò l'attenzione di Ward e quando si guardò attorno perplesso e mi notò, la paura lo pervase all'istante. Volevo andare da lui, per assicurargli che non aveva più nulla da temere, ma non ci riuscii. Riportai la mia attenzione su Debbie, e con un'improvvisa sensazione di intorpidimento che mi pervadeva, avanzai verso di lei, sfiorando Ward che respirava con affanno.

«Erin, amore, quello che hai sentito non era...».

Il mio pugno interruppe Debbie.

Tirai indietro il braccio, serrai la mano in un pugno stretto e lo sferrai. La mia mano colpì la sua guancia ma, con la potenza che ci misi, scivolai e andai a sbattere contro il suo naso. Risuonò uno schiocco nauseante e Debbie urlò quando cadde a terra.

«Tu... tu... mi hai rotto il naso!».

Tremavo, e prima di rendermi conto che stavo per attaccare di nuovo Debbie, delle braccia mi circondarono, impedendomi di metterle le mani addosso. Avevo bisogno di ferirla, avevo bisogno di farla soffrire per quello che aveva fatto. Mi avrebbe soddisfatto solo ridurla a un mucchio di membra insanguinate sul pavimento.

«Lasciami andare», dissi a Ward, la mia voce sorprendentemente calma. «Voglio ammazzarla».

L'avrei... l'avrei ammazzata, se solo Ward me ne avesse dato la possibilità.

Ward strinse la presa. «Non ne vale la pena, amore».

Mi ribellai. «Ne vale per me».

Ward mi strinse contro il suo corpo e non mi lasciò andare. Quando la rabbia si placò, un forte dolore mi travolse e scoppiai in singhiozzi. Mi voltai tra le sue braccia e mi avvinghiai a lui così forte che, mi accorsi, faceva fatica a respirare. Poi tirai il suo volto verso il mio e lo baciai dappertutto.

«Sei perfetto», gli dissi. «Sei la persona più forte che abbia mai incontrato e vorrei poter rimangiarmi ogni cosa dolorosa che ti abbia mai detto o fatto».

Ward appoggiò la testa contro la mia. «Non ignorare quello che ho fatto solo perché ora sai il perché, tesoro. Non lo sapevi quando me ne sono andato, quindi non sentirti in colpa, okay? L'unica persona che dovrebbe sentirsi in colpa è il mostro sul pavimento dietro di te».

Ricordandomi di lei, mi voltai per affrontarla, ma Ward mi tenne stretta. Mi tirò finché non ebbi la schiena appoggiata al suo petto e le sue braccia avvinghiate attorno.

«Sei malvagia!», quasi ringhiai a Debbie. «*Tu* sei il mostro da cui i genitori cercano disperatamente di proteggere i figli. Tu!».

«Erin, io...».

La interruppi. «Sei fortunata che lui sia qui. Perché giuro che ti avrei ammazzato per quello che gli hai fatto. Sei malvagia! Sei malata e non riuscirai a cavartela con quello che gli hai fatto. Mi hai sentito?».

Debbie continuò a piangere e non provai altro che rabbia alla vista.

«Ward?», urlò la voce di Jesse. «Perché cavolo hai lasciato la porta aperta? Keller mi ha visto correre verso l'ospedale e mi ha dato un passaggio indietro. Ho papà… ma ci sta mettendo un secolo a salire su per le scale. C'è Erin? Keller ha detto che l'ha accompagnata. Ti prego, non fate sesso nel mio… *mamma?*».

Le cose si fecero stranamente silenziose per circa cinque secondi finché Jesse non assimilò la scena davanti a lui.

«Che diavolo?». Jesse si spostò al fianco di sua madre piangente, passando accanto a me e Ward mentre si precipitava nella stanza. «Che è successo?»

«L'ho stesa», risposi. «Ecco che è successo».

Jesse sbiancò mentre aiutava sua madre a rimettersi in piedi. «*Perché?*».

Guardai Debbie di sbieco.

«Avanti», sbraitai. «*Digli* perché ti ho colpito».

Debbie si limitò a piagnucolare, le mani premute sul viso e il sangue che le ricopriva.

«Erin», sbottò Jesse. «Che cazzo sta succedendo?».

Mi voltai e guardai Ward. «Diglielo».

Ward deglutì e annuì, stringendomi forte.

«Ho cercato di trovare il momento giusto per parlartene», disse Ward, schiarendosi la voce. Due volte. «Ricordi, nel corridoio dell'ospedale, quanto ti ho detto che volevo parlarti di qualcosa?».

Jesse annuì di scatto.

«Riguardava tua madre».

Jesse le lanciò un'occhiata, poi guardò suo fratello.

«Che c'entra lei?»

«Mi dispiace così tanto, fratello», disse Ward, la voce piena di emozione. «Ma mi ha fatto male quando ero piccolo… ha abusato di me per molto tempo».

Silenzio.

Jesse fissò suo fratello e contrasse l'occhio.

«Non ci *provare* nemmeno!», urlai a Jesse. «Non *pensarci* neanche di accusarlo di mentire. Non su una cosa del genere. Ho sentito ogni parola che ha detto quella carogna. Ha giustificato l'aver abusato di Ward con il fatto che non fosse sangue del suo sangue, Jesse. L'ho sentita dire quelle parole esatte!».

Jesse guardò me, poi Ward, infine sua madre.

«Ti prego, ti prego, dimmi che stanno mentendo. *Ti prego*».

Mi portai la mano alla bocca sentendo la disperazione nel tono di Jesse.

«Ce-certo che sì», balbettò Debbie.

«Bugiarda!», urlai. «È una bugiarda del cazzo. Ho sentito tutto!».

La mano di Jesse si abbassò lentamente da sua madre e fece un passo indietro. «Mamma?».

Debbie guardò Jesse, poi Ward, poi di nuovo Jesse. «L'ho picchiato un paio di volte, tutto qui».

Provai ad attaccare Debbie, ma in qualche modo Ward riuscì a tenermi stretta.

«L'abuso sessuale», quasi singhiozzai. «*Ammettilo!*».

«*Sessuale?*», ripeté Jesse, inciampando. Guardò il fratello con occhi spalancati e ripeté: «*Sessuale?* Ward?».

Alzai lo sguardo su Ward in tempo per vedere il suo cenno del capo. La sua espressione era cupa e sapevo che non traeva alcun piacere nel rivelare una cosa del genere a suo fratello minore. Proprio per niente.

Jesse fissò Debbie.

«L'hai... l'hai toccato?».

Quando Debbie continuò a piangere, Jesse le afferrò il braccio e disse: «L'hai. Toccato?».

Sapevamo tutti cosa intendesse.

Debbie riuscì a dire un flebile «sì».

Jesse lasciò cadere il braccio come se la madre andasse a

fuoco e Ward emise un suono soffocato alla sua ammissione. Lo abbracciai forte solo per fargli sapere che non era solo. Che non lo sarebbe mai più stato se potevo evitarlo.

«Non mi toccare», disse Jesse, le mani che gli tremavano, quando Debbie allungò un braccio verso di lui. «Stai lontana da me e non contattarmi mai più».

«Jesse», piagnucolò Debbie.

«E non toccare», continuò come se sua madre non avesse mai parlato, «mai più mio fratello, neanche con un dito. Non parlargli mai più, non guardarlo mai più. Non sarò responsabile di ciò che *farò* se ci provi».

Debbie inspirò a fondo alla violenta minaccia e inciampò indietro di qualche passo.

«Sei morta per me», disse Jesse, il suo viso una maschera di dolore.

«Ward?».

Sobbalzai per lo spavento tra le braccia di Ward e tutti rivolgemmo la nostra attenzione alla porta della cucina... dove si trovava il signor Buckley.

«È vero?», chiese, le lacrime gli rigavano le guance. «Quella donna ti ha fatto del male?».

Il respiro di Ward si bloccò mentre annuiva.

«Ti ho deluso», sussurrò Buckley, con la mano sul petto. «Il mio compito è proteggerti dai pericoli e ti ho deluso».

Ward scosse la testa. «Papà, non sei stato tu».

«Non l'ho neanche impedito», replicò. «Ho portato quella donna nella tua vita. Forse non sono stato io a farti del male, ma ho permesso che accadesse. Ti ho praticamente offerto a lei».

Un nodo mi si formò in gola quando il signor Buckley scoppiò in singhiozzi.

«Mi dispiace, figliolo», disse con voce soffocata. «Per il resto dei miei giorni, mi dispiacerà».

«No, no», disse Ward, con la voce rotta quando mi liberò

e si avvicinò a suo padre, mettendogli le mani sulle spalle. «Non hai fatto *niente* di male. Non mi interessa se sei stato tu a sposarla. Mi ha fatto lei quelle cose. Lei, non tu».

Il signor Buckley avvolse le braccia attorno al figlio e Ward non perse tempo nel ricambiare l'abbraccio. Mi misi in azione quando con la coda dell'occhio notai che Debbie stava cercando di lasciare la stanza. La spinsi con entrambe le mani finché non ricadde sul pavimento con un grido.

«Non te ne andrai via di qua se non in manette, lurida puttana!».

«Erin», disse Ward da dietro di me.

Mi girai per affrontarlo.

«Devi sporgere denuncia», dichiarai. «Non puoi lasciargliela passare liscia».

«Lo so».

«Sto già chiamando la polizia», rispose Jesse, devastazione nel suo tono di voce ma determinazione nei suoi occhi. Mi avvicinai a Ward mentre guardava me, suo padre e suo fratello.

«Ero preoccupato che si venisse a sapere. Pensavo che nessuno mi avrebbe creduto».

«Io ti credo», dissi.

«Ti credo, figliolo», riuscì a dire Buckley.

«Sì», disse Jesse, con la voce serrata. «Ti credo, Ward».

Ward chiuse gli occhi. «Non posso credere di averlo tenuto segreto per la mia immagine».

«La tua immagine è nulla, Ward!», implorai avvicinandomi a lui. «'Fanculo quello che pensano gli altri. Ti conosco e, cosa più importante, conosci *te stesso*. È tutto ciò che conta. Perché ti importa così tanto di ciò che gli estranei penseranno di te?».

Mi aspettavo che Ward urlasse, gridasse, facesse qualcosa di diverso invece di sorridere.

«Non mi interessa più. Sono d'accordo con te».

Sbattei le palpebre. «Davvero?».

Annuì. «Con tutto il cuore. La mia immagine era tutto ciò che avevo da molto tempo; come la gente mi percepiva era l'unica cosa che pensavo di poter controllare. Non è più tutto ciò che ho... Ho te, i miei amici e la mia famiglia. Ho ancora la mia azienda e la mia organizzazione benefica. Non è cambiato nulla, non terrò più il segreto».

Mi si spezzò il cuore per lui.

«Tesoro, ora sei un adulto. Sai che non puoi controllare ogni aspetto della tua vita, ma ciò ti rende solo umano. Non c'è più bisogno di nascondersi, sei libero da quella restrizione. Debbie non ha alcun potere su di te, una volta che te ne rendi conto».

Ward mi prese e mi tirò contro il petto, gli occhi gli bruciavano mentre mi fissava. Parlò con suo padre e suo fratello, che annuirono, prima che mi portasse lungo il corridoio e in una camera da letto senza degnare Debbie di un'occhiata.

«So che non ha alcun potere su di me». Chiuse la porta dietro di sé. «Lo so. La paura è stata per me un altro mostro per molto tempo».

Gli avvolsi le braccia attorno. «Combatterò la tua paura con te».

«Lo farai?».

Lo strinsi. «Non cercare di fermarmi».

Ward si chinò e sfiorò le labbra sulle mie. «Voglio te e solo te».

«Anche tu sei l'unica persona che voglio», sussurrai. «Sei tornato nella mia vita da sole tre settimane e non riesco a immaginarmela senza di te, e non voglio farlo. Rendi tutto migliore».

«Non dovrai farlo», rispose Ward. «Torno a vivere qui».

«E Friendzone?»

«Continuerà come al solito», disse, sfiorandomi la guancia col pollice. «Posso gestire la mia azienda da qualsiasi parte del mondo. Ero nel mio ufficio nei giorni in cui non mi serviva stare vicino a un computer. Quando ho bisogno di essere a un incontro o in ufficio, volerò a Londra. Non è lontano».

«Dove vivrai?».

Gli occhi di Ward si fissarono nei miei. «In una casa con te, spero».

Mi si mozzò il fiato.

«Certo», disse sottovoce, «sarà tra qualche anno. Al momento mi accontenterò di stare a casa di tua madre un paio di notti a settimana».

Le farfalle mi riempirono lo stomaco.

«Sono sicura di poterti sistemare nel mio lettino», dissi. «Tuttavia, potrei dovermi sdraiare su di te… Va bene?»

«Se va bene?», chiese, premendo la fronte sulla mia. «Non lo vorrei in nessun altro modo, Whisky».

«Non *ti* vorrei in nessun altro modo», dissi, strofinando il naso contro il suo. «Sei un tesoro, Ward Buckley, e non ti scambierei per nulla al mondo».

«Neanche per il mondo intero?», mi prese in giro, anche se sapevo che sentiva la profondità delle mie parole nel suo cuore.

«Neanche per il mondo intero», risposi. «Sei il mio amore perfetto».

Capitolo ventisei
Erin

Seduta nella stanza d'ospedale di mio fratello a riflettere sugli eventi del giorno precedente, non riuscivo a capacitarmi che erano passate meno di ventiquattro ore da quando Debbie Buckley era stata arrestata e fatta sedere in un'auto della polizia per rispondere a delle accuse che l'avrebbero tenuta per molto tempo in prigione. Ero rimasta accanto a Ward e gli avevo tenuto la mano mentre rilasciava una lunghissima e dettagliatissima deposizione alla polizia sull'abuso che aveva patito per mano di quel mostro.

Anche Buckley e Jesse avevano appoggiato Ward e sapevo che la loro presenza e il loro sostegno significavano tutto per lui, perché anche se aveva finito di mantenere segreti, aveva ancora paura di rivelare ciò che aveva tenuto nascosto così a lungo. Non ero sicura come, ma la notizia dell'arresto di Debbie arrivò alla stampa, poi la vita personale di Ward finì su Internet. Tutti sapevano che la sua matrigna era stata arrestata per aver abusato sessualmente di un bambino e che quel bambino era lui.

Mi sentivo male ogni volta che pensavo alla carogna che aveva ferito qualcuno a cui ero incredibilmente vicina, poi mi sentivo ancora peggio ogni volta che pensavo a come avevo considerato Ward, a come lo avevo trattato quando era tornato a casa per aiutare in ogni modo possibile Tommy. Per tutto il tempo ero stata cattiva, meschina e non ero riuscita a lasciar andare il mio rancore. Perciò provavo un sacco di disprezzo per me stessa.

Feci scorrere le dita sui ciondoli del braccialetto e sospirai.

«Stai pensando… intensamente».

Alzai gli occhi su mio fratello quando parlò, e sorrisi con fare stanco.

«Ehi», dissi. «Da quanto tempo sei sveglio?»

«Non da molto», rispose. «Da quanto tempo… sei qui?».

Ore.

«Non da molto».

Mio fratello sorrise. «Bugiarda».

Le mie labbra si contrassero.

«Come ti senti?».

Tommy fece una smorfia. «Sono stato… meglio».

Mi alzai e gli presi dell'acqua da bere. Come al solito, ne bevve molta, il che mi fece piacere. Dopo essermi seduta di nuovo, Tommy incrociò il mio sguardo.

«Che c'è?», chiese.

Abbassai lo sguardo sulle mie dita, prima di riportare gli occhi sui suoi. «Sapevi cosa Debbie aveva fatto a Ward?». Deglutii. «L'abuso?».

Tommy rimase in silenzio per un lungo momento, il che mi diede la mia risposta.

«Lo sapevi», conclusi.

«Sì», disse Tommy con un sospiro. «Lo sapevo».

«Perché non me l'hai detto?», chiesi, sforzandomi di non arrabbiarmi con lui. «Perché hai lasciato che lo odiassi quando è partito per sfuggire a quella carogna?»

«Perché mi ha fatto… giurare di non dirlo mai a nessuno», rispose Tommy. «Non potevo tradire la sua fiducia, Erin. È il mio… migliore amico, ho dovuto lasciare… che prendesse una decisione da solo dato che… Debbie gliene ha tolte così tante nel corso degli anni».

Lo capivo, ma era comunque difficile per me. Ero disgustata da me stessa. Avevo odiato Ward, Friendzone, tutto ciò collegato a lui per anni perché pensavo che ci avesse abbandonato durante il momento più duro delle nostre vite. Non mi ero accorta che stava scappando dalla persona che gli aveva fatto del male in modi che non potevo neanche immaginare.

«Non mi perdonerò mai di averlo trattato così male».

«Non lo sapevi», disse Tommy. «Potevi solo… provare quello che provavi a causa di… quello che sapevi allora. Pensavi che Ward ci avesse abbandonato… per qualcosa che pensavi non ne… valesse la pena in quel momento».

Vedevo quanto valeva adesso e lo adoravo.

«Lo so», dissi, abbassando lo sguardo. «Mi sento ancora di merda, però».

«Passerà», mi rassicurò Tommy. «Parla… con Ward, digli come ti senti e ti garantirà… che non hai fatto niente di male. Lo so che… lo farà».

Alzai lo sguardo su mio fratello.

«Stiamo insieme, lo sai?»

«Tu e Ward?». Tommy sorrise a trentadue denti. «Sì… Lo so».

«Come?»

«Perché non sono cieco», disse scuotendo leggermente la testa. «So che non rimango sveglio per… molto tempo, ma ti ho visto sulle sue ginocchia. E posso sentirti anche… quando i miei occhi non sono aperti».

Mi sentii tutto il viso avvampare, il che strappò un sorriso a Tommy.

«È un uomo incredibile», dissi.

«Sì», disse Tommy. «Lo so».

Quando mio fratello chiuse gli occhi e sussultò, aggrottai la fronte.

«Cosa c'è che non va?»

«Mi sento strano».

«Strano?», chiesi. «In che senso?»

«Mi sento la testa… strana», concluse. «Non lo so».

Senza aspettare il permesso di Tommy, allungai la mano e premetti il pulsante per l'infermiera. Passarono dieci secondi prima che Louise entrasse con un sorriso.

«Va tutto bene, Erin?»

«Ha detto che si sente la testa strana. Non sono sicura di cosa fare».

Louise si spostò al fianco di Tommy.

«Come stai, Tommy?»

«Male», rispose. «Mi fa male la testa».

Rimasi seduta mentre l'infermiera gli poneva un mucchio di domande e le annotava nella cartellina. Gli avrebbe dato un antidolorifico meno potente della morfina dato che lo metteva KO così tanto, ma aveva bisogno del permesso di un dottore.

Quando lasciò la stanza, dissi a Tommy: «Prova a dormire».

«Non faccio altro che… dormire».

«Dormire ti fa bene», dissi. «Ti fortifica il cervello».

Tommy borbottò, ma tenne gli occhi chiusi.

«Canta per me», disse all'improvviso.

Ridacchiai. «Cosa canto?»

«La stessa cosa… che ti cantavo… quando stavi male… o eri triste».

You are my sunshine.

Mi schiarii la voce in maniera teatrale e Tommy sorrise.

«*You are my sunshine*», cantai con dolcezza. «*My only sunshine. You make me happy, when skies are grey. You'll never know, dear, how much I love you. Please don't take my sunshine away*».

Le lacrime mi offuscarono la vista mentre mi rendevo conto di come i nostri ruoli si fossero invertiti. Avevo sempre voluto proteggere mio fratello, ma era la prima volta in cui mostrava debolezza e mi chiedeva di fare qualcosa per farlo sentire meglio. Era l'ennesimo promemoria di come le nostre vite fossero cambiate.

Infilai la mano in quella di Tommy e le diedi una lieve stretta, che venne ricambiata. Continuai a cantare e vidi Tommy che si addormentava con un piccolo sorriso in volto. Usai il dorso della mano per asciugarmi le lacrime e mi concentrai a fare respiri profondi per non scoppiare a singhiozzare. Non volevo piangere: piangere non risolveva nulla, ma sembrava essere tutto ciò che sapevo fare ultimamente. Mi guardai intorno nella camera alla ricerca di un fazzoletto di carta, ma non riuscii a trovarne, quindi mi alzai e lasciai la stanza, fermandomi in bagno per prenderne un po'. Mi schizzai il viso con acqua e proprio mentre le goccioline mi toccavano la pelle, una terribile sensazione di terrore mi travolse.

Qualcosa mi diceva che dovevo tornare subito nella stanza di Tommy a controllarlo. Mi asciugai rapidamente la faccia e tornai indietro di corsa, fermandomi alla porta mentre guardavo nella stanza. Proprio in quel momento, un macchinario iniziò a suonare come se fosse fuori controllo.

«Tommy?», chiamai, con la mia voce che sovrastava il suono del macchinario, e mi precipitai al suo fianco.

Non mi rispose.

«Tommy!», urlai.

Non si mosse, ma quando lo scossi, la sua testa si spostò, e fu allora che notai che aveva la mascella allentata e la bocca leggermente aperta. La sua pelle era pallida e le sue labbra si stavano colorando di blu. Il suo petto né si sollevava, né si abbassava. L'immagine di come poteva essere mio padre al momento della sua morte mi balenò in testa e nel mio cuore sapevo che Tommy non c'era più, ma la mia mente si rifiutò di accettarlo.

«Qualcuno mi aiuti!», gridai quando mi arrampicai sul letto per premere il pulsante di chiamata dell'infermiera.

A quanto pareva, non dovevo premere il pulsante, perché un secondo dopo, due infermiere si precipitarono nella stanza... con molta probabilità dopo aver sentito le mie urla e il segnale di allarme follemente forte del macchinario.

«Non respira», singhiozzai.

Mi spostai di lato e osservai le infermiere sfrecciare per la stanza, armeggiando con i macchinari e urlando ordini a chiunque fosse in corridoio. Un secondo prima regnava il silenzio nella camera di Tommy, e quello successivo c'erano persone dappertutto. Un dottore, diverse infermiere... e Ward.

«Ward», piansi nel momento in cui mise piede nella stanza, respirando affannosamente.

Il suo viso era in preda al panico quando si precipitò al mio fianco e mi avvolse in un abbraccio.

«Che è successo?», chiese, la sua voce densa di emozione. «Ho sentito urlare da dentro l'ascensore e sono corso qui».

«Non lo so», piansi. «Stava parlando qualche minuto fa, poi sono andata in bagno e sono tornata ed era... così».

Mi tenni la testa tra le mani e fissai senza batter ciglio mentre il dottore iniziava a fare la rianimazione cardiopolmonare su mio fratello maggiore. Gridai quando usarono un defibrillatore su di lui dando scosse elettriche al suo corpo ferito. Quando sussultò, anch'io lo feci. Il tempo sembrava infinito in quei pochi minuti, ma tutto si concluse più rapidamente di quanto avessi mai immaginato. A una a una le infermiere indietreggiarono dal dottore che stava eseguendo la rianimazione cardiopolmonare e io guardavo con orrore mentre le sue compressioni rallentavano fino a fermarsi.

«La dichiari», disse un'infermiera alla mia sinistra al dottore.

«No!», urlai prima che potesse dire una parola. «Non

dichiarate nulla, cazzo. Continuate a fare la rianimazione. Vi imploro, *per favore*».

Nessuno mi guardò e Ward mi tirò di nuovo contro il suo petto.

«Ora del decesso, 20:31».

«No!», urlai disperata. «È il suo *compleanno* la prossima settimana, non può morire così vicino al suo compleanno! Continuate a rianimarlo!».

Quando nessuno si mosse, o fece alcun tentativo di muoversi, mi liberai con irruenza dalle braccia di Ward, allontanai due infermiere – una delle quali era Louise – e misi le mani sul petto ancora caldo e iniziai a farlo da sola. Mi fermai solo per stringere la sacca che le infermiere avevano collegato alla sua bocca per spingere aria nei suoi polmoni.

«Respira, Tommy!», gli ordinai. «Respira!».

Non respirava e nella mia testa e nel mio cuore sapevo che non avrebbe mai più respirato.

«Erin», disse Ward con voce soffocata quando venne al mio fianco e mi mise le mani sulle mie, fermando i miei movimenti.

«No», urlai mentre le lacrime esplodevano come acqua da una diga, versandosi lungo le guance. «Non mi lasciare». Sbattei il petto di Tommy. «Thomas, non mi lasciare».

Ogni grammo di forza che avevo accumulato per farmi andare avanti crollò come un castello di carte quando mi resi conto che mio fratello se n'era andato. In quel momento, divenni nulla. Morii insieme a lui. Volevo chiudere gli occhi e smettere di esistere come lui, ma il dolore straziante nel mio petto pulsava in modo più violento, più veloce, più forte, e mi negava quella consolazione.

La mia vera sentenza all'inferno era appena iniziata.

Avvertii le braccia serrarsi intorno a me e sentii sussurrate parole di incoraggiamento all'orecchio, ma il dolore che provavo brillava su tutto il resto finché non potei fare altro che concentrarmi sulla sensazione di terrore, perdita e totale devastazione che formava uno strato di ghiaccio gelido attorno al mio cuore spezzato. Sapevo che stavo piangendo, sentivo i singhiozzi tormentare il mio corpo, ma era come se non lo stessi provando. Ero lì ma non lo ero, allo stesso tempo.

Il dolore arrivò a ondate: per qualche minuto piansi, poi un intervallo di respiri di recupero eruppe per un po', prima che venissi scagliata di nuovo tra le braccia aperte della sofferenza e della disperazione.

«Stava parlando con me», gridai a Ward, che stava piangendo. «Stava solo parlando, poi mi ha chiesto di cantare e si è addormentato. Non può essere morto!».

Ma lo era, era morto.

«Mi dispiace così tanto, piccolina», disse Ward, le sue parole soffocate. «Dio, mi dispiace così tanto».

Mi aggrappai forte a lui mentre crollavo. Ero consapevole di tutto ciò che mi circondava. Osservai le infermiere con gli occhi velati mentre rimuovevano i fili dal corpo di Tommy e gli mettevano un panno piegato sotto il mento per evitare che la sua mascella pendesse lenta. Louise gli sistemò la coperta attorno, poi lasciò silenziosamente la stanza, chiudendo la porta dietro di sé. Guardai la stanza di osservazione, dove erano state tirate le tende in modo che se qualcuno fosse entrato, non avrebbe visto il cadavere di mio fratello.

Ward mi parlò, ma non riuscii a capire nulla di ciò che disse. Lo sentii al telefono, ma non sapevo con chi stesse parlando e non glielo chiesi. Niente poteva sostituire il fatto che Tommy fosse morto. Fissai il suo viso, la sua pelle, le sue labbra... Ormai tutto era di un grigio malaticcio e avevo il terrore di toccarlo nel caso stesse diventando freddo. Potevo ancora sentire la sua calda presa sulla mia mano quando l'aveva stretta mentre cantavo.

«E se se ne fosse accorto?», chiesi all'improvviso a Ward, con la gola secca. «E se avesse aperto gli occhi e avesse visto che non c'ero più? E se si fosse reso conto di essere tutto solo? E se avesse avuto paura e si fosse accorto che stava per morire? E se avesse provato a chiamarmi?».

Il solo pensiero mi fece piangere.

«Per favore», implorò Ward. «Non farti questo, Erin. Non avresti potuto fare nulla e lo sai. Piccolina, *lo sai*».

Non sapevo nulla ed ecco perché mi faceva così male.

Ward e io rimanemmo da soli con Tommy per molto tempo, durante il quale eravamo completamente avvolti l'uno nell'altro, usandoci come sostegno. Guardammo tutti e due verso la porta quando si aprì, e Jesse precipitò dentro, il suo petto che si sollevava e si abbassava rapidamente.

«No!», urlò Jesse, le mani che volavano su entrambi i lati della testa quando i suoi occhi si posarono su Tommy. «Dio, ti prego».

Ward e io potemmo solo singhiozzare mentre Jesse si spostava al fianco di Tommy e gli toccava il viso, il petto, poi le mani. Ci alzammo entrambi e ci spostammo per essere accanto a lui, per abbracciarlo con ogni grammo della nostra forza. Non avevo mai visto piangere Jesse fino a quel momento e non fece altro che aumentare il mio dolore.

Poi guardai la porta quando un grido risuonò.

«Mamma!», piagnucolai e mi precipitai da lei, afferrandola proprio mentre le ginocchia le cedevano.

Ward e Jesse mi aiutarono alla svelta con lei e la portammo sulla sedia accanto a Tommy. Non si sedette; praticamente si gettò sul figlio.

«Non il mio bambino», gemette. «*Per favore*, non il mio bambino».

Posò le mani sul viso di Tommy e singhiozzò; pianse più di quando era morto mio padre.

«Svegliati, Thomas», supplicò. «Svegliati per la mamma».

Mi coprii il viso con le mani, non potendo assistere alla scena di mia madre che piangeva per il suo primogenito. Non riuscivo a immaginare il dolore che provava, nel guardare il figlio senza vita davanti a lei, sapendo che non poteva fare nulla per aiutarlo o riportarlo indietro. Non riuscivo nemmeno a guardare le mie zie appena entrate quando sentii le loro grida.

Mi spostai in un angolo, di nuovo sulla sedia che Ward e io avevamo condiviso. Mi avvicinai le ginocchia al petto, ci avvolsi attorno le braccia e piansi mentre mi dondolavo avanti e indietro.

Com'è potuto accadere?

Non sobbalzai quando sentii delle mani attorno a me e una testa appoggiata sulla mia. Sapevo che era Ward, e sapevo che, anche se gli avessi detto di allontanarsi da me, non mi avrebbe dato retta. Non mi avrebbe lasciato, lo aveva messo in chiaro, ed ero contenta perché non lo volevo da nessun'altra parte, se non accanto a me. Non potevo farcela senza di lui ed ero convinta che ormai lo sapesse.

«Ward», dissi, abbassando le gambe e divaricandole quando si inginocchiò tra di loro. Le sue mani erano sulle mie guance e mi spinse via i capelli dal volto. Guardai nei suoi occhi rossi e gonfi e sbattei le palpebre. «Mi sento a pezzi».

«Lo so», disse, sporgendosi e piantando baci sul mio viso. «Va bene sentirsi a pezzi. Abbiamo tutto il tempo del mondo per rimetterti insieme».

Ma non ce l'avevamo; non avevamo tutto il tempo del mondo. Guardare il corpo senza vita di mio fratello me lo fece capire.

«Non lasciarmi», gli dissi. «Per favore. Non posso... non...».

«Non vado da nessuna parte», disse Ward con fermezza, premendo il viso contro il mio. «Non ti lascerò mai, Whisky».

Scoppiai a singhiozzare e Ward mi tirò contro di sé, facendomi dondolare da un lato all'altro e strofinandomi la mano su e giù per la schiena. Allora il tempo non ebbe più un senso. Non sapevo per quanto Ward mi avesse tenuto, ma una cosa di cui ero certa era che il suono del pianto era costante.

«Papà!».

Mi staccai dall'abbraccio di Ward nel momento in cui sentii la voce di Aiden, e senza una parola mi precipitai fuori dalla stanza per andargli incontro. Mio nipote stava sfrecciando lungo il corridoio e si fermò davanti a me. Le lacrime gli rigavano le guance, aveva il viso rosso e macchiato, e tremava.

«Aiden», sussurrai.

«Non è vero», disse, senza fiato. «Dimmi che non è vero, zia Erin».

Le lacrime mi offuscarono la vista.

«Mi dispiace così tanto», dissi con voce soffocata. «Mi dispiace così tanto, piccolo».

Aiden trasalì.

«No», disse, tenendosi la testa tra le mani. «No, non è morto. *No!*».

Allora mi superò in fretta e furia ed entrò nella stanza, e l'urlo che scaturì da lui sarebbe rimasto con me per il resto della mia vita. Inciampai nella stanza, mi coprii la bocca con la mano mentre guardavo la scena svolgersi davanti a me.

«Papà!», urlò Aiden prima di cadere in ginocchio accanto al letto di Tommy. «Per favore, papà! Svegliati!».

Ward mi venne vicino in pochi secondi. Osservai le mie zie affrante e mia madre confortare mio nipote quando si alzò e si allungò verso il padre, premendo in lacrime la mano sul petto immobile di Tommy.

«Perché?», singhiozzò Aiden. «Perché lui?».

Avrei voluto sapere anch'io la risposta a quella domanda,

ma ero consapevole che non poteva averla nessuno. Ward si spostò con me verso Aiden e quando gli toccai la spalla e mi guardò, mi avvolse le braccia attorno e mi strinse forte. Tremava e piangeva, e desiderai con tutta la mia disperazione di potergli togliere il dolore e sopportarlo al posto suo, ma sapevo che era impossibile. Potevo solo esserci per lui e cercare di confortarlo il più possibile perché conoscevo perfettamente quello che stava attraversando.

Conoscevo il dolore della perdita di un padre.

Aiden era nella stanza d'ospedale di Tommy da dieci minuti quando sua madre vi irruppe, senza fiato.

«Non riuscivo a trovare parcheggio», disse. Lucy si coprì la bocca con una mano tremante mentre fissava Tommy, e per la prima volta in tutti gli anni in cui la conoscevo, vidi una vera emozione. C'era shock e dolore, ma soprattutto senso di colpa. Guardò Aiden quando lui la chiamò.

«Voglio che te ne vada», disse, rifiutando di distogliere lo sguardo da suo padre.

«Ma tesoro…».

«Voglio. Che. Te. Ne. Vada», ringhiò. «Esci».

«Aiden», gracchiò, la sua voce minacciava di incrinarsi. «Mi dispiace così tanto».

Non sapevo se si stesse scusando per la perdita di Aiden o per tutti gli anni in cui aveva derubato il figlio di una relazione con il padre.

«Non ho mai avuto tempo per lui», disse Aiden, e il suo corpo era così teso che temevo che le vene gli sarebbero esplose. «Mi hai usato come arma contro di lui. Mi hai rubato mio padre».

Lucy scoppiò a piangere, il corpo le tremava.

«Tutto quello che voleva ero io», continuò Aiden, i suoi occhi – identici a quelli di suo padre – si velarono di lacrime. «Ha fatto i salti mortali solo per vedermi, per passare del tempo con me, ma ci hai reso impossibile avere la relazione che meritavamo. Non avremo mai la possibilità di fare tutto ciò che volevamo fare insieme. Cavolo… non conoscerà mai l'uomo che diventerò, o la famiglia che avrò».

«Aiden», pianse Lucy. «Per favore…».

«Non ti perdonerò mai. Mai».

Lucy fuggì dalla stanza, singhiozzando mentre andava. Aiden non la degnò di uno sguardo; teneva la mano del padre e gli occhi sul viso di Tommy. Era quasi come se volesse costringerlo col pensiero ad aprire gli occhi, e mi fece a pezzi perché sapevo che non si sarebbero mai più riaperti.

«Sono l'ultima persona a difendere tua madre, Aiden», tirai su col naso. «Non la perdonerò *mai* per quello che ha fatto a tuo padre, ma non devi serbare quel rancore. È tua madre e so che le vuoi bene. Non vuol dire che non puoi essere ferito o arrabbiato per ciò che ha fatto, ma se la tagli fuori dalla tua vita, farai qualcosa per cui *sai* che tuo padre ti avrebbe preso a calci in culo».

Attraverso le lacrime, Aiden rise.

«Mi avrebbe fatto il culo a strisce per averle urlato addosso come ho appena fatto».

«Lo avrebbe fatto», disse mia madre, sorridendo tra le lacrime che le scivolavano lungo le guance. «E solo perché dormirà per sempre non significa che la sua parola non è più legge, capito?»

«Sì», disse Aiden. «Ho capito».

Mia madre annuì, poi guardò di nuovo Tommy. Non riuscivo più a guardarla in faccia, mi uccideva vedere quanto la morte del figlio la facesse a pezzi. Mi concentrai su mio nipote quando si rivolse a me.

«Se n'è andato», sussurrò. «Mio padre non c'è più».

«Lo so, piccolino», dissi, la gola che mi bruciava a forza di piangere. «Lo so».

Aiden mi abbracciò e per il momento misi da parte il mio dolore e mi concentrai sull'essere sua zia e confortarlo, proprio come Tommy aveva fatto per me quando era morto nostro padre. Avrei avuto tempo dopo per crollare del tutto, ma in quel momento dovevo tenere duro per Aiden.

Dovevo.

Capitolo ventisette
Ward

Tommy era morto.

Era surreale pensarlo, ma sapere che fosse un fatto reale era quasi troppo da sopportare. Avevo il cuore a pezzi per Erin, per Amelia, per Aiden, per Tommy, e anche un po' per me. Non avevo avuto l'occasione per scusarmi per bene. Le poche volte in cui Tommy era sveglio e io ero in sua presenza, non avevamo parlato molto. Mi aveva guardato molto e io avevo ricambiato il suo sguardo. Sapevo che non mi odiava e mi perdonava per quello che avevo fatto, l'avevo visto nei suoi occhi.

Aveva spostato lo sguardo da me a Erin e poi di nuovo a me l'ultimo giorno in cui l'avevo visto vivo, ed era come se mi stesse dicendo silenziosamente di prendermi cura di lei e proteggerla, e gli avevo fatto un cenno, facendogli sapere che l'avrei fatto. Speravo che sapesse che mi sarei preso cura di sua sorella, suo figlio e tutta la sua famiglia, perché lo avrei fatto. Erano diventati la mia famiglia e avrei fatto la cosa giusta con loro per Tommy.

Giurai a Dio che lo avrei fatto.

Erano passati quattro giorni dalla sua morte. Quattro giorni interi di oscurità, vacuità e dolore straziante. Secondo i dottori, era stato un aneurisma cerebrale ad aver ucciso Tommy. Il suo cervello aveva attraversato troppi traumi e non poteva andare avanti. Ci tenevamo occupati con l'organizzazione del funerale durante il giorno, ma ciò significava che potevo abbracciare la mia ragazza un po' più forte la notte quando piangeva fino a addormentarsi tra le mie braccia. Ogni giorno che passava significava che ero un giorno più vicino a dire addio a Tommy per sempre... o al suo corpo, almeno.

Avremmo dato quell'addio il giorno successivo e tutti volevano più tempo.

Tutti.

Guardai Tommy, vestito con un abito elegante, mentre giaceva nella bara al centro del salotto di sua madre. Né Erin né sua madre lo avevano voluto in una casa funeraria; lo volevano a casa loro. Casa sua. Era arrivato il giorno prima e da allora c'era stata una folla costante di persone che venivano a salutare Tommy e a rendere omaggio alla sua famiglia. Guardai alla mia destra, fissando Erin mentre lei fissava suo fratello. Mi allontanai dal muro contro il quale mi ero appoggiato, e mi spostai dietro di lei, facendo scivolare le braccia intorno alla sua vita e tirandola verso di me. La sentii rilassarsi un po' quando si posò su di me.

«Vuoi venire a mangiare qualcosa con me?».

Lei inclinò la testa all'indietro e mi guardò. «Non ho fame».

Non mangiava da quattro giorni, beveva solo acqua di tanto in tanto.

«Per favore?».

Erin sospirò e mi accorsi che aveva ceduto senza dire una parola.

«Okay», concordò a malincuore.

Le baciai la guancia. «Brava la mia ragazza».

Sorrise leggermente quando la portai in cucina e misi su un piatto qualche tramezzino che sua zia aveva preparato quel pomeriggio. C'erano persone in tutta la casa, alcune che conoscevo e altre no, ma in quel momento ero concentrato solo su Erin. Sembrava che non le importasse di avere i miei occhi puntati addosso mentre mangiava i tramezzini. All'inizio mangiò a morsetti, poi quei morsetti si trasformarono in grandi bocconi. Il suo corpo doveva essersi accorto di avere fame in quel momento, perché Erin divorò tre tramezzini e trangugiò una lattina di Coca-Cola prima di allontanare il piatto.

«Bene», dissi. «Se mangi di più, starai male».

Lei annuì, mettendosi una mano sulla pancia piatta.

«Vuoi venire a sdraiarti un po' con me?».

Sembrava combattuta mentre guardava fuori in corridoio.

«Avremo ancora tempo con Tommy, tesoro», dissi, prendendole la mano tra le mie. «Ma mi picchierebbe a sangue se non ti facessi fare un pisolino».

Le labbra di Erin si arricciarono mentre mi permetteva di guidarla dalla cucina. Lanciai uno sguardo sopra la sua testa verso la zia Emma, che mi diede il pollice in su quando vide che Erin si comportava come un essere umano. Le feci un cenno, poi lasciai la stanza, seguendo Erin su per le scale. Quando entrammo in camera sua, chiuse la porta dietro di sé e si arrampicò sul letto, senza liberarsi di alcun indumento. In silenzio, le tolsi le scarpe e le strofinai i piedi, il che le fece tirare un profondo gemito mentre premevo i pollici nella carne, massaggiandola.

Spostai le mani dai suoi piedi fino alla fascia dei leggings e li tirai giù fino a quando non glieli sfilai del tutto. Li posai in fondo al letto e mi misi a sedere accanto a Erin, trovandola a fissare il soffitto. Sapevo che stava guardando gli adesivi fluorescenti che erano lì; mi aveva detto che suo padre ce li aveva messi quando era piccola. Non funzionavano ora che la luce era accesa, ma quando era spenta brillavano intensamente per essere degli adesivi che erano sul soffitto da più di dieci anni.

Aiutai Erin a togliersi il maglione, e con indosso solo una maglietta e la biancheria intima, le tirai sopra la coperta e gliela rimboccai. Spensi la luce nella stanza, mi spostai dall'altra parte del letto, mi tolsi con un calcio le scarpe e mi sistemai accanto a lei. Subito, Erin mi si avvicinò, il suo braccio mi avvolse e una delle sue gambe si insinuò tra le mie cosce.

Nelle ultime quattro notti in cui avevo condiviso il suo piccolo letto con lei, avevo imparato che aveva bisogno di toccarmi in qualche modo mentre dormivamo. Non mi importava – in effetti, preferivo avere le sue mani addosso – ma in quel momento, sapevo che il suo bisogno di sentirmi scaturiva semplicemente dalla paura di non voler stare da sola.

«Dormi, amore», le dissi, avvolgendole il braccio attorno. «Sarò qui quando ti sveglierai».

Le lacrime sgorgarono un minuto dopo e come le altre volte in cui aveva pianto fino a addormentarsi, la dondolai e le mormorai parole dolci finché non sentii il suo corpo rilassarsi e piombare nel sonno. Ero troppo carico per tentare di dormire, quindi rimasi sdraiato nel buio a guardare gli adesivi sul soffitto, mentre Erin dormiva tra le mie braccia. La mia T-shirt si ritrovò subito bagnata dalle sue lacrime e si sarebbe sgualcita tutta per quanto forte Erin ci si aggrappava, ma non mi importava.

La stava aiutando… *io* la stavo aiutando, semplicemente con la mia presenza.

Avevamo avuto un tempismo orribile, con la morte recente di suo fratello, ma ci stavamo innamorando l'uno dell'altra e trovai conforto nel fatto che Tommy fosse stata la persona che ci aveva messo insieme, e la sua morte era ciò che ci cementò come coppia. Non riuscivo a spiegare come, ma in fondo sapevo che Erin e io saremmo stati insieme a lungo. Sapevo che ci saremmo sposati e avremmo avuto dei bambini.

Potevo vedere tutto nella mia testa e lo volevo.

Non avevo mai considerato, neanche una volta, il matrimonio o dei bambini prima del ricatto di Tara, ma con Erin tra le mie braccia e che si faceva strada nel mio cuore, volevo tutto. Finalmente ero sulla stessa lunghezza d'onda di mio fratello minore. Ero pronto a sistemarmi ed Erin era la donna con cui volevo farlo. Non mi importava di conoscerla da solo un mese, non mi importava che avessimo ancora molto da imparare l'uno dell'altra, e non mi importava che fosse a conoscenza dei miei segreti, perché quando mi guardava, non vedeva quello che avevo sofferto in passato… vedeva l'uomo che ero diventato e con cui voleva stare.

Tutto il resto si sarebbe risolto da sé.

Non ero sicuro di quanto tempo fosse passato, forse un'ora o due, ma quando Erin si svegliò, mi preparai per le lacrime quando si sarebbe resa conto che Tommy era morto. Sembrava travolgerla con sempre più violenza ogni volta che si svegliava perché, solo per un momento, tutto era a posto nel mondo, poi la realtà la fulminava e l'illusione crollava.

«Hai dormito bene?».

Le labbra di Erin mi sfiorarono la guancia. «Lo faccio sempre quando sei vicino a me».

Le strinsi il corpo al mio.

«Hai sognato?»

«No», rispose lei. «Ho solo dormito».

«Bene», dissi piano. «Avevi bisogno di quel pisolino».

Erin non replicò; invece mi mise una mano sul petto e armeggiò con la scollatura della mia maglietta.

«Quando pensi che smetterà di far male?».

Chiusi gli occhi, desiderando di avere una risposta a quella domanda che non l'avrebbe fatta a pezzi.

«Whisky, sai che questo è un dolore che ci porteremo con noi per sempre. Farà sempre male, ma col tempo diventerà meno doloroso. Saremo in grado di pensare e parlare di Tommy senza sentire un nodo alla gola. Ci arriveremo, insieme».

«Insieme», ripeté Erin, con la voce rotta.

La tenni quando scoppiò a piangere. Mi preoccupai per lei e mi ritrovai a pensare che presto si sarebbe disidratata. Non avevo mai visto una persona piangere così tanto e così spesso, ma sapevo che non poteva evitarlo. Le doleva il cuore e piangeva fino allo sfinimento.

«Non posso immaginare di dormire senza di te adesso», commentai quando i suoi pianti si trasformarono in gemiti. «Pensi che sia un pazzo se voglio condividere il tuo letto ogni notte?»

«No», rispose Erin con dolcezza. «Ma penso che dovremmo prenderne uno più grande. Sei troppo alto per questo».

Le mie gambe penzolanti dalla fine del letto mi fecero annuire in segno d'assenso.

«Sei alta come un hobbit, amore».

Ridacchiai quando Erin mi colpì.

«La mia Whisky», sussurrai. «Sei preziosa per me».

Erin premette le labbra contro il lato della mia bocca e io sorrisi, sapendo che la stanza buia le aveva fatto mancare il bersaglio. Si aggiustò la testa e quando le sue labbra mi toccarono per la seconda volta, scoprii che aveva preso bene la mira. Mormorai contro la sua bocca, ritirandomi e lasciandole il controllo. Non l'avrei mai spinta a fare qualcosa per cui non era emotivamente pronta, quindi le lasciai prendere le redini e mi arresi a lei.

Nel momento in cui approfondì il bacio, qualcuno bussò alla porta e quasi ringhiai irritato.

«Che c'è?», gridai. «Stiamo dormendo».

«Devi venire di sotto», rispose Jesse, con voce roca. «Abbiamo un problema».

Sia Erin che io scattammo in piedi. Accesi alla svelta la

luce, mentre Erin si muoveva come un'ape ronzante per rimettersi i vestiti. Aprii la porta a Jesse e chiesi: «Cosa c'è che non va?»

«Vieni con me», disse. «Adesso».

L'urgenza nel suo tono mi fece uscire dalla stanza di Erin senza di lei. Corsi giù per le scale dietro Jesse e quando mio fratello aprì la porta d'ingresso e partirono dei flash accecanti, seguiti da dozzine di voci che urlavano il mio nome, ringhiai: «Cazzo».

Jesse chiuse la porta e mentre mi guardavo attorno, mi resi conto che la casa era vuota di tutti gli ospiti. Sbirciai nel salotto e Amelia, Jennifer, Emma, Aiden e Lucy stavano tutti parlando e guardando Tommy nella sua bara. Keller era in piedi davanti alla finestra e guardava la stampa attraverso le tendine. Chiusi la porta e mi girai verso mio fratello.

«Lo sanno?».

Jesse annuì. «Sono arrivati un'ora fa».

«Cazzo», dissi, scuotendo la testa. «Perditempo del cazzo, non sanno che c'è una salma?»

«Gliel'ho detto, ma non se ne sono andati, quindi ovviamente non gliene frega nulla... e questo non è l'unico problema».

Sbattei le palpebre. «Cristo, che altro c'è?»

«Tara».

Quasi mi si fermò il cuore.

«Che cosa ha fatto?»

«Secondo Hope, si è scatenata una volta diffusasi la notizia che hai dato il merito a Tommy di aver creato insieme a te Friendzone. Ha passato gli ultimi giorni a infangare il tuo nome con chiunque l'ascoltasse. Ora sta urlando al mondo che è incinta e ha le prove».

«*Non* è mio figlio».

«Lo so», disse Jesse. «Qualcuno che lavorava per te si è

fatto avanti e ha detto che aveva una relazione con Tara e che il bambino era suo. Qualunque cosa pensasse di poterne ricavare da questo pasticcio le è esplosa in faccia. Keller ha detto che Hope l'ha allontanata dalla tua proprietà e le ha tolto ogni accesso».

Mi strofinai il viso con le mani. «È malvagia. È pura cattiveria tentare una cosa del genere sapendo quello che succede qui».

«Che vuoi fare con quelle sanguisughe lì fuori?», chiese mio fratello.

«Chiama la polizia, questa è proprietà privata e l'hanno violata».

Jesse annuì, poi tornò in salotto. Mi appoggiai al muro, ma mi raddrizzai quando Erin parlò.

«Stai bene?».

Mi voltai. «Sto bene. È solo Tara che sta facendo un ultimo tentativo per spillarmi dei soldi».

«Se n'è andata adesso?»

«Sì, amore. Se n'è andata ora, non sarà mai più un problema. Te lo prometto».

Si avvicinò a me e premette la testa contro il petto. «Non potrei immaginare di fare tutto questo se tu non fossi qui con me».

«Non immaginarlo», dissi. «Perché sono qui e sai che non ti lascerò».

Erin mi guardò. «Lo so».

Le presi il viso tra le mani. «Dio, quello che sto iniziando a provare per te mi spaventa da morire».

«Anche a me». Erin sorrise, i suoi occhi stanchi mostravano un piccolo raggio della vita che era stata prosciugata da lei negli ultimi giorni. «Non posso credere quanto tu sia già importante per me».

«Be', preparati a provare molto di più nei miei confronti, Whisky, perché non ti libererai di me».

«Non c'è nessun altro con cui preferirei stare, Ward».

Il fatto che sapessi che diceva sul serio mi riscaldò il cuore.

«Sei tutto per me, Whisky», dissi, abbassandomi e sfiorando il naso sul suo. «Mi prenderò cura di te».

«Lo so», disse Erin. «E anch'io mi prenderò cura di te».

«Insieme?»

«Insieme».

Capitolo ventotto
Erin

Avevo sempre pensato che seppellire mio padre fosse stata la cosa più difficile che avessi mai dovuto fare, ma mi sbagliavo. Seppellire mio fratello maggiore fu peggio. Quattro ore prima, la mia famiglia, i miei amici e un enorme gruppo del quartiere avevano sepolto Tommy. Ogni minuto del rito in chiesa sembrava essere durato un'ora, ma ogni minuto nel cimitero sembrava essere durato un secondo e ancor prima di accorgermene venne calato nel terreno e mi aveva assalito il pensiero che non l'avrei visto mai più.

Non di persona... non in questa vita.

Mentre molte persone andarono al pub locale per celebrare la vita di Tommy, io e la mia famiglia tornammo a casa di mia madre e ci limitammo a esistere in presenza dell'altro. Non c'era più nessun funerale da organizzare, non c'era più bisogno di camminare nel salotto per vedere Tommy ed essere in grado di toccarlo, non c'era nulla... e fu allora che iniziò davvero il dolore. Con niente da fare per distrarci, tutto ciò che potevamo fare era stare seduti e pensare a Tommy e al fatto che se ne fosse andato.

Il pensiero mi attraversò la mente finché non mi martellò la testa.

Soffrivo, tutti soffrivano, ma quando mia madre scoppiò dopo il funerale e afferrò una bottiglia, le cose iniziarono a sgretolarsi. Non provai a litigare con lei, nessuno di noi lo fece. Mentre la osservavo fuggire dalla realtà, sapevo che sarebbe stata l'ultima volta in cui le avrei lasciato bere una goccia di alcol. Aveva un solo permesso e lo stava usando. L'indomani sarebbe andata al centro di riabilitazione.

L'avevo menzionato a Ward ed era contento del fatto che gli avessi parlato della dipendenza di mia madre. Ammise che Jesse gliel'aveva detto, e non ero arrabbiata, più che altro sollevata che già sapesse, così non dovevo spararli l'ennesima brutta notizia. Mi informò di una clinica migliore di riabilitazione, da cui mia madre non avrebbe potuto uscire di sua spontanea volontà, perché sarebbe stata una paziente a tempo pieno finché i dottori non avessero deciso di dimetterla.

Ward mi aveva detto che avrebbe organizzato ogni cosa, e tutto ciò che dovevamo fare era parlarne con mia madre. Osservarla sorseggiare un altro po' di Jack Daniel's mi fece pensare che la conversazione non sarebbe andata così liscia.

«Mamma», la chiamai. «Stai bene?»

«No», rispose lei con fare intontito. «Tommy è morto».

«Lo so… lo so».

«Dio lo voleva, Erin», disse mia madre, i suoi occhi senza vita. «Dio lo voleva».

«Io lo volevo di più, mamma».

Mi guardò per un momento prima di rivolgere di nuovo lo sguardo alla bottiglia in mano.

«È colpa tua», disse, con una voce così bassa che la sentii a malapena.

Mi si fermò il cuore e mi si rivoltò lo stomaco. Non era la prima volta che mi incolpava per l'incidente di Tommy, ma mi faceva ancora male sentirglielo dire, soprattutto ora che era morto.

«Amelia!», sbottarono Ward e le mie zie, ma lei non badò a loro.

«Se fossi tornata a casa a piedi dal lavoro quella sera, non sarebbe venuto a prenderti».

Non avevo mai provato l'emozione che mi scorreva nelle vene. Si avvicinava alla sensazione che mi aveva pervaso quando avevo visto Tommy morto, ma nulla avrebbe mai potuto superare quel dolore. Tuttavia, faceva comunque male. Era un misto di tristezza, shock e strazio assoluto.

«Non dire così, mamma», dissi, con voce rotta.

«Perché no?», replicò lei. «È vero. Se fossi tornata a casa a piedi, sarebbe ancora vivo».

«Non gli avrei mai telefonato se avessi saputo che sarebbe stato questo il risultato», dissi, tremando. «Non l'avrei mai fatto».

«Non importa», rispose lei. «Nulla ha importanza perché il mio bambino è morto e non tornerà mai più da me».

Ingurgitò un altro sorso e non potevo più sopportarlo; allungai la mano per prenderglielo e lei reagì tirandomi un colpo. D'istinto mi coprii la testa. Mi mancò e non ci riprovò a sferrarlo, ma il danno ormai era fatto.

«Oh, Gesù», disse Ward. «È a causa *sua* che sussulti».

Rivolsi gli occhi sgranati su di lui e non riuscii a formare una frase coerente.

«Ti picchia?», insistette.

«Cosa?», chiesero le mie zie all'unisono, alzandosi in piedi dall'altra parte della stanza.

«Ward», supplicai. «Non capisci, l'ha fatto solo una volta perché era talmente ubriaca...».

«Non la difendere».

«Non la difendo», sottolineai. «Ma non è lei, è l'alcol».

Ward si rivolse a mia madre.

«Sei una madre sciagurata», urlò, le sue parole la schiaffeggiarono più forte di qualsiasi contatto fisico. «Da quando aveva undici anni, questa ragazza si è presa cura di te. Quando non c'era Tommy a tirarti fuori dalle pozzanghere del tuo stesso vomito, lo faceva Erin. Quando Tommy non lavorava per guadagnare soldi per pagare le bollette, lo faceva Erin. Quando Tommy non si prendeva cura di te, lo faceva Erin. Quando non c'era Tommy, c'era Erin. Sembra che tu abbia dimenticato che hanno perso il padre *e* la madre il giorno della morte di Kenny, ed è colpa *tua*. Avresti potuto tenere duro per i tuoi figli, ma non l'hai fatto. Sei finita nel tunnel dell'alcol e hai trascinato i tuoi figli in quell'inferno con te. Dovresti vergognarti di te stessa, perché io so di farlo».

Le parole di Ward sembrarono soffocare mia madre, e il mio istinto fu di confortarla, ma Ward mi afferrò per un braccio e mi trascinò dalla stanza alla cucina. Non riuscivo a credere a quello che era appena successo e iniziai a tremare.

«Stai tremando», commentò Ward.

«Non ho freddo», dissi. «Ma non riesco a smettere».

«È l'adrenalina», mi rassicurò. «Passerà quando avrai un secondo per calmarti».

«Non passerà nulla, perché tutto è così incasinato».

Ward non ribatté.

«È morto, Ward», dissi, il cuore che mi batteva forte mentre pronunciavo quelle parole ad alta voce. «Non vedrò mai più mio fratello e questo mi uccide... quindi non posso essere arrabbiata con mia madre perché cerca di sfuggire al dolore».

Ward mi tenne stretta. «Non deve farti del male, però, Erin».

«È l'alcol», dissi. «È successo solo una volta».

«Questo non migliora le cose. Una volta è troppo».

«Odio tutto questo».

«Lo so, Whisky».

«Continuo a pregare Dio, ma poi voglio urlare e imprecare contro di Lui. Non posso avere fede», dissi scuotendo la testa. «Non posso credere che questo faccia parte del piano di Dio e che tutto ciò sia accaduto per una ragione.

Nessuna ragione è abbastanza buona per la morte di mio fratello».

«Erin...».

«Per favore. Voglio stare da sola».

«Sei stata da sola per abbastanza tempo».

Lo guardai perplessa. «Che cosa significa?»

«Significa che metto subito fine alla cosa», rispose Ward. «Non ti lascerò».

Lo sapevo; lo sapevo che non sarebbe andato da nessuna parte.

«Non devi continuare a dirmelo», dissi. «Lo so».

Ward annuì una volta prima di stritolarmi in un abbraccio. Quando mi portò di sopra, non mi ribellai. Quando sentii le mie zie e Jesse prendersela con mia madre in salotto, non dissi loro di piantarla e lasciarla sola. Mossi i piedi, mettendoli uno di fronte all'altro. Una volta a letto con Ward, finsi di rilassarmi, di andare a dormire, e mi accorsi quando si addormentò perché la sua presa si era allentata su di me e il braccio gli era caduto.

Per giorni avevo sempre avuto bisogno di Ward al mio fianco, ma in quel momento, neanche lui poteva calmarmi. Nessuno poteva. Scivolai fuori dal letto, mi rimisi i vestiti e mi avventurai di nuovo al piano di sotto. Diedi un'occhiata nel salotto e vidi che mia madre dormiva sul divano, così come le mie zie. Jesse non c'era più. Diedi un'occhiata all'orologio e vidi che erano solo le 18:00. Non potevo incolpare tutti per essersi assopiti; le ultime settimane ci avevano prosciugato.

Soprattutto gli eventi di quel giorno.

Chiusi piano la porta del salotto e mi diressi verso la cucina. Misi su la teiera, poi mi sedetti al tavolo e rivolsi i pensieri a mio nipote. Era tornato a casa con sua madre dopo il funerale e mi domandavo se dormisse o se fosse sveglio e pensasse a suo padre. Speravo che dormisse.

Quando la teiera iniziò a bollire, mi alzai e aprii l'armadietto per prendere una tazza, ma mi pietrificai non appena i miei occhi si posarono su una bottiglia non aperta di Jack Daniel's.

Mia madre le aveva sparse in diverse aree della casa. Di solito le buttavo via ogni volta che ne trovavo una, ma per qualche motivo mi fermai e la fissai. Era stato l'alcol a togliermi mia madre… ma doveva esserle servito a qualcosa dopo tutti quegli anni. Era sfuggita al dolore che provava? Le rendeva più facile affrontare la morte?

Volevo scoprirlo.

Afferrai la bottiglia, l'aprii e per la prima volta in ventidue anni assaggiai l'alcol, e *bruciava*. Mi irrigidii quando il liquido mi scaldò fino al petto. Una volta mandato giù il mio primo sorso, dovetti fare respiri profondi per evitare di star male. Quando fui sicura che il mio stomaco fosse stabile, feci un altro sorso. Strinsi gli occhi mentre il dolore mi pulsava nel petto. Lo sopportai e dopo cinque minuti e altri tre sorsi, non bruciava più. Sembrava più una sensazione formicolante. Quando sbattei le palpebre, la testa mi sembrava un po' stordita e sorrisi.

Funzionava.

Mi guardai intorno nella stanza e, di punto in bianco, mi sentii intrappolata. Chiusi gli occhi e la mia mente ripensò a tutte le persone che erano venute a vedere la salma di Tommy. Pensavo soprattutto a Jensen, il mio capo al supermercato. Aprii gli occhi e, senza pensarci davvero, mantenni la presa sulla bottiglia, uscii dalla cucina e poi di casa.

«Mi dispiace così tanto per la tua perdita, tesoro», mi aveva detto Jensen. «Prenditi del tempo e non ti preoccupare del lavoro, okay? Ti aspetterà quando sarai pronta per tornare da noi».

Non gli avevo risposto… non ci ero riuscita per paura

di piangere o sbottare. Invece gli avevo offerto un piccolo sorriso e un veloce abbraccio prima di spostare la mia attenzione sulla persona successiva che dava le proprie condoglianze, e così era passato il pomeriggio.

Mentre mi allontanavo da casa, ripetevo nella mia testa ciò che Jensen aveva detto. Aveva detto che era dispiaciuto per la mia perdita, e le sue parole mi avevano davvero infastidito. Non avevano proprio senso per me. Non avevo perso Tommy; mi era stato portato via. Perdi la borsa, perdi il cellulare o le chiavi. La parola "perdere" implica che c'è la possibilità che la cosa venga ritrovata, ma non c'era modo che Tommy si ripresentasse all'improvviso nella mia vita, non c'era modo che mi sarei imbattuta in lui quando meno me l'aspettavo. Pensare a lui come se si fosse semplicemente perso ammorbidiva un po' il colpo, ma poi la dura realtà mi piombò addosso come un doloroso promemoria che Tommy non si era perso, se n'era andato per sempre. Il mio unico fratello era morto. E faceva male da morire.

«Lo odio», sussurrai tra me e me mentre camminavo.

Odiavo tutto. Odiavo il dolore, la solitudine, la sofferenza, la rabbia, la miseria, il vuoto. Odiavo di più il vuoto, perché mi sembrava di non avere nulla per cui vivere, nessuna ragione per continuare. Feci un altro sorso, e più liquido trangugiavo, più la mia vita sembrava senza speranza. Mia madre era una causa persa e sarebbe stata solo una questione di tempo prima che la seppellissi insieme a mio padre e a Tommy; e anche se ero in contrasto con lei, non sarei sopravvissuta alla sua morte.

Non avrei avuto nessuno una volta che se ne fosse andata.

Più bevevo, più dubbi mi inondavano e la mia mente iniziava a evocare gli scenari peggiori possibili per le persone che amavo di più. Probabilmente avrei visto Aiden solo se sua madre lo avesse permesso. Non riuscivo a immaginare Lucy che lasciava che suo figlio mi vedesse più spesso perché suo padre era morto. E Jesse? Non sarei rimasta sorpresa se non mi avesse mai più parlato quando si sarebbe reso conto di quanto avessi fatto schifo come amica obbligandolo a non parlare del fratello... non gliene avrei fatto una colpa se mi avesse estraniato e si fosse concentrato solo su Louise. Ward sarebbe probabilmente tornato a Londra, alla sua vecchia vita, dimenticando ogni cosa che avevamo condiviso.

Quando tutto ciò sarebbe accaduto, sarei stata davvero sola e in quel momento non potevo sentirmi più insignificante.

Ero vuota.

Non ero niente.

Volevo stare con mio padre e Tommy.

Capitolo ventinove
Ward

Quando mi svegliai e trovai vuoto lo spazio accanto a me e le lenzuola fredde, mi misi le scarpe e sfrecciai al piano di sotto dove trovai le zie di Erin e la madre addormentate in salotto. Controllai la cucina vuota prima di tornare di sopra, la cercai in tutte le stanze, ma le trovai sempre vuote.

«Erin!», gridai.

Niente. Silenzio.

Tornai di sotto. Jennifer ed Emma si erano svegliate, molto probabilmente a causa del casino che stavo facendo, quindi mi concentrai su di loro.

«Dov'è Erin?»

«Che vuoi dire?», chiese Emma. «È venuta di sopra con te».

«Mi sono svegliato e non c'era. Non la trovo».

«Calmati», disse Jennifer, alzandosi in piedi. «Forse è andata da Aiden».

Presi alla svelta il cellulare dalla tasca e composi il numero di Aiden.

«Ehi, zio Ward», rispose.

La sua voce… Gesù. Sembrava affranto.

«Ehi, Aiden», dissi. «Come stai?»

«Bene», rispose, e sapevo che stava tutt'altro che bene.

«Tua zia è lì con te?»

«No», disse Aiden, e potevo immaginarmi il cipiglio sul suo viso. «Sono con mamma… Perché?»

«Così», risposi. «Ci vediamo domani, okay?».

Riattaccai prima che potesse replicare.

«Non è con Aiden», dissi a Jennifer.

«E se…».

La porta d'ingresso si aprì, interrompendo Jennifer, e stavo per tirare un sospiro di sollievo finché Jesse non entrò nel salotto e si bloccò quando vide che tutti gli occhi erano puntati su di lui.

«Che c'è?»

«Erin è con te?», chiese Emma.

«No». Jesse sbatté le palpebre e rivolse la sua attenzione su di me. «Pensavo fosse di sopra con te».

«Lo era», dissi. «Ma quando mi sono svegliato, non c'era più. Non è con Aiden e non è con te. Dove *cazzo* è?».

Prima che qualcuno potesse rispondermi, composi il numero di Keller.

«Signore?», rispose al secondo squillo.

«Non riesco a trovare Erin e nessuno sa dove sia. Controlla gli ospedali circostanti», dissi a Keller. «Dai il suo nome, la descrizione e ciò che aveva indosso l'ultima volta che l'hai vista».

«Subito».

La linea si interruppe.

«Rimaniamo tutti calmi», disse Jennifer. «Riflettiamo un attimo. Dove potrebbe essere andata?»

«Dove *potrebbe* essere andata?», ripetei tra me e me, e tutt'a un tratto ebbi un'epifania. Quando stava male, l'unica persona che voleva era il fratello.

«Il cimitero», borbottai, poi mi voltai verso Jesse. «So dove si trova».

Telefonai a Keller per dirgli di mollare tutto e venirmi a prendere. Arrivò a casa nel giro di dieci minuti e quando Jesse e io saltammo in auto e gli dicemmo dove andare, partì alla velocità della luce. Jennifer ed Emma scelsero di rimanere a casa per occuparsi di Amelia e nel caso in cui

Erin fosse tornata. La gamba mi tremò per tutto il tragitto e quando alla fine raggiungemmo il cimitero, il sole stava tramontando. Saltai fuori dalla macchina senza aspettare che si fermasse. Corsi lungo il sentiero di ghiaia, superando file e file di tombe, e quando mi avvicinai all'ultimo luogo di riposo del signor Saunders e Tommy, il sollievo mi lasciò sotto forma di singhiozzo. Distesa sul fango smosso della tomba di suo padre e di suo fratello, c'era Erin. Era messa di lato, con le ginocchia piegate contro il petto, il braccio che fungeva da cuscino per la testa.

«Erin!», gridai.

Non si mosse e una paura che non provavo più dall'infanzia mi trafisse.

Corsi da lei, mi inginocchiai dietro il suo corpo e la afferrai con entrambe le mani, scuotendola più forte che potevo. In quel momento, non mi importava se le facevo del male, volevo solo che fosse viva. Stavo per crollare per il sollievo quando sussultò spaventata e si raddrizzò, quasi scontrandosi con me. Saltò su e quando i suoi occhi iniettati di sangue si posarono sui miei, mi guardò come se fossi trasparente. La controllai due volte e fu solo in quel momento che mi accorsi che stava tremando come una foglia.

«Tesoro», dissi con dolcezza. «Ti portiamo a casa».

«No», farfugliò lei, la voce tesa. «Non posso lasciarli».

Fu solo allora che vidi che aveva in mano una bottiglia di Jack Daniel's. Non riuscivo a vedere quanto ne avesse bevuto, ma dato il suo stato, era abbastanza.

Misi le mani sulle sue braccia e gliele strofinai su e giù il più velocemente possibile per cercare di generare del calore. Non chiesi il permesso quando la tirai in piedi. Cercò di scacciare via le mie mani, ma era prosciugata di energia e riuscì a malapena a colpirmi. Mi tolsi il maglione pesante e lo infilai sul suo corpo tremante, poi la tirai contro di me. L'aria aveva una temperatura piacevole, ma stendersi sul terreno freddo non faceva bene a Erin. Continuai a strofinarle le braccia e sulla schiena per aiutarla a riscaldarsi.

Si appoggiò a me e pianse.

«Vo-volevo stare con Tommy», disse lei, tirando su col naso. «N-non voglio che sia da solo».

La baciai sulla testa.

«Non è solo», la rassicurai. «Tuo padre è con lui e lo è dal momento in cui Tommy ci ha lasciato. Si sta prendendo cura di lui come fanno i papà. Te lo prometto, tesoro».

«Mi fa male», singhiozzò. «Mi fa così tanto male, Ward».

«Lo so, piccola», dissi, abbracciandola stretta. «Lo so».

«Per favore», implorò. «Portalo via».

«Darei qualsiasi cosa per portarti via questo dolore», dissi. «Qualsiasi cosa».

La bottiglia le cadde dalla mano ed Erin piagnucolò, poi rise come una pazza.

«Oggi ho capito una cosa».

«Sarebbe?»

«Sono un riflesso di mia madre». Erin arricciò il labbro disgustata mentre cercava di raccogliere la bottiglia da terra. «Non sono ab-abbastanza forte da affrontare la realtà della morte di Tommy, quindi mi sono ri-rifugiata nel fondo di una bottiglia. Sono la sua co-copia esatta».

«Stronzate», affermai.

Non ero sicuro del perché, ma Erin rise di nuovo.

«Sei un riflesso delle tue *azioni* rispetto a lei», continuai, poi presi la bottiglia di Jack Daniel's dalle sue mani quando riuscì a raccoglierla. La gettai su una sezione di erba vuota, molto lontana e dove Erin non sarebbe riuscita a prendere senza che io la lasciassi.

«Ehi!», urlò. «Mi serve!».

«No!», urlai, e le afferrai le mani che cercavano disperatamente di scrollarmi di dosso. «Quello di cui hai bisogno sono *io*, e sono qui, Erin».

Mi fissò. «Hai una data di sca-scadenza… tutti nella mia vita ce l'hanno».

«Abbiamo tutti una data di scadenza», sottolineai. «È per questo che dobbiamo vivere ogni giorno al massimo».

Erin chiuse gli occhi. «Io non sono come te. Non posso essere co-coraggiosa e stare a testa alta quando mi sento così a pe-pezzi. Non sono abbastanza forte».

«Ecco perché hai me», dissi dolcemente, sfiorandole la guancia. «Devi contare su di me quando le cose si fanno difficili».

Non replicò.

«Diventeremo tutti una famiglia», la rassicurai. «Tu, io, Aiden, Lucy, tua madre, le tue zie, mio fratello, mio padre. Tutti noi. Abbiamo molto da capire, ma siamo una famiglia, e se c'è qualcosa che tuo padre e Tommy ci hanno insegnato è che non dovremmo mai dare la famiglia per scontata».

«Sono così spaventata», sussurrò, il corpo ondeggiante. «Ho tanta paura di amare qua-qualcuno nel caso mi la-lasci».

«Penso che sarebbe più spaventoso vivere una vita solitaria invece di cogliere l'occasione di amare qualcuno».

Gli occhi grigi di Erin mi fissarono. «*Tu* vuoi rischiare?»

«Con te? Senz'altro».

Il labbro inferiore le tremò. «Dici sul serio?»

«Con tutto il cuore».

Le spalle di Erin si incurvarono, e restando tra le mie braccia si voltò e abbassò lo sguardo sulla tomba di suo padre e suo fratello.

«Dovremo vivere per loro, dato che loro non po-possono più».

La strinsi forte. «Non sprecheremo un solo secondo».

Erin mi appoggiò la testa sul petto e assimilò le mie parole. «Non c'è niente che non possiamo fare».

«Insieme?», sussurrò.

«Sì, Whisky», risposi, tenendola stretta. «Insieme».

Epilogo
Erin

Sei anni dopo...

Erano trascorsi sei anni dalla morte di Tommy, ma sembrarono essere passati in un batter d'occhio.

Tracciai col dito il nome inciso sulla sua lapide, poi feci lo stesso con quella di mio padre. Era ancora difficile capacitarmi della morte di Tommy, ma cercare di rendermi conto che mio padre se ne fosse andato *diciassette anni* prima era quasi troppo per il mio cervello, a volte. Non c'era da quasi due decenni, eppure mi sembrava che fosse passato solo un giorno dall'ultima volta che l'avevo visto, se non addirittura di meno. Ogni volta che mi sedevo davanti alla tomba condivisa di mio fratello e mio padre, capivo che il tempo non era davvero amico di nessuno, perché continuava a passare, che lo volessimo o no.

«Mi mancate entrambi», sospirai, piegando le mani in grembo. «Vedere le vostre facce stupide renderebbe la mia vita un po' più perfetta».

Sorrisi, praticamente sentendoli entrambi controbattere che i loro volti non erano stupidi.

«Aiden e Jesse stanno concludendo un progetto a cui stanno lavorando», dissi. «So che sapete tutti e due cosa stanno combinando, ma mi piace raccontarvelo comunque».

Pensai a mio nipote e sorrisi con affetto. A vent'anni, Aiden era stagista presso la filiale di Edimburgo di Friendzone, che la Buckley Construction aveva progettato e costruito due anni prima. Aiden lavorava anche nella società edile di Jesse, dato che gli piaceva sporcarsi le mani quando non lavorava con Ward. Mi piaceva la grinta di Aiden nel provare più di una cosa. Aveva già una vita che andava ben oltre i sogni più sfrenati di un ventenne, ma non accettava i soldi quando Ward gli offriva la parte del padre. Aiden voleva guadagnarseli.

Mio nipote lavorava sodo, amava il suo lavoro e, cosa più importante, amava la sua vita ed era felice.

Anche Jesse era felice; avrebbe presto celebrato il suo terzo anno di matrimonio con Louise Buckley, nata Chambers. Insieme avevano un figlio di un anno, di nome Fintan, e Louise era incinta di sei mesi del loro secondo bambino, una femmina. Non avevano ancora concordato un nome. Sarebbe diventata la quarta nipote della famiglia Buckley. Ward e io avevamo un figlio e il secondo sarebbe dovuto arrivare molto presto.

Thomas Kenneth Buckley, o Tommy in breve, aveva quattro anni ed era la luce della vita mia e di Ward.

Appoggiai la mano sulla mia pancia gonfia quando il mio secondo figlio cominciò a dare calci come per dire: «Non ti dimenticare di me, mamma».

«Questo piccolino arriverà da un giorno all'altro», dissi a mio padre e a mio fratello. «Penso che sarà un altro maschio, ma Ward è convinto che sia una femmina. Dice che non piango e non me la prendo con lui come quando ero incinta di Tommy, quindi deve significare che è una femmina». Feci una giocosa espressione esasperata. «Ah, la logica maschile...».

Pensai a mio marito, sposato cinque anni prima, e non potei trattenere la vertiginosa sensazione di gioia che mi riempì. Era la mia metà in ogni modo possibile e lo amavo più di quanto potessi descrivere a parole. Era prezioso per me. Il suo valore non era ridotto da ciò che aveva affrontato nella vita; semmai era triplicato. Era uno degli uomini più coraggiosi, più forti e generosi che avessi mai incontrato.

La sua ex matrigna aveva smesso di perseguitarlo da molto tempo e non l'avrebbe più fatto, essendosi suicidata in carcere qualche mese prima. Era un mostro in meno sulla Terra, quindi "marcisci all'inferno" era tutto ciò che dovevo dirle.

Ripensare al sorriso di Ward mi riempì di un senso di gioia.

«Dio», sospirai. «Amo quell'uomo».

Una volta, quanto a Ward, non avrei mai considerato la parola "amore" neanche tra un milione di anni, ma lo amavo. Quell'uomo possedeva il mio cuore, corpo e anima, e lo sapeva. C'era stato per me durante uno dei capitoli più difficili della mia vita e io c'ero stata per lui durante uno dei suoi momenti più ardui. Ci eravamo tenuti la mano e li avevamo superati, e sei anni dopo ci tenevamo ancora la mano e affrontavamo la vita fianco a fianco.

Sfidavamo l'ignoto con il sorriso sui nostri volti.

«Tommy inizia la scuola materna a settembre», dissi scuotendo la testa. «È nato praticamente ieri e ora va a scuola. Non supererò mai la velocità con cui tutto procede».

Mio figlio era ufficialmente iscritto alla scuola in cui lavoravo, la scuola che adoravo. Vivevo e respiravo il mio lavoro. Guidare i bambini piccoli a quell'età evolutiva e vederli crescere e imparare mi riempiva di orgoglio e felicità. Adoravo il mio lavoro e non c'erano molte persone che potevano dirlo.

Mi strofinai il pancione. «Adoro la fase neonato e ho detto a Ward che dovremmo continuare ad avere bambini per tenermi soddisfatta. Ha detto che si sarebbe fatto una vasectomia una volta arrivati al numero quattro, ma lo dissuaderò. Ci so fare con le parole in un modo che sembra sempre influenzarlo».

Ridacchiai al ricordo di quella conversazione.

«Vorrei che poteste incontrare i bambini», sospirai mentre strofinavo affettuosamente con la punta delle dita il mio amato bracciale. Un braccialetto con due nuovi ciondoli. Un anello d'argento che rappresentava il mio matrimonio con Ward e un ciuccio d'argento che mio marito mi aveva regalato dopo la nascita di nostro figlio. «So che state vegliando su di loro, però».

Sapevo che vegliavano su tutti noi.

«Com'è la conversazione oggi?».

Alzai lo sguardo quando mia madre si sedette accanto a me e sbuffò.

«Vivace come sempre», scherzai.

Mia madre si sporse e baciò la lapide. «Ciao, amori miei».

La guardai e, come ogni altra volta, mi ritrovai a fissarla con stupore. Avevo perso mia madre insieme a mio padre ed era servita la morte di mio fratello per riportarla da me. Certo, avrei dato qualsiasi cosa affinché mio padre e mio fratello fossero ancora vivi, ma se potevo avere solo la mia mamma... allora l'accettavo a braccia aperte.

Ward provava ancora dei sentimenti misurati nei confronti di mia madre, ma stava lentamente, molto lentamente, iniziando ad affezionarsi a lei. Dubitavo che avrebbe mai abbassato del tutto la guardia – dubitavo che lo avrei fatto anch'io – ma stava cominciando a vedere quello che vedevo io: mia madre ci stava provando. Sarebbe sempre stata un'alcolizzata, ma la parola "ex" vi era ormai posta davanti. Ogni giorno per il resto della sua vita sarebbe stata una lotta, ma era pronta ad affrontarla di petto, ed ecco perché aveva il mio sostegno. Ecco perché era nella mia vita. Se non avessi visto la determinazione nei suoi occhi di liberarsi dall'oscurità che l'aveva trattenuta per troppi anni, le avrei voltato le spalle senza alcuna esitazione.

Ammetto di non aver mai pensato che la sua forza di

volontà sarebbe bastata a farle tenere fede alla parola data, ma erano passati quasi sei anni da quando aveva preso la decisione di separarsi definitivamente dall'alcol. Non era più il guscio di una donna, né l'ombra di sé stessa. Non era nemmeno tornata a essere come prima, non del tutto, ma era di nuovo la mia mamma. Sapevo che non sarebbe mai ritornata a essere la donna che avevo adorato a undici anni, ma nessuno rimaneva lo stesso per sempre, e non vedevo l'ora di conoscere chi era diventata. Ero entusiasta di stringere un nuovo legame con lei. Avevo speranza per lei ed era qualcosa che pensavo fosse morto molto tempo prima.

«Mi sei mancata oggi», mi disse mia madre, strofinandomi la pancia. «Come ti senti?»

«Anche tu mi sei mancata», risposi. «E mi sento incinta di trentanove settimane, quindi per riassumere, sto malissimo».

Mia madre sorrise e ritornai di colpo a essere bambina quando il suo sorriso mi avvolse come una coperta calda. Nella sua guarigione stavo notando cose sempre più familiari in lei, ma il suo sorriso era qualcosa che la definiva, e vederlo sul suo volto sembrava giusto.

«Che ne dici se andiamo in giro e proviamo a far muovere quel bambino?»

«Vale la pena di tentare».

Mia madre mi aiutò a rimettermi in piedi e insieme baciammo la lapide di mio padre e mio fratello, li salutammo e ci dirigemmo verso il parcheggio, dove mio marito stava giocando con nostro figlio, con il nostro caro amico John Keller non troppo lontano, sempre con gli occhi aperti. Mia madre mi prese per mano mentre camminavamo e parlavamo, e la contentezza mi pervase. Non avevo mai pensato che quel sentimento sarebbe stato possibile senza mio padre o Tommy vivi, ma ero felice.

Mio padre e Tommy sarebbero rimasti due degli amori

della mia vita fino al giorno in cui avrei esalato l'ultimo respiro, ma solo perché non potevano vivere la loro vita al massimo non significava che io non potevo vivere la mia al massimo per loro, ed era *esattamente* quello che avevo intenzione di fare.

Non avrei sprecato un secondo.

Non sarei andata a letto arrabbiata.

Non avrei lasciato che la paura mi trattenesse.

Avrei vissuto felice con la mia famiglia e avrei creato increspature nello stagno che era la mia vita. Il mio riflesso sarebbe sempre stato in continua trasformazione, e andava benissimo così.

Ringraziamenti

Ci sono libri che gli autori scrivono a causa di un'idea che non sono riusciti a togliersi dalla testa, poi ci sono libri che gli autori scrivono a causa di un'idea che non sono riusciti a togliersi dal cuore. *Il destino del nostro amore* rientra nel secondo caso per me. Non appena mi è venuta in mente questa storia di amore, perdita, angoscia e guarigione, il cuore mi batteva per ogni singola parola che scrivevo. Il mio amore per questi personaggi si è profuso sulle pagine e avranno sempre un posto nel mio cuore. Si dice che l'unione fa la forza quando si pubblica un libro, e nel mio caso è la verità.

Mando tanto amore alla mia famiglia, a mia figlia e ai miei amici, il cui sostegno, fiducia e incoraggiamento mi fanno sempre raggiungere le vette più alte. Voglio bene a tutti da sempre e per sempre.

Voglio ringraziare immensamente Sammia – e tutti quelli di Montlake Romance – per aver creduto in me e in *Il destino del nostro amore.* Siete un gruppo fantastico di persone con cui lavorare. Non c'è nessun altro team a cui affiderei le mie storie.

Un miliardo di abbracci virtuali a Melody Guy. Hai così tanto talento, e in qualche modo rendi il brutale processo di editing molto educativo. Lavorare insieme a te è gratificante come lo è stato la prima volta. Ti sono molto grata per la tua capacità di leggere tra le righe quando si tratta delle mie storie.

Mille grazie a Gemma Wain. Hai esaminato tutte le parole di questo libro per renderlo il più raffinato possibile. Sei molto minuziosa e mi fa sentire meglio sapere che hai lavorato su *Il destino del nostro amore*, perché so che significa che era in buone mani.

Un bel cinque a Monica Hope per la revisione accurata di *Il destino del nostro amore*; grazie mille per aver letto la mia storia parola per parola in modo che potesse essere pronta per il lettore.

Come sempre, un enorme ringraziamento a Mark Gottlieb. Sei

un agente fantastico e senza di te non avrei mai conosciuto Montlake Romance e scoperto un meraviglioso gruppo di persone.

A voi, miei lettori. Grazie per aver dato un'occasione a *Il destino del nostro amore*. Spero che vi sia piaciuto leggerlo tanto quanto è piaciuto a me scriverlo. Tutti voi fate girare il mio mondo.

Indice